論創ミステリ叢書68

坪田宏探偵小説選

論創社

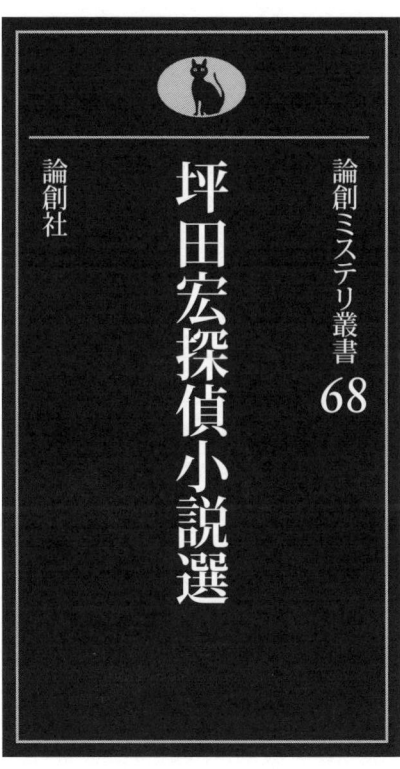

坪田宏探偵小説選　目次

凡　例

一、「仮名づかい」は、「現代仮名遣い」（昭和六一年七月一日内閣告示第一号）にあらためた。
一、漢字の表記については、原則として「常用漢字表」に従って底本の表記をあらため、表外漢字は、底本の表記を尊重した。ただし人名漢字については適宜慣例に従った。
一、難読漢字については、現代仮名遣いでルビを付した。
一、極端な当て字と思われるもの及び指示語、副詞、接続詞等は適宜仮名に改めた。
一、あきらかな誤植は訂正した。
一、今日の人権意識に照らして不当・不適切と思われる語句や表現がみられる箇所もあるが、時代的背景と作品の価値に鑑み、修正・削除はおこなわなかった。
一、作品標題は、底本の仮名づかいを尊重した。漢字については、常用漢字表にある漢字は同表に従って字体をあらためたが、それ以外の漢字は底本の字体のままとした。

茶色の上着

（一）

あたりは未だ戦災のままの焼野原で、そろそろその廃墟に霜も降りようという、その朝村田工学博士邸の女中お島は、起きぬけに朝食の用意にとりかかった。

博士夫妻は、一昨日の夕方沼田の新邸へ出かけて留守のままに、のんびりと朝食を喰べ終った。もう一人分の食事には布巾を掛け、味噌汁は冷えぬように、鍋を火鉢にかける。その分は、雇い運転手、本間の分だが、別に今日は忙しく乗用車を使いまわす用事も無さそうだし、それに昨夜は遅くまで車庫で修理をやっていたようだったので、八時過ぎでなければ起きてこないだろうとお島は考えて、その間にいつもの通り、二階の居間から掃除を始めようと、タオルを姉さん冠りに、箒とはたきを、両の手に一本ずつ持って、二階への階段を上る。

廊下の突き当りの、奥の部屋から始めようと扉を開けた。その時最初にお島の目についたものは、ソファの上のハンドバッグであった。その品は、一昨日沼田の邸へ出掛ける時慥《たしか》に夫人が持って出たものである。そればかりでなく、夫人が穿いて出た靴まで、きちんと揃えて、ソファの前の床に置いてあり、替りに夫人の上穿きまでも無い。

今朝は未だ誰れも来た気配はないが、もしかすると、昨夜自分が使いに出ていた留守に来られたのかも知れないと思った。それなれば朝食の仕度もせねばならぬと思い、もう一つの部屋の扉を開けて、覗いてみたが、姿は見えなかった。

そこで階段を降りて、書斎のドアーのノッブを握ったが、錠が卸され、がちゃりと音がしただけで廻らない。御不浄かも知れないと考え、廊下を引き返し、通路の扉を半分開けて、

「奥様……奥様」と、間をおいて二度呼び、気配をうかがったが、何の反響も無い。そこで露台かも知れないと、妙にこだわってくる夫人の所在を求めて、また階段

を上る。だが上りきった廊下に面した露台への出入り扉には真鍮の落し錠が懸っていて、一見そこでない事が判る。お庭かも知れない——と心の中で呟いたが、考えてみれば今朝は未だ玄関の扉は開けてない事に気がついた。何とは知れずずうんと、冷たいものが背筋を走って、全身が鳥肌だつ。急に恐怖が襲って膝頭が二三度がくがくふるえた。お島は、すっと自分の顔から血の気がひいたのを感じ、自らの幽鬼に追われて階段を駈け降り、玄関の扉を手荒く突き開け、コンクリートの階段を飛び降りた。

それはあながち、お島の臆病とは云えぬかも知れない。何故なれば、その建物のある部屋から、痛ましい死骸が発見されたからだ。

お島は車庫を目がけて急いだ。

「本間さん!」車庫の一劃を仕切って造られた、運転手の居間の障子に向って声をかける。

「うん」と低く返事がし、起きていたのか直ぐ障子が開かれた。

「本間さん。昨夜奥さんがこちらへ来られたんですね?」

「奥さん! 奥さんは沼田だろ」

「私もそう思っていたんですが、でも奥さんのハンドバッグやお靴がお部屋にありますよ」

「そんなはずはない! 先生のではないのか!」

「先生が来られたんですか、昨夜?」

「……」

「とにかく来て下さい。あちらこちら尋ねましたが、誰れのお姿も見えません。書斎だけが開かないんです」

「よし行こう」と、本間は気色ばんで、靴を穿き、玄関から真直ぐに書斎の扉の前へ行きノッブに手を懸けたが廻らない。両手をかけて力まかせに右左へぐいぐい捻るように動かしたが廻らない。

「窓へ廻ろう」本間は廊下を右へとって、突き当りの東出口の扉の閂《かんぬき》を外した。そこを勢いよく飛び出すと、本間はまず南寄りの窓に手をかけたが、摺硝子《すりガラス》戸は開かない。次に北寄りのを引っ張ったがこれも開かなかった。お島もそれについて廻り、交互に努力したが駄目だった。

「本間さん。裏の窓へ廻りましょう」

二人は北側へ廻り、その窓を二人して手をかけ引いてみたが、どれも中側から施錠してあるのだろう、びくともしない。

本間は少し苛立って東側へ戻ると、こわすより外はないと思った。手頃な石を拾うと、南寄りの硝子板を叩き割った。がちゃんとすざまじい音をたてて、ひと間の硝子が割れ、ぽっかりと孔が出来た。

　本間はそこから中を覗き、

「呀《あ》っ」

　と一声あげ、見る間に蒼くなった。お島もその気配に、本間を押し除けるように中を覗き、

「ああッ」

　と叫んで、塑像のように暫くは動かなかった。直ぐ目の先の大テーブルの前に、人が斃れている。着ている洋服の色柄で直ぐ夫人である事が判った。

「奥様だッ奥様だッ」

　お島が火のついたように本間の肩を摑んで喚く。

「奥様あ――奥様あ――」

　夢中になって連呼する。だがその人は返事もしなければ身動きもしない。本間はそれと判るほどがたがたふるえて「死んでいる――」と熱病人の譫語《うわごと》のように呟く。お島は聞こえたのか聞こえないのか。

「本間さん早く助けて！　早く――早く」

　と本間をやたらに揺り動かす。本間はそのまま腰が抜けた人のように、へたへたと窓の下に蹲んでしまった。

お島はもどかしがり、励ますように、

「本間さん。あんた男よ！　さ、早く中へ入って」

　本間は顔も上げないで、力無く、

「めまいがして駄目だ。お島さん、入りなさい」

　懇願するように云い、顔色も紙のように蒼白い。お島は、これでは駄目だと思って、ガラスの破れから手を差し入れ、捻子込錠《ねじこみじょう》を抜こうとしたが、地面からでは手が届かない。本間はそれを見兼ねたのか、手伝ってやろうと、ふらふらと立ち上ったが、本当に目まいがして、よろよろとよろけた。両手で壁に支え、暫く立っていたが、お島の臀を肩先で押し上げてやる。お島はやっと捻子込錠を抜く事が出来たので、

「中へ入ります。もう少し押し上げて下さい」

　と、二三度重々しく体を揺り動かして、危なかしい身振りで入った。

「本間さん。廊下の扉口へ廻って下さい」と頼んで、お島は夫人の倒れている傍を迂廻して、扉の処へ行き、中から差し込まれたままになっていた鍵を廻して扉を開く。

「本間さん――本間さん」と呼びたてられて本間は足許も危な気に、泳ぐように部屋へ招じ入れられた。

お島はそれに力づいたように、夫人の肩に手を掛け、軽く揺りながら、

「奥様！　奥様！　奥様！」

とまた繰り返すが、何の反応も無い。よく見れば、美しい顔は、やや苦悶をたたえて蠟のように白い。色があるのは、やや落ち込んだ眼のくぼに画き出された薄黒さだけで、一見して死の相貌である事が判る。お島はあわてて手を引っ込めると、呆然と立ちつくした。本間は肩で呼吸し、焦点を失った瞳がうるんでいた。お島は気を取り直し、

「私は沼田の旦那様に電話します。あんたはくるまでお医者さんを連れて来て下さい」

「くるまは修理中で駄目だ。両方ともお島さんが電話をしてくれたらいい」その声は、未だふるえを帯びていた。

間もなくお島のしどろにかん高く乱れた口調で、電話をかける声が女中部屋からもれてきた。

（ここで作者は、本間運転手のみが知る行動を付け加えたい）

本間は夫人の死に顔に瞳を凝し、何故か、耐え兼ねたように、はらはらと泪を落した。そして、その骸の背面へ廻って、何かを求めるように蹲みこんでいたが、つと手を伸べると、あるものを取って作業着のポケットに入れた。立ち上ると、夫人の倒れているあたりを目で追っていたが、ふとテーブルの上にあるセロハン紙を巻いたようなものを手に取りポケットに入れた。そして北側の窓の下に造り付けになっている、流し場の傍へふらふらと歩み寄って、何かをしたようだが、直ぐ引き返して、扉口の処に呆然と立ちつくした。

お島は電話をかけ終り戻って来たが、部屋へ入る元気も無いように、大きく溜息を一つして、廊下の壁にもたれていた。

やがて玄関に、こつこつと靴音がして、近所の伊東医師がやってきた。お島は救われたように駈け寄って、書斎へ迎えた。伊東医師はひと目見て、

「奥さんですね？」と云って、夫人の傍へ寄り、頰を指で突いてみただけで、暫くあたりの様子を眺め廻していたが、

「駄目ですね。息をひきとられてから時間が経っています。奥さんの死骸に手を触れてはいけませんよ。警察から係の人が来るまでね――警察へ電話せられました

か？」

「はい。さっきかけました」

「そうですか」

伊東医師はそれっきりで廊下へ出て、お島に、

「はっきりとは云えませんが、大変な事になりましたね。村田先生はお留守ですか？」

「はい、沼田のお邸においでになります。もう直ぐ来られるはずで御座います」

「そうですか。もう直ぐ来られるんですね。ではちょっと待ってみましょう」

と、ポケットからはっかパイプを出してくわえた。

その時本間は、何も云わないで、多少さっきとは慥《しっか》りした足どりで玄関へ出ようとした。お島は、

「本間さん。どこへ行くの？」

「気分が悪いから部屋へ帰る」

と、ぶっきら棒に答えて出て行った。

暫くして沼田から、村田博士が額の汗を拭き拭きやって来た。博士の顔を見ると、お島がわっと泣き出した。

伊東医師は博士に近寄って、

「死なれてから大分時間が経過しています。死因に疑わしいところがありますが、女中さんが警察へ電話せられたそうですから、その方で好く死亡の原因を訊かれた方がいいでしょう……全くとんだ事になりましたね」

と挨拶を残して、伊東医師は帰った。

村田博士は部屋へ入り、投げ出されている夫人の手にちょっと触れてみたが、金物のように冷たかった。椅子が倒れ、それと同じ方向へ体を投げ出し、やや右側を下にして顔は左へ向けられていた。左手は顔の前方へ投げ出され、少し肘を曲げ、右手は頭部の後方へ大きく肘を曲げて投げ出していた。両足はほぼ揃えて膝頭を左方へ出し、かるく曲げられていた。

痛ましい妻の死に様を見て、博士は、せめて寝台の上になりとも収容してやりたいと思ったが、伊東医師の言葉もあるので、思い止まったと、その後の聴取の時もらしたくらいであったから、博士としては見るに忍び難いとの思い入れでもあろう、廊下に出て、暫らくは暗然としていた。ましてお島のすすり泣きを聞いては、この場合誰れだって悲しさをそそられる。

「お島。今朝誰れが一番先に見つけたんだね？」

「はい。おかしいと思いましたのは私で御座いますが、発見されましたのは本間さんで御座います」

「あの部屋の窓ガラスが打ち割られているようだが、

誰れがやったのか?」

「本間さんで御座います。どうしてもお部屋へ入れなかったもんで御座いますから」

「本間はどこに居るね?」

「気分が悪いと云って、さっき自分の部屋へ帰られました」

「見てきなさい……ついでに来るように云うんだ」

お島が、車庫の部屋の障子を、

「本間さん」と声をかけながら開けると、本間は仰向きに寝転んでいた。

「先生がお呼びですよ」

「……」

「来て下さい」

本間にはそれが不承知のような面持ちだったが、大儀そうに半身を起すと、急に真剣な顔色になって、瞳を据えていたが、

「行こう」と呟いた。お島は先へ出た。

間もなく本間はパイプの切れ端を握って、紅潮した顔面を脇目もふらずに、真直ぐに村田博士へ向けて入って来た。

無言で、少し足を構えるように開いて、本間は立ち止った。

博士も沈黙裡に本間を目で迎える。その殺気だった有様と、急にぶるぶるとふるえだした本間を、お島は不思議そうに眺めた。

「水を一杯呉れ」博士はお島に言いつけた。お島が炊事場へ入って、盆を出し、コップに水を注いでそこを出ると、博士と本間は何か話していたようだったが、お島の姿を見ると二人共口をつぐんだ。

博士はお島の差し出したコップを手にとると、一息にぐっと飲み干して、

「もう一杯」と突き出した、お島が二度目のコップに水を入れて、炊事場を出ると、二人はまた、何の話かやめた。博士はそれを飲むと半分残してお島に返した。

お島は、それを片づけに炊事場へ入った。本間があらあらしく炊事場の前の廊下を通り過ぎた。お島が廊下へ出ると、本間が、かっと明るい陽差しの中に、庭を横ぎって車庫の居間へ戻るらしかった。博士は書斎の前の廊下を、何か考えながら行きつ戻りつしていた。

警察と地検の自動車が、騒音をたてながら村田邸の門前に停ったのは、その直後くらいである。

（二）

「大体これが女中お島の申立てによる、発見状況なんだ」

と林署長の話が終る。古田三吉は、ズボンの膝にタバコの灰をこぼしながら、

「うん」と、大きく頷く。

「それから、この略図を見ながら後の説明をしよう」

署長は卓上に村田邸附近の見取図と現場の部屋の平面図を拡げた。三吉も上体を突き出すように覗きこむ。

「この建物は博士が戦争の中頃新築したもので、洋風の研究室と、純日本式の住宅とに分けて造作されたものだが、研究室と車庫だけ残って、あとは戦災で烏有に帰したんだ。それで、この兇行現場が研究室にあたる訳だが床は板張りで、新築当時は盛んに研究室として使われ、一時は学生も随分来たとの事だが現在は書斎として使用されている。博士の言によれば研究は専ら学校のを使用しているとの事だ。この部屋の出入口は二つあるが通路として使用しているのはこれ一つだ。入った右側に、壁に押しつけて、大型の立派な事務テーブルが置かれ、並んでこの図の通り結晶硝子の嵌った戸付きの書類棚がある。左側壁際に、来客に使用する天鵞絨《ビロード》張り肘付回転椅子が二脚あり、これと同一のものがテーブルの前に一脚置いてあった。夫人はこの椅子に腰を卸している処をやられたと思われる。死亡の原因だが……外傷は丹念に調べたが判らない。その他の事はここに出来たばかりの現場写真が有るから見てくれ」

と、書類袋の中から、未だ多少湿り気の残っている数葉の写真を出す。三吉は受け取り一枚一枚につき目を凝らす。

「死体検案の結果は？」

「うん。それが毒殺なんだ。夫人を解剖前、全裸にして入念に調べて判ったんだが、背中の向って右側に針で突いた疵が有った。それがただ一つの外傷さ。解剖の結果、猛毒〇〇を針のようなものに塗って、突き刺した事に因るもので、解剖医の判断では、恐らく絶命するまでに一分を要しなかっただろうとの事だ。死後推定は十五時間位。解剖したのが正午近くだったから兇行は前夜の八時頃になるんだ」

「兇器は出たか？」

「ずっと捜索しているんだが判らない。何しろ短刀だとかナイフといったものなら話は早いが、針のようなものじゃね」

「すると、毒針で突き殺して、直ちに抜き取ったんだな！」

「そうではない。検案では、刺疵から判断するとかなり長い時間刺さっていたものを、後で抜き取ったものだと断定されている」

「なるほど。その判定はつくね」

「何しろ検案は有名な法医学の塩崎博士だからね。信頼絶対さ」

「全くね……ところで、兇行当夜の各関係者の聴取りをきかせてくれませんか」

「話そう。だが君も既に感づいていると思うが、発見状況から推定すると密室ではないかと思われる節が濃厚だ。その辺のところをよく考慮に入れて、後で是非君の意見もきかせてほしい」

お島（三八歳）上里邸の女中
生れはＦ県。夫は開戦二年目に大陸で戦死し、以来独身。昭和××年から村田家の女中となり、三人の使用人中の年長でありまた一番長く勤めている。

兇行当夜、日暮れて間もなく、沼田町の博士邸より、村田博士直々の電話で、二階の居間の洋箪笥中に在る鞄を持って来いとの事につき、本間運転手に、自分の居間へ来てもらい、留守居番を依願して、云いつかった品を持ち六時三十分頃上里町の邸を出る。徒歩にて××電鉄上里駅に至り乗車し、沼田駅下車徒歩にて沼田邸に到着、博士に鞄を渡す。その時博士より一冊の書籍を手渡され、帰路梅ケ枝町の松尾博士邸に立寄り返還する事を依頼される。

松尾博士宅は帰りの道順の途中につき、徒歩にて用件を終る。そのついでに、附近の、本人の姉の縁付き先、清田方に立寄り二十分ほどにて用件を終る。用件の内容は、メリケン粉をやるから取りに来るようにとの伝言が、五日ほど前にあったからである。徒歩にて上里邸に帰る。到着時刻は九時三十分頃なり。

到着の時、本間は女中部屋にて火鉢にあたり、ラヂオを聴いていた。それから二人で、姉の宅より貰ったふかし饅頭を出し、茶を喫む。本間は間もなく自室の車庫に帰る。その折「近く自動車の定期検査があるから、今夜はこれから分解掃除をする」と云えり。

書斎の電燈は消えていた。点いていれば門を入る時書斎の硝子戸が見えるから判る。

それから間もなく就寝しようと思い、玄関の戸締りをなす。その時車庫内に電燈の点いている事を見、本間運転手が修理していると思った。

手提電気を持ち、日課である、戸締り火の元の見廻りをなす。二階には二間あるが、廊下突き当りの部屋へ入った時、冷たい風が吹き込むのでよく見ると、北側の窓が開いていた。確かに締めてあったはずと思い、戸締をする。ソファの上のハンドバッグ、並に靴などは何分にも提ランプにて足許ばかり注意していたため、全く目につかなかった。階下に降りついでに書斎のノッブを調べたが廻らないため、施錠のしてある事を確認した。夜中物音を聞いた事はない。盗難にかかったような形跡も無い。書斎の出入りは、博士夫妻以外の者は禁じられている。部屋の掃除も夫人がしていた。

本間雅夫（二三歳）

車庫の自室で寝ていたのを、女中部屋へ呼んで調べた。貧血患者のように蒼白く、立っているのも苦しそうで、声も元気がない。服毒でもしたのではないかと疑われたが、そうでなく、今朝からの騒ぎで気分が悪くなった模様である。硝子を割った事、お島が部屋へ入った事など二三訊問したが、それにも耐えられぬ様子につき、横にさせ、訊問の替りお島の聴取書の内、本間に関係のある部分を読みきかせ、聞違った個処はないかとの問に対し、そうだと頷く。

特に留守番している時、夫人が来たはずとの問いに対しては答えがなく、相当多量の喀血をしたため、訊問を打ちきる。直ちに来場の警察医に診断せしめると、確かに肺結核であり昂奮著しく、三四時間は安静を必要との事に就き、看視をつけて自室に寝さす。

安井（四二歳）

村田博士邸東側道路東方に住む者。H製鋼所の守衛なり。当夜、九時少し前帰宅せり。博士邸書斎の電燈が帰宅時間頃、点けられていた事を証言す。消燈されたのは、帰宅直後就寝せるため不明との事なり。その他異状を認めざるも、当人帰宅前、当人の妻自動車のエンヂンの音を聞いたとの事なるも、博士邸のものか、または貨物自動車か、タクシーなるかは確認出来ずとの事なり。

絹子（二六歳）沼田邸の女中
生れはS市。博士邸が本年三月、沼田町に新築されたる時、前主人の斡旋にて住込み雇となる。夫は有るも未復員の由にて、勤めも夫帰還までの約束との事なり。

博士は、一ケ月の内、約半分を沼田邸に起居するとの事なり。土曜、日曜、来客等の時または学校の休みの時主として来邸するとの事なり。近くは、一昨日夕方夫婦同伴にて来たる。

当夜、殺害されたる夫人、午後七時少し前上里町の邸へ行くと云って、黒皮ハンドバッグのみ持ち出る。用件も告げず、また上里邸に泊るとも、泊らぬとも告げぬ由。間もなく、上里邸女中お島、博士の用件にて来り、直ぐ帰る。帰路、梅ケ枝町松尾博士邸に立寄り帰る旨告げたる由。

七時三十分頃、博士は番犬を連れ散歩に行く旨告げて出る。博士の散歩は、平常三四十分位の由にて、時には夫人と共に出る事ありとの事なり。一時間以上を経過した頃、沼田駅近くに住む後藤老人と同伴にて帰宅す。それより碁を始め、十一時頃とおぼしき頃終り後藤老人帰る。後藤老人は月に三四回は来る由にて、時には博士が後藤老人宅へ出掛ける事ある由。

夫人が出てから、博士何れかへ電話したる様子なるも、当人入浴中（自宅）につき、詳細不明との事なり。

村田順造（五六歳）

生れはS県。工学博士。現在K大学教授。外にN工業株式会社の重役。殺害された夫人とは、博士四六歳、夫人一九歳にて結婚す。

書斎の鍵は一個しかない。保管は夫人がしていた。

当夜、散歩に出る。それはシェパードの運動も兼ねてとの事なり。出かけた方向は、××電鉄沼田駅とは反対に当る、国道筋方面との事なり。その途中、元の教え子に逢いたる由なり。その者は戦争中学徒動員で、満洲方面に出征し、終戦後引揚たる由にして、久々の奇遇につき、三十分以上立話しせりとの事なり。それより、間道を散歩し、××電鉄路線方面に出で、後藤老人宅に立寄り、同伴して帰宅、十一時頃までに囲碁を三局打ちたり。なお後藤老人は初段の由にて、当人も田舎初段との事なり。

妻の上里邸に赴きたる理由は判然せずとの事なり。但、その夜夫人に注意したる事あり。あるいはそれがための感情のゆきちがいから、無断出かけたる節もあるとの事なり。

その理由は、最近運転手の本間と妻との間に、不純なる事ありと思料せられる事なり。当人が確認したる事実はなきも、その様子のあった事は事実と確信するとの事なり。家庭内においては、他に使用人もいるため、格別その者等の注意をひくような事はなかったが、ある人の忠告に依り、妻と本間が買物の帰途、R公園にて乗用車を停め、車中にて何事かを語りいたところを見たとの事なり。故に当人としては、大学教授の社会的地位を考慮し、注意を与えたりとの事なり。万一妻がその事に関し内心不服を唱えて、当夜勝手なる行動をとったものとすれば、ある程度妻はその風説の真実を裏書きするものであり、かつ当夜、上里邸には本間が単独で留守番をしていた事から思い合せ、相談に行ったものかも知れないとの事なり。

本間は平常真面目に勤務せるも、陰気な性質なり。よって多少陰険なる行動を敢行する可能性ありとの事なり。

特に、妻死亡の報を受け、上里邸に駈けつけた時、本間は鉄棒の如きものを持ち来り、当人に対し危害を加えんとの気勢を示したる事は、女中お島もよく知るところなりとの事である。

本間運転手を雇入れたのは約六ケ月前との事にて、妻との間に特種な事情を生じたのは二ケ月くらい前からとの事なり。

ここで引続き、林署長と村田博士の間に、死体検案書にもとづく特別の応答を記載する。

「大体事情は判りました。ところで、これは大変失礼な聴取りですが、本事件と重大な関係をもつかも知れませんので、お訊ねしますが……奥さんの死体検案の結果、殺害前に交接の事実がありますが、この点どうですか?」

「交接ですって! ……僕には覚えがないね」

「たとえば殺害の前夜だとか、特に、殺害当日の昼間ですね」

「ないね」

「そうですか……奥さんは、当日の昼間外出せられた事はありませんか?」

「ない」

「と証言されるあなたは、無論外出せられなかったんですね?」

「そう」

「とすると、この事実はどうなりますかね……あなたにその事実がないのに、奥さんにその事実がある。そうなると、奥さんは、重大な秘密を持っていられる事になる。そうですね?」

「……ご推察にまかせる」

博士の表情が、やや乱れる。

「それでは回答になりませんね……ま、それはそれとして、もう一つ。奥さんの体に、はっきり場所を云いますと、お臀ですがね。そこに皮下出血の痕がある。たとえば皮帯のようなもので打った形にですね。三ケ所あります。これはどうですか?」

「……」

「どうです……説明出来ませんかね……当日の昼間、本間が来た事はありませんか?」

「来ない……と思う」

「ふーん。ではこの問題は、別に暴行殺害ではないとの検案ですから、日を改めて訊ねましょう。が、あなたは全く交接の事実は知らぬと断言しますね?」

「そう」

× × ×

「以上が今までに出来た聴取の全部だよ。事実博士が夫人と夫婦関係をしていないとすればこれは殺された夫人の、立派な殺害動機の鍵になる」

「博士の否定が真実なれば、本間が唯一の対象になるね」

「そうだよ」

「だが、夫人の臀部の事もある。それが同時になされたものとすれば、本間のような青年に、そのような大胆な行動の出来るはずもなければ、余猶もない。博士がはっきり回答をしなかった事は、時機として云い難い時だったと思われる。事件に関係の有無にかかわらず誰だって答えには困る。特に事が閨房に関してはね……はっはっはっ」

「はっはっはっ」

二人は博士の、その時の心情を想い浮かべて大笑する。

「古田君の見込みもそうだとすれば、これは副産物かね」

「まあ、そんなところだろう」

「だが……本間は重要な容疑者だ。これの取調べに重点をおくつもりだよ。元気が恢復すれば直ぐ調べるように云ってあるから、あるいは今頃新事実が出ているかも

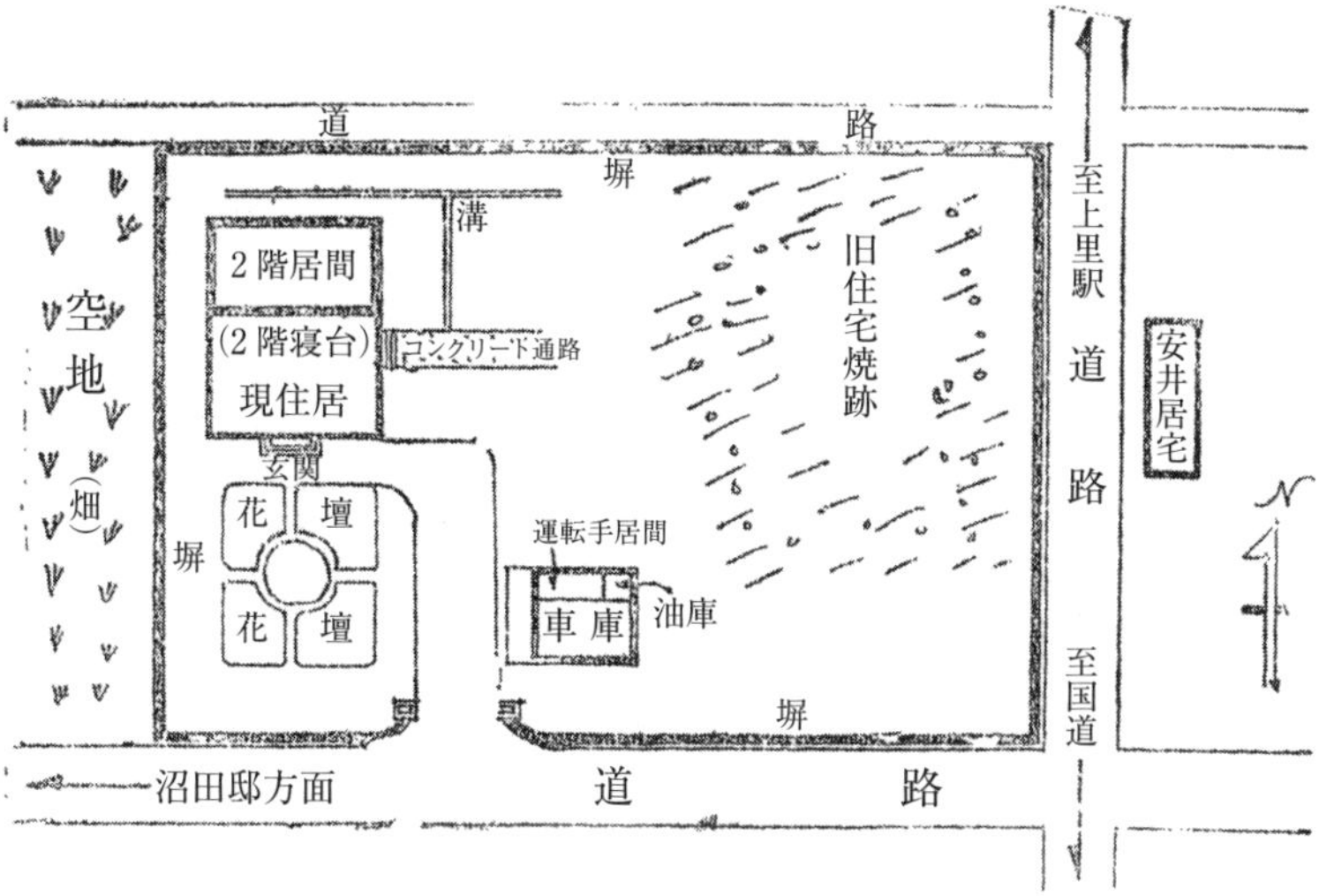

第一図　村田博士邸附近見取図

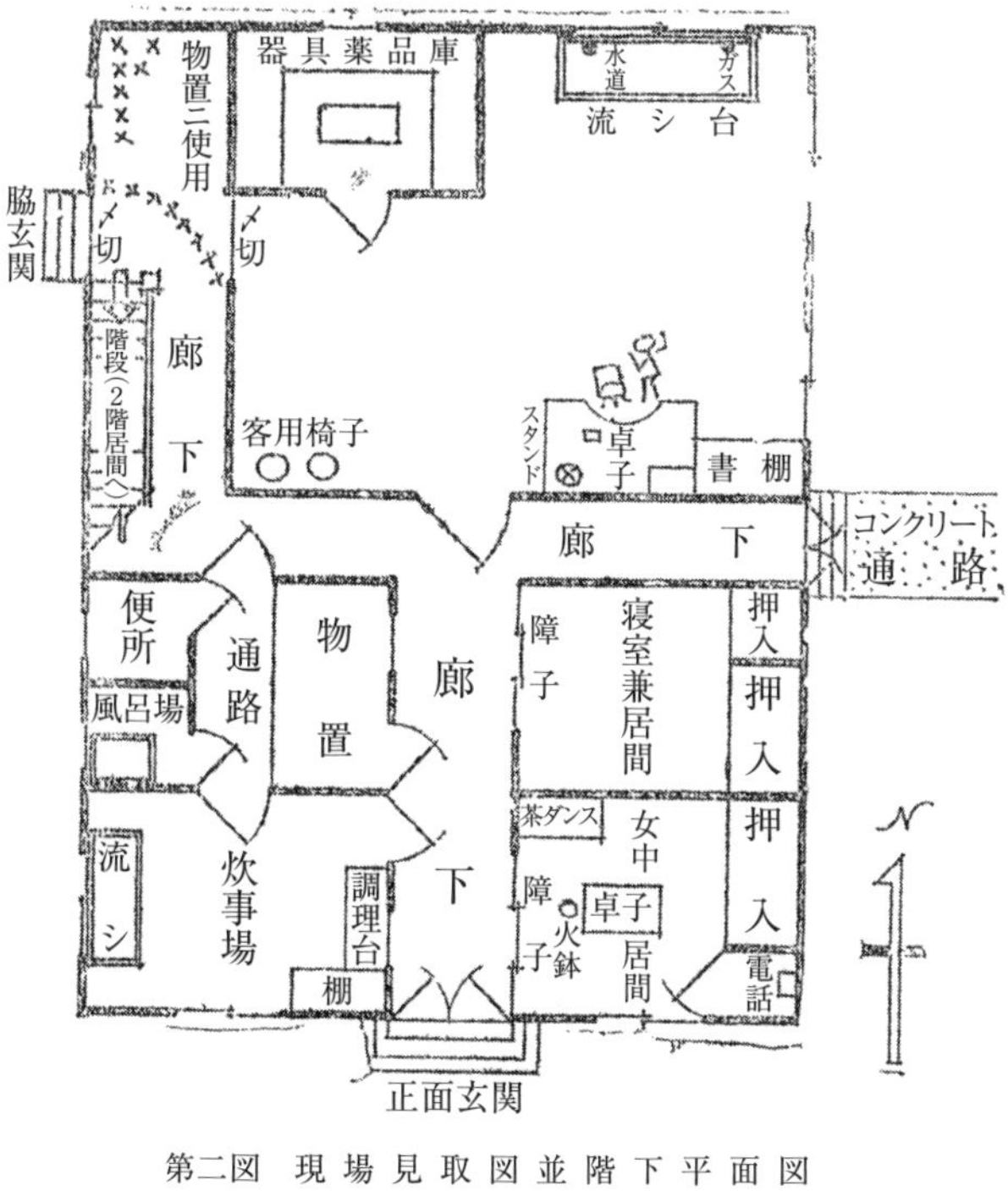

第二図　現場見取図並階下平面図

知れない」

「いいね。その方針は。しかし、密室の事実が動かぬものとなると、この事件は難かしくなる傾向があるね」

「そう脅かさないでくれ。それを思って態々君に来てもらったんだ。はっはっはっ」

ジリジリジリ――と、その時署長の卓上電話が鳴る。

署長は手にとって、

「林だよ……ふん……何ッ。自殺した。よし直ぐ行こう。うん。指紋は未だだったね。直ぐとって……身許調査を至急するんだね。前歴と知人関係などね。うん。解剖に廻して好い。御苦労」

電話器を置くと、扉を開け、

「くるまの用意を大至急！」

どなって席に戻ると、

「古田君。本間が自殺したよ。唯一の手懸りを失った。大失敗だ！」

「そうか。場所は？」

「車庫の自室で……服毒だそうな」

「毒か！」

「悪くすると、これは困る事になる」

林署長は無念そうに腕をくむ。

「速に追求すればいい。困るほどの大事件になれば、それだけまた手懸りも多いと思う。余り心配しない方がよい」

「僕は直ぐでかける。君は？」

「是非現場も見ておきたい。行くよ」

三吉はソフト帽を摑んだ。

（三）

村田邸の現場へ車は急ぐ。三吉は、何となく寂しい感慨に浸る。事件が起きて、その悲惨な現場へ臨む時、襲ってくる寂しさだ。

犯罪！　人間の、弱い精神生活が作る真空圏。

「人間て、弱いもんだね。林さん」

「何故？」

署長が面喰ったように訊き返す。

「殺される人間よりも、殺す人間の意志の方が、よほど弱いと思うからさ」

三吉は窓外に瞳をやったまま、ひとり語のように云う。

街路樹の落葉が、鋪道の溝に吹き寄せられ時々風に舞って沈む。清澄な秋空は広く、瓦礫の曠野に赤まんまが紅く実り、廃墟の谷にコスモスが咲き乱れている。それは皆戦争の劫火に、一旦は炎の底に沈んだはずであるのに、木も茂り、人も棲む。根強いものは生命の神秘だ。三吉はそんな事を考えながら、いつしかとろとろと眠った。

クッションに深く腰を卸し、もたせかけた頭で、冠った中折帽の縁を押しつぶし、心地良さそうに居眠る三吉を、署長は眺めてほほ笑む。時に雄弁になると思えば居眠り、居眠っているかと思えば、鋭い結論を吐く。署長は、畏友と思い、可愛い奴だと親しむ。年齢は署長より八ツ下の三十五。独身の青年盛りながら、いつもアイロンの伸びた黒サージの服を着、ネクタイも鼈《すっぽん》を縛ったように無造作である。蓬髪無髯だが、まばらながら、下萌のような無性髯が無い時の方が、却って淋しいくらいだ。といって、決して不潔とか、汚いといった感じは受けない。丸顔で色白で、くるっとした体つきは、誰れでも親しみを感ずる。殊に笑った時、片頬に浅く出来る靨《えくぼ》は人なつこい。しかし、一旦固く口唇を結び、思索の淵に入ると、瞳が炯々と輝き、近づき難い視線に射すくめられる。

署長とは遠い親戚関係になり、こちらのH大学へ就学中からの交際《つきあい》になる。今は、著述と遺産で、田舎へ帰ったり、こちらへ出ている時は、アパート暮しの暢気な生活をしている。犯罪にはとても鋭い頭脳の持主であるままに、署長は何かと三吉を利用する。しかし時には甲論乙駁、またある時は行動の上で争い実際の面で競う。他人が見て危険な対立とまで思わす時もあるが、最后は協同の外何物も無い。今では大小の事件を経て、このコンビは権威ある存在となった。

「署長。あの家ですね？」

居眠っていると思った古田三吉が、車窓に顔を近づけて指差す。

「そうだ。あれだよ。君知っているのか？」

「いいや。大体、署を出てからの時間と、見取図で判りますよ。それに、あのあたりに妖気が漂っている。はっはっはっ」

「まさか……」

と署長も三吉の冗談に微笑する。

自動車は村田邸の門を入り、制動機を軋ませて停る。

署員が二名駈け寄って、車から降りた署長に何事か話す。

三吉も車を出て大きく深呼吸をする。邸の周囲は、四尺くらいの高さに、煉瓦が市松模様に隙間を造ってめぐらされている。邸内の空地は荒れているが、問題の建物の前面は、元、花壇であったらしい盛土のあとに、残菊の幾株かがあでやかな色模様を描いている。塀寄りの葎《むぐら》はすがれ、一本の梅もどきの実の紅いのが目だつ。

「古田君。運転手の部屋へ行こう」

三吉は頷いて、従う。ガソリンと潤滑油の臭いが鼻をつく。本間運転手の部屋は四畳半で、正面に窓が一つあるきりだが、白色の壁塗料で、中は割合いに明るい。窓下に机があり本たてがある。花瓶に挿された黄菊の色も部屋の主が自殺した今では、痛ましく瞳に沁みる。本間は上り口に足を延ばし、俯伏して死んでいる。白いシーツを除け、署長が検視する。

「持物は全部調べたかね?」

「はあ。全部調べましたが、整理でもしたかのように片付き、事件に関係あると思うものは何一つありません」

「兇器は?」

「発見出来ません」

「困ったね……死体は直ぐ解剖に廻すね?」

「はあ。そのように手配してあります」

署長はそこを出る。

「古田君。二時半頃看視の刑事が、気配に驚いて障子を開けると、苦悶していたそうだ。抱き起すと、何か言いたげに唇を動かしたが言葉にならず絶命したそうだ」

「……」

「それから身許だが、博士もはっきり判らないとの事だ。前の運転手が病気でやめる時、替りとして推薦したのを、そのまま使っていたんだそうだ。何れにしても、本間の自殺は手痛い。これから兇行現場へ案内しよう」

まず書斎へ入る前に、三吉はずッと廊下を見廻す。ドアーの枠の右上に、電燈の点滅スイッチがある。

「これは、この部屋のものだね?」

「そうです」

同行の刑事が答える。

「指紋はどうです」

「はっきりしたものが出ません」

三吉は、扉のノッブをさして、それも訊ねる。

「いろんなのが重複して駄目だよ」

署長が回答する。三吉はそれを開けて入る。足許を注意し、部屋の内部を見渡す。

「内側のノッブは?」

「夫人のと、女中お島のとが出たよ」

「聴取と符号するね」

三吉は夫人が倒れていたあたりを、丹念に見て、

「このテーブルの端から床に、硝子の細い破片がこぼれているね？」

「未だ残っているかい。うん……なるほど。これは夫人の腕時計の硝子だよ……君に話さなかったね。おそらく、夫人が毒針に刺された瞬間でもあったのだろう、腕の内側につけていた、七型長方形の腕時計を、卓の角に打ちつけて砕いたらしく、しかもよほど強く打ちつけたとみえて、都合の好い事に時計が停っている。八時三分でね。その時間が果して正確かどうかは判らんが、死体検案の推定時間と一致する」

「……兇行時間が、大体証明されている事になるね」

と、三吉は話しながら、卓上に目をやる。そして、そこに置かれた、黒皮装幀の書籍に目をとめて、表紙を開く。蔵書の朱印がある。暫く見て、表紙を閉じる。

「林さん。そこの扉の鍵は？」

「保管してあるよ。お島のがはっきりしている」

「各窓の捻子込錠は？」

「そこの、割れているものだけ、お島のと思われるものがあり、他のものは薄く埃をかぶっている。女中の証言により、一週間余り掃除してない。したがって手を触れれば判るがその形跡は無いよ」

「あそこの、流し場の上の回転窓は？」

「あれは落し錠で、つまみが構溝に確実に嵌っている」

「なるほど……ところで、この部屋の電燈は、この卓上スタンドだけかな？」

「現在使用されているのはそれだけだそうだ。シャンデリアも四個あるが、御覧の通りグローブも電球も無い」

「外部のスイッチを入れても、このスタンドのスイッチで消す事は出来るね。ちょっとスイッチを入れてみて下さい」

刑事が部屋を出て、ぱちっと音をさせるとやや大型の、装飾されたスタンドの笠が皎々と輝く。

「かなり明るいね。これだったら窓には充分反射するし、外部から直ちに点滅が判るね」

そして、スタンドの光を遮切るように、体を動かすと、北寄りの窓の硝子戸に、三吉の動く陰影が、幽かに映る。直射光線ではないから、その影のりんかくはややぼける。

「夜間だったら、外部からこのスタンドを遮切るもの

の判別は充分だね」

それから、部屋の隅を廻り、板張りの床を充分点検する。合せ目のゆるんだ個所は、靴の踵で踏み叩く。そして最後に流し台の前に立つ。

「これは、元実験に使った時のものだ」

と署長が説明する。造り付けの、コンクリートの流し場の上には、二本のパイプが出ている。

「林さん。村田博士はいますか?」

「いるよ」

「呼んで下さい」

間もなく、村田博士が刑事に案内されて来る。

「御苦労ですな」

村田博士の方から声をかける。

「いや。色々と御迷惑です。こちらは古田君です」

「僕が村田です」

「まことに、お気の毒な災難でした」

言葉尠く答え、一瞬三吉の瞳が光る。

「実は、流しのこれですが」

と、右側のパイプを指し示す。1/2吋《インチ》くらいのパイプが、流しの上に二十糎《センチ》ほどたち上り曲り手金具で左方へ曲って、その先に十糎ほどの長さの鉛管がついている。


「それは以前、実験の時使用していたガス管だが、もう戦争中から使ってない」

「今でもガスが出ますか」

「いいや。この管は母屋の方からきているがあちらが焼けたので、途中の配管も目茶目茶になって現在では全然出ない」

「こちらは水道のようですね?」

「そう。水道……」

「これは出るようですね」

「出る。この方は表の道路からで、焼けた母屋に関係がないからね」

「今でも使われるようですね?」

「使わないと云った方がいいが、これは炊事場から配管してあるため、元バルブを締切るわけにはゆかないので、出るままに雑巾がけや掃除くらいには使っていたようだ」

「この桟《さん》の嵌っている孔は下水ですね」

「そう。その下から樋で流し場の下の下水孔へ落ちるようになっている」

「有難とう御座いました。ところで、この部屋の掃除は奥さんがなさっていられたようですが」

「そう」

「使用人にさせなかった理由は？」

「それはね、この書斎には貴重な僕の研究資料の保管やら、学生の論文、学校関係の書類、貴重図書などを置いているからだよ」

「よく判りました。お引とり下さい」

博士が目礼して帰りかけると、林署長が、

「村田さん。あとで本間の事に関し、もう少し訊ねたい事があるんで、今暫く待って頂きたいですがね」

「いいでしょう。だが、亡くなった妻の葬儀の事もあるんでね……早くしてもらいたいね」

冷徹な瞳色を残して、博士は部屋を出た。署長は、

「古田君。何かこれに不審が有るのか？」

「いや。そうじゃないが、密室ということになれば、外部に連絡あるものは一応知っておく必要があると思ってね。外にないですかね？」

「まず対象になるものはないが、参考までに云えば、東側の窓の中間上部に煙突孔があるがこれには板が木螺《もくね》子《じ》止めになっていて永い間手さえ触れた形跡はない。それから脇玄関に出る通路として扉がある。あれだね。ところがこれは長い間締切ってあり、あの扉の外から階段前の廊下にかけて応接セット類、その他の家具、木箱のようなものが積み重ねられ、扉には外部から補強のために桟板が打ちつけられて、荷崩れで壊れないようにしてあり、塵一つ乱れた形跡がない。この部屋を占領した北西にある造作物は、実験用の器具薬品庫で北側の壁面に高く採光窓があるが、これは鉄枠で壁面に造り込みになっているから問題はなかろう。それだけだね」

それから廊下へ出て、本間とお島が、死体発見の時出た出入口から外へ出た。そこにはコンクリート畳の道がついている。これは以前母屋と、この研究室の間を繋ぐ通路になっていたものだ。

各窓ガラスは、外部からパテで止められ、長い間風雨にさらされて、異状はない。一枚一枚につき調査されたが得るところはなかった。北裏へ廻り、ガス管、水道管、下水につき調査したが、埋没状態にも異状はない。

そこで女中お島を呼んで、二部屋ある二階を調査する事になった。階段を昇り、廊下を右へ曲ったとりつきの部屋は寝室になっていた。三吉はちょっと覗いて、奥の部屋に移る。

左壁際にソファ。一人掛けの肘付椅子が二脚。テーブル。右方に洋箪笥。書棚といった調度が、落着いた部屋

の感じを出している。

「この窓ですか、開いていたのは？」

三吉がお島に訊ねる。

「さようで御座います」

三吉は窓を開き、外を眺める。見卸すと真下に、書斎の北側の窓がある。元通り窓を閉め、一行は階下へ降りる。署長は村田博士訊問のため、三吉達と別れて女中部屋へ入った。

その頃、暮色がせまり、遠近の燈火が濃くなってきた。夜霧さえほのかな庭を横ぎり、三吉と一人の刑事は再び車庫に行く。

既に、本間運転手の遺骸は解剖に運びさられた後だった。

(四)

庫内の自動車は、ボンネットカバーを外しエンヂン廻りが分解してある。ピストンやらその他の部品が、油泌みたケンパスの上に置かれてある。これだけの作業をするには、お島の聴取りにあるように、昨夜遅くまで仕事を続けていたものと思われる。壁際の作業台にも、ボールト、プラグ、マグネット類が、陳列したように並べられ、壁面には太刀掛けに掛けられた刀のように、ヤスリ、スッパナの類が整然とかけられている。抽出しを抜き出すと、そこもよく整理され、本間が仲々几帳面な男であった事が想像出来る。

ふと、作業台横の灯かげに、三尺ほどのガス管がたてかけてあった。今朝村田博士に本間が呼ばれた時、手にしていたものと思われる。手にとって見ると、一方はヤスリで面取りがせられ、一端には螺子が切られてあった。電燈にかざし、パイプの内孔を覗くと黒ずんでいた。三吉はちょっと指を突込んでみる。指先に煤煙のようなものが着いた。三吉はそれを刑事に渡す。それから自動車の周りを調べ、ウインドから客席をちょっと覗いて、ドアーを開ける。中は電燈の光りが届かない。三吉はポケットから懐中電燈を出して、仔細に点検する。終ると、こんどは運転台のドアーを開けた。懐中電燈で、隅から隅まで探る。ドアーポケットにも手を入れてみたが、別に何も無い。運転台正面の、計器盤左方にある物入れの扉を開ける。ペンチ、ドライバー、プライヤ、予備点火栓等が入っていた。凝と、懐中電燈をさしつけていたが、三吉はそこから、注射針を発見した。早速手袋をはめ、それを出し、続いて、セロハン紙を巻いたものを取り出した。白手袋の掌にそれを乗せ、電燈にかざす。

「おお……これは注射針だ！」

刑事が、声をあげて、喜色を表す。

「兇器ですね！」

「いや。未だ判らん」

「こちらのセロハン紙のようなものは何ですか？」

刑事がせきこんで訊ねる。三吉は黙って観察する。長い円錐型で、セロハン紙が三重くらいに巻いてある。細い方の先端には、細い竹軸が、長さ八粍《ミリ》ほど巻き込んで固定してある。三吉は注射針の根元金具の大きさと比較して、それをセロハンの竹の部分に嵌てみる。ぴったりと合い、一つのものになる。刑事は唸るように、

「……うーん。吹矢だ！」

「君、これを鑑識へ廻して下さい。毒物の有無が第一だよ。そして、この注射針が人体に長く刺さっていたかどうか。その外、セロハン紙の指紋等、出来るだけ委しくね」

「承知しました」

刑事は元気よく、ポケットから紙挟みを出して、油紙を出し、それを大切に包む。

そこを出た時は、すっかり陽が暮れて、邸内からの洩れ灯が、庭に縞を作っていた。星月夜を渡る風が、三吉の頬をここち良くなでる。

署の乗用車が、ヘッドライトを輝かせて帰りを急ぐ。

「古田君。大した発見だったね。自分の日頃愛用している乗用車とは気がつかなかった。運転台の物入れの中に、あのものが有った事は、犯罪者の心理としてあり得る。まず、十中の八九まで兇器に間違いないね。特に、夫人の死体からある時間後、毒針を抜き取っているとの死体検案の断定から判断すれば、本間は確かに今朝その時間を持っていた。ただ残念な事は、その大切な本間を死なせた事だ」

「そりゃ、林さんの言われる通りだね。色々な意味で、本間の自決はいたい」

「このパイプで吹矢を飛ばす。本間の犯行に間違いないようだ」

「否。その推定は違いますね。あの吹矢は、このパイプでは吹けない。吹矢の羽根の直径よりも、そのパイプの内径の方が大きい。それじゃ吹矢はへらへらとしか飛

ばない。とても人の体に突き刺さるところまではゆかんでしょう。ただ、そのパイプが事件解決の助けになれば好いくらいのものでしょう」

「なるほど。僕はそこまで気がつかなかったね。ふーむ」

署長はパイプを手にとって、何かを考える。

「ところで署長。死体検案には、針の突き刺さっていた深さはどれだけとあったんですか?」

「約、五糎《センチ》だ」

「随分深いんだな……」

「とにかく、兇器の出た事はよかった。今夜の捜査会議をうまく進める材料にはなる。要はあれをいかに使ったかの推定さえつけば好い」

「会議は何時からですか?」

「八時からだ。古田君、差し支えなかったら僕と一緒に夕食して、是非出席してくれ給え」


その夜本署で、定刻に捜査会議が開かれた。署長はそれに先だち、本間運転手の、自殺体解剖の結果を発表した。夫人殺害に使用した、同一毒薬による自殺である事。肺結核が第三期の初期である事だった。

そこで相原捜査主任が司会して、本題に入った。誰れが夫人を殺害したかの点では、一致して本間運転手であると答えた。その断定条件として、

一、死体発見後の、本間の態度が非常に曖昧であった事。
二、犯行の発見をおそれて、覚悟の自殺を遂げたものと思われる事。
三、自殺に使用した毒薬が、夫人殺害に使用したものと同一なる事。
四、兇行推定時間の八時頃、本間のみが留守番していた事。(但し、その時間に本間が居たという確証が無い)
五、殺害の原因として、殺された夫人との間に特種な関係があったと思われる事。

以上五つの理由が挙げられ、更にそれへ、夕方古田三吉が発見した吹矢が唯一の物的証拠として登場した事だ。即ち、今朝、お島と二人で兇行現場に入った時、針を抜き取り、羽根の部分を窃に持ち出し、車庫内の発見場所に隠蔽し、兇器の発見を妨害した事である。

針は鑑定の結果、確かに人体に刺さったものであり、血痕を認められ、かつ、毒薬を検出したとの報告が、さ

っき鑑識係から届いたばかりである。その上、セロハンの羽根部から本間の指紋が検出され益々確実にした。

そこで署長は、

「諸君の見るところはもっともと思う。六項目の判定基礎は、本間こそ真犯人と推定されるに充分なものである。また、本間が夫人を殺害するに至った原因も、夫人との間に、村田博士が証言するように、何等かの関係があれば、痴情の結果とは充分考えられる。仮にそうでないとしても、本間が夫人に何かを要求し、拒絶された恨みの兇行とも考えられる。それで、重要になってくる事は、いかにしてあの犯行が進められたかという事である。吾々は六項目の推定理由を挙げる事は出来たがこれが理論的に、また科学的に証明されない限り、本間の犯行である事に疑問を残す結果になる。殊に、兇行のあった書斎は密室であった事を覆す材料が無い。ここに始めて『吹矢』という特種兇器が重要な対象をなしてくる。その点を充分考慮して諸君の考えを聞かせてもらいたい」

署長の話が終って暫くは、色々と思索をこらし、推理をねって、即答する者はいなかったが、やがて一人が、

「大体密室という事に間違いないようですが兇器が吹矢という特種なものですから、たとえば、吹矢を吹く竹筒のようなものが入る隙さえあれば、目的を達するのではないかと思われます。だから、殺人方法の判明した現在としては、明日にでも再度現場の細密検索を行えば解決出来るのではないかと考えます。何分、吹矢が発見されたのが今日夕方です。それまでは吹矢という事を念頭に置かなかったために、そうした隙を案外見落しているのではないかと思われます」

「私は、密室という点に疑わしいところがあるように思われます。即ち本間が犯人とした場合。第一に兇行の事実を発見したのも本間であり、かつ女中が電話をかけに行った後、単独で現場に居た時間があります。窓のある個所に施錠がしてなかったものを、いかにもそれらしく見せかける事も出来る可能性があるように思われます。すると、書斎の窓硝子を南寄りのものを打ち割った事は偶然でなく、何かの目的があった行動の一部とも考えられます」

「私は、こういう事を考えます。それは、兇行の発見された部屋で殺人されたものでなくある場所で殺害したものを、あの部屋へ運んだという推定です。理由として、夫人が沼田の邸を出た事は確認されるが、実際に上里町の邸へ到着した事を証明するものがない。推定兇行時間

の八時、果して夫人がどこにいたかという事です。死骸であの部屋へ運ばれた上で、密室の条件が作られたという推定です」

「私は、こういう場合もあると思う。本間が誰れかを共犯として、その者に殺害させてはおらぬかという事です。共犯が密室内で夫人を殺害し、朝までそこに潜み、本間によって兇行発見時逃がされるとすると、施錠等に一切手を触れなくて済むという事です。あの部屋には、たとえば、大テーブルの下。流し場の下の戸棚。雑品庫といった有力な隠れ場所があります」

署長は、各意見を聞き、暫く黙考していたが、

「兇行場所の疑も出たが、これは書斎に間違いないと思われる。と、いう事は、夫人の腕巻時計の硝子が割れて散乱している。その量と原形時の量とは大体一致するし、夫人の着衣からは、別に他の場所で殺害された事を証明するような、微細物は出なかった。何より上穿きのスリッパを穿いていた事は、まずあの建物外でない事を証明する。次に密室でなかったのではないかとの意見も出たようだがこれは聴取書と、現場に残された指紋により正確に一致している。手を触れてない捻子込錠については、埃を採取して検鏡した結果、どれもが同じで、一週間は誰れもが触れてない事に断定されている。共犯説も大変鋭い見方ではあるが、外部的にどんな条件で発見されるか判らない危険があるから無理ではないかと思う。犯人が兇行現場から早く退散したい事は原則的心理であるが、それを平気でいるような兇悪な者に、たとえば共犯を依頼したとすれば、もっと殺し方が惨酷な方法をとられたであろうと推定される。共犯説では、密室というカラクリは簡単に打ちこわせるが一方にそうした矛盾が残る」

すると、一人の刑事が、

「署長、私が扱った窃盗犯の手口に、捻子込錠専門のがいましたが、丈夫な糸一本で、差込錠を開ける奴がいました。それを逆用すれば、閉める事も出来ます。その点本間の前科調べも必要と思います」

「なるほど。それも好い推定である。とにかく、最初に意見も出たように、現場の再調査をもう一度明日やってみよう。このままでは資料が不充分で、諸君も推定が組立ち難いと思う。ところで古田君。君の考えを聞かせてくれ給え」

と、署長が促す。さすがに三吉もこの場合居眠はしていなかったようである。

「では私の考えを申しましょう……兇器として吹矢が発見され、総てが死体検案にぴったり符合し、これが兇行に使用された事は疑う余地がありません。では、この吹矢がいかに使用されたかを第一に考えてみましょう。これを飛ばすについては、まず竹の筒っぽのようなもので吹かれる事が常識として考えられます。しかし、その物は未だ発見されていませんが、よく検討してみますと、決してそのようなもので吹かれたのではない事が推定出来ます。吹矢の針ですが、これは、普通医者が使用するもので、中型のものであります。針の長さは約五糎でありります。これは注射ポンプに嵌められる根元の金具を残した寸法ですが……夫人の背部に残った傷の深さも、肋骨と肋骨の間に刺さり、その先端に肺臓に達する五糎の深さのものであります。するとこれは針全部が刺さった事になりますが、肺活量の大きい、頑丈な人間が、偉大な圧力を加えて吹矢を飛ばしたとして果して、こんなに深く突たてる事が出来るかといえば、到底出来る事ではありません。まして、肺病の第三期にあった本間にはなおさら出来ぬ事だと思います。しかし、これを機械的に発射したとすれば、可能性が無い事ではありません。たとえば、発条で飛ばすとか、空気銃のようなもので飛ばす類です。その外に極く簡単な方法があります。それは針のみを手でもって刺す事です。ところが手でやったとすれば、羽根は不要になり、また密室という説明がつきません。すると、どうしても機械的な吹矢の発射方法しかありません。だがそれにも不審があります。あれだけ確実にあの針を撃ち込むとすれば、狙い撃ちでなければならない。すると、密室と思われるあの部屋のどこにそんな大きな間隙があるかという点であります。私は、その結論を下す事は出来ませんが、それによって二つの疑問を掌握する事が出来ます。

●果して、夫人殺害時が密室であったや否やとする疑問であります。皆さんは、吹矢という兇器を対象とすれば、密室であるべきだと考えられるかも知れませんが、別に密室でなくても出来る——という事を忘れてはならんと思います。それは「密室」という現象が「吹矢」という素因によって眩惑される危険があるからであります。も一つは、

●本間が犯人であると推定した場合、あれだけ複雑な殺人を計劃した目的は、即ち犯人である自分の存在が、必ず容易に発見されないという事を予定していたと思われるのに、兇行発見後、僅々、数時間で自殺を遂げた謎

である。

そんな事を考えますと、本間は、何かの都合で、自分の犯行が以外に早く発見されそうになった危険を避けるための自殺ではないかといった、派生的な疑問も出てきます。これが今までに私の考えた大要であります。現場の再調査は私も痛感します。吹矢の点では、先刻説明しましたように、人の呼吸力で飛ばしたものでない事は断言出来ます」

署長は、特に熱心に古田三吉の話を聞き入っていた。が、

「しかし古田君。少し刺さっていたものが倒れた瞬間、深く入る事もある」

「それも考えられます。だがそれにしても半分くらいは刺さっていないと、曲りますね」

「偶然の一致という事もあるよ。だが、君の吹矢を機械的に飛ばすという説は全く同感だ。僕にはそれが一点の光明に思える。本間の自殺の件は、単に罪を愧てであろうと思うがね。君の意見にも一理あると思うが……」

結局、その会議は決定的な結論は得る事が出来なかったが、現場の再調査に意見が一致して、終った。

（五）

翌朝の新聞は、一斉にこの事件を取り上げて報道した。名士である村田博士の夫人であり、かつ、婦人雑誌の写真にも度々掲載された若く美しい夫人の殺人事件である。「村田博士夫人、謎の毒殺」「影無き殺人、村田工博夫人殺し」「村田夫人、吹矢で毒殺さる」「有力容疑者、運転手の自殺」「痴情か？　怨恨か」「痴情説有力」「林署長は語る」「村田博士は語る」等々、村田邸の見取図。兇行の書斎。在りし日の夫人。本間運転手自殺の部屋。記者と語る村田博士、等々の写真掲載。何分世相が険悪で、殺人事件の多い当時の事ではあったが、一般的な単純犯罪とは区別して、世間の話題の中心となった。

その翌日の新聞は「当局必死の活躍」「解けぬ謎、村田博士夫人殺し」「現場捜査続く」「自殺運転手の身許不明」

更に、その翌日「運転手の自殺は当局の失態」「新事実の発見なし」「捜査進展せず」「早くも迷宮入りか」「昨日村田夫人葬儀、秋雨の中に行わる」と、三日を経

過した。

しかしその間、当の林署長は、古田三吉の言に、ある暗示を得て、相原捜査主任を督励し、遂に本間の犯行である事を完全に立証する自信を得た。

あの日以来雨続きで、その日も署長室の窓硝子には、つるつると水玉が下っていた。だが署長の顔は日本晴れで、やがて来るはずになっている三吉を待った。

三吉が約束通りやって来た。

「古田君。あれ以来全く顔を見せなかったね」

「いや。僕は僕でやってましたよ。いつも林さんとは駈け違いになって、現場では逢わなかったようです……相当調査が進んだようですね」

「うん……そうでもないがね」

と包みきれぬ欣びを抑え、

「実は、本間の犯行を立証する確信が出来た。明日午前九時より現場で、各関係者立会の許にその実験を公開したいと思うよ。君にも是非来てもらいたい」

「参りましょう。私の方も署長に是非聞いてもらいたい新事実があるんでね……」

「ほう。そうかね……しかし僕は、この立証と実験については、最後まで解決出来る自信があるがね……万一不備な点があれば、そりゃ充分補正してもらおう」

「その方は大体僕も、林さんが成功されてる事と信じます。ところが僕のは……林さん。あんたのを一歩先んじているかも知れませんね」

「や……大言壮語だな……まいい。君と僕の対立は燃え上った方が面白い。万事は、お互いに明日の戦場で相《あい》見《まみ》えよう……間もなく退け時だよ。今日は英気を養う意味で、玉露にようかんでも御馳走しよう」

「それは有難いですね。ところで、僕の方にも注文があるんですが……明日の集合には、部外者を一切入れない事にして下さい。是非秘密を守る必要がありますからね。警察関係と地検だけ。特に新聞記者は困ります」

「よろしい。その手配をしておこう。さあ来給え」

署長は三吉の背なに手をかけ、子供がする仲よしのようなかっこうで、署長室を出る。

翌日は、秋晴れの好い日和だった。雨あがりの村田邸の庭には、凋落の秋ながら、青く残った草木の色に潤いが増し、踏みしめる黒土の柔みもなつかしい。

約束の九時には、十五名の関係者が集った。その中には、勿論古田三吉も来ている。

「では、書斎へ入って下さい」

署長が一同を誘導して全員が兇行現場へ入り終ると、しんがりの相原捜査主任が扉を閉める。閉めきった窓の摺硝子戸には、暖い陽差しがあり、部屋の中は明るい。

署長は、

「これから私は、本間運転手がいかにして村田夫人を殺害したかの実験を行い、この事件の結末をつけたいと思います。御承知のように、夫人殺害に使用された兇器は一本の吹矢であります。そして、たしかに密室と思われるこの部屋で行われたのであります。ところで、吹矢が被害者に突きたった状況から推定して、これは人が、呼吸力で吹き飛ばしたものでないとの、重要な意見を、ここに居られる古田君より聞かされまして、三日の間、相原捜査主任と検証に検証を重ね、研究に研究を積んで、遂に成功したものですが、無論これには優れた古田君の推論が端緒となった事を付け加えたいと思います。まず、吹矢が発射されたのは、あのガス管からであります」

署長の指差した、流し台の右側のそれへ、一同の視線が集る。

「あのガス管は、御覧の通り右方へ向けられてありますが、あれでは夫人が腰を卸していたこの卓の前には、吹矢を発射する事が出来ませんが、兇行発見の朝、本間運転手の手によってあの方向に直されたものと推定されます」

と、署長は自らガス管の位置へ寄り、手でぐっと捻ると、接手の個所から回って、こちらを向けた。

「このように、回転をしますから、手を加えれば任意の方向へ向ける事が出来ます。そこで、このパイプですが、ここの曲り接手の先は鉄製の短いパイプがつきその先に鉛管が約十糎ほどついていますが、ガス管は普通使用しなくなれば、鉛管の先は必ずつぶすのが本当です。ところが兇行の数日前に、その潰した所を切り取った跡があります。流し台の上に、鋸の挽き屑が少しこぼれていますし、なおその切断に使ったのはこの鋸です」

署長は窓際に置かれた木箱から、金切鋸を出して来た。

「今まで説明した事をよく御検討下さい」

確に、その鋸の替刃には鉛を挽いた白い筋が、かすれて数条見られる。そして、流し台の上には、注意して見ると、多少酸化した鉛の挽き屑が点々としている。

「これ等のものは、鑑識係で分析の結果、この鉛管と成分を一にしたものである事が立証されています。それから、この鉛管の切り口を見て下さい。切口には未だ光沢が残り、最近切断された事が判断出来ます。

この細工をした者……それは本間運転手であります。金切鋸は車庫内の、本間の道具箱から発見されたものです。なお聴取書によりますと、博士と夫人のみが出入りしていたこの部屋へ、どうして本間が入り、これだけの準備をしたかの疑問がありますが、それは兇行の一週間ほど前、左側の水道のバルブが故障して、漏水をした時、本間が修理に入っています。しかも材料買入れの都合で、三日に亘り三回修理をしていますから、充分その余裕はあったのです。この事は女中お島が証言し明白であります」

立会いの人々は、署長の鮮な説明に、しんと聴耳をたてる。三吉は微笑を浮かべて、感心する。

「次に、どうして吹矢が飛ばされたかを実験します。このガス管は、流しを下り地下に埋没せられて、外部へ通じている事は申すまでもありません。その状況については後刻説明するとしてここに兇器の吹矢と同じものがあります。これは署で似せて作ったものですが、本物と違うところは、ただ毒物が仕込んでないだけです」

と一同にそれを見せる。

「これをガス管に入れる前正確にこの矢が目的の位置へ飛ぶように、発射口の方向を決めます」

ポケットから水糸を出して、パイプに平行させ、それをテーブルの中央部へ刑事に手伝わせて張る。署長は、その糸をとおして、パイプ口が正確にその方向へ向くように修正する。

「これでいいでしょう。矢の飛ぶ方向は、殺害当時、夫人が腰掛けていた、卓の中央部へ狙われています。また、飛ぶ高さは、大体卓上十糎くらいのところであります」

と説明しつつ水糸を手繰って、ポケットへ入れる。

「この吹矢を、羽根の方からパイプに入れます」

それを充分挿入すると、

「この通り先になっている針は、一見して目に止るという事はありません」

立会いの一部の人は、近くへ寄って観察しなるほどと云ったように頷く。

「さあ、これで準備が終りました。係官が外で、私の合図により飛ばす事になっています。皆さんはこの吹矢の飛ぶ状態を見ていて下さい。このガス管口から、その卓の中央前面の漆喰壁までは、吹矢の飛ぶ通路ですから、充分下って下さい」

そこで署長は、東側北寄りの窓を開けて、外へちょっと合図をする。三分ほどすると、庭にいた係官から準備完了の応答をうけて、

「私が手を挙げると同時に、この吹矢が飛び出します」

人々が片ずをのんで見守る中を、窓に半身出した署長の手が、さっとあがる。

ぼッ――と凄じい音響を残して、吹矢がロケットのように飛び、卓上を越えて、一瞬の間に、前面の漆喰壁へ突きたつ。署長は静に窓を閉めて、吹矢の処へ行く。針の部分が、約三分の二壁に喰入っていた。

「これで実験は終りました」

感嘆する囁きと、うめき声が、静かな部屋の中に、波紋のように拡がる。検事が、

「林さん。よく調査しましたね。見事な推理です……しかし、ちょっと不審があります。というのは、吹矢を飛ばすのは一瞬である事が頷けますが、すると、狙われた夫人が何かのはずみで席を外したり、位置を動くと矢が外れる危険がありますね。一度飛ばしてしまえば成功不成功にかかわらず二度と繰り返しが出来ませんね。その辺の説明はどうです?」

「もっともな御質問です。しかし犯人は一発必中を確信してやっています。卓上にスタンドがありますね。そのスタンドから、この北寄りの窓を直線で結びますと、夫人の腰掛けている位置がその中に入ります。只今日中でその実験が出来ぬ事は残念ですが……」

「判りました。すると、夫人の位置動作が、夜間ですとその北寄りの窓に投影し、外部の犯人には充分その便宜が与えられる訳ですね」

「そうです。多少輪廓はぼけますが、実験の結果、胸部から上が、丁度あの窓に影を投げますので狙い射ちが可能です」

検事は委曲をつくした署長の説明に満足する。

「次に、どうして吹矢を発射したかについての実験を行います。この部屋の東庭へ出て下さい」

一同は、書斎の東側の庭へ出る。そこにはコンクリートで両側壁を畳んだ、一尺幅ほどの溝がある。

「この溝の、ここに見えるのが、あの部屋のガス管の端です」

署長の指し示した個処に、コンクリートで埋められたガス管の先端が、三糎ほど出ていた。その反対側は、コンクリートが崩れて、ガス管がそこで中断されている事

が判る。

「この出ている部分には螺子が切られてあります。それは配管が元通りの時、ここがソケットの接目になっていたもので、こちら側の母屋からの配管は終戦後ガス会社が材料不足のため、発掘して回収された事が調査されています。本間はまずあの口から、アセチレン瓦斯を注入します。それは、このカーバイトランプによってします」

傍に置かれたランプを取りあげる。それは夜店等で露天商人がよく使うものとかわらないものである。

「近頃停電が多いので、電燈代用として車庫に常備されていたものですが、この火口を取り除き、上部水タンクのバルブをこのように開きますと水滴が、下のタンクに詰められたカーバイトに作用して盛んにガスを吹き出します。そこでこの先端を、このようにパイプに突込んで、ある程度のガスを充たすと、直ちにこの違径ソケットを、出ているガス管の先端に捻込みます。小さい方の孔には、自動車のエンジンに使用する、この点火栓を捻込みます。これでガス管の先端は完全に密閉されました。それから、これは自動車エンジンのマグネットですが、これから出ている電纜の一本を点火栓に接続し、マグネットのボデーと、このガス管を接触し、マグネットの回転軸を指で回します。管内では点火栓が火花を散らし、適当に空気と混合されたガスは爆発的燃焼をし、その爆圧は、先刻の通り吹矢を発射します。なおここで、点火栓を外し、点火状況を実際にやってみましょう」

署長はプラグを外し、点火栓に用意のガソリンを数滴垂らし込み、先刻と同じ状態にして、マグネットの回転軸を指でちょっと回すと、ぱちッ——と紫色のスパークがとび、滲んだガソリンは炎をあげた。

「このように発火は確実であり、かつ点火は任意の時行う事が出来ますので、絶対失敗はありません。このマグネットもプラグもあの車庫の自動車のものであり、ガス管の端に取付けたソケットは、あの車庫の道具箱にあったものですから、本間運転手にして使い得る品であり、また彼によって思いつく方法である事は疑う余地がありません。その外、本間はこれ等のマグネットや点火栓を外した事を、カモフラージュするために、当夜、自動車検査を口実にして修理作業をしたものと推定されます。私はこの方法の端緒を、古田君の押収したガス管の切れ端しで摑む事が出来ました。その押収ガス管の内面には、煤煙が附着している事にヒントを得、これはその管内で瓦斯体のものを燃焼させたのではないかと考えました時、古田君の云った『機械的方法による吹矢の発射』を思い出し、それだッ――と確信を得ましてここまで推理した訳であります」

署長は、ほっとひと息入れて、実験の全部を終った。その顔には、誇る色はなかったがここまで事件の真相を追い込み、解決を与えた欣びはかくせないようだった。立会いの人達も、息もつかせぬ林署長の解答ぶりに、暫くは言葉もなかった。その時、古田三吉が、はばかるように

「林さん……その後の話を、皆さんに聞いて頂きたいのですが……」

その声に、署長ははじめて古田三吉の居ることに気がついたように、

「おお……そうだったね。自分の話に気をとられてうっかりしていた」

「では、元の書斎に戻って頂きましょう」

そこで一同は、また書斎に入る。三吉は大テーブルの前に立ち、その外の者は適当に位置を占めると、三吉は徐ろに、

「只今の林さんの御話で、本間こそこの複雑な殺人を計劃し実行し、村田博士夫人を殺害したとの、立派な推理と、科学的説明には、誰れもが疑いを持つものではありません。が独りこの私は『本間は真犯人にあらず』との反証を持っている限り、唯今の林さんの説は承服しかねるものであります」

人々は三吉の、この爆弾宣言に驚きざわめく。とりわけ林署長と署員は緊張して色をなす。三吉はそれを手で制し、

「決して私は今までの推理に無益な挑戦をするものではありません。ただ、真相の探究に従い申上げるものであります。暫く私の言に耳をかして下さい。今の説明から推定しますと、兇行の行われる時間のある前から、翌朝の発見まで、密室が保たれていた事に皆さんは間違いないと答えられると思います。ところが、その間に、何ものかが入っていたとしたら、どうでしょう。それも、兇行後僅に、十分か十五分後にこの部屋へ入り、しかもそのものが今なおこの部屋にいるとしたら、皆さんは不思議に思い、かつそのものに関心をよせられるものと思います。私はこの一事により、兇行当時、この部屋が密室でなかったと断定します」

一同は三吉の自信に満ちた言葉に、互に顔を見合せ、

声もない。

「私の言い方が、思わせ振りで失礼しましたが、その思いがけざる闖入者は、この一冊の書籍であります」

と、手を伸ばして、テーブルの上に置かれた本を手にとる。一同の視聴がそれへ釘着けにされる。

「これは、表紙の金文字にもあります通り『設計要覧』であります。とだけではお判りにならんと思いますが、これが、夫人殺害の直後この部屋へ持ち込まれた事実であります。皆さんは、N理化学研究所長の、松尾博士を御存知と思います。松尾博士は有名な蔵書家で学究的なものは勿論、その他一般に至るまで備え松尾図書館の異名があるくらいです。私が昨日の朝、ある目的と、外に借用したい書籍がありましたので、出社せられる前にお伺いしました。ある目的とは、兇行発見当日、私はこの部屋のここで、この図書を見、この本が松尾博士からの借用品である事を、表紙裏の『松尾蔵書』の朱印により知っていましたので、念のために、いつ村田博士に貸されたかを訊ねる事であります。すると、その答えは以外にも、兇行当夜の、八時少し前、村田博士からの使いと云って、この書籍を借りに来た者があり、その者はこの本を受取って直ぐ帰ったとの事であります。村田博士が、果してその男に本を借りにやった事の真偽は暫くおくとしても、この書籍はその後何分も経過しない間に、この部屋に届けられた事に間違いはありません。正確な時間は推定出来ないが九時までと思います。無論これは誰かが受取った事に間違いはありませんが、誰れがどのようにしてここへ置いたかは不明です。そこで私は、松尾博士邸へ使いした男を態と伏せておきましたが、それが意外にも運転手の本間であります。すると本間は、推定の兇行時間の八時頃には、完全な現場不在証明を持っている事になります。これが私の『本間は真犯人に非ず』の反証であります」

人々は動揺し、三吉の意外な発表に驚く。署長はなかばうわずって、

「古田君。それは本当か?」

「全くの事実であります。松尾博士にもこの証言については お願いしてあります。後で、直接調査して下さい」

すると、中年の検事が、

「その書籍が、兇行発見の朝、この机にあった事は間違いないですね?」

「間違いありません。現場写真の一部にも撮られてい

ます」

　と署長が替って返事をし、唸るように、

「うーむ。すると……こりゃ、とんだ見当違いだ。古田君！　君の推定は？」

「そうですね。私も、色々と推理をたててみましたが、結局、こういう事にならんでしょうか。

　ある男が、八時頃、この部屋の中で毒針を以て夫人を突き殺す。その頃本間は、その男の使いで松尾博士の所へ行って留守だ。そして八時十五分頃本間が帰る。先刻説明しませんでしたが、松尾博士の証言によれば、本間は自動車で借りに行っています。ですから距離から算定して、途中故障等の事故がなければその時間頃に帰れるはずであります。そして、その書籍をその男に渡す。おそらく夫人は、その時殺害されていたでしょう。だからその現場を見られないため、本の受渡しは部屋の外で行われていると推定されます。それからこの机の上に本を置いたものと思われます。それでその男は、この部屋を密室として、あるいはここから脱出する。それは何のためでしょう！　私はこう考えます。即ち本間に、その男がいかにもこの部屋にいるという印象を与えるためと思われます。そして先刻の実験でも話のあったように、窓硝子に、その男がいるという事を見せるために、態と影を暴露して、誘導くらいはしたでしょう。そこで本間はその男を殺害するため、兼て用意していた吹矢を、先刻の署長の実験通りの方法で発射する。その後本間は、その男が斃れたかを確認するため、このスタンドの灯を、廊下のスイッチで消す。その時間は、九時過ぎから、女中の帰った九時三十分の間である。それは、この博士邸の東側道路の向うに住んでいる男が、証言しています。翌朝、本間は、この書斎で死んでいる者が、目的の人物でなく、夫人であった事に驚き、その衝動と、それに加えての肺患で心身共に転倒し、自殺を遂げた――と、私は推理します。そこで私はその推理の裏づけとして皆さんに説明する事があります。それは、毒矢が、針と羽根とが別々に使用された事であります。まず、夫人の軀に残った傷の深さですが、注射針の部分が全部刺されています。いかに機械的にあの吹矢が発射されたとしても、瞬間的な衝撃で、弾力ある人間の肉体にあんなにも深く入る事はあり得ない事だと思いますが、仮にこれを手で打ち込んだものとすれば、連続的に加える力で、充分あれだけ刺す事が出来ます。犯人は、本間の用意したあのガス管の中に仕込まれた吹矢から、針だけを抜きとって使用した結果、実際に残ったものは羽根だけです。本間はそれを知る由がありませんから推定八時三十分から九時までの間に、予定通り針の無い羽根を飛ばせたのですから、勿論本間は殺人を犯してはいません。その証拠として、卓の前の漆喰壁を見て下さい」

三吉はスタンドの灯を点け、先刻の実験用の吹矢がたっている個処から、約一米《メートル》近くも右方へ寄った、云いかえればスタンドよりも右方で、扉に近い壁面を指で示す。よく見ると、丁度毛筆の尻で突いたような凹みが、幽かな形を作っているのが確認された。

「これは兇器の吹矢の先端、即ち羽根の竹の嵌った所が、ここに当ったものであります。後刻兇器の吹矢のそれと、よく比較して頂けば、ぴったり符合するはずであります。また、こんなに吹矢の当った位置がずれている事は、即ちその男が、この卓の前に居て、自分の影像をあの窓ガラスに作り、本間に外部から、目的の人間がいかにも狙った位置にいる事を思わしめるためによるもので、その男はたとえ毒針の無い吹矢でもそのものから脱れるために予めガス管口を横へ向けておいたからと推定されます。これで私の話を終ります」

(六)

俄然。古田三吉の推理に依る新事実に対し綿密な検討が始められた。

一、本間が村田博士を殺害せんとした理由。
夫人と、痴情関係の発覚を恐れた結果、村田博士を殺害する。もう一歩突込んで考えれば、夫人と共謀して博士を殺害し、博士の遺産を自由にする利益のため。

二、博士が夫人を殺害する理由。
本間との不義を怒り、嫉妬の極殺害する。そして、その犯行を本間に転嫁し、同時に本間を窮地に追い込み、自殺せしめる。本間が自殺しなくとも、本間を夫人殺しの犯人とする目的のため。

三、古田三吉の推理を基礎とし、犯行当夜の村田博士上里邸の状況を観察すると、兇行時間頃、本間は村田博士の使と云い、松尾博士宅に赴き不在。女中お島も不在。居たと考えられるのは村田夫人のみ。そこへ加害者Xが訪れた場合、兇行現場の状況から判断して、夫人の親しいものか知人と断定される。夫人殺害の状態には、何等抵抗の跡が無い事はそれを証明する。だから、Xが、村田博士と仮定すれば、条件が一致し殺害動機も肯定出来る。

村田博士を、これだけの理由で疑うとすればその反面、

一、村田博士の犯行を断定する物的証拠が無い。

二、村田博士が夫人を殺害したりとすれば、密室の状態を残して、どんな方法で書斎を脱出したか。

三、村田博士には、当夜のアリバイが有る（但そのアリバイを証明するものは無い）

四、村田博士を犯人とした場合、村田博士がどうして本間が博士を殺害しようとしている事を知ったか。

という、疑問が残る。そこで三吉は、

「第二項目の、犯人の脱出方法はついでですから私の調べた事実を話しましょう」

と意外な事を云う。署長は瞳をかがやかせ、

「そこまで調べてあるのか！　是非きこう。こりゃ……今日は散々な黒星だ。はっはっ……」

署長は頭を撫でて、いかにも恐縮した様子である。まわりの人達もそれにつられて笑う。和やかな雰囲気に、三吉は片頬に靨を浅く浮かべ、

「先日の捜査会議の時、ある刑事の方が、一本の糸で捻子込錠を開けるとの話から思いついたのですが……脱出したのは、あの流し場の上の回転窓からです。あそこだけは、ここから見えます通り、錠が落し込みです。後で何れ調べて頂きますが、あの回転窓には極く僅かですが、窓枠と窓ぶちの間に隙があります。ここからでは外部の明りが透けてみえませんから判りませんが流しの上に上ればよく判ります。一見して誰れもが気づくほどでもありませんし、たとえ気がついても、そんな重要な役目をすると考えられません。窓枠上部の隙間から丈夫な糸を通して、糸の先の輪っぱを落し錠の鉄棒のつまみに引っかけ、引っ張りながら外から閉じて糸を緩めれば、落し棒は窓枠の孔に合致した処で嵌る。しかしそれでは糸がとれません。強く引けば切れて糸が残り面白くない。そこで下面の隙から、薄いブリキ板に、勾配のついた切り欠きのあるもので、落し込みの棒に突込めば、ある勾配の処で棒に喰いつく。そこで、ボールト螺子のナットを廻す要領で少しずつ廻せば、完全につまみが横に割られたガイドに嵌る、しかもガイドに、つまみがうまく合うように、落し棒の入る孔には、紙屑が詰めて調節してあるんです。そこで糸を、上部の隙にそってずらせ

ると、横向きになったつまみからある角度のところで外れて、何なく糸を抜き取る事が出来ます。そして出る時、割合いに狭い回転窓から無理をして出なきゃならんので、窓框に着ているものが強く摺れるから、偶然その框に出来た木目の割れ目に、僅かではあるが毛屑が残っている。またその時部分的に窓框の埃がすりとられて目立ち易いから、全体を何か布切れのようなもので、一面に拭き取るといった用意周到さです。回転窓を閉めている時は、窓框が僅かしか出てないので目立たないが、開けてみてそれと判る程度ですから見落しますよ。つまみ等は、埃が積もったままですから、仲々手際良く脱出した事が頷かれます」

「なるほど。可能性は充分だ……だが古田君。そうすると回転窓の外に出る時、梯子か何か用意しておかねばならんね。手がかりの無い所へ出る訳にはゆかないから……」

「そこの真上には二階の窓があります。女中の証言でその窓の扉が開いていたと云ってましたね。調べると……その二階の窓枠の内側に、カーテンの束ねに使う、飾り紐を掛ける折釘があります。それから細引を回転窓の外へ垂らして、これに足掛りを作っておき、回転窓を閉めてから、そのまま綱を伝って地上に降り、一振りすれば細引は容易に二階の部屋の折釘から外す事が出来ます。犯人はその二階の窓を閉める余裕もなく逃走しているんです」

「なるほど……充分説明がつく」

三吉は、ポケットから小型の紙挟みを出し、

「これが糸屑と、落し錠の孔に詰めてあった紙屑です。紙は一般的なちり紙のようですし糸屑も極く僅かで、背広か、チョッキか、ズボンか、色も柄も判りません。ただこの二品を科学的に鑑定し、博士のものと比較してみるより外はないでしょう。しかし、今それをする事は、真犯人に、お前を疑っているぞ――との警告を発するようで、時機的に面白くないと思います。ですから、もっと、のっぴきならぬ証拠が出た時、この方も確かめるより外はないと思います」

「うむ……それは君の考える通りだね。しかし、密室脱出方法の立派な証拠にはなるし、また、その方法が明にされた事にはなる。だから新事実の解決が何パーセントか進んだ事にはなるよ」

検事は、林署長のその言葉に合い槌をうち、

「林さんの云われる通りだ。先刻の第二項『村田博士

が夫人を殺害したとすれば、密室の状態を残して、どんな方法で書斎を脱出したか』の問題が、これで一応解決された事になる」

三吉はそこで、

「なお、私が今日までに比較研究してみました、兇行当夜の村田博士の行動につきお話ししましょう。御承知の通り、××電鉄上里駅と、沼田駅の中間には梅ケ枝町の駅が一つあるきりですが、この間の乗車所要時間は十五分を要します。そして、上里駅から村田邸までは、徒歩で十三分から十五分。沼田駅から村田博士の新邸までは、約九分から十分を要し、合計四十分は男の足でかかります。村田博士は当夜七時三十分頃沼田邸を出て散歩しています。私は当夜の、××電鉄の運行状態を調査しましたところ、下り線も上り線も定期運行で、電車を利用するとすれば、上り上里町方面行の電車は、沼田発七時五十二分しかありませんから、村田博士が電車を利用しては、絶対に兇行時間の八時五分頃には、上里町にいるはずのない事を立証します。では下り電車はどうかと云いますと、上里町駅発八時四十分の下り電車がありますから、これは兇行を終えて沼田へ帰るには大変利用価値のある事実として考えられます。そういった次第で、電車利用という点は、一面には博士のアリバイを立証すると共に、一面ではこれを否定する結果になって、大変興味ある事のように私は考えております。しかし、上里町へ行く方法は電車ばかりでなく、距離的には国道筋を利用すれば、大分近くなりますが、今のところ不明であります」

「だが古田さん。兇行時間の八時五分というのは推定であるから、時間のずれを考えればそのへんがうまく合わないかね」

と検事が訊ねる。それには林署長が代って、

「実は、夫人が腕に巻いていた時計が、八時三分で停っていました。時計屋にそれを見せたところ、時計が曲って、引っかかる程度でしたので、それを修理させ、時間の精密を計らせたところ、一昼夜に三十秒から一分くらい遅れるとの事です。そこで刑事をやり、村田邸の女中に訊かせますと、夫人はいつも出かける時、時計を持つのが習慣であり、当夜は時間を、沼田邸の大時計に合せて出かけたとの事だから、玄関の大時計の時間を刑事が自分の懐中時計に写し、ラヂオの時報と合せてみたところ、殆ど合っているとの報告でしたから、兇行時間は八時三分から五分頃に間違いないだろうと、さっき古田

君に話したのです」

「なるほど。そこまで調査がとどいていれば充分です」と頷く。

その日の実験は、古田三吉が、本間のアリバイを明にした事から、事件は意外な方向に発展し、最後に、当夜の、村田博士の行動を充分精査する事。特に、博士の両邸宅附近、並上里、沼田の両駅員につき、重点的に聞き込みを行う。

タクシー業者につき、当夜の自動車の行動を調査する事。

殺害された夫人と、本間との関係の徹底調査。

が手配せられて、一行が現場を出たのは、午頃《ひる》であった。


林署長実験の切り幕の裏に、新らしい舞台となって「村田夫人殺人事件」は登場した。あの日から、署に捜査本部が置かれ、秘密裡に追求の網が張られた。あの日の緊急手配の結果は、何も得るところはなかった。署長は更に係官を督励して、足による調査を強化した。

時日が経過し、捜査日誌にその日その日の記事が、逐次載せられていった。それを要約してみると、本間には前科が無い。身許については、本間を推薦した前運転手の、病気帰郷をたどって調査してみると、既に一ケ月前病歿していて、調査が行き詰った。そこで、やっと、本間が村田邸へ来る前に働いていたN運送店を割り出し、調査したが、期待した友人関係はなく、むしろ友達を持つ事を嫌った傾向があって、真面目だが、陰気で偏屈者で通っていた。更にN運送店へ紹介した、職業安定所を調査したところ、係員が、扱った事があるという記憶を手繰り、やっと本間のカードを見付けてくれた。それによると就職は窓口受付けで、本籍はA県と記載されてあった。経歴は、現役で満洲にいて、終戦後シベリヤ抑留、帰還後の就職である事が判明した。直ちに本籍地へ照会された。

その外、特に重大な事の一つである、村田夫人と本間の関係については、調査した誰れもが、そんな事はあると思えない――と証言しているし、夫人はそのような性格の人ではないようだ――と答えている。

署長は、それを不可解に思った。殺人動機の重大要素と考えられる事が、誰れにも否定される。ただ、そうでないのは、博士だけである。

すると、犯罪動機の常識として、怨恨、物盗り、変質者の発作と考えねばならぬ。しかしそれは、村田博士という容疑者には当て嵌らない。そこで署長は、古田三吉の進言により、村田博士には、一応参考人として任意出頭してもらう事にした。

（七）

「引き続き厄介ですな」

村田博士が、署長を訪れた。博士も、事件当時に比べてみると、多少やつれてみえるが、永年教授で鍛えた風格には、威厳と理智的なところを備えて、見るからに、ちょっと親しめ難い感じを人に与える。濃鼠色の背広もぴったりと身につき、中肉中背型で、色はやや黒い方である。青年時代、運動で鍛えたのだろう贅肉も無く頑丈作りのところがある。頭髪は胡麻塩で、滑らかな皮膚は上品であり、学者らしく枯れている。それだけに、態度にも言葉の端にも、傲岸なところがあるのは職業柄であろうか。

「態々来て頂きまして済みません。おかけ下さい」

博士は奨められた椅子を、ちょっと手のひらで払い、横の椅子に腰を卸している、古田三吉を、瞳の隅で睨むように見て腰を卸す。

「早速ですが……あの事件も大体調がつきましてね。本間の犯行に間違いない事は、あなたの証言もあり……一応調査を打ち切ろうと思っているんです」

「そうですよ。いつまでもそんな事に関っていれば、費用だってかかりますよ。先日、お島に聞いたんですが、大勢上里町の邸へ来られて、大体調べがついたようですね？」

「その通りです……ですが、重要な本間が自殺しているんでね……少し不明な点もあります」

署長はそこで、ポケットからタバコを出し、

「村田さん。一本いかがです」

「否。僕はそういう栄養にならんものはやらないよ」

「こりゃ……恐れ入りますね……お酒は？」

「飲みたいとは思わないね？」

「そうですか。時節柄不自由が尠くて済みますね。はっはっはっ」

署長は一本を古田に出し、自分も一本とり火を点け、おもむろに吸う。

「ところで、前のむしかえしですが……犯行当夜、兇

行時間頃あなたは散歩に出ていられましたね」

「そう」

「散歩中ですね。後藤老人の外、見た人逢った人はありませんか？　たとえば近所の人だとか、知人といった人にですね」

「僕としてはないね。誰れにか見られているかは判らんがね……しかし、この前云ったように、元の教え子に遭っている」

「住所は判ってますね？」

「判らん。Ｆ市にいるという事だけ聞いた。近々、こちらで就職するからとの事で、僕の住所だけ知らせて別れたよ」

「その男の姓名は？」

三吉が、間髪を入れず訊ねる。村田博士はぎくっとしたようだったが、ゆっくり三吉の瞳を見返して、

「酒井……だよ」

「名前は？」

「……ちょっと忘れたね」

「思い出して下さい」

「無理だね……」

博士は鷹揚に落着き払って、

「何かその男に、重大な意義でもあるのかね……」

「ありますね。あなたのアリバイを証明する大切な人物です。あなたにとっても重大な関係があるはずです」

三吉は切り返す。

「ほう……すると、僕にアリバイが無いと、僕の立場に何か疑問があるように思えるね！」

「あなたはあの晩、本間に……自動車で松尾博士の宅へ、本を借りにやってますね？」

「本を……そんな覚えはないね。何かの間違いだろう」

「松尾博士は、本間が来た事をはっきり証言していられますよ。現にその本が書斎の机の上に兇行当時から置かれてあります。あなたも見られたでしょう？」

「知らないね……そんなものがあったのかね本当に」

「事実です……誰れかあなたの名を騙り、その本を借りにやった事につき、思いあたる事はありませんか……これはあなたにも迷惑のかかる事です。よく考えて下さい」

「ないね。誰れがそんないたずらをしたのか……僕には見当もつかんよ」

「これは重要な御訊ねです。よく考えて下さい。簡単に返事をされる事は、あなたの答弁に誠意がない事にな

ります」

博士は、冷たい蛇のような瞳色で三吉を見返し、

「知らない事は知らないと返事をするより外はあるまい……遅い話は僕の好まんところだよ。率直な返事に遅い速いはあるまい。考えてもみ給え、僕は当夜お島に、借りていた本を態々松島博士に返しにやったくらいだ。その必要があればついでに借りて来させる」

「なるほど。ではお島さんに鞄を持って来させた必要は？」

「翌日の講義に、必要なメモをとるためその鞄の中にあった参考書が必要だったからだよ」

「しかしあなたは、その鞄を受け取ると直ぐ散歩に出られ、その上一時間以上も散歩をし帰りには後藤老人と一緒で十一時まで碁を打った事は、別にそのメモ作りが急ぐ必要がなかった事になりますね」

「急に、碁が打ちたくなったので、その方を先にしたまでだよ。メモは後藤老人が帰ってからとったよ」

「メモの内容は？」

「君達素人には委しく話したって判らないから簡単に云おう、金属材料の熱処理に関する内、純金属の冷却曲線に関するものだよ」

「それを翌日講義されましたね！」

「冗談云っちゃいけないよ。その翌日はあの事件で、それから四五日休んでいるよ、学校を……」

「なるほど。その後出校せられて、その講義は済まされた訳ですね？」

「そうだよ」

「どうも、有難う御座いました。ところで、夫人と本間との関係ですが、どの程度に進んでいたか、はっきりした事実で、その後何か判った事はありませんか？」

「何も無いね。しかし二人の間が潔白であったとは証言出来ないよ。死者に鞭を打つのは好まんが、二人があの結果になった事は、それぞれの間に醸成された不倫行為に対する当然の結果であると、僕は考えている。殊にあの朝の本間の見幕は、異様なものであった。悪くすれば、僕自身が殺されていたかも知れない。いや、軽くても怪我くらいはさせられたかも知れない。賢明な当局には充分その辺の調査はついているものと思うが、僕だって本間の犯行である事を立証するのは何でもない事だよ。こりゃ云い過ぎかも知れないが……ははは。では僕も急がしい軀だからこれで失礼しよう。このの ち用事があれば、なるべく僕の方へ来てもらいたいね。では失礼」

村田博士は、不快なものを残して帰ってしまった。三吉は苦笑して、黙然としていた。林署長は、

「大分博士も癪にさわったようだね。学者というものはあんなんかなあ……博士の生活調査も別に変った事はない。一般的には、妙にもの事を理論づけて、行動の上では非常に冷たいところがあるとの事だよ。少し吝嗇なところもあるようだが、守銭奴というほどでもなさそうだ。その外に悪い事は聞かない。例の碁を打った後藤老人についても調べたが、博士の言に間違いない。勝負も三局打って全部博士が勝っている。老人の話では、いつも平手合せで三回に一回くらいしか勝たぬ博士があの夜はばかに出来がよくて散々な敗北だったという事だ。これが博士の惨敗だったら、心理的に結び付けて、ある期待が持てるがね」

「反対に勝った……という事も結果においては同じではないかな……犯行が思う通り行って心が冴える。当然思索が光って妙手が出るといったように……」

「それも大いにある。しかし犯罪者の通有心理は、必ず困乱がつきもので、何か手がかりを残すのが普通だよ」

「だがあれだけの犯行は頭脳的だ。簡単に物的証拠は残さない。傍証を集積して追いつめて行くより方法はないでしょう。それにはもう少し油断をさして、ここと思うところで急追撃をやる。そうすれば、案外もろく犯人自ら心理的に崩壊する事も期待出来ます。酒井という昔の教え子の調査と、金属材料の熱処理に関する講義云々を、何日博士がしたかを調査させて下さい」

「よし直ぐやろう。それに博士は、吾々の調査が進み、博士を有力な容疑者としている事を知らぬようだね。これは当然秘密として守る心要がある」

「そうですよ。それは最も大切な事です。感づかれると、たださえ尠い物的証拠を湮滅されるおそれがある。時機を、じっくり待ちましょう」

それから数日後、捜査本部に届いた報告の内、酒井という学生の事については戦時中の在学者に二人あり、一人は坂井であり、その坂井の方は、確かに学徒出陣で出たが、予科練にいる時事故で戦死しており、もう一人の酒井はR工場へ動員勤務中、五月の大爆撃でこれも死亡している事が判った。講義も、その種のものが近頃せられた事実の無い事が明にされ、博士の陳述が出鱈目で、その場脱れのものと断定された。

林署長は、一層博士の身辺調査を強化し、その結果を期待した。殺害された夫人の身許調査についても、A県へ刑事を出張させてあるが、署長に一つの気懸りとなっているのは、同じA県へ本間の身許調査にやってある刑事から、当該地に、本間姓の者が居た事実がないとの、中間報告の来ている事である。しかし、まるきり手懸りが無いとは思われないから、なおよく調査すると付け加えてあった。

その日署長が、地検へ中間報告に行って帰ると、相原主任が待っていた。

「署長。これは夫人殺害事件と関係はないと思いますが、沼田町の派出所から聞いたのですが、殺人事件のあった五日前、沼田の博士邸で盗難事件があったそうです。盗難届が派出所を経てS本署へ廻っているとの事でしたから、ついでにそちらへ廻って写してきました。これです」

署長は差し出された相原主任の手帳を手に取って、目を通す。

一、白金細台エメラルド指輪　一個
一、十四金真珠入ネクタイピン　一本
一、銀台金象眼カフスボタン　一組
一、絹地ゴム引レンコート（男用）　一着
一、茶色セル背広服上下（男物）　一着
一、綿靴下（男用）　三足
　計六点、時価、約三万五千円

「日が暮れて間もなく、博士と夫人が散歩に出た直後くらいだそうです。犬が急に吠え出したので、女中が審って座敷へ入ると、人影が次の間から縁先へ飛び降り逃走したとの事です」

署長は手帳を返すと、別に気にも止めない様子で、

「こそ泥だろう。まず関係はないだろうが、この際だから一応内偵してくれ給え。未だ物は出ないんだろう？」

「出ていません。S署でも別に捜査はしてないそうです」

「まあついでの時に、Tの闇市でもあたってみるんだね。あそこにはそんな奴が沢山いる」

「そうしましょう。それからこれは一件の聞込みですが、当夜の八時前、村田博士の自家用車が、上里方面へ向うのを見たと云う者がいるんですが……」

「兇行の夜だね？」

「そうです。見たと云うのは、国道筋の沼田町寄りな

んですが……国道の南側に通行人相手に駄菓子屋をやっている家の老婆です」

「目撃状況は？」

「それが何分老人で、目がうすくてはっきりはしないが、いつも見かける村田邸の車だと云うんです。誰れか乗っていたかと訊ねますと、運転手の姿は確かに見たが、お客さんは乗っていたかいないのか、はっきりしないと云うんです。時間も確かではないが、いつも七時半から八時頃の間に店を閉めるそうですから、八時前だろうと云うんです」

「もう少しはっきりしてくれるといいんだがね」

「大分ねばりましたが、年齢のせいでそれ以上判らんのですが」

「事実とすれば、良い聞込みだ。御苦労」

署長はそれが事実とすれば、重大な時間に博士の自家用車が動いている事に思いあたった。兇行時間前後に空白でなければならないはずの、博士の散歩時間に、自動車の謎の行動！　そこで署長は、早速古田三吉を呼び寄せ、その仔細を話した。三吉は暫く黙考して、

「なるほど……人間というものは感覚に盲点がある。我れながらつまらん事に気が付かなかった。署長！　村田博士のアリバイは覆った」

「説明して……くれ給え」

「兇行当夜の、夫人、女中、本間運転手、村田博士と並べ、その行動をよく観察すると、丁度将棋の駒を動かすように、誰れかがこれを操っている事に気がつく」

「うん」

「まず第一の指し手が、女中お島に電話をかけ、沼田へ鞄を持って来させる。時間は六時三十分ですね？」

「ちょっと待ってくれ給え」

署長は、書類箱から関係調書を出して調べる。

「その通りだ」

「第二が、夫人に用件を云いつけて上里邸へやる。これが七時三十分。本間はその時上里邸で独り留守番をしている。第三の指し手はこれを動かす事だ。これは電話をかけ、自動車と共に沼田邸附近へ呼び出す。この時間の確認は出来んが七時頃と推定される。その間に女中お島が沼田邸へ到着する。しかしこれをそのまま帰したのでは兇行の邪魔になる。だから松尾博士邸へ用件を云いつけて出す。お島が出たのは七時三十分に少し前だ」

「その通り」

署長は、盛んに調書を繰りながら、それに合い槌をう

つ。

「その間に、これも時間の確認は出来ぬが、村田夫人が推定七時四十分頃までには、誰れもいない上里邸につく。次は村田博士だ。博士は七時三十分頃散歩すると云って沼田邸を出る。しかし博士は行動を欺瞞するため犬を連れている。その犬をどこか、空地の人目につかぬ所へ繋ぎ、本間の自動車の待っているところへ大急ぎで行く。これに約十分を要したとして、自動車に乗った時間を七時四十分とすれば、上里町までは自動車で十分あれば充分だ。速力次第では八分くらいと思う」

「うん……なるほど」

「だが博士は、邸内まで乗り着けない。少し手前で降りて、本間には松尾博士邸へ、例の本を借りにやる。本間は八時少し廻った頃松尾邸へ着く」

「うん。松尾博士の証言通りだ」

「博士は八時十分前頃、夫人が一人でいる上里邸へ入り、夫人を二階の部屋から、書斎へ誘いこみ、問題の八時三分から五分頃兇手をふるって斃す。そして本間の帰るを待つ。八時十分頃帰って本間から本を受け取って、それを書斎の卓の上に置き、本間にはその書斎に居る事を認識させる。本間は好機とばかり直ちに準備をし、この前林さんが実験の時話されたように、窓硝子に映る博士の影で、動作と位置を確認して吹矢を発射する」

「しかし、本間が吹矢の発射を、その時に限る必要はないね。吹矢さえ仕込んであれば、本間にはいつでも好い訳だが……」

「それは考えられる。だが博士はその時既に夫人を殺害している。だからどうしても本間にそれをさせねばならぬ絶対性が必要となってくる。しかしそれは博士の場合であるが、本間にも博士にも、その夜その時に、互が予定した事を実行せねばならぬ共通の絶対性があったからだ。それは毒液を仕込んだ吹矢がその時は仕込まれてから既に三、四日も経過していると思われる事だ。だからそれが乾燥して効力を減少するかも知れないとの危惧が互にあったと思われます。なお本間には、準備後の始めての機会であったかも知れない事です」

「なるほど」

「博士は、本間が吹矢を発射すると、その後片付けをするのを待ち、書斎に密室の状態を残して脱出し、八時四十分の上里発下り電車に乗り、沼田で下車し、犬と後藤老人を連れて沼田の邸へ帰っている。これで全部の指し駒が策戦通りに動いた訳です」

「いや全く君の推理通りだ。胸のすくような推理だ。これで捜査方針第三項の『村田博士には、当夜のアリバイが有る』は解決だ。余すは第四項だけだ」

署長は喜色満面で、第三項に赤丸をつけた。

（八）

古田三吉の優れた推理力は、かくして第三項目を解決したが、それに伴う聞入み調査の面では、依然として上里、沼田両駅共、その夜村田博士らしき者を見たとする証言をなすものがいなかった。

また、夫人対本間の痴情関係も、連続調査されたが、有りとする者の存在は皆無であった。署長は結局それも博士の悪意による虚構と裁断した。折も折、それを証拠だてる、奇異な電報が、A県へ出張させた部下から届けられた。

ホンマハギメイ」ホンメイ」アキザワマサオ」コロサレタフジント」キヨウダイノモヨウ」アトシラベチユウ
署長と古田三吉は、その電報を繰り返して読み、この犯罪の動機が、何か根深い因果関係にきざされていると思った。博士夫人の旧名は、秋沢千代子である事は既に判っている事実であるが、本間が偽名で、夫人の弟にあたるとは、実に今日まで想像も及ばなかった。容易ならぬ犯罪！

証拠不確実な難事件！

さすがに、署長も三吉も、憂色の皺を深く額にたたんで考えた。

その時、相原捜査主任が一つの情報を持ち込んだ。

「署長。例の村田博士の盗難事件ですが。急に博士が盗難品の入手に熱心になってきたんですが……受持ちの派出所へ昨夜博士がやって来て、盗難品を押えてもらったら、一万円の懸賞金を出すと云ったそうです」

「その目的は？」

「指輪ですが……それを亡くなった夫人の形見として、是非残したいと云うんだそうです。しかし懸賞を出すのは全部の盗難品が帰った時に出すとの事です」

「ふーん。もう一度この前の被害品控えを見せてくれ給え」

署長は手帳を手にして、凝と見入り、考える。

「それと、これはどちらから連絡したか判りませんが、T闇市のボスに連絡があるらしいとの聞込みがあったんですが……博士があの社会に特別用件があるとは思われませんが……」

「うん。今までに、何か食糧品関係のような事で連絡があった事はないかね?」

「ないようです」

「そのボスは判らんかね?」

「判っていません」

「それを充分調査してくれ給え。贓品の行方も一緒にね。君の見込みはどうだい?」

「充分網は張ってあります。指輪も、あの闇市附近にいる特種女がある復員崩れから貰っているとの情報も入っていますから、その男を森川刑事が探しています。目星は間違いなく付くと思います」

「何れにしても、これはいい手懸りになるような気がする。確かりやってくれ給え」

「署長。それは何の話です?」

古田三吉が訊ねた。

「うん。この前ちょっと報告があったんだが、無関係だろうと思って君にはまだ話してなかったんだが、今の報告で少し面白くなってきたようだ。それはね」

と署長は博士の盗難事件を話す。三吉はちょっと考え、「盗難品入手の目的が指輪にあるのは嘘だ。自分が殺した夫人の形見はおかしい。ちょっと、その表を見せて下さい」

三吉は、それを繰り返し目を通し、「茶色の背広上下一着」を凝視する。

「ふむ。盗難当日、博士が何を着ていたかを至急調査させて下さい。そして、その日の状体、博士と夫人、本間がどんな行動をしたかを、出来るだけ刻明に調査する事です。沼田邸の絹子という女中を調べるのが好いでしょう。しかし、博士邸へ出かけて調べたんではまずい。出来ればうまく連れ出して、外部で、特に博士に判ってはいけないと思う……」

三吉は瞳を輝やかせ、署長と相原主任へ口早に云う。

「絹子という女中は、五日ほど前やめていません」

相原主任が答える。

「やめた! 行き先は?」

「夫が復員したんでやめたそうですが……行き先は判っていません。夫の郷里、Kの田舎です」

「そうかッ。そりゃ願ってもない好都合だ。そちらへ誰れかやって、大至急調べて下さい」

「よし。直ぐやろう。だが、Kの田舎じゃ二日がかりになるね……では相原君。手配して下さい」

相原捜査主任が署長室を出ると、

「古田君。何か目当てがあるのかね?」

「調査の結果を待たねば判りません。いよいよ真犯人が、心理的に崩壊する時機が来たかも知れませんよ」

「なるほど。盗難品の内の、何を博士が求めているかが問題になる話だね。犯人が自らの暗い影に追われ出した! うん判る……いよいよ最後の追い込みになるかも知れんね。古田君!」

署長の双頬に紅がさした。


待たれた女中絹子の調査報告が、中一日おいてもたらされた。その内容は——盗難当日午後一時頃、博士と夫人が自家用車で、沼田邸へやって来た。夫人がその時、上里邸へスーツケースを忘れてきた事に気付き、直ぐ車で本間にそれをとりにやった。本間が間もなく、それを届けて来たが、本間はそれを直接夫人に渡そうとしたが、座敷の縁側にいた博士が、そこへ置けと命じた。暫くして絹子が座敷へ行くと、博士は縁側に置かれたスーツケースを、絹子に片着けるように云いつけた。内容品が乱雑に投げ出されてあるのを、絹子が整理して元通り納めた。博士はその時手紙のようなものを熱心に読んでは、何か考えいる様子であった。そこへ夫人が近くまで用達しに出ていて戻った。博士は、その時その手紙のようなものを、着ていた茶色の服の上着の、内ポケットへ慌てて入れたようだとの事である。それから二人は居間へ入り、絹子は自分の部屋へ下り用事をしていたので二人のその後は判らないが、その夕方その上着が外のものと一緒に盗難に遭った——との事である。

茶色の上着! ……それだッ。——と署長は肚の中で叫んだ。博士の求めるものが第六感に仄いた。

そこへ別動隊の森川刑事が帰って来た。

「署長。指輪を貰った特種女と、それをやった復員崩れは逃亡しました。村田博士と、あるボスの関係は、却つて博士がそのボスから脅迫的な取引を強要され、博士がそれに応ずるらしい情報をつかみました」

それによると、盗難品をめぐり、相手のボスは悪人特有のカンを働かせて、盗難品全部を相当多額な金で売買する交渉をしているらしいとの事だ。しかしそのボスは、闇社会独特の攪乱宣伝を張って、Aだと云い、Bと云い、あるいはCボスと云って、少しもその正体がつかめぬと、森川刑事はこぼす。

「森川君。そこまで判れば大丈夫。その方はこれ以上手をつけぬ事にしよう。それは必ず近い内に博士とその男と現物取引きをやると、僕は睨んでいる。その時機は判らぬが、場所としては、喫茶店、キャバレー、料亭、待合といった場所だろうと思う。だから特に博士の行動からは絶対に目を離してはいかん。学校であろうと自宅で寝ていようと、厳重に看視と尾行をやってくれ給え。そして盗難品の取引には充分注意し、たとえそれが紙きれ一枚でも取引の事実があれば、その現場で両者と、特に取引物件を直ちに押える事だ。逮捕令状は直ちに用意する。それから逮捕と同時に、沼田邸の捜査押収をやる事。これも令状は用意する」

こうしていよいよ、村田博士逮捕は厳しく手配された。

その日は案外早くやってきた。二日後の、午後三時過ぎ、村田博士の動静につき、森川刑事から電話連絡があった。

博士が銀行から、数万の現金を引き出した事だ。署長は、もう逮捕も時間の問題だと思った。

果してその日暮れ間もなく、Y町のS料亭で、村田博士と、相手ボスの情婦と思われる若い女が逮捕せられた。

村田博士逮捕の報に、直ちに三吉は署長室へ迎えられた。

逮捕の時女が持っていた風呂敷の中に「茶色の上着」が入っていたのを、林署長の指図で直ぐ本署へ届けてきた。

署長と三吉の期待は外れなかった。

果してポケットから引き裂いた紙片が出た。

署長は躍る胸を抑えて、それを丹念に並べる。

「やっぱりそうだ。これで古田君。第四項の『村田博士が犯人とした場合、村田博士が、どうして本間が博士を殺害しようとしている事を知ったか』の問題が解決された。これで全部終った。A県へ出張した刑事も、今日午後帰った」

林署長の顔に安堵の色が泛かぶ。

「古田君……君には随分世話になったねえ」

深い感謝をこめ、三吉の手を握る署長の瞳に、きらりと、光るものがあった。

（九）

「村田夫人殺し犯人、村田博士の逮捕」

「果して真犯人か？　村田博士、有力な証拠有る模様」

意外な人の捕縛に、新聞も一般の人も、事件発生当時以上に騒いだ。

あの頃の報道は、自殺した本間運転手が真犯人のように扱われ、新聞も民衆も漸く過去の出来事として忘れようとする時、この報道には驚いたに違いない。K大学の教授であり工学博士であるその人の夫が、何故に若くして美しい妻を、毒矢という無惨な兇器で殺害したのだろうか？　誰れしもそれを審り、その動機を知ろうとした。

逮捕当時の博士は、発狂したかの如く狂い猛り昂奮した。三日目の朝やっと平常の博士に戻った。否、その時にはあの蛇のように冷たい瞳が潤い、温い感情をにじませていた。そして容易に自供しまいとの予想に反し、穏かな語調で、

「私は自供に先だち、最愛の妻千代子と、その弟である、自殺した当時の運転手雅雄君、そして、その父である秋沢信太郎君、その妻の田鶴子さん。これだけの人の霊に深くお詫びの祈りを棒げたい……わけても千代子には……済まぬ事をしたと……」

そこで博士は、せきあげる激情に身悶えし泣き崩れ、声をあげて慟哭した。

そしてまた、

「私はこの罪を犯した自分の心の中に、自分でも制し切れぬ、忌わしい悪魔に魅入られ、遂に今日に至った事を、深く悔悟します」

と前おきして自供した。

その遠因ともいうべき因果関係は、二十数年前にさかのぼる。

その頃の村田博士は、三十を幾つも出ていなかった。B大学を卒業し、I県庁を振り出しに、A県庁に転勤になった当時の事である。

そこで彼は、同じB大学卒業の秋沢信太郎を知り、刎頸の交りを結んだ。下宿住居をしていた彼は、何かと不便もあるので、自然秋沢の家庭に繁々と出入りをするようになった。秋沢には田鶴子という美しい妻があり、五才になる千代子という女の子があって、非常に円満であ

った。

　その内に、彼と田鶴子がおかしいと、近所の人が噂しはじめた。その噂は、やがて、庁内の同じ課員の同僚まで拡った。秋沢信太郎の夫人田鶴子が、美人で聞こえていた事は、尚更噂の波紋にスピードを加えた。

　彼はその噂の包囲の中にあって、今に秋沢信太郎が、手袋を投げつけてくるに違いないと覚悟していた。その時は潔く友の怒を受け彼の気持の済む制裁に甘じようと心に決めていた。

　しかし、事実はそんな様子等、秋沢信太郎は一切見せなかった。その噂を知っていると思われるのに、彼に対する態度は今までと少しも変らなかった。

　何か起きると期待した周囲の人々も、秋沢の大きな雅量に呆れると、それだけ彼に対して冷たい瞳を報いてきた。大きな声さえ出す事を知らぬ内気な田鶴子夫人を、なかば暴力をふるって、彼が冒したのだろうとさえ、人々は非難をこめて噂した。

　彼はその噂に、毎日むかむかした。その苛立たしさは、総て秋沢の卑屈な性格により、人の口を借りて、故意に自分を責めるものだと、却て友の誠意を疑い、憎悪する結果となった。

　そんな事から自然秋沢の家庭へ出入する足も遠くなった。だが秋沢は、一旦信じ合った友の離反をおそれるように、今度は彼の下宿を、埋め合せるように訪れて、彼の気を引き立てる事に努力した。

　彼はその時孤独感から、すべてを忘れるのによい時機だと考え、宿願の論文を書いた。そして年が変って「博士」の名誉をかち得た。秋沢は友の欣びを祝福して、彼を無理矢理に自宅へ招き、小宴を張った。その友情の深さを、彼は決して素直に受取ってはいなかった。「糞ッ面を撲ってやりたい」ような、いじけた感情を抱いただけだと、博士は告白している。

　そして、その頃多少は飲めた酒が廻り、酔が発すると、その頃身籠っていた夫人の子は村田の子だろうと世間では噂していた事につき、

「今度、田鶴子さんから産れる子は、僕の子かも知れない！　産れたら僕が引きとって育てる」

と暴言を吐いてしまった。席にいた夫人はわっと泣き出し、さすが秋沢も蒼白い顔をして黙っていた。

「この僕を撲れ！　殺せ！　……何故撲らない！」

　彼も酔に蒼ざめて秋沢に軀をすり寄せた。あのまま秋沢に思うさま撲られたら、自分の胸に棲喰う悪魔は退散

して、どんなに気が楽になったかも知れぬ……その方が僕には幸福だったと思いますと、博士は述懐している。

間もなく田鶴子夫人は、運命の子、雅雄を産んだ。そして二ケ月も経たぬ内にAの田舎へ、秋沢の手で里子に出してしまった。

彼は、その秋沢の不可解な行動を深く考える余裕もなく、軽蔑した。が、秋沢の彼に対する友情は何の変るところもなかった。それが日と共に益々彼の秋沢に対する悪魔的な憎悪に変っていった。それは秋沢が彼に対し、やがて一気に復讐する欺瞞手段だと怖れ警戒した。

それから半年もすると、秋沢は胸の病が再発して床についた。その時彼は、不思議にも秋沢に対する激しいものを感じないで、よく面倒を見た。だが病気は日増しに悪くなってゆく。秋沢自身も再起の見込みの無い事を悟ったもののように、彼が繁々と見舞う度に、係累の無い妻や子供の将来を繰り返し繰り返し頼むのだった。

それが重なると、いつしか彼の秋沢に対する気持がいじけ始めた。

秋沢が亡くなる一ケ月ほど前だった。彼が見舞うと、秋沢は数葉の設計図を出して、

「これは自分が永い間かかって設計した『精巧柄織機』の要図である。これの特許権を取得して、どこかへその権利を売り、その金で家族の生活費、子供の学資に充てて欲しい」

と依頼された。彼は友の言うままにその手続きをとってやった。

その許可が下附されぬ内に、秋沢は初秋の頃死んでしまった。

遺骸にすがって泣く夫人——しかし彼には滾れる一滴の泪もなかった。人を信じ疑う事を知らなかったその友の死を前にして、むしろ、暗い影から解放されたような気安さと、運命に負けた友の生涯を、好い気味だ——といった生々しい惨酷に酔った。

翌年の正月、彼は秋沢の遺言だと云って、八歳になった千代子を夫人の手から引き離してA県庁を辞め、行き先も告げずに引き移ってしまった。その時許可になっていた特許権さえも持ったままである。

夫人は、彼を恨んだ。しかし気の弱い彼女はそれをどうするすべもなく、里子にやってあった雅雄を引きとって、淋しい生活を始めた。

彼はA県を出てから、M市へ来て××工業へ就職した。その頃は戦争の始まる前で、織物界は景気がよかった。

そこで特許権をある会社に貸与して賦金を得た。

こうして秋沢の家庭は分裂し、十年を経過した。運命の子雅雄は小学校を卒業し、その年の夏事変が起きた。その頃の雅雄の家庭は貧困を極め、加えて田鶴子夫人は数年前から頭が少しずつおかしくなって、生活も方面委員の手で助けられていた。

村田博士は千代子と共に、その頃N市に移り、S工業の技師長かたがたM大の講師を兼ねていた。千代子は女学校を卒業し、博士の身の廻りを切り廻し、小父様……小父様とよく親しんだ。しかしその年の暮には博士夫人となって、順調な生活を続けた。

雅雄は生活を助けるため、トラックの助手などしたが、到底支えにはならない。母は益々狂って、村田さんは悪い人だ、千代子を返せ……千代子を返せと、町中を喚き歩いた。昂奮が静まればどこにでも腰を卸し、何かぶつぶつと呟く。雅雄は風の中に母を尋ね、雨の中を、何度となく連れ帰った。自然近所の人が、雅雄の知らなかった事を、慰め顔に色々と教えてくれる。千代子という姉の有る事は知っていたが、村田という人間が、自分達母子にとってどんな立場の人間であるかが、少しずつ判ってきた。村田という男が、自分達をこの窮境に追い込んだ、悪い奴であるという観念が刻みつけられていった。

戦争は段々と激しくなり、雅雄にも徴用がかかって、母との家庭生活が出来なくなったので、母は施療患者としてAの精神病院へ入れられた。暗い影を背負い、戦争の厳しい鞭に打たれて、雅雄は陰鬱な人間に成長したが病院に母を慰める事だけは欠かさなかった。しかし狂った母には慰めにはならなかっただろう。ただそれは雅雄自身の大きな慰めに過ぎぬ。

いよいよ戦争が最後の足掻きをする頃、雅雄は現役入営し、直ぐに満洲へ送られて現地教育を受けたが、そこで一年も経たぬ内に終戦となり、引き続きシベリヤに抑留せられた。

二年後やっと帰還する事が出来た。苦しい捕虜生活から解放され、内地の土地を踏んだ時、雅雄としては生涯を通じての歓びであった。直ちにA県へ帰り、母を訪れた。

母は幸い生命を全うしていた。しかしそれは生きているだけに過ぎぬ。母には他人が来たほどの感情しかない。おまけに足腰も立たず保護室の暗く冷たい中で、糸のように瘠せた軀を藁床の上に横えていた。

雅雄は冷たい現実に泣いた。彼の想像していた母は、もっと元気溌剌であったはずだ。院長は、母が入院当初から雅雄を知っていたので、色々同情もし励ましてもくれた。当分は雅雄のために一室さえ提供してくれたのだが、それから半ケ月も経たぬ間に、その朝には、母は一個の骸となっていた。

暗い運命と、冷たい生活、帰れば母の死に遭う。こんな呪わしい事はないと、雅雄は院長にもらしたとの事である。

幸い院長の理解と同情で、看護人として病院で働く事になった。

だが、大きな不幸はそれから急激にふくらんで、遂に雅雄は村田博士を殺害しようと思った。二ケ月もいてそこを無断で飛び出した。猛毒○○はその折持ち出したものであると、出張した刑事は報告している。

そして、村田博士を求めてT市へ来た。職業安定所からN運送店へトラックの運転手として就職する。しかしある目的を持つ雅雄は本間と偽名し、同僚とも全くつきあわなかった。その内、自動車の修理工場で偶然、村田博士邸の雇い運転手と知り合い、遂にその運転手の推薦で村田邸へ雇われる事になったものである。

そこで始めてもの心ついてからの村田夫人を見た。余りにも亡くなった母に生き写しである事に雅雄は驚いたが、それが姉の千代子である事も同時に知る事が出来た。

だが、その事は色にも出さず、真面目に働いて、博士からも信用を得、胸に秘した目的を達する日を待った。その内に雅雄は、抑留生活中その徴候をみた胸の病が、自分でもはっきり判って悪化する事に気がつき、いよいよ計劃を実行する事にした。それには、せめて自分の苦しい胸の内を、姉にだけは打ち明けておこうと思った。かりそめにも自分が狙う人の妻であり、肉身の姉には、そうする事が順序だと考えたからである。

村田夫人の買物に、自家用車で同行した機会に、雅雄は、自分が夫人の弟である事を話した。

夫人は驚いた。疑った。そこで雅雄は自分の生い立ちを話し、村田博士との繋りを話した。そして母の死を語り、村田博士こそは秋沢の家庭を紙屑のように踏みにじった悪人であり、殺しても差支えない悪人だと罵った。

夫人は、今日までの自分の生活と、幼い頃の思い出を辿って、それは真実の事であると悟った。ただ自分は、それを永い間知らなかっただけの事であるし、その後の事を考えてもみようと思わなかっただけの事であったのだ。

だが、夫であり、妻である自分には、雅雄の生々しいほどの激しいものは急には起きてこない。そこで自分の立場も解らせ、弟の将来も考える約束をして、弟の自重を願った。

夫人はそれを煩悶した。そして切り出す機会を失ったままに、あの悲劇を迎えた事は、やはり夫人も運命の子として、母の田鶴子の内気で弱気なところを血に受けていたかも知れない。

気弱い女性が煩悶を持てば、それが表面に出る事は当然である。時にはぼんやり考え、もの言いた気にしてはそれを隠す夫人の態度に、博士はやがて疑いを持ちはじめた。

第一に年齢が違い過ぎる。千代子の母は自分が若い頃、冒した覚えがある――博士は自分の抱くひけ目と宿命に圧迫されて、遂に架空的な妄念を信じ、本間と妻との間に警戒の瞳を向け、その真否を確めたいと焦り出した。

たまたま博士夫妻が、週末に沼田邸へ行った時、夫人が上里邸へスーツケースを忘れ、それを本間が折り返し車で取りに戻った。その時本間は、姉に渡すべき手紙のある事に気付き、その中の奥深くそれを忍ばせて、直接姉に逢い、その旨を告げてスーツケースを手渡そうとした。

博士は疑う者の敏感さでそれを知り、夫人の手に届くまでにそれを探し当てた。

それが、博士逮捕の日、茶色の上着のポケットから出たもので、この事件の動かし難い証拠となったものである。


姉さん私はもう貴方の気休めのような返事を待っている事は出来ない。

鬼のような村田さんがそんな事に耳をかす人とは思ってはいない。

お母さんが生きながら骨のように痩せ細ってAの病院の藁床の上で死なれた有様が私を責める。

貴方は貴方の道を行っても、私は少しも恨まない。私は私の道を行く。

私は村田順造を間違いなく殺す事に決めた。極悪人村田順造が死ねば私も死ぬ。

どうせ私は永く生きられない軀だ。

こんないやな世の中に生きていたいとは思わない。

貴方の夫であるあの男が急死しても、姉さんは驚く事も悲しむ事もない。それはみんな村田順造自身が背負うべき罪の償いだから。

これが雅雄から姉さんに送る最後のお願いと思う。姉さんにゆっくりと「さようなら」を云う暇も無いかも知れない。

読んだら必ず焼き捨てて下さい。

雅　雄

博士はそれを何度も読み、目を疑った。そしてA県での事が悪夢のように蘇ってきて、総ての事情が判った。いつかは自分に復讐するだろう——との潜在意識が、秋沢信太郎の怨念となって、今、自分に擬せられた。勃然——とあれ以来の片意地が火の玉のようになって博士の胸を駈廻る。——よしッ——博士は何の躊躇もなく闘心が奮い起きて、秋沢信太郎への挑戦に身ぶるいした。

その手紙を引き裂いている所へ、夫人が外出から帰って来た。博士は慌てて上着の内ポケットに入れた。

(十)

博士は雅雄の身辺を鋭く看視した。夫人は無論その手紙を見ないし、雅雄の気持がそこまで切迫したものとは考えてもいなかった。

その翌日、博士は宣戦を布告するように、予定を繰り上げて上里邸へ夫人を連れて帰った。書斎の水道が故障して、その修理を雅雄がやった。雅雄にしても、恐らくその時まで博士を斃す具体的な事は考えていなかったに違いないと思われたが、ふと目についたガス管から、吹矢を飛ばす思いつきをした。それが雅雄にも人を殺す方法として興味を持った事は、異状性格と云えない事もあるまい。その思いつきは魅力を増し、車庫で三尺ほどのパイプを材料として試験を繰り返し、遂にその可能である事に自信を持った。その間絶えず博士の看視が、陰に陽に雅雄に注がれている事を、雅雄は少しも知らなかった。博士はそれによって大体の雅雄の意図を知った。

修理の三日目に、雅雄は準備を完成した。博士はその後を仔細に調べるまでもなく、切断されたガス管口に装塡された吹矢を発見し、それが自分の卓の前の椅子に向けられている事を知った。

そこで博士は、書斎で仕事をする事に危険を感じて、そこへ寄りつかぬ事にし、雅雄にその隙を与えなかったが、博士自身もその夜一夜を考え明し、それを有効に逆用する方法を考え、中一日おいて、夫人と沼田の邸へ行った。その時、博士は、それがどんな不幸な結果になるかも考えてみなかった。ただ秋沢信太郎の卑屈な幻影に満々たる闘争心と、生々しい冒険を感じ続けていた――と告白している。

その昂奮は、不思議な魅力となって、あの日の昼間、夫人の死体検案にあった事実と、臀部に皮下出血の痕を残している。夫人の面影を通じ、秋沢田鶴子に対する異状な性的昂奮！

それも博士には、始めての経験だったと語った。

以上はA県へ出張した刑事二人の調査事実と、博士の自供を綜合的に記したものである。

自供は兇行当夜に移る。

博士はその夜を兇行の日と定めていよいよ実行に移った。ここでは、古田三吉の推理に依り解かれたところは重複を避けて、それ以外の点を述べる事にする。


お島に電話をかけて後、博士は夫人に向い、

「今ふと思い出したが、とんだ事を忘れていた。助教の服部君が今夜七時半に上里の邸へ約束の金を届けて来る事になっているんだ。その外、ちょっと大切な話の返事ももって来る事になっているから、お前直ぐ行って欲しい」

と夫人をせきたてて使に出した。そして上里邸で留守番をしている本間に、急用があるから車で迎えに来るように云った。本間はその時、留守番が誰れもいなくなるがどうするかと訊ねたのに対し、お島が直ぐ帰るはずだからと嘘を云い、車は途中僕が寄り道をして行くから国道筋を沼田邸へちょっと入った道路上で待つように云いつけた。それから散歩すると云って連れて出た犬は、昼間見ておいた沼田駅寄りの、焼跡の防空壕に繋ぎ、大急ぎで本間の待たせてある所へ駈けつけ、上里邸へ急がせた。

邸の手前で自動車を停め、本間には松尾博士邸へ使いにやり、夫人の姿を求めて二階の居間へ入った。夫人はそこで婦人雑誌を読んでいた。

「どうも……やっぱり僕がいないと都合が悪いのでやって来たよ。服部君はもう帰ったの」

と夫人にさり気無く訊ねる。夫人は、

「いいえ。未だお出でになりませんのよ。私が来た時お島もいないし、本間も車でどこかへ出ているようで御座いますが……随分不要心ね。この間盗難があったばかりだというのに……あなた何でおいでになりましたの?」

「僕か……僕は車で来たよ……もう服部君が来る頃と思う。したの書斎を開けといてくれ。お前も一緒にいるようにね」

夫人を書斎へやり、博士は北側の窓を開くと、用意の細引を垂らし、電灯を消して書斎へ降りる。博士は書斎へ入ると、ゆっくりガス管の所へ行き、予定通り吹矢から針だけ抜きとった。

「水道は大丈夫のようだね。本間は器用な男で重宝だ」と夫人に油断をさせて、卓の前に腰を卸し、抽出しの中を整理している夫人の背後に立った。

博士の顔に、恐ろしい殺気が漲る。

兇行の寸前!

だが博士の精神状態は、ただそれを予定通りに進める悪魔的な歓びに陶酔しきっている。博士の右拇指に支えられた毒針は、瞬間——夫人の背に深く突きたてられた。

「あっ」

と悲鳴をあげる夫人。その間髪、博士の左手のハンカチを持った手がその口を塞ぐ。

激しく夫人は手を振り、痙攣が起る。化粧の香料が博士の鼻をかすめ、ふくよかな夫人の軀が重みを加え博士の腕に倒れ込むのを、さっと身をかわせば、夫人は椅子と共に板床へどたり——と転落する。

博士の瞳はうつろに光り、額に脂汗が滲む。

現実に戻った博士は、左手のハンカチでつるッと顔を拭うと、ノッブにそれを巻きつけ部屋を飛び出し、扉を閉めて、玄関まで出て本間の帰るのを待った。

さすがに苛々と博士は焦った。時計を出して見る。八時八分だった、間もなくヘッドライトが門を入り、本間が帰った。博士は本を受取ると、

「御苦労。ところで僕は今から三十分ほど調物をする。大切な事だからその間絶対誰れも入れないように注意してくれ給え」と、落着いて書斎へ入る。本間はそれを凝っと見送り、三十分——と心に呟き、好機とばかりに、車庫へ引き返し、大急ぎでマグネットを外す。その外のものは充分いつでも使用出来るように準備してあったに違いない。博士は本間にそれを早くさせるため、態と三

十分と時間をきって誘導する。そして博士は、客用の椅子を卓の前に置き、それへ腰をかける。吹矢は自分に当らぬよう、パイプは予め左の方向へ少し向けてある。自分のシルエットを硝子窓に映し、書物《かきもの》をしているように見せ、時々は頭を上げて考えるようなゼスチュアもする。それは本間が、窓外から見ている違いないからだ。後はただ吹矢さえ発射されれば直ぐここを脱出し、予定の時間に電車へ乗れば好い。間もなく吹矢が、スタンドの右方の壁にはね返り卓の上に転った。博士は態と倒れて、窓ガラスから影を消す。そこで直ぐに椅子を片付け抽出を閉め、その他を素早く瞳で点検する。靴はもう脱出の用意に脱いであるから、靴下跣足で物音一つたてない。用意の手袋を篏め、本間が後片づけを終った気配を確かめて、流しの上に上り、靴は回転窓から投げ落し、二階の窓から下った細引を手懸りにそこを脱出する。博士は学生時代登山部員をしていたので、そのような事は訳ない。窓框の埃は一様にハンカチで拭い、用意の絹糸で回転窓を閉めて、細引伝いに地上へ降り、一振りして細引を二階の窓から外す。跣足のまま庭を横ぎり、塀外へ出てそこで靴を穿く。上里駅へ出る道すがら、博士は色眼鏡をかけ、折り畳んだソフト帽を出して冠り、ネクタイは外し背広服の襟をたてて、顔を知られている上里駅員の目を胡魔化して出札所を通りぬけている。

当時刑事が、古田三吉の推理により両駅をあらったが、博士はこうした計劃的な手段によって駅員を眩惑し、その危険を突破していた。特に博士は平常帽子を冠らない習慣を、巧に利用している。

本間にしてみれば、殺人時に、書斎が密室であろうとなかろうと、また夜であろうと昼であろうと、目的は博士の謀殺にあり、その機会を狙っていた矢先なのだから、博士の誘導作戦の思う壺に篏った訳である。また本間が、吹矢で毒殺を思いついた事は、病身である彼が、体力的に比較しても、博士と一騎打ちをして失敗する事を恐れての考えもあったと思われる。

朝になって、それが意外にも姉の夫人であった事は、本間にとって大きな驚きであったか、想像に絶する。博士はそれを、悪魔的な歓喜で観賞したと云っている。

その朝博士が上里邸に駈けつけ、お島に水を汲みに行かせた後、その場に呼び寄せた本間に、

「本間……君はとんでもない事をやったね。僕には、君が殺した事はよく判っている。今ここで君にくどくどしい事を云う暇もない。また訊く必要もない。これだけ

の罪を犯して、お前だってこのまま済むとは思っていないだろう……自決しろ！　それが最も男らしくてよい。他の者に僕は何も云わない。お前も何も云うな。そして自決するんだ！」

お島が二度席を外した間にこれだけの事を云い、暗に自殺を奨めている。

博士としては、兇行後本間が自殺を覚悟している事は、姉である夫人に送った手紙で予定していた事だ。そればかりでない。万一本間が事の齟齬に逆上し、博士に狂暴な態度をとるかも知れないと考え、それに対する備えもしていた。

現にその朝本間は、例のパイプを握りしめ博士の前へやって来た。次第によっては、それで博士を一撃する考えであったと思われる。その時博士はポケットにピストルを忍ばせ、本間にその気配があれば、正当防衛で射殺する考えであったと自供している。

しかし本間はその気力も無く、姉を殺した過誤は総て自分の罪と覚悟して、自殺してしまった。

その後の事態は博士にとって、甚だ有利かのようにみえた。これでこの事件は誰れが見ても本間の兇行と思える結果となり、しかも密室という奇怪な条件まで残す事が出来た。そして当局が密室の殺人に眩惑され、その解決に困難を極め時日を費す。あるいはそれが難解のまま調査が挫折して、結果は簡単に本間の殺人である事に断定されるかも知れない。都合の好い事に、夫人の軀に突き立っていた吹矢を、あの朝本間が故意にどこかへ持去った事は、博士に益々その感を深くせしめている。また、たとえあの殺人方法が優れた推理に依って解かれたとしても、事実あの殺人準備が、本間の手によってなされた事に間違いないから、自然博士は容疑の埒外に置かれると信じていた事は云うまでもない。

だが結果は、このように完全犯罪と信じ、巧に本間を利用し過ぎた結果となり、複雑な犯行手段は、精巧な機械ほど毀れ易い――の如く、松尾博士から借りた一冊の書籍と、吹矢を使い分けしたけれんが犯行全体を正規な軌道に乗せる推理の端緒となったのである。

その破綻は、密室脱出方法を、古田三吉に喝破せられる結果となり、講義の虚偽と、アリバイに引用した人物の架空は、博士の犯行である事を裏づけする有力な傍証となった。

博士はしかし、未だそこまで自分が危機に曝されているとは考えていなかったと云う。だが博士は、自分の犯行の完全度の再考をした時、盗難品の背広の上着に、重大な物的証拠となるものを残している事に気がついた。

一旦それが気になりだすと、黒い影は積乱雲のように博士の胸の中に拡った。そこに心理的な綻びが出来、博士のその物の入手に対する執着は、行動の上において陽性となり、自ら致命的な証拠を提供する結果となった。

この犯罪の特異性としては、本間の思いつきで計劃された殺人方法が、村田博士の利用によって、非常に複雑化された事である。またこの犯罪を底流する素因に、各関係者が一環となって、一つの因果を形成していた事である。

かくして博士の自供により、直接証拠と一切の傍証を裏づけとして、この事件は期間一ぱいに起訴せられた。

その日は朝から雲が低く空を掩って、そこ冷えがした。街は灰色の淵に深く沈んで、午後からは、ちらちらと初の雪が降りはじめた。古田三吉は署長室に林署長を訪れた。

「いよいよ博士も起訴されましたね」

「行き着く所へ行き着いたよ。この事件では随分君の世話になったね……いや、君の力ではじめて解決されたと云って好い。僕もほっとしたよ」

「しかしね……林さん」

三吉は沁々と話しかけ、

「この事件は僕が解決しなくても、自然に時が解決してくれたと思う。あの犯行は永久に迷宮入りをしても、村田博士はものの三ケ月も経たない内に自殺しますね……村田博士とはそんな人だと思う。その方が、博士にとって幸福な、そして極く自然な断罪だと思うね」

「……」

「林さんもいつか云われたように、人間的には博士は好い人だと思いますね。あの事件だって、人間的な弱さが丸出しです」

「そうだね。二十年以上も前の因果関係が、あんな恐ろしい結果を生むなんて……博士はたしかに精神的に欠けた処もある。自供を前に、博士は、自分でも制しきれぬ悪魔の魅力に勝てなかったと告白している。博士自身の子であったかも知れない秋沢雅雄の犯行計劃がきっかけとなり、最愛の夫人を何の躊躇もなく殺し、罪を益々大きくしたこの事件にはたしかに一般事件に見られない因縁がある。法的に云えば精神病者の犯罪と云っても過言でないね。博士のような知識人が、あのような大罪を犯す事は、常識として誰れも考えない。いずれ公判となれば精神鑑定も要求されると思う。ただ残念な事は、何故自首出来なかったかだ」

「そうだね。そしてこれは林さんの手で調査してもらう事項に、博士の係累に、精神病的なものが流れていないかの事です」

「早速やろう。悪い面ばかりをあばくのが吾々の任務の総てではないからね。犯人に有利な条件も犯罪検挙には必要な事だからね」

「博士の、その後はどうですか?」

「安心し、懺悔そのものの毎日だよ」

「……」

三吉は、瀬戸焼の高い火鉢に手をかざし、上半身を俯向けて、何かを想う。

窓の外は灰色の雲でぬりつぶされ、雪はいつしか霙にかわっていた。濡れ綿を打ちつけるように降る霙が、窓外の庭木や塀上に寒天のように積もる。

しんしんと寒さが身に沁る。

歯

(一)

T大学の校庭に、初夏の強烈な陽差しが明るかった。時計台とポプラ並木の背景に、白銀色の積乱雲が高く伸びて、その上部が崩れていた。

草野博士は研究室の自室で、開け放された窓外の花壇に目をやりながら背広の上着に腕を通した。そこへ、扉をノックして、仙崎静雄が入って来た。

「お呼びでしたか……」

博士を尊敬する動作が少し四角張っていた。年齢は二十七八で黒サージの詰襟姿は端正で、かつ生真面目に見えた。研究室は違うが、草野博士はこの青年の将来に期待する所があった。仙崎も帰りがけであろうか、荒い格子縞のハンチングを手に持っていた。

博士は、生れつきとも見える童顔に、深い慈愛の笑みを泛かべて、

「呼びたてて済まなかったね。話があります。今晩八時までに自宅へ来て下さい。それだけです」

「承知しました」

仙崎は一礼して出て行った。博士はそれから窓を閉めようと思って窓際へ寄った。

「お帰りですか……窓は僕が閉めましょう」

と、坂本英次が入って来て、窓を閉めにかかった。博士はそこで、事務机の前の壁に掲げられた十字架に、暫く祈りを捧げていた、それが終って胸に十字を切った頃、窓を閉めた坂本研究生は部屋を出た。博士も卓上の帽子をとると続いて隣室の研究室へ出て、扉に鍵を卸した。五六人居た研究生が、一斉に博士を送り出す挨拶をした。博士はこうしていつもの通り、それは研究の都合で特別早く帰る日は別として、午後四時過ぎ帰宅したのである。

しかしその日は、それからが大いに違っていた。この偉大なる科学者は、それ限り二度とその研究室に姿を現さなくなったのである。

翌々日、古田三吉は何かしら慌ただしい使の者に迎えられて、やっと無性髯だけは安全剃刀でこき落して、T大の土居博士の学長室に迎えられたのである。

「やあ。早速来てもらって恐縮だったね。うまく君に来てもらえるかと思って心配していたよ」

それは愛想でも何でもなかったのだろう、土居博士の顔色には、確かにほっとした安堵の色があった。三吉はH大学に在学した頃、土居博士には講義を受けた事もあったので、自然動作が固くなろうとする。それを見てとって、土居博士は痩軀に温顔を湛え、

「まあ固苦しい事は抜きにして……今日は僕の方から君にお願いしたい事があってね。掛けてくれ給え」

と椅子をすすめ、自らも安楽椅子に深く身を落した。

「では、失礼します」

と、三吉は未だ少しひりつく髯剃後の痛さを感じながら腰を下した。それを待つように、

「急ぐので用件を手短かに話しましょう。君の返答次第で、この上御苦労願いたい事もあります。君は、草野正己博士を御存知の事と思いますがね。実はその博士がとんでもない事件をひき起されたのです。仙崎静雄という研究生を殺したのです」

土居博士は早口にそこまで云って、ちょっと語を継いだ。

「当の草野博士も自殺されたんだが……その報告を、現場発見者の一人である、博士の研究室の人に電話で報せを受けたんだがね……お午頃だよ。だから委しい事は未だ判ってないが、もしそれが事実とすると、これは色々の点で実に容易ならん問題だと心配しているんだよ。草野博士は僕の後輩とはいえ、人格において学識において、僕などが同じこの学校で学長の栄職を汚している事は、内々気恥かしく思っている。何分、草野博士の徳を讃える学生が幾千といるし、今日までに博士が学界に残された幾多の輝かしい研究の記録の数々にはこの後幾万幾百万の学究の徒が啓発される訳なんだ。それを思うと、博士の最期が殺人罪の上の自殺であっては、独り博士のみの汚辱ではない。出来ればこの事件を世間へ公表されたくないと考えるのだよ。しかし、博士ほどの偉大な学者の死が隠しきれるものではないし、また、その真相を蔽い尽せるものでもない。そこで僕としては、当局の行政的な調査とは別に、この突発的な事件の経緯を取捨選択し、後は適当な……いや、適当なという言葉は曖昧かも知れないが……要は博士の後世に残さるべき声望の

妨げとならない声明を発表する必要があると考えるのだよ」

土居博士はそこでハンケチを出し、静かに額の汗を拭くのだった。そしてまた力のこもった語調で、

「それには、我々学校側のものでは威力がない。幸い君は局外者でありながら、今日までに幾多の難解事件を見事解決されている事を僕は知っている。そこで古田君‼　君の協力を得ようと僕は考えたのです。僕の云う事は委曲が尽されていないかも知れません。それに、事件の外郭も判らぬのに、やたらに君に押しつけがましい依頼で迷惑かも知れません。だが、今ここで君に承諾してもらえれば僕としては大変心丈夫なものがある。僕はどんな事情が介在しようと、草野博士の死を人から軽蔑されたくないと考えるのです。どうか、この僕の気持を買って、是非この無理をきいて下さい」

と結んだ。土居博士の意中は、三吉の諾否を糺すまでもないほど真剣な気魄がこもっていたのである。古田三吉は暫く無言だったが、

「よく判りました。御指図に従いましょう」

ときっぱりとした返事をした。

「有難う。実は、君に断られたらどうしようかとはらはらしていたよ。私立探偵ではやはり事が事務的に傾き易いし……感謝します。では早速ですが、僕はこれから参考人として草野邸へ行く事になっているんだよ。君に差支えがなければ同道してもらいたいと思います。出来れば、一応形式的だけでも現場を見てもらう機会にもなると思うが……」

そんな次第でこの事件にT大学側からの依頼人としてタッチする事になった古田三吉は、土居学長と自動車を急がせて、H町の草野博士邸に向った。山の手の、上り勾配の道を幾曲りかすると、車の位置は大分高台を走っているとみえて、軒並の切れ目から下の町の屋根が見えた。

赤瓦の尖った屋根と、新緑の深い繁みを、そのまま額縁に篏ると油絵になりそうな住宅街を抜けると間もなくだった。辻に巡査が警棒を持って立っていた。そして、警察関係の自家用車だろう三台乗り捨ててあった。二人もそこで車を降りた。土地柄とでも云おうか、弥次馬の姿もない事に土居博士はまず安心した。そこでも立哨の巡査に身分を云って、塀と塀とに挟まれた露路を二十メートルほど入って、博士邸の石門を潜った。石畳を五メートルほど渡ると玄関口であったが、内側で人の気配

がするのに扉は開かなかった。二人が少し惑っていると、背広姿の係官らしいのが玄関脇の木戸から出て来た。訊ねてみると、

「玄関には未だ調査するところがありますから、この横の木戸から入って勝手口へ廻って下さい」

との事であった。二人は云われた通りの径路で部屋へ入り地区署の署長に面会した。幸い来合せていた本田検事は、土居博士と知り合いだったので、古田三吉も現場へ入る事が許された。

草野博士邸は和洋折衷であるが、内部の構造は洋室が主だった。板敷廊下の窓外に植込みがあり、隣家との塀が二間《けん》ほど隔てて見えた。現場はその廊下の突き当りの右にある書斎だった。本田検事に案内された二人はその扉に立止った。部屋の内部を窺う瞳の焦点が定まらぬ先に、異様な臭気が漂って、まず嗅覚から凄惨な現場の様相を二人に印象付けた。

現場は十畳ほどの床板張りで、壁も天井も白の一色である。藍色がかったカーテンの引かれた窓が、正面に一つと、左壁面に一つあり、そこに擬造皮を張った椅子が四脚並べてあった。右側の壁には、大型の書棚が二つ並んでいて、摺硝子《すりガラス》の嵌った引戸が閉《た》てられていた。そして、手前の書棚の前に丸卓が片寄せられていた。正面窓下に、博士常用のものであろう、この簡素な部屋の調度としてやや立派な両袖の事務机が、樫の木目も美しく置かれ、型通りインクスタンド、ペン皿、電気スタンド、花のない花瓶等があり、その机の前に肘付椅子が横向きに置かれてあった。

それだけの配置の空間を、国警県本部の捜査課員と鑑識課員がそれぞれの任務に従って、頻りにメモを採っていた。よく見ると、二個の屍体の足が、寄り集って覗き込む係員の人垣からはみ出していて、屍体検証が進められているらしかった。

（二）

ここで便宜上、土居博士と古田三吉が現場に到着するまでの模様を述べよう。

その日、午前十一時頃、所轄B署では、管内R派出所から、草野正己博士邸において殺人の現場を発見した報告に接したのである。署員一同色めきたち、県本部に連絡して直ちに現場へ出動したのである。

発見者の一人である服部巡査の案内で、一行は玄関脇の木戸口を経て勝手口から屋内に入り、兇行の書斎に入ったのであるが、その部屋の合板二重張りの出入口扉は中央部が薪割で打ち破られていた。これは内部から施錠されていたので、服部巡査が外部から破ったものである。

部屋には、中央天井の室内燈が煌々とともされ、明るかった。入口近くの屍体は丸卓の方を頭にして、白セルのズボンを穿いた足が開かれていた。血に汚れた両手は頭部上方へ出し握られている。俯伏さった顔面の辺りに夥しい血が床板に溜って、既に赤黒く凝固していた。少しく右方にねじ向けられた顔面も血に塗れ相貌も定かでない。そして、頭部右方に大柄の鳥打帽《ハンチング》が仰向けに落ちていて、大体青年と推定された。もう一つの屍体は、正面両袖の机の前に、入口の方へ頭部を左斜にして倒れていた。左手は軀に添って伸ばし、右手は肘を曲げて腹部に掌を乗せかけ、両足は揃えて机の方へ伸ばし仰向けである。この方は手が薄く血に汚れている外顔面などに血痕は認められなかった。頭髪が薄いところから相当年配者であろうと推定されたし、それが草野博士だろうと想像出来た。

直ちに現場保存の写真やら記録が採られ、細部調査が進められた。斬殺された方の屍体は推定二十七八歳で、薄刃ようのもので右手首、左肩、及左頸部が斬られていた。その内でも頭部のものが一番深く大きかったし、頸動脈が切断されているのだろう、屍体を反転させると更に多量の出血がその下に認められた。検死医はそれを見て、

「致命傷らしい」と呟いた。

草野博士と推定される屍体は一見して外傷が認められなかった。裸体にすると左脇腹に幽かながらも皮下出血の痕跡があったが、それを致命傷とは考えられなかった。しかし着用の紺の上着には点々と血痕が認められ、同様ズボンにもそれが見られた。飛び散ったような痕跡もあれば、接触して汚れた形のもあった。それと、両袖の机の上の右端近くに、血糊で固くなったカシミヤ生地の、薄鼠色の手袋が一双置かれていた。そして、それと並んで白色の小型な硝子瓶と、注射器があった。瓶には透明の液体が残されていたので、鑑識係がそれを簡単に試験して、青酸加里溶液だろうと判定した。

その態様から判断すると、毒薬の注射による自殺死と考えられた。そこで屍体の左足の、まくれ上ったズボンの様子から推定して、あるいは大腿部に注射したのでは

なかろうかと、その部分を調べると、果してそこに注射の痕跡が残っていて死因の大体が想定出来たのである。更に入口の屍体の方は血痕を洗い落し、痍口の写真が撮られる事になった。

その間、捜査課員は手分けして、現場の内外を調査した。最初に一葉の名刺型の写真が拾われた。それは出入口の部屋内の床上に落ちていたものである。画面は学生服を着た無帽の男の半身像であった。念のため、それを、血糊を綺麗に洗い落した斬殺体と比較して見ると、紛れもなくその男の写真である事が判った。しかも、写真の下方には「仙崎静雄」とペン描きのサインがあり、被害者は即ち仙崎静雄という事が判明した訳だ。なおその写真には何の意味か、頸にあたる個所へペン軸が突き通されていた。カブラペンの部分が裏側へ槍の穂先のように出ていたのである。それと、もう一枚別な写真も発見された。扉口を部屋へ入った左側の壁面の柱に、キャビネ版のものが、血に染った、俗に云う海軍ナイフで突き止められていたものである。画面は、若い男女がどこか湖水のような場所を背景にして、二本の樹立の前に仲良く並んだもので、微笑した女の肩に軽く男の手がかかっている。右側の男は一見して仙崎という判断がつけられたが、左側の女の方は不明だった。これも二人が接触した肩のあたりにナイフの刀身が横向きに突き通り、かして家札のように少し斜になって磔刑を受けていたのである。ナイフは、係官が「兇器」ではないかと考えて抜き取ろうとしたが、よほど手ひどく突立てたものとみえて、少し手間どった。鑑識係がそれを受けとって鑑定した結果、斬殺体の痍口と一致する事を確かめた。これで兇器が出た訳である。

そこへ土居博士と古田三吉が来合せたのである。三吉は扉口に立って、部屋の様子を目で追い、記憶の暗幕にそれを一々刻みつけた。土居博士は初めての経験だけに固くなって佇立していた。それが鑑識課長に草野博士の屍体判定を依頼されるに及んで、貧血を起すほど蒼白となっていた。が、語調は判然と、机の前の屍体は草野博士であり、被害者は、仙崎静雄であると証言した。引続いてキャビネ版の写真を示された。

「こちらの婦人に、見覚えはありませんか?」と、課長が叮嚀に訊ねた。土居博士はちょっと見て、

「確かに、草野夫人と思います」と答えた。(後刻、現場発見者の一人である坂本英次も、隣家の遠藤夫人、及他の二名の参考人も草野夫人だと証言している)土居博

士のその場の証言は、当局者の頭脳に一つの啓示を与えた事は云うまでもない。

間もなく土居博士は、現場の凄惨と、痛ましい草野博士との死の対面に堪えかねて蹌踉と別室へ下った。その後で、死因の断定が下され、仙崎静雄は左頸動脈の切断によるもの、草野博士は青酸加里の注射に因るもので、死後推定時間は共に一昨日の午後七時頃から十時頃の間と検案された。そして海軍ナイフの血痕、手袋と草野博士の着衣の血痕も共にB型で、それは、被害者仙崎の流血である事も証明されたのである。（草野博士は〇型）そして、写真に刺し通されたペン軸は、博士常用の机のペン皿のもので、青インキ用のものである事が判定された。

緊張した現場検証がひと通り終ったところで、古田三吉は本田検事に兇行発見までの概況を訊ねた。本田検事は、検察官に似合わぬ気軽さで、それを語ってくれた。

草野博士の、当日の事は冒頭に記した通りであるが、その翌日、勿論博士は登校していない。これは珍らしい事で、草野博士の連絡無しの欠勤など、今までにない事であったと云う。それで、研究生の一人が博士邸へ学校から電話したが、確かに呼出し信号が聞きとれるのに、一向に出る気配がなかったとの事である。結局、何かのっぴきならぬ急用で、どこかへ博士は外出しているのだろうという事で済ませたのであるが、その翌日、即ち今朝も博士は登校しなかった。話によれば、草野博士は几帳面な聖学者で、朝はどんな日でも午前八時までには登校し、その日の研究事項を再検討し、特に実験のある日は自らその準備を点検せねば気の済まぬ人であったと云う。だから、二日の欠勤は研究生達にとって困る事であり、かつ不審を抱かせたのである。相談の結果土居学長に報告し、事情のよく判った坂本が博士邸を訪問した。

鍵孔は突き通しであるから、それが内側からか、あるいは外側からか判らなかったが、玄関の扉は開かなかった。呼鈴の釦《ボタン》を押してみると、家の中で電鈴が正確に鳴ったが、一向に人の出て来る気配も、居そうな様子もなかった。そんな事を暫く繰り返していると、博士邸ではなくて、隣家の遠藤夫人が呼鈴を聞きつけて出て来た。顔見知りの坂本は早速来意を告げて訊ねてみたのである。

「そうおっしゃれば昨日も今日も居られるような気配がありませんのよ。けれども、昨晩は一番端の部屋の電燈が夜通しともっていましたわ。今朝だって、私の家の縁側からカーテンを透して灯がみられますのよ。今までに電燈のつけっ放しなんてただの一度だってなかったし、私も少し変に思っていますの。何でしたらあなたも念のため一度御覧になったら……」

との事で、坂本は隣りの庭先へ廻り、塀に取りついて兇行の部屋を見ると、確かに室内の灯の点いているのが認められたのである。遠藤夫人も、留守を博士に頼まれているので気になると云う。そこで相談の結果三丁ほど離れているRの派出所へ行き、居合せた服部巡査を同道し、三人立会の上で表木戸から勝手口へ廻った。しかし、そこも内部から施錠されていた。が、もしもの事を考えて硝子を一枚破り、扉を開けて内部へ入ったのである。閉めきられた内部はむせ返るようで、少し異臭が漂うように感じられた。手近の部屋には人影もない。玄関へ廻ってみると、黒皮の靴が一足揃えてあった。博士の物のようでもあり、来客の物のようにも感じられた。それだけ見極めてから電燈のともされた部屋の前まで行き、ノッブに手をかけたが廻らなかった。しかも気のせいか、漂う異臭は特にそこが強いような気がしたのである。服部巡査が鍵孔を覗いたが、内部から鍵が差されてあって視野が利かなかった。どうするか？　という相談になったが、そこまで来た以上内部を調査しないで引き返す訳にもゆくまいという事になり、勝手許から遠藤夫人が持って来た手斧で、服部巡査が扉の中央を叩き破った。

その時の三人は、息詰まるような緊張感で口も利かれぬくらいであったと云う。手の入るほどの孔が出来ると、一層そこから異臭が流れ出し、かつ驚くべき内部の様子が発見されたのである。服部巡査は手を突込み鍵を廻し、すかさず部屋へ踏み込んだのであるが、屍臭は尚更非道く、相当な時間を経過した「事件」と判断して、二人には部屋へ入らないように念を押して、博士邸の電話で派出所に連絡し本署に急報する結果となったのである。その時間は、午前十一時を少し廻った頃であったという事だ。

（三）

以上が、本田検事の語った兇行発見の模様であった。

「事件としてはありきたりなものですが、智識人の犯罪であるところに特異性があります。深い事情が介在するものと考えられますが、学界に影響するところも大きい訳です」

と本田検事はつけ加えた。

「ごもっともな事です」と、三吉は何度も頷いて、後片附けをされている現場を外した。直ぐその隣りの応接室で、土居博士がB署の署長と何か話していたが、三吉の姿を認めると席を立って廊下へ出て来た。

「よく、現場が見られたかね……僕には、ああした場所に、永く居る元気がない。先刻は、何だか気分が悪くなってしまったよ」

「無理もない事です。僕だって、実を云えば余り好い気はしないのです。ですが、ひと通りは見ました」

「何か、意見でもないかね。我々と違って、君などは見る角度も違っていると思うが……」

「別にありません。現場検証も済んだようですから、何れ当局によって適切な判断が下されると思います。後ほど、草野博士の日常について、二三お伺いしたい事があります」

「よろしい。この際どんな事でも訊いてくれ給え。署長との話はもう直き終る予定だから……済んだら来て下さい」

仔細な現場検証と、主だった参考人の聴取が終ったのは午後五時頃であった。関係係官が一室に集って、この事件を綜合的に裁決する事になった。その結果は、
一昨日の午後七時から十時頃までの間に、草野博士は仙崎静雄を、兇行発見の部屋で海軍ナイフをふるって殺害した。多少格闘があったと思われる。博士の着衣はかなり血で汚れ、かつ博士の左脇腹に打撲傷があるのは、その際受けたものと判断される。兇行時着用したカシミヤの手袋、及兇器の海軍ナイフは共に博士の持物であり、T大学の博士の部屋に常備していたものである。手袋は、博士が実験の時しばしば使用していたものであり、ナイフも鉛筆削り、その他に使用していたものであるとの、研究生の証言がある。

兇行後博士が毒薬自殺を遂げた事は、屍体鑑定書の通りであり、青酸加里は、これも学校の研究室から持ち出す可能性が充分である。研究室には該薬品が備えられ、かつその容器を誰かが移動したとの証言がある。

兇行発見当時、玄関は内側より施錠されてあり、その鍵は兇行の部屋の丸卓の上に置かれてあった。また、兇行の部屋のただ一つの通路の扉は、内部から鍵が差されたままであった事を服部巡査が証言している。

その他、部屋の二つの窓は、内部より完全に差込錠が

施され、つまみには埃が積って十日余り手を触れた形跡のない事が鑑定されている。

玄関の黒皮製靴は被害者のものである。これから綜合すると、当夜仙崎静雄が草野博士を訪問した。博士はそれを予定していたと思われる。それは兇行に対し、手袋、ナイフ、毒薬等を予め用意していたからである。また、殺人現場となった書斎を兇行場所と定めていた。中央にあったと思われる丸卓は書棚の前に片寄せ、四脚の椅子は左方の壁際に並べて、部屋の中央部を広く使えるようにし、兇行の妨げとならないように留意してあった。

かくして博士は、仙崎の来訪を暫く待った。その状況として、丸卓の上には蚊遣線香を焚いていた蚊遣皿が置かれてあった。

殺害の動機は痴情に因る怨恨である。被害者の写真にペン軸の槍が突き通され、夫人と仙崎の写真が兇器のナイフで磔刑にしてあった。それに因って草野夫人と仙崎静雄の痴情関係が想定出来る。

以上でこの事件の結末が纏められたのであるが、捜査課長が、なおそれを補足して、

「ところで、問題の草野夫人ですが、これは今年の三月上旬に病死しています。博士とは年齢的に大分かけ離れていて、博士の六十歳に対し、夫人はその半分の三十二歳でした。夫人の生前を知る人の話では、むしろ三十前に見えたとの事ですが、夫婦の仲は至極円満で近所ではおしどり夫婦と蔭口をする者もいたくらいとの事です。結婚生活は八ケ年以上の由で、草野博士は晩婚であった訳です。世間には有り勝ちな事で、こうした年齢差の多い夫婦というものは、外見は非常に夫婦仲の良いのが通例であります。それは男の持つ豊富な情愛というものが、大きく女を引き付ける魅力となる場合が考えられるのであります。しかし、それが一見何かの原因で崩れると、精神的、あるいは肉体的の破綻となる事は推定に難くありません。そこに仙崎静雄の介入が充分考えられるのです。数名の参考人は、痴情関係の存否について、的確に証言はしていませんが、これは、交渉そのものが秘密に属する事だけに、その証言が得られないからといって、否定する事は出来ません。現にああした写真が発見され、また仙崎がしばしば博士邸に出入りしていた事はどの証人も認めています。ですから、それから推定すると、最近博士は仙崎と夫人の醜行を知り、譬えそれが夫

人の死後であるにせよ、否、むしろ当人が死んでいる事により、その憎悪はこの際より一層大きくなると思われるのですが……そして、心理的にそのはけ口を、仙崎の殺害によって満たそうとした事が考えられます」

「うむ。そうした老境者の心理は考えられるね。ちょっと、有名な科学者にしては、写真に対する鬱憤晴らしがものものしいが」

と、本田検事は首をひねった。

「それだけに、博士にとっては大きな衝撃だったのでしょう。社会的に云っても、名誉もあり、地位もある生涯を棒に振っての兇行ですから……」

「それで、夫人の死亡当時の状態は？」

「その方も調べました。同じT大の医科の、堂島内科の堂島博士が主治医で、病名は腎盂炎との事です。ですから、夫人の死はこの事件に直接関聯はないと考えるのですが……」

「なるほど」

本田検事は、書類に目を通しながら頷いた。そして、二枚の写真を手にとると、

「この写真は、裏を見ると、台紙か、あるいはアルバムからでも剝ぎ取った痕跡が認められるが、この方の調査は？」

「はあ。状況から判断して、それは仙崎の持物だとも考えられましたが、念のためこの邸内を捜査させましたが、アルバムというものは一冊もありませんでした。土居博士にも立会ってもらって、随分念入りにやりましたので、見落しはないと思います。なお、仙崎の止宿先へも人をやりましたが、そうした形跡のアルバムは見当りませんでした」

「なるほど。ま、その方は判らねば判らんでいいだろう。じゃ、今日はこれで終ろう。何しろこれだけの証拠と状況が揃っていれば充分と思う。但し被害者対草野夫人の関係は今少し洗うように。特に、仙崎と夫人との写真を中心にやればその頃の関係状況も早く判るし、写真の出所も判然すると思う。それから、本事件は、草野博士の社会的重要性もあるし、学界に影響するところも尠くないと思うから、外部への情報提供は差し控えてくれ給え」


古田三吉は、草野邸で、土居博士と別れた。西陽が、遠い戦災の曠野に、落ちかかっていた。だらだらと坂道を下りながら、見卸すこの都市も、そこから眺めると、

落陽のひと時は実に索寞としていた。三吉はそれを、自分の感傷的な主観からくるものだろうと思った。凄惨な犯罪現場を見た後で、そうしたもの淋しさに襲われる事は、度々経験する事である。そしてまた、その後に一種の虚無状態が続くのである。

(四)

日が暮れてから、古田三吉は愛すべき林署長をその官舎に訪ねたのである。浴衣がけの署長は相変らず健在で、畏友三吉を、岐阜提灯の吊るされた座敷に招じてくれたのである。縁側には、今時どこで手に入れたのか吊忍《つりしのぶ》が水々しく軒に下げられ、風鈴の伴奏まで添えられていたのである。林署長も官服を脱げば、家庭では極くありふれた小市民生活を楽しんでいるのである。三吉はそれをほほ笑ましく眺めてから、今日の事件を話し、自分の依頼された役目を、

「結局この事件が検察側の推定通りで、これ以上底を割らないものとすれば、僕は学校側の立場に立って、草野博士の名誉を維持するに足るだけの理由の幾つかを、直接的に間接的に、物心両面から挙げねばなりません。土居学長が、僕を特にこの事件に関与させた真意はそこにあります。学者陣の見栄と云えばそれまでですが、草野博士を犯罪者として葬ることは、確かに今後の学界に大きく影響するところでしょう。たった一つの、人間的な過失が、その人の偉大なる功績を拒否する事は、従来にだって有名な文壇人にもあった事実です。土居博士の依頼は、それを含めての、深い友情の結果と考えます。今日の検察側の結論を聞いて、実にお気の毒なほど沈んでおられました。それは、草野博士を冒瀆する以外の何ものでもないとまで悲しんでおられました。そして、草野博士は、確かに夫人を愛しておられた。この三月夫人が死亡された当座は、実に食事も採らないほどに、落胆しておられたそうです。しかし、いよいよ、自分の研究に精魂を打ち込もうと深く決心されてからは、二名居た女中にも暇を出し、育児院生活の昔に帰って不自由な独身生活を今日まで続けて来られたそうです。そして、自分の入る適当なアパートが見付かり次第、現在の邸宅を売却し、その金を乏しい学校の研究費の一部に充てる肚で居られたとの事です」

三吉はそこで言葉をきって、林夫人に出された、冷え

た紅茶で咽喉を潤した。

「元来、草野博士は生れた処も、両親も判らない孤児だったそうです。そんな関係で、幼少を、昔の育児院で生いたち、西洋太鼓を叩いて四五人の仲間と、街頭に石鹸や歯磨を売りに出たものだと、よく土居博士に話されたものだそうです。それが、十四五のもの心がついてから、勉学心に燃えたってそこを飛び出す動機となり、苦学に苦学を重ねて今日に至ったものだそうです。だから、博士は今日の如く大成しても、常に質素な生活を旨とし、蓄財の大部分は孤児院等に匿名で寄附されていたそうです。これは蔭の徳行ですが、学校においても実に学生の指導は親切を極め、それでいて一種の威厳を持って、今日までに随分大勢の人材を社会に送り出しておられたそうで、現に今の研究生達でも、蔭では、『おやじ』と呼び、真の父親以上に敬慕しているとの事です。また、自己の学理琢磨には一時の休みもなく精進を続けておられたそうです。大分話が、草野博士礼讃になりましたが……そんな次第で、典型的な聖者の如き博士が、殺人を犯す等、考えられぬ事だと土居博士は云われるのです。亡くなられた夫人にしても、博士の人と成りは充分承知の上で結婚されたもので、年齢的に差こそあったが、賢夫人の資格は充分あった人だと賞め讃えていられるのです。その夫人が、仙崎研究生と痴情などは、絶対に信じられないと云うのです。しかし、その点を一歩譲って仮にあったとしても、草野博士がそれを今更咎めだてして刃物をふるうなどという事は、信じられない。むしろ博士の性格から推察すれば必ずやその過失を宥されたはずだと云うんですがね……」

「ふーむ。なるほど。土居博士の気持はよく判る……しかし、人間というものは予測しない変化もある。譬えば精神的な発作もあるね。犯行発見という既往事実に対して、感情的な面ばかりでは説明出来ないね。そこに、科学的な裏付けでもない限りはね……」

「その通りです。だが、人間の信念には時たま立派な暗示として通用する事もあります」

「それもある。それには土居博士の片言ばかりではいけない。君自身がもっと広範囲に亘って調査した結果の信念でなければ駄目だよ。しかし、賢明な君の事だ。そうまで土居博士の感情論を振廻す以上、何かこの事件について、あるかね……怪しむに足るものが？」

「ないとは言われません」

「たとえば……」

「二枚の写真に対する、迷信的な呪詛です」

「それは僕も考えんでもない。理学博士であり、工学博士である科学者が、旧幕時代か明治時代の商売女のように、写真を傷付けるなど不可解だね。だが、そこに先刻も云った『異常』が考えられる。夫人は病死し、当の本人は殺害していながら……これは大分変っている。それが手の届かぬ相手なれば、五寸釘を打ち込んだり、時には写真を天ぷらにして呪う手もあるそうだが……しかし当節のように、油も配給制ではそれも難かしいかね。ふふふ」

「ははは。林さんは、どうも話を茶化していけない」

「いや、茶化す訳ではないが……他には？」

「手袋を嵌めて兇刃をふるった事です。あれほどはっきりした兇行の事実を残す計画的な犯行であるのに、何故手袋を着用したかです。手袋を使用する目的の第一は指紋を残さないためです。ところが、あの兇行にはその必要がありません。むしろ素手の方がすべての運動を的確にするのではありませんかね……」

「しかし、血を嫌うという潔癖性もあるね」

「それればかりではありません。覚悟の自殺をするのに、態々青酸加里を注射するなど、手数な事を行っています」

「それも、舌を通じて味覚に味わう苦痛を除くための一方法ではないかね」

「それなんですよ。林さんがそう考えられる事は、とりも直さず、これは常人の判断力の然らしむるところです。すると、草野博士は兇行を計画した時も正気であり、その状態は兇行当時も持続されていた事になりますね。兇行当日の学校における草野博士の言語動作には何等異常はなかったと総ての人が証言します。そこに土居博士の言葉が重要な意義を持ってきます。無論この犯行は、発作的や突発的でない事は当局も認めるところであって、二枚の写真にとられた処置は、結局草野博士がなしたものでないと、常識的に考えて好い訳ですね」

「なるほど。うまい理論だ」

「すると、手袋、ナイフ、写真は第三者がある意図の許に使用したのではないかとの疑いが生じます」

「しかし古田君。先刻の君の報告によれば、玄関と、兇行の書斎は内部から施錠せられ、その他窓なども総て内側から戸締りがしてあったとの事じゃないかね？」

「その通りです」

「するとこれは、他に犯人あり——とすれば、窓を考慮外に置くと、一応二重密室とも考えられるね。また、兇行の書斎は勿論、邸宅全体に亘って何等機械的トリックの要素になるようなものは存在しないと断言したね」

「そうです。玄関はとにかく、書斎の扉は打ち破られるまでは枠になった柱と框に、印籠式になった密閉型です。窓だってその通りで、外廊の窓下の柔い地上にも犬の足跡一つもありませんし、関係ありと見なされる指紋の検出は一切不能だったのです」

「ふーむ。すると、そんな難かしい状態から何を生ずるかね」

「それ以上説明出来る材料を、今のところ持ち合せていません。しかし僕は、先刻の疑問を材料として、もう一度明日にでも兇行現場へ出掛けて考え直してみたいと思います。そして、当局とは別な方面も調べてみましょう」

「よかろう。管轄が違う事は、君に充分な協力の出来ぬ恨みはあるが、人手が入用なれば貸そう。出来るだけの便宜も取計らうよ。譬えその結果が徒労に終っても国家的な職務に変りない。幸いにしてもう一つの底が割れれば、これは素晴らしい君の成功と云わねばならぬ」

「所謂、二重底事件ですね」

「そうだよ。底にそこがあるというやつだ」

「出来れば、そこを突かないようにしたいものですね。ははは」

「ははは。これは一本やられた。まあしかし、小さな疑問から大きな結果を生む事もある。それに君にしたって、いかに土居博士の希望とは云え、最後の締め括りを嘘の捏造でお茶を濁しては後味も悪かろうからね。とにかく、一点の疑問も残さぬよう、せっかくの努力を続けてくれ給え。君の健闘を祈るよ」

そう励まして、林署長は古田三吉を送り出した。

（五）

古田三吉は帰宅してから、白い蚊帳の天井を見詰めて、ふと蚊遣線香の事を思い泛かべた。その附近は戦災地で、戦争中ものの用にもたたなかった防空壕や、防火用水が未だに取り潰されずに残っているせいか、蚊帳を吊らなければ凌げないほどだった。だが、山の手の草野博士邸附近は非戦災地で、かつ水はけも斜面であるから良好のはずである。戦災前の経験から云えば、未だこの季節に蚊帳を引っぱり出す必要もなかったし、まして山の手附近は蚊帳なしで結構ひと夏を過せたものである。

そう考えて、三吉は一つの不審に行き当った。推理の平行線を遮断するものの正体が、幾度も三吉の思索に摑まれようとしたが、力をこめて把握しようとすれば砕けてしまう――そんなもどかしさを繰り返している内に、いつしか眠りの淵に落ちていった。

その翌朝、森川刑事は出勤早々、林署長から内命を受けて本署を出た。目的は草野博士夫人と、被害者仙崎静雄の生前における関係の調査である。所轄のB署も、この事件にその調査を残しているのだが、B署の目的はこの事件の終止符を打つためのものであるに反し、森川刑事のはこの事件を展開するにあった。

森川刑事は、豊富な経験と足とに任せ、ここと思うところを片端しから廻った。だのに「有り」とする確証はもとより、その片鱗さえ得られなかった。しかし、林署長の話では、夫人と被害者とが仲良く並んで撮影した写真があると云う。だとすれば、何か情報が網に懸らぬはずはないと考えたのである。（これは自分の努力が足らぬ証拠だ）自ら、そう励してみるのだったが、直ぐその後から（関係無し）との結論が、長い刑事生活のカンに刺戟されて泛かんでくるのだった。

最後に、被害者仙崎静雄と同郷の生徒が居るとの聞込みに、一縷の望みをかけて、その止宿先を訪れた。その学生は伯父の家に寄寓していた。その伯父はどんな職業の人か、新築したばかりの邸宅が素晴らしかった。うるさく吠えたてる犬と、女中に迎えられて応接室に通された。間もなく学生服の男が入って来た。

「僕、赤松です。どんな御用件でしょうか？」

二十二三くらいの、色の白い男だった。訪問を受けた人が人だけに、何か不安の目色だった。

「やあ。どうも……せっかくの日曜日にお邪魔して済まんですね。少し、お訊ねしたい事がありましてね。早速ですが、あなたは仙崎静雄君と同郷だそうですね」

「あ。その事ですか。そうです。同じT県のH です。この度事件を起された草野博士の夫人も同じところなんです」

「ほう……そうですか。草野夫人も同じ出なんですか……なるほど、なるほど。そんな関係ですね……草野夫人と仙崎君との間に特別な交際のあった事も？」

「それは、どんな事なんですか？」

赤松が、反対に訊き返してきた。

「恋愛関係にあった事です。はっきり言えばね」

「へえ……しかし、それは間違いじゃないですかね。亡くなられた草野夫人の妹さんと、仙崎君なら、あるいはそんな間柄であったかも知れませんが……」

返事が、意外な方へ外れて行った。しかし森川刑事はそれを逃さない。

「それを、聞かせて下さい」

「亡くなられた夫人の妹さんに、美枝子さんという方が居られます。その人と、仙崎君は婚約のあいだ柄だと聞いていますが……」

「なるほど。いつ頃からの婚約ですか……その事は余り知っている人がないようですね」

「さあ……いつ頃からの約束か知りません。昨年末の、学期休みに帰郷して、ちょっと、近所の噂を聞いただけですから。だから、こちちでは殆ど知っている人はないでしょう」

「ふーむ。それで、いつ頃結婚するかといった噂を聞きませんでしたか?」

「そういった委しい事は知りませんが、何でも、仙崎君が博士論文にパスしたらという事をちょっと聞きました」

「ほほう」

森川刑事はそれをきっかけとして出来るだけ委しい事情を訊きだそうと考えた。赤松も、今はすっかり警戒心を解いて、老巧な森川刑事の操る話術に何の躊躇もなく答えるのだった。


草野邸は、日曜日のせいもあって、弔問客でごった返していた。正服姿の学生から、友交のあった教授連や、博士に薫陶受けた人々が集っていた。幾つもある部屋が、それ等の来客別に占められていた。ところが、どの部屋も笑い声こそなかったが、事件の後の暗さというものが、一向に感じられなかった。ただ、聞かれる事は草野博士の死を悼む言葉と、未完成に終った研究を痛惜する囁きであった。そこにも草野博士の偉大さがあり、土居博士の賞讃も決して無意味でない事が判る。古田三吉は、臨時に安置された、二つの宿命的な柩に、深く頭を垂れて、何か打たれるものを感じた。

土居博士は、この偉人の死を校葬にしようと奔走中とかで不在だった。しかし、仮にも「殺人者」の烙印を押された草野博士に、無論校葬は無理な提案に違いない。

それを、今頃土居博士は学校で、あの熱誠溢れる語調で説きつつある事だろうと、古田三吉はその土居博士の姿を胸に彷彿と描きながら、再度兇行の部屋に足を向けた。

部屋の前には、未だ現場保存の必要があっての事だろう、若い巡査が廊下に椅子を据え、弔問客の騒がしさを他所に見張りをしていた。三吉は来がけに、林署長に依頼し、B署から現場へ入る許可を貰っている事を告げ、今日は自らその部屋の扉を開けた。

扉口に立って、まず部屋の内部を凝視した。記憶の網膜に映るものと何一つずれたものはない。ただ違うのは屍体のない事と、僅かばかりの証拠品が持ち去られている事だけであった。凝《じっ》と心耳を澄ますと、別室の騒音が消えて、兇行当時の凄惨な態様が甦って来るのだった。三吉は、瞑想暫くにして静かに部屋へ踏み込んだ。一巡して、書棚の前に停った。昨夜、妙に気になった蚊遣線香が、燃え尽きて、陶製の皿の上に薄茶色の灰がそのまとぐろを巻いていた。その線香は、始めからそう置かれてあったのだろう、皿の中心をずれ、丸卓の外縁に少しはみ出していたものか、極く自然の形で灰の一部がこぼれていた。それが、丸卓の下に置かれた風呂敷包みの結び目に降りかかっていたのである。

それと、蚊遣皿の蓋であろう、同じ図柄の半円形のものが、冠せ忘れでもしたかのように、少し離れた個所に仰向けに置いてあった。三吉はそれから想像して、この部屋のどこかに蚊遣線香がなければならぬはずだと考えた。だが、目の届く処には見当らなかった。あるいは机の抽斗かも知れないと考えて、念のため位置を下って書棚の上を見た。一番右端に押型革の模造塗装を施した箱があり、その上に、確かに蚊遣線香の箱が乗っていた。その位置はかなり高い。草野博士は、どちらかと云えば小柄の方である。すると、その上げ卸しには手が届きかねると想像された。三吉は手を伸して、やっとそれを指先で寄せて卸した。蓋を取ってみると、品物は有りふれたもので、量も半分くらい使ってあった。別に怪しむべき物でない事を確かめて、それを元通りの位置へ返した。そして、それをまた暫く眺めて何か考える様子であった。

床板に出来た血の斑痕をよけて、三吉は丸卓の下の風呂敷包のところへかがんだ。昨日の検証では大して注意をひいたものではなかったが、それを一度確かめてみようと思ったのだ。外見は、恰度書籍を包んだような形のものだった。指先で結び目を拡げてみると果して部厚い洋書だった。下まで透かしてみると、三冊包まれていたのである。三吉は立ち上って、もう一度書棚の上を見た。蚊遣線香の乗せられた箱の左から、ずっと洋書が並べられている。それは平生余り使用しないものをそこに整理したものだろう、ケースの上面に埃をかぶっていた。目で追うと、右方に空間があり、確かにそこから二三冊抜き出した事が頷かれた。すると、風呂敷に包まれたものはそこから卸したものと推定がつく。（何のためにと、三吉は考えてみた。誰れかに貸すためにそうされたものとも思われるし、貸したのを返済してきたとも考えられる。しかしその疑問はすぐ判った。三吉がもう一度覗いてみた包の中の書籍には、ケースの上面に埃が認められたからだ。すると、それは何かの必要があって棚から卸した事になる。なお注意して見ると、風呂敷の結び端に三角型の白布が縫い付けられ、それに墨書きで「くさの」とあった。三吉は興味を覚えてその包の一方を解き、背面の書籍名を調べた。一冊は英文で、二冊は和文のものである。三冊共物理化学の理論書ではあるが、三吉の記憶ではそれはかなりな時代もので、明治年間のものであろうと考えられた。果して発行年月日は想像通りだった。するとそこに記述された理論は期限の切れた不通紙幣と同じで、今時学界では必要のないものである。恐らく博士が勉学の初期に使ったものであろうと想像して、もう一度書棚の上のものを入念に調べると、どれも時代がかった参考書の類で、結局、そこに整理されたものはそういったものばかりであろうと思われた。（するど、一体何の必要があって風呂敷包にされたのだろうか？）三吉はそれを前にして苦悶したのである。

（六）

三吉はその書斎に、一時間以上もいた。見張りの警官が気にして度々覗いた。瞑目したり、額に手をやったり、腕で組んだり、その度に古田三吉の表情と動作が違っている事に、その警官の方が考えさせられる有様だった。

「長らくお邪魔しました」

やっと目的を果して、窓際に凭れて居眠していた警官に声をかけた。

「はあ……」

やや狼狽して挙手をするのを、少し気の毒に思いながらそこを出た。そして、その足で隣りの応接室を覗いてみた。学生達の控室にでも当てられているのだろう、背広姿や学生服の若い人達が十二三人もいた。

「土居博士は来られましたか?」

「未だ来られません」

その人達の中からきびきびした返事があった。三吉はその声の主の方へ目をやって、ふとその学生が手にしているものに視線をとめた。

「ちょっと、お邪魔します」

ソファに、五人ほど腰を卸していた。その一人に、

「それはアルバムですね……見せて頂けませんか」

「はあ、いいですよ」

と差し出した。

「失礼ですが、これはあなたのものですか?」

「草野博士のものです。実は、博士の肖像画を一枚作ろうと思って、皆で選定していたのです」

「ほう……」

三吉は瞳を燿かせて、

「どこにありました。これが?」

「研究室です。学校の博士の部屋にあったのを、学長の許可を得て先刻持って来たのです。全部で三冊あります」

「ほう……もう二冊は?」


「こちらです」

と、反対側の椅子にいた背広の青年が差し出した。

「これはどうも……暫く、ここで見せて下さい」

学生の一人は椅子をあけて、それを三吉に譲った。そこにいた人達は、三吉を警察関係の人だと思っているらしかった。三吉はある期待を持って、その頁を繰った。するとし、一頁全部、あるいはその中の一枚か二枚というように、ところどころで写真が剝ぎ取られてあった。ちょっと考えてみたが、どうして剝ぎ取られたものか判断がつかなかった。

「この、剝ぎ取ったのは、どうした訳でしょうかね?」

「はあ、それですか。僕が説明しましょう」

背広の青年が応じた。

「その剝ぎ取った写真は、全部博士の奥さんのです。その理由は、奥さんが亡くなられてから一ケ月もしてからと思いますが、その三冊のアルバムを研究室へ持って来られて、この際、亡妻の写真を一枚でも残しておく事はどうも思い出の種になっていけないから、焼いてしまおうと云われ、丹念に奥さんの写真を剝がされましたが、それを一枚一枚小型の坩堝《るつぼ》で焼かれまして、その灰で十字架を一つ拵えようと云われました。そしてその灰を石

膏で練り、自分でこつこつと五寸ほどのものを造られまして、研究室の自室の机の前にそれを飾られました、博士は熱心なクリスチャンです。そして、これで晴々とした。この上は、この十字架に励まされて、是非今度の研究を完成させてみせると大変な御元気でした。以来、登校された時と、帰られる時には実に敬虔な態度で祈りを捧げておられました。博士の只今の研究は、これが完成されれば実に世界の学界にも誇り得るものでした。御手製の十字架も、今度共に葬る事にしたのですが……」

そう語り終った青年は、草野博士を追慕する感情をこめて、目に泪さえ泛かべていた。

「なるほど……」

三吉は幾度も頷いた。

「全く博士は、火の玉のようになってその研究と取っ組んでおられました。あんな思慮深い博士が、このような間違いを起されるなんて……我々には信じられません」

と青年はつけ足して、耐えられなくなったのか、こぼれた泪をハンカチで抑えた。暫くは座中がしんと静まりかえる。

「それに……」

と、また別な青年が口をきった。

「間違いの相手の仙崎君は研究室こそ違え、草野博士には格別な指導を受けていた男で、博士論文も近く完成するほどの秀才でした。いや、秀才ばかりでなく、全く草野博士の縮図のような男でした。彼の博士を私淑している事は他の誰れよりも深いものがあったのに……それがあんな結果になるなんて、一体これを本当に思ってよいでしょうか」

多血症らしいその青年は、スポーツマンらしく引き締った顔面を紅潮させ、真直ぐに古田三吉を正視して云うのだった。

「いや、皆さんの気持はよく判ります」

三吉はアルバムの事も忘れて、麗わしいその人達の純情さに少し粛然となるのだった。

「私も土居学長の御依頼によって、今度の事件には最大の努力を払いたいと覚悟を決めているのです。とにかく、一応このアルバムを見せて頂いて、またお話を伺いましょう」

と、その人達の感情をそっとはぐらかして、再びアルバムに目を通した。なるほど、ざっと頁を繰ると、説明の通り夫人の写真は一枚もなかった。博士のものか、友人、教え子といったものばかりである。たまたま女の写真もあるにはあったが、それは昨日現場で見た面影のものではなかった。仔細に調べてゆくと、写真の下には、どれも横に細長い貼紙がしてあって、それには、その人の氏名や年齢、撮影した月日とか地名が記入されてあった。しかし、それが夫人の部分は、それも克明に剝がされ、なお剝がれぬものは墨で黒々と塗り潰してあった。ところが、その中に二ケ所、その貼紙があるのに写真のない部分が発見されたのである。三吉の胸が少し躍った。その一枚はまさしく名刺型の剝ぎ跡であり、下の貼紙に「昭和××年×月×日。T大学校庭にて――仙崎静雄君。二十七歳」とあり、もう一ケ所は、キャビネ版の剝ぎ跡であり「昭和××年×月×日。H山麓G湖にて――仙崎静雄君。義妹、箱崎美枝子」とあった。

「ふーむ」

古田三吉は思わず唸った。その二枚の写真‼　それは昨日現場にあったものと思って差支えない。それを、想像の上でそのアルバムの上に置いてみると、確かに写真の背景も人物もぴったりと一致する。

写真の出所が判った。偶然とは云え、それは大きな発見である。その上、重大な過失が是正されるべき事実がある。証人の悉くが草野夫人と証言したその人は、その人の妹と想像出来る。美しい女の写真は、悪意でない見誤りもある‼　まして姉妹であってみれば当然起り得る間違いである。

しかし、他人に見違いはあっても、当の博士がそれを間違える事は絶対に有り得ない‼　すると、あのキャビネ版の写真を使用した目的は何か?!

痴情関係に結び付けるならば、それは箱崎美枝子――仙崎静雄――草野博士の三角点でなければならぬ‼

「うーむ」

三吉は腕を組んでアルバムを睨んだ。居合せた人達が、その三吉を不思議そうに眺めた。

「このアルバムを一冊、暫く借用します」

そう断って、三吉は応接室を出た。

（七）

衝動的な歓びに弾んだ勢いで草野邸は出たが、どこへ行こうとする目的はなかった。B署へ行けばその写真の事実をはっきり確かめられるはずであるが、三吉にはもっと根本的なものの探求が必要だった。

結局訪れたのは林署長のところであった。

「ほほう……それは大した発見だったね。すると問題は草野夫人の妹に焦点が置かれる訳だね。博士が、夫人とその妹との写真を間違うはずがない……その使用した目的は一応後廻しとしてだね、昨夜君と議論した、果して草野博士が正気の沙汰で二枚の写真にまで、あんな無慙をしただろうかの問題は、どうやら君の説明で解決がつくようだ。それは、亡くなった夫人の写真を焼いて十字架を作り、それを身近に置いて祈る……それは博士の夢であると同時に、一種の偶像崇拝的な観念の現れであると考えられる。だから、現場に残した写真にも、正常な精神状態で博士は迷信的な作為を行い得る可能性がある」

「しかし、根本問題として、博士と義妹との関係有無は表面に出ていません。僕も、始めはそう考えました。だが、結局一枚の写真に拘泥する事は、よく考えてみると無暗にこの事件の解決を急ぐ事でしかありません。昨日の現場検証の結果は、あのように推理が下されました。それは幾つかの状況を配列して、その間を推定の連繋で埋めたものです。ところが、その骨子をなす状況に判断の錯誤がありはしないでしょうか……屍体検察の結果、前々夜の七時から十時までの間に死亡となっています。すると、死後三十六時間余りも経過している事は、その判定を困難にしますが、事実は博士が先に死んでいて、仙崎が後から死んでいるかも知れません。すると、これは昨日の結論と正反対で、被害者は博士という事になります。このように状況判断というものは限られた範囲内でも角度を変えると大変な相違が生じます。僕は、そこをもっと正確に知る方法はないかと考えるのです。それが出来れば写真の問題だって自ら解決されるのではないでしょうかね。ナイフを以て固く柱に打ち付けられた写真……そうした謎もあの写真は持っています」

「なるほど。すると君はこの事件を根本的に検討し直す必要を感じている訳だね。何か、それを裏書きする発見でもあったかね?」

「使用目的の判らない風呂敷包が現場にあります。そういったものも含めて論理的に推理したいと思います」

「ふーむ。僕も、一度現場を見よう」

林署長は、古田三吉の意中を推し測って、早速にも出かけようと考えた。

「や、こちらでしたか」

その時、森川刑事が精悍そのものの顔を、署長室に覗かせて、汗を拭き拭き入って来た。椅子を引き寄せると、投げ出すように腰を卸して、

「今朝御依頼の捜査事項についてですが……草野夫人と仙崎の関係はどうも満足なものが出ません。参考人の聞込みで、坂本英次という男を草野博士の宅へ尋ねて行きましたが不在でした。それで一応引揚げて来たのですが……ところが、被害者仙崎と、草野夫人の妹の美枝子という者と婚約関係があったとの事です。坂本を探したのもその再調査が目的だったんですが」

「ほほう。すると、あの写真はそれを裏付ける訳だ。森川君。博士夫人と仙崎関係の調査は必要がなくなったんだよ。むしろ、博士と、その義妹の美枝子との関係が問題になりそうなんだ。夫人と仙崎関係は間違いだった」

「ははあ。道理で情報が出ないと思った」

「森川さん。色々と御苦労でした。一応今までの調査を話して頂けませんか」

森川刑事は三吉に促されて、T大予科の赤松から訊き出した概況を話した。そして、

「仙崎と婚約した時機は、はっきりしりませんが、昨年の夏頃と思われます。ところが、その美枝子という女と、坂本との間にも婚約があったように赤松という学生は聞いているそうです。もっとも、坂本というのはどうも素行の修らない男らしいです。郷里の実家が製材所をやっていて相当裕福なところから、金使いが荒く、女給、ダンサーなどとも関係があるようで、草野夫人とは遠い親戚に当るとかですが、赤松の話では、美枝子との婚約も当人の自称で真偽のほどは怪しいものだとの事です。まあそんな関係で、頗る凡才なんだが草野夫人の斡旋で博士の研究室へ残っているとの事です。帰りがけに草野邸へ寄った時、ついでに同じ研究室に居る者から、これは聞いた事なんですがね……一時は草野邸に寄寓した事もあるそうですが、二ケ月も居て現在のアパートへ引越したそうです。それも何れ思うように遊べないからでしょう。博士は、余り人に差別をつける人ではないそうですが、この坂本だけは少しばかり敬遠していたらしいとの事です。もっとも、同僚間でも研究室に残る資格のある男でもないし、努力家でもないと云っています。過般も、草野博士がその無駄である事を当人に自覚させる意味で、論文を書かせたそうですが、それがまた何ともお粗末な出来栄えのものだったと一部では噂しています。

一時は柔道部で活躍した事もあるそうで、そのせいでもないでしょうが性格は粗暴のようです。現に赤松という学生も、僅かな事で入学当時手ひどく撲られた事があると云っていました。肝腎の調査の方がお留守になりましたが、私の調べは以上のようなものです」

森川刑事は自己の直感も交えて語り終った。三吉は暫く無言だったが、

「大変有難う御座いました。僕には良い情報です」

と、案外明るい顔色で答えた。林署長は、

「森川君の調査は、これでいいかね。都合じゃ、もっと情報を集めてもらっても好いよ」

「結構です。補足的な事は僕から直接訊ねてみましょう。坂本という研究生は、昨日から僕も一度逢ってみたいと思っていた人ですから……しかし、それは都合で明日にしましょう。それから、林さん。最後にもう一度現場を見たいと思います。B署へ連絡してその許可をとって下さい。それと、ついでにこのアルバムを森川さんに持参してもらって、昨日の写真が果してこれから剝ぎとったものかどうかを調べてもらうと好いんですがね……」

「よろしい」

林署長は言下に応じて、卓上電話をとりあげた。

（八）

草野邸は、昨日より一層混雑していた。その日の午後三時には告別式が挙行される事になっていたからである。正服の林署長と肩を並べて、古田三吉の颯爽たる姿が門を潜った。そう云えば林署長の面上にも晴れがましいものが見えた。

二人は、葬儀委員長の土居博士を尋ねた。僅か三日の間に、非道く憔悴した土居博士は、三吉の顔を見ると、

「色々と御苦労でした。不本意ながら、今日草野博士の柩を送り出す事になりました。せめて校葬にはしたかったのですが……後の事は何分よろしく……」

「あなたこそ色々御心痛の事だったと思います。しかし、事によれば、あなたの草野博士に対する御友情が実を結ぶかも知れません」

「そうありたいよ、古田君」

土居博士には三吉の云う意味がはっきり呑み込めなかったのだろう、無気力な返事だった。

「今日の葬儀に、亡くなられた草野夫人の妹さんは参列されるでしょうか?」

「ああ。美枝子さんだね。お母さんと一緒に午後一時頃に到着の予定になっているよ。何分唯一の縁故者だからね」

三吉の顔に、一瞬悲痛な翳がよぎった。

「縁故者と云われれば、博士の研究室の坂本英次君も間接的にはそうでないですか?」

「そう……そんな事も聞いた事がある」

「来ていますか、坂本君は?」

「来ているはずだよ。呼ぼうか?」

「いいえ結構です。では後ほど……」

二人はそこを出て、目的の坂本英次を応接室に尋ねた。案内の学生に、それと教えられた坂本は、長身で肩幅が広かった。面丰は別に特長のあるものではなかったが、風采が、研究生に似合ずばりっとしていた。両切タバコを咥え、ソファに腰を卸して雑誌を読んでいた。

三吉は静かに近付き、左腕に巻いたその男の喪章をちらと見て、口許に瞳をこらした。

「失礼ですが、あなたは坂本さんですね?」

本から目を離して、坂本は徐ろに雑誌を卓の上に置いて、

「はあ。坂本です」

「僕は古田と云います。少しお訊ねしたい事がありまして……」

「はあ」

坂本は、三吉の後ろに控えている林署長の正服姿を見て、その職業を想像したようだった。三吉はサイドテーブルを挟んで椅子を引き寄せながら、林署長に声を低めて、(では林さん。お願いします)と囁いた。林署長は頷いただけで部屋を出て行った。三吉は腰を卸すと、

「あなたはこの度の事件に、最初に現場を見られた一人ですね?」

「そうです」

三吉はそれから、色々とその時の状況を訊ねた。それは既に明になっている事の反復に過ぎなかった。その間に、林署長も戻り、三吉の応対振りを、何か愉快気に聞いていた。大勢居合せた学生も五六人は部屋を出て行ったようで、僅かしか残っていなかった。

「ところで、あなたがあの驚くべき事態を発見されたのは午前十一時少し過ぎていましたね。そして、B署から来たのは十一時半過ぎのようでした。それから現場検

証が始まった訳で、その時には未だ被害者も加害者も、また事態そのものもはっきりしていた訳ではなかったはずですね。それをあなたは、お午頃土居博士にはっきりと電話で、何もかも判っているように報告されたのは、どうした理由だったのですか？」

坂本の目が少し狼狽したようだったが、それはほんの一瞬の事だった。

「それは……博士にしたって、仙崎君にしたって毎日接触している人達です。一見して判断のつかぬはずはありません。それに現場の様子だって、少し落着いて判断すれば誰れにだって呑み込めます。僕があの際、一緒だった服部巡査や、間もなく来られた検察側の人に何も云わなかった事は、何れ参考人として訊ねられる事は判りきった事でしたから、積極的に云わなかっただけの事です。それが僕の手落ちにでもなるんですか？」

「いいえ。そういう訳じゃないのです。ところで、兇行のあった夜ですね……つまり、二十八日の夜です。あなたは外出せられませんでしたか？」

「ああ。あの晩ですね。ちょっと出ました。買いたい参考書があって、Ｋの方へ散歩かたがた出ました」

「お一人ですか……それとも、友達でもありましたか？」

「ありません。僕一人です」

「その途中で、友人か何かに逢いませんでしたか？……たとえば、あなたがＫにいたと証明出来る……」

「さあ……居ないでしょう」

「そうですか……俗に、歯の抜けたような淋しさという言葉がありますが……あなたの上顎の正面から右へ二枚目が欠けていますね。さっきから目についていたのですが……どうされました？」

「ああ。これですか」

坂本はわざとらしく、上唇を意識的に上げて見せてから、

「少し、武勇伝を発揮しましてね」

「ほう……どんな武勇伝ですかね？」

「散歩していると、Ｋの街頭で、与太者風の三人の男に、僅かな事で因縁を付けられましてね……いきなり撲られたのです。我慢すればよかったんですが、つい手が出まして、喧嘩になってしまったんです」

「ほほう……それはとんだ災難だったですね。で、その欠けた歯を、あんたはどうされました？」

「別に、どうもしませんよ。何しろ歯の欠けた事も帰

る途中で気が付いたような訳ですからね。しかし、昨日始めて医者へ行って、治療を受ける事にしました」

「なるほど。しかし、あなたはその欠けた歯を拾われたはずです」

「拾った?! 僕がですか。

あなたは妙な事を訊ねますね……僕自身がどこへ落したかさえ知らぬ事を……」

「否。あなたは確かに拾ってポケットへ入れられたはずです」

「しつこいですね、あんたは。一体僕に何を言わせようてんですッ」

「ほら……」

三吉は、自分のポケットから紙包を出してそれを拡げた。

「これですよ。これはあんたのその歯の欠けらなんですよ。落着いて、よく考えてみて下さい」

坂本は一瞬化石したように軀を硬張らせた。

「うっ」

猛然立ち上って、素早くテーブルを廻った。そして、恐ろしい形相で摑みかかった。が、次の瞬間、久し振りで発揮した三吉の敏捷さがそれを避けると同時に、坂本の軀が腰車に乗って、小さく床の上に一回転した。それを、いつの間にか廊下に待機していたB署の私服が二名駈け寄って、両側から助け起した。起された坂本の両手に冷たく手錠が光っていたのである。

「緊急逮捕する」

と、声があった。だが、何故逮捕しなければならなかったかは、実のところ二人の刑事にははっきりしていなかったのである。ただ、古田三吉の作ったきっかけが何の矛盾もなく、事をそう運ばせた、極く自然なその場のなり行きだったのである。

「君は、草野博士と、仙崎静雄を殺害した犯人だ」

三吉が付け足した。

「とにかく、本署へ連行してくれ給え。事情は僕が同道して話すから」

林署長が、未だ半信半疑の二人を促した。その騒ぎは忽ち博士邸に来合せた人々を驚かせた。土居学長が聞き伝えて、早速やって来た。

「一体、どうしたんですか古田君? 坂本君が拘引されたようだが」

「博士。この事件の真相が判明しました。坂本英次は、草野博士と、仙崎君を殺害した真犯人です」

「えっ。本当かね?!」

「御安心下さい。全くの事実です。あなたの至誠が天に通じたのです」

「………」

土居博士は感極まって身じろぎもしなかった。

「我々も危く犯人の詭計に乗ぜられるところでした。これで草野博士も安んじて昇天出来るでしょう」

「それが事実とすれば、僕にとっては不幸中の幸いです。この上もない歓びです」

「これもあなたの、草野博士に対する信念の如き御信頼の帰結だったのです。僕もこれで、御依頼に対し最善の解決をお与え出来た事を歓びます」

「感謝します……古田君。君には本当に苦労をおかけした事と思う。僕は、こうした満足すべき解決など想像もしなかった。ただ、世間態をつくろうために、また、草野博士の最後から汚名を取り除くために、君を利用しようと考えていたのです。僕の不明と非礼をお詫びします」

と、土居学長は心から感謝の一礼をした。そして、応接室の廊下に蝟集した参列者を振り返った。

（九）

「皆さん、唯今お聞きの通りです。この度の事件については、日頃博士を知る人は、誰れもがそれを疑いました。しかし、事実の前には、我々は何とも手の下しようがなかったのです。そして我々が最も心配した事は博士の偉大な生涯が、たった一つの汚点でその耀きを失う事でした。博士の、今日までの学界に貢献された貴重な数々の研究は不朽のものです。またそれにからむ忌わしい最期も同様です。ところが、計らずもここに居られる古田三吉君の並々ならぬ努力によりまして、恐ろしい犯行の陥穽と、たくまれた死の陰謀が明にせられました。その結果、犯人を同じ研究室から出した事は遺憾ですが、罪悪は飽くまで白日の許に裁かれねばなりません。無慙な犠牲となられた草野博士と、仙崎君の死を悼み、かつ博士に代ってその遺業の完成に我々は最大の努力を尽さねばなりません」

その言葉が終ると、古田三吉はその後を受けて、

「只今土居学長からお話がありましたので、ついでに

この事件の真相を申上げましょう。犯人である坂本英次君が、心からの悔悟の自白を終らない先にこれを公表する事は、時機尚早の感がありますが、しかし、この事件のお気の毒な犠牲者の霊を送り出すに先立って、その真相を皆さんに知って頂く事は、それ以上に有意義な事と信じます。その点を御諒解の上御聞き下さい」

さすがの三吉も、先刻の緊張の余燼か、両の頬に紅みがさしていた。

「僕が推定した、この犯行の初めからお話し申上げましょう。二十八日の夜、坂本君は七時過ぎ博士邸を訪れました。博士と二人で兇行の書斎に入り、犯人は無慙にも博士の左横腹を突き上げて仮死状態に陥し入れました。そして、用意の青酸加里を博士の太股に注射したのです。その時、犯人は博士のズボンも上着も脱がせていたと思われます。絶命するや、犯人はそのズボンと上着を自分に着用したのです。そして、その夜仙崎君が博士邸に用事があって来る事を知っていたに相違ありません。間もなく訪れた仙崎君を、犯人は偶然来合せていた様子で、卓や椅子の取り片付けられた兇行の部屋へ誘導したのです。そこで忽ち海軍ナイフをふるって斬り付けました。仙崎君は不意を打たれながらも多少は抵抗を試みた事でしょう。しかし犯人は腕力に自信を持っていたのです。その結果遂に三ケ所の斬り疵を与え、内一ケ所の頸部のものが致命傷となったのです。

それから犯人の大芝居が始められたのです。まず血に汚れた着衣を脱いで博士に着せました。そして、研究室から持ち出して着用した血染の手袋を外す前に、兇器の海軍ナイフを以って、キャビネ版の写真を、扉口を入った左方の柱に深く突きたてたのです。何かで打ち込んだほど固く……これは他に目的があったからです。なおその写真はもう一枚のものと共に研究室の博士のアルバムから剝ぎ取って来たものですが、当初、四五人の証人が草野夫人と思ったその写真の婦人は、その妹の美枝子さんだったのです。その写真を利用した犯人の真意は何でしょうか……本当を云えば、犯人は草野夫人の写真が欲しかったのですが、それは博士が全部剝ぎ取っておられ、一枚もなかったのです。ところが、たまたま仙崎君と美枝子さんと並んで撮影したものを発見して、それを使用する気になったのです。もとより姉妹の事で非常によく似ている事を犯人は知っていたに違いありません。それがあした場所柄で発見されれば、一見してそれが夫人であるか妹さんであるか、ちょっと判断に困るでしょうし、むしろ、夫人の生前を見馴れた人は自然『夫人である』と証言するのは少しも不思議ではありません。確かに犯人はその辺の起り易い錯覚を計算に入れての大胆な、かつ巧妙な手を打ったのです。ただ故意に間違いを承知の上で証言しているのも犯人だけです。当局でさえも、現場の態様から推してその殺害には何の疑いを入れる余裕もなかったのですからそれは当然の錯誤であったのです。それと同時に、もう一枚の仙崎君の写真にペン軸の槍を突き通して現場に投げ出しておきました。これなども、心理的に前者の写真の判断を誤らせるのに充分役だっています。なお実際にはその写真は投げ出しておいたのではありません。

　結局この状況を以て犯人は草野夫人対仙崎君の醜行関係を暗示せしめ、それに因って、草野博士が仙崎君を痴情の動機から殺害した事を捜査官に印象づける大きな目的を持たせていた事は云うまでもありません。

　しかし、これだけでは未だ完全なトリックとは云えません。もっとこれを絶対的にするため、その兇行現場を密室にする事が必要だったのです。そこで犯人は、鍵孔に差し込んだ鍵のつまみ孔にペン軸を差しました。軸には勾配がついていますから、細い部分が目的の長さだけ入ります。こうして置いて、人造テグスの端に輪っぱを作り、これを写真の裏に突き出たペン先に引っかけます。それからテグスをナイフの突っ立っている個所まで引きます。ナイフの柄頭《つつがしら》には紐を通す真鍮の針金製の環が着いています。犯人はこれにテグスを通したのです。これで、海軍ナイフを必要以上に固く打ち込んだ理由が証明されます。ところが、ペン軸にしろナイフにしろ、ただその品物だけを遺棄すれば詭計を見破られる懸念があります。だから二枚の写真に二つの目的を持たせて巧にこれを擬装したのです。

　私は第一回目に現場を見た時、あるいはそうしたトリックに使用したのではないかと、随分色々の角度から考えてもみましたが、当局の検証の結果や自分の視察の結果を綜合しても、全く外部から糸一筋操作出来る隙を認める事が出来なかったのです。しかし、更に二回三回と現場を踏査する内に、次の物をその範疇に入れる事が出来たのです。

丸卓の上の蚊遣線香。
丸卓の下の風呂敷包。
書棚の上のポータブル。

以上の物の内で、最も発見困難だったのも、かつ重要な役割を演じていたものはポータブルでした。第二回目の時、蚊遣線香の箱を乗せた濃緑色のその箱を観察してみましたが、二個のビジョウは完全に懸っており、外見上何の不審も認める事が出来なかったのです。試みに蓋を開けて見たのですが、内部にも何の変ったところもありませんでした。そこにも、犯人の優れた計画性があったのですが……しかし、私は未だ見落している個所のある事に気がついて、昨日の午後第三回目の調査をやったのです。ポータブルには御承知のように、ゼンマイを捲く把手を差す孔があります。兇行の部屋のものにも勿論それがあり、メッキした口金を嵌めたその孔は、部屋の内方へ向けられていました。私は蓋を開き、今度はレコードを乗せる円盤を芯棒から抜き取ったのです。果せるかなそこに、テグスの巻き付いているのを発見したのです。

これで皆さんも御想像の通り、ナイフの環を通したテグスはそこで角度を変えて引き、書棚の上のポータブルの軸に、ハンドルの孔を潜らせてその端を固く結びつけたのです。そして円盤を嵌め、蓋を閉め、二個のビジョウを閉じておいたのです。

テグスは予め充分緩く張り、ゼンマイは一杯捲いて、回転はフルーに開放してあります。だから、始めは何の制肘も受けない円盤の軸は軽く始動します。それと同時に糸が軸に巻き取られます。御承知のように円盤は指でちょっと抑えても停ります。その危険をなくするため、あのポータブルの円心力を利用した回転調整装置が外されてあります。だから、一旦反動のついた回転は、むしろ円盤をプーリーとして、やがてペン軸を引き、鍵を回転させるに充分な軸力を持っています。鍵の飾り孔がナイフの方へある程度引かれると目的を達したペン軸は孔から抜けて、テグスの輪っぱから脱落します。すると、五六メートルのテグスは、ゼンマイが一杯戻って回転を停止するまでに完全に軸に巻き取られ、かつ円盤の下に影を潜めてしまいます。

ところが、これでは犯人が部屋を出る時、扉が未だ閉まらぬ先に始動し、失敗する懸念があります。だから、適当な時機に運転を開始し、出来れば外部からその成否を確かめるくらいの時間的余裕を持たせる万全策が必要となってくる訳です。そこでポータブルの軸に、別なもう一本のテグスを結び付けたのです。この方は一本にして、更にこれを二重がけとし、それを丸卓の縁に接触して下げ、その先端の輪に書籍を包んだ風呂敷包の結び目を通して吊り下げたのです。書籍の重さは七八瓩《キロ》もありますからその重量によってポータブルの回転は阻止されます。そこで丸卓の端にぴんと張ったテグスの傍に巻線香を接して置きました。こうして置けば一定の速度で燃焼する事により、任意の時間的余裕を作る事が出来ます。時間の経過と共に、二重になったテグスの一方が焼き切れます。テグスは非常に火に弱いものです。これで書籍の風呂敷包は床に落ち、軸に回転の自由を与えます。テグスは環状の一ケ所が切れたのですから、切れ端を残す事なく、円盤の下に隠されます。なお、ポータブルの固定性は、書棚の上部の飾り縁で止っていますから、引かれる方向へは絶対安全です。

犯人は以上の機械的トリックが完了した事を見届けて現場を離脱したのであります。ところが、もう一ケ所密室として玄関の鍵の問題があります。が、これは至って簡単であります。兇行発見当時、これは検証が始められた時でありますが、玄関の鍵は現場の丸卓の上に置かれてありました。するとその事実によって推定出来る事は、草野博士が仙崎君を迎え入れると直ちに玄関の扉に施錠し、それを現場に持ち込んで丸卓の上に置いた——という事になります。しかし、実際はそうでなくて、犯人が出る時それを持ち出し、外部から玄関に施錠し、鍵は自分が持っていたものであります。そして一日おき、翌朝博士邸を訪れた時、隣りの遠藤夫人と、服部巡査まで立会させ勝手口の扉を破って進入し、兇行の発見となるや、服部巡査が電話をかけに行き、遠藤夫人が廊下で顫えている隙に、犯人は持参の鍵を丸卓の上に置いたものであります。

だから、二日間の草野博士の欠勤で、研究室の人達が不審に思っている時、犯人は自らその訪問役を買って出て、その機会を狙ったのであります。譬え、その鍵の処置が何かの都合でうまくゆかなかったとしても、犯人はそれをどこかへ捨ててしまっても大した影響のない事を予定していた事でしょう。

以上がこの事件の真相でなければなりません。私は、土居博士の草野博士に対する友情と信頼の深さ……その温い人間的なものに一つの暗示を受けて、第一に偉大なる科学者が、いかに混乱の末とはいえかかる無慙を敢行し、かつ二枚の写真に加えられた迷信的な行為……しかもそれが夫人の写真でなかった事などを疑問視したのであります。そして、手袋、ナイフ、毒薬、アルバムから剝ぎ取った写真。結局それは第三者が利用出来る条件のものであると推理したのです。それによって唯今説明しました詭計をも推理の一直線上に並べる事が出来たのです。

以上を綜合して、私はこの犯人は坂本英次でなければならないと窃に考えていたのであります。犯人には、美枝子さんに対する恋情が存在したと考えられ、それが仙崎君と婚約した事は変質的な逆恨みの原因となり、かつ、それを祝福している草野博士への憎悪となり、また、自己の凡才を反省する事なく、草野博士の自己に対する支持が縁故関係でありながら冷淡だと曲解したものと考えられます。そうした犯人の異常性格は前後の見境いもなく破綻するままに殺人の実行にまで発展したものでしょう。何れこの点については当局から委しいものが発表されると思いますが、それらの経緯が総てではないにしろ、この事件の動機の一部と考えられます。

なおその他、犯人が約二ケ月当博士邸に寄寓した事も、我々は記憶せねばなりません。しかし、私がいかに極言しても、以上の事は幾つかの状況であって、最も大切な直接証拠は何一つないのです。ところが、偶然の機会から私は有力な物的証拠を入手していたのです。検証当日、私は係官の調査が済んでから博士のズボンの右ポケットから、一個の歯の欠けを得たのです。当時私はそれを当局に隠す気はなかったのですが、博士の屍体にも、仙崎君の屍体にも別に歯の欠けている事実がなかったので、何の意味もなく自分のポケットに入れて忘れるともなく忘れていたのです。これは何を意味するか……何故、そのようなものが博士の服のポケットに有ったかです。これは、恐らく犯人が仙崎君を殺害する時、その抵抗を受けて転んだか、あるいはどこかで打ったはずみに、欠けたものであろうと推定されます。犯人はそれに気が付いてそれを拾い、習慣でもあったのでしょう、心せくままにズボンの右ポケットに入れた。しかしその時着用していたのは草野博士の着衣である事を犯人は迂闊にも忘れていたものと思われます。その後で、それを博士の屍体に着せてそのまま部屋を出たもので、これこそ兇行当時坂本英次が現場に居合せた事を証左する有力な証拠と云わねばなりません。

以上お話ししました事は多少の前後はあるにせよ、この事件の真相である事を私は確信し、この発表を終ります」

何の澱みもなく、詭計の一つ一つを鮮やかに解剖する古田三吉の優れた推論に、人々は声もなく聞き入った。

「いや……全く優れた推理の極致でした。草野博士に対し、仙崎君に対し、これ以上の手向けはありません。今更博士の死を悔やんでも元に帰すよすがもありませんが、私はこれから直ちに校葬、否、学界葬の手続きをとって、せめてもの慰さめにもしたいと思います。深く……感謝します」

土居博士は感極まって古田三吉の手を固く握った。その時、それを見守る人々の頭上に、開け放された窓から爽涼の青葉風がひとしきり吹き渡るのだった。

二つの遺書

遺書日記

（原文のまま）

四月二十日

昭和××年の暮れ、三ケ年の抑留生活から帰った。それから数えて五ケ月になる。あの日海上から懐かしい故国の山容を望んで、人並に欣んだ。出征してから、いや、出征前から始めての、心から湧き上った欣びで、数えてみれば僕は五六年もの間愉しさというものから遠去かっていた事になる。碇泊から上陸まで三日かかったが、陸上への第一歩を迎えてくれた人の中に、妻の満里がいた。弟の柳原康秀がいた。満里の父もいた。そして、そこで肉身の搊りがいかに大きなもので、かつ温いものであるかを知った。僕はその人達に甘え過ぎるほど甘えて家へ帰った。

豪荘だった本宅は戦災で、父も母も共に直撃を受けて跡形もなかったが、郊外のMの別邸はそのままの姿だった。これで当分は、夢のような生活が続くだろうと思ったが、その事自体が夢であったのだ。抑留生活の作業中、左眼に異物が入り、それを放置した事に因り悪化した。治療を受ければよかったがそれがためにノルマに影響して帰国の機を逸してはと思って我慢した。もう半月、もう半月と、その度に帰還が延びた事に依って、左眼は次第に物の見分けがつかなくなった。非道い夜盲症になったのもその頃であったが、それにも増して、遂に三ケ月も延びた帰還のために僕の左眼は全くその機能を停止したのだ。その不自由を忍び目的の帰国はしたが、南方土産のマラリヤとノルマの遂行で痛めつけられた軀の衰弱は帰宅後の静養にもかかわらず、未だ大丈夫と思った右眼まで視力を減退し始めた。医師の診断を受けた時は既に遅く、左眼失明の影響を受けて絶対に救うべからざるものだとの宣告を受けたのだ。僕は意気地なく、何とかしてくれと頼んだが、医師は他人事のように「駄目ですね」とにべもなかった。僕は焦って二三の博士にも診てもらった。けれども、答えは一致して駄目の一言であった。

それ以来の僕には抑留生活にも増した希望なき生活の連続であった。時には、何くそっ——と思って、ただ一粒の右眼を見開いて見るのだったが、ものの像は僕の網膜に画然たるものを結ばなかった。見るものの総てが、水張りの乾かぬ画紙に彩管をふるったように、物と物の境いがにじみ合ってまどろしかった。強烈に光るもの、譬えば妻の指にきらめくダイヤの光さえ、とめどもない大きさに光芒を放つだけであった。そのもどかしさと苛立たしさ……それは一瞬にして失明する人よりも大きな苦痛であるに違いない。

こんな事なら、あの苦しかったクラスノヤルスク地区の、ノルマの毎日の方がよほど幸福だったかも知れぬ。譬え無気力に唄わせられるインターナショナルの歌でも唄って、赤い気焔をあげていた方が、未だこの沈黙暗黒よりはましだった。もう一度この眼に光明が戻るものならあの抑留生活と取っ替えてもよいと沁々思った。しかし、それも不可能これも不可能な事だった。僕は色々と思いあぐんで、今日からこの悲しむべき盲目の日記でありかつ、遺書——これは恐らく遺書になるであろう。それは、日増しに薄れ行く視力は僕自身の生命が消耗されて行くゲージの上昇に外ならぬのだから——を刻明に書き残す事にした。

四月二十一日
昨日の決心は多少僕にある希望を抱かせたようだ。幸い、未だ目の近くに引き寄せて書くには事欠かぬくらいの視力があったからだ。それと、永い間の運命の習性が三分の一はこれを援ける。幸いにしてこの日記が、完全失明の日まで書く必要がなければよいが、万一その日よりも永く生命が保たれれば、その時は中止されねばならない。そこで僕はその日に備えて、一つの桝に一字ずつ書けるようにセルロイド製の下敷へ、原稿用紙のような四角な孔を、縦横揃えて切り抜いた。それを作り終って、中学時代、漢文の記憶読みをするために、そんなものを作った事を思い出した。そして、少年の頃を思い出して懐かしんだ。その思出は眼の疾患のせいか、こころに生々として、引揚げ以来の愉しい一日を過す事が出来た。気分の好いついでに、最も印象的な思出の一つを書いてみよう。
それは五月頃だったと思う。焼けた本宅の、僕の部屋の窓近い八重桜が散って間もない頃だったから。その日僕は上級生のHから、ひわの子を一匹貰った。胸毛は生えていたが、嘴《くちばし》に未だ黄色い縁《へり》があって、ぴいぴいとよく鳴いた。口を開いて餌を求めると、顔中に口が拡がって不恰好だったが、また愛嬌があって可愛らしかった。持ち帰ると早速女中の清《きよ》に脱脂綿を貰って、ボール箱に巣を造ってやった。餌は庭を廻って蜘蛛を捕ったり、台所へ行って蠅を捕ったりして、それをピンセットに挟んで与えた。ひわはその度に胃袋まで見えるほどの奇怪な様相でそれを一呑みにして、もっと呉れという表情と鳴き声でせがんだ。その事に夢中になってその日は何もしないで過ごしてしまった。その翌日であったか、弟の康秀がそれを見つけて、僕の部屋へうるさくへばり着いて、それをなぶりものにしたがった。弟と云っても、康秀は僕の本条姓に対して、柳原を名乗る異母弟である。僕は正直のところ康秀を好まなかった。彼が七つくらいの時、後の母の連子として、親戚の反対を押し切り僕の家庭に闖入してきたのである。僕はその母が嫌いであるように、康秀にも同じ感情で接していたからでもある。その時彼は小学校の三年生だったが、常に康秀は僕の不在の勉強部屋に入って僕の大切にする物ほど壊したり持ち出したりする事が度々だったので、尚更それが非道かった。しかしその時はひわを育てる歓びが大きかったので、彼をその観賞の仲間に入れてやったのである。

その翌日、小遣銭で竹製の手頃な籠を買って、態々お宮の森で蜘蛛を捕り、帰りを急いだのである。ひわを一人前に育てたら、色々な芸事を教えて、それを肩にとまらせて勉強したらどんなに愉快だろうと、胸を弾ませて帰宅したのである。だのに帰って見るとひわの子は僕の机の上で死んでいた。羽が無慙にもむしり取られてある。僕は余りの事に呆然と部屋の入口に立止ってそれを眺めた。僕がピンセットに餌を挟んで差し出すと、飛べもしないのに巣箱から羽搏きながら這い出すほどよくなついていたのに——と、腑抜けたようになっていた。やがて我に帰ると、僕には事態がはっきりした。殺したのは康秀に決まっている。僕は鞄を投げ出すと、康秀の声を頼りに、母の居間へ駈け出した。黙って部屋の入口に立つと、女中相手にお裁縫をしていた母が、縁なし玉の眼鏡越しにじっと僕を睨んだ。無論その時の僕の態度は無作法だったに違いない。康秀は僕の見幕にそれと知って、汽車の玩具を投げ捨てて母の後ろに隠れた。「康秀‼　お前だね小鳥を殺したのは?」「僕知らないよ」

「嘘をつくな。お前より外にあんな事をする者はいない」「何です。時丸さん。見苦しい見幕で……」母が冷たくきめつけた。僕の怒りは爆発した。「康秀が僕の小鳥を殺したんだよ」「まあ、そんな汚らしいものを飼っていたんですの、あんたは?」「康秀‼ 元通り生かして返せ……生かして返せよ」「何ですか、中学へ行くような人が。そんなに大切なものなら買って上げますよ」「いらない‼ あれを生かして返してくれさえすりゃいいんだ」「まあ」母が大袈裟にあきれ顔をした。女中が、「時丸坊っちゃん、あなたはお兄さんでしょう……」「喧しい‼ 何でもいい、返してくれればいいんだ」そうどなって、僕は泪をこぼした。そして、自分の激情を抑え兼ねて大声をあげ、柱に顔を押しつけて泣いた。母と女中が、何かくどくどと云っていたようだったが僕には判らなかった。一時間近くもそうしていただろう。平常なれば、僕は康秀を撲りつけていたに違いない。彼が非道いいたずらをした時はそうしていたのだから……それがその時は出来なかったから余計に口惜しかったように思う。それを清やが見兼ねたのだろう、その場へやって来て僕を勉強部屋へ連れて行ってくれた。清やは僕の幼い時の乳母であり、ただ一人の僕の味方でもあった。その日僕は夕食もとらなかった。その事は、やがて帰宅した父にも語られた事と思うのに、父は僕の部屋を覗きもしなかった。僕の腹をたてた事は悪い事だったろうか? しかしそれは決して間違った事でないと僕は信じていた。その内、僕はいいようもない淋しさに襲われた。それを紛らわすためにひわを窓の下に埋めてやった。そしてセルロイド製の三角定規を切って、それへ「ひわの墓」と彫りつけて墓標とした。今からそれを考えてみると、それは総て亡き母に対する儚い追慕の現れであったと思う。それからの僕は父に対する信頼感を薄くし、母と弟には寡黙の人となった。

愉しい思出を書くつもりだったのに、筆が思わぬエアーポケットに落ちたようだ。父も母も、僕の出征中に爆死したのだ。今更何の感情もあるべきはずがない。康秀だって、たった一人の僕の弟だもの。

四月二十二日

今日は何といやな日であろう。朝から雨が降っている。視野が黄昏のように暗い。目は心の窓と云う。だとすれば僕の窓は永久に閉じられようとするのか。窓を打つ雨……何という不愉快なものだろう。妻の満里は、それを病勢の消長だと云って慰め顔をする。何が消長だ‼　消長とは、癒る前提の言葉ではないか‼　僕のは永遠に盲《めしい》て行く、悪化してゆくのだ‼　つまらぬ気休めはよしてくれ‼　と呶鳴ってしまった。そのくせ、悪い事を云ったとこころで詫びる。これも暗さが禍いするのだろうか……僕の顔を瞶める妻の顔がほのかに白い。ルージュを引いた唇が、ミルク皿に投げ込んだ苺のように赤い。今日はこれで筆をおこう。

四月二十三日

今日は朝から快晴だった。その気配が皮膚を通じて感じられるのは不思議だ。もう盲人の感覚が発達しつつあるのかも知れない。そう云えば、昨日も今日も視力が低下したようだ。窓外の木立の葉に光る風が、無数の光りの玉になって躍っている。昏い立木の蔭は、雲でもたな引いているように見えた。それに、目が不自由になってくると、洋室の生活は余計に足許が覚束ない。妻に言って、直ぐ離れの和室へ移る準備をさせた。

四月二十七日

離れへ移ってから五日経った。日本間の生活の方が、やはり良かった。暁け方、馥郁《ふくいく》たる香りが、軀に沁み込むのを覚えて目を醒した。いや、意識を醒したと云った方が適当だろう。それに近頃は、視覚を除いた他の感覚が妙に敏感になったようだ。その時も床を並べて寝ている妻が寝返ったのをはっきり知った。だから、その香りは、妻の嗜む竜涎香《りゅうぜんこう》かと思ったが違っていた。

僕は静かに、床の上に上半身を起した。「御不浄ですの？」妻も目を醒していたらしい。「いや、障子を開けたいのだよ……廊下のも」妻は云われた通りに両方の障子を開けた。「うむ……よく匂う」「石楠花《しゃくなげ》ですわ」妻はそう教えてくれた。「未だ薄明るくなったばかりです」「……」「お寒いでしょう、何かおはおりしましょうか」「……」「風邪を召すといけませんわ」そう云って、妻は私の背に何かをかけようとした。「いらない。余りものを云わないでくれ。僕のする事を、そういちいち心配しなくてもいい」とげとげしい言葉が口から飛び出した。その時の僕には孤独が欲しかった。それが妻の同情を売るかのような、言葉の先廻りに僕は苛立ったのだ。「お前は、僕の側に態々寝てくれなくてもいい。お前には洋室の方が住み良いだろうから、今夜からここでは僕ひとり寝させて欲しい」「……」「俄か盲目になっても、未だ別に不自由は感じない。用事があればいつでも呼ぶ。そうしてもらいたいね」残酷過ぎるとは思ったが、僕には妻の表情の動きを知る事が出来ない。いやむしろそれに力づいたかの如き暴言だった。「あなた……あなたは近頃大変わがままをおっしゃいますのね？」「……」「あなたの、そのお気持はよく判ります。出来る事でしたら手となり足となって、もう一度あなたに希望を持って頂きたいと思いますの……」「……」「ね、お願いだから、当分の間私の云う事を聞いて下さいね……私、あなたを音楽会にも連れて行ってあげたいの……そして、静かな温泉へも連れて行ってあげたいの……そしたら気分も換り、希望が持てますわ」「お前はそれを信じるかね？　僕さえ信じない事を……恰度それと同じ事を僕はもう五ケ月も前に予定してみた事があるんだよ。僕にはその言葉は反古同然なんだ。だから、僕には適用しない。それに第一、君と僕との間には根本的なものが欠けている。君の感情は僕のものではない。それと一緒に、僕の感情は君のものでもない」「あなた……非道い。あんまりですわ」妻は、いきなり僕の背に抱きついて、身悶えしていた。しかし、僕には何の感動もない。「ね、お願いです。私をいじめないで……あなたの気持はよく判ります。……私は……非道い苦しみに悶えています」「その苦しみは僕にもある。尠くもそれだけはお前と共通だね……その上僕は不具になる……二重苦だ」「私は、何という因果な女に生れついたのでしょう。でも、今の私はどんな苦痛も甘んじますわ。ねえ……」妻は強く僕を揺すぶった。「生命を、なくしてもか？」「なぜ、そのような事をおっしゃいますの……」妻は泣いていたのだろう、僕の頰に押し当てた妻の頰に泪が冷かった。僕は暫く、妻のなすままになっていた。しかし不思議にも心臓に脈打つ血潮は沸らなかった。ふと、僕は悲しくなった。そして妻の軀に手をかけたのである。手触りだけは処女のように弾力ある太り肉。いつもはそれをパジャマで包んでいるのに、その時の妻は長襦袢を着ていた。僕はそれを知って手を止めたが、結局それは一個の物体でしかない。僕の手は無意識に妻の軀を押し離した。「もう、今の僕には君の最大の努力さえ受けられない」妻は、声をあげて泣いてしまった。

五月一日

あの日以来、妻は別棟の洋室で孤閨を守っている。二人の間のある事実は永久に二人だけの秘密に終るだろう。

あれも深窓に育った妻の因果かも知れない。本当を云えば現在の僕にだって妻のみを責める資格は無い。それを考えて、離婚してはどうかとすすめたが、妻はいやですと言下に答えた。そして、二度ともうそんな悲しい事は云わないで欲しいと云った。

五月二日

今日、三日ほど留守にしていた康秀が帰って来て、離れで僕を待っていた。目の事を色々と心配して訊ねてくれたが、兄弟の情愛も半盲の僕には余り嬉しくもなかった。今更目の見舞言葉など空々しいように思われてならない。康秀は近頃、新企画の事業を始めたとか云って、その内容やら抱負など語った。資力の後援者があればなお一層素晴らしいと云っていたが、なろう事なら僕がそれをしてやるといいのだが……僕にはかなりな父の遺産もある。今の僕にはめくらに小判で、活用の方途も考えていないのだから。

午後からまた、邸内の散歩に出た。妻が万一を思ってそれとなく後を尾けているようだったが、僕は知らぬ顔をして、本館の前を過ぎ、花壇を通って西端の空地へ出た。妻への虚勢のために、いくらか緊張しているせいか、あるいは、波状的な病勢か、その時は割に視野が明るかった。曇りのかかったレンズを透したあたりの、原色に近い色が面白く重って油絵を見るようだった。足さぐりで更に塀近くまで歩み寄った。その辺は相当草深い。そこへ蹲んで手を伸ばすと茅花《つばな》の柔い手触りがあった。陽にすかすと、ぴかぴかと風に光るのは銀狐の尾のような穂が揺れ動くのだろう。そうして見ると、せいぜい僕を中心にした四五メートルの範囲しか見えなかった。自分はその限られた視野の穴を背負っているようで、かつ、いつ足を踏み外してその底へ落ち込むかも知れないと思った。別にそれを怖いとは思わなかったが、下駄を踏みしめる足の裏が汗ばんで変な気がした。

五月三日

昨日、比較的気分が良かった反動か、今日は朝から嫌な日だった。「死」の翳が半盲の闇に巣を喰いはじめたのか？　すると僕の生命も後僅かなものだろう。気分の落着かぬままに筆をおく。

真夜中だろう……この日記を、書き足さねばならぬ異変が起きた。

妻の満里が、心臓麻痺で急逝した。自分の寝室で死んでいるのを、清が十時半頃発見して大騒ぎした。直ぐ医師を呼んだが、心臓麻痺による急死で手の施しようもないと云った。何という皮肉な事だ。今日僕が予感したものは、妻の死の前兆であったのか……。

妻には宿痾の心臓病があった事は確かだ。主治医も常に気をつけるようには云っていたが……今更そんな事が何になる‼

五月九日

今日は、一週間振りで筆をとった。妻の葬儀も時節柄簡単に済んだ。亡くなった妻には済まぬ事だが、盲目に近い喪主には何の感動もない野辺の送りだった。見えぬ事が斯くも僕を冷たい人間にしたと他人は考えるかも知れないが、実際は、僕自身がこの悲しかるべき出来事を、既に僕自身の死後に起きた事のようにしか感じられない。

しかし、今日初七日の法要を済ませて、小数の参列者が帰るさに、妻の両親から「こんな事になるのでしたら、早く引きとって家で養生かたがた、少しは気安に暮させればよかったと思います」との言葉を聞き、弟の康秀からは「ここ一ケ月ばかりの兄さんの、満里姉さんに対する態度は冷淡なようでしたね。あのしとやかな姉さんが僕にさえそれを話された事は、よほどの事であったと思いますよ。それが原因の一つになっているのではありませんかね……今度の急死に……」という言葉を聞いた。そして三十年も居た清やまで「若さま。あなたのお苦しみもよく判りますが、若奥様の苦しさもお察しするに余りがありました。あなたは男で御座いますよ。たとえ御自分が御病気でも女の一人くらいはお撈りになるだけの雅量をお持ちにならねばならなかったので御座います。口巾たい事ですが、私は若様の小さい時からの味方で御座いました。御相談下されば私はどんな苦労をしてもあなた方御二人のためにはなれたはずで御座います。だのに、こんな事になって、私は若様を見損いました。今直ぐにお暇を呉れとは申しませんが、この上あなたが御自分をお捨てになるような行いをなさるなれば、私はお暇を頂戴します。とにかく、今までの事は愚痴になりますから申しませんが、これからはこの清と力を合せて強くおなりになって下さい。若様はお腹違いの大奥様にも負けず気を張って大きくなられたではありませんか……」と云った。みんなその言葉は僕を譴責し、嘲笑し、軽蔑する言葉である。無理もない。その人達の気持はよく判る。しかし、それを反省して、これからの僕にどうしろと云うのか？　僕に、足音もなく忍び寄った運命の威力の前に、何を以て戦えと云うのか？　降魔の利剣でも僕に与えてくれぬ限り、奇蹟でも起らぬ限り駄目な相談なのだ。

五月十日

僕が、この世から去るにしても、なさねばならぬ瑣事がある。遺産は妻に与えようと思っていたが、今はその必要もない。遺産は妻に与えようと思っていたが、今はその必要もない。結局康秀に継がせねばなるまい。浮世の事は忘れたつもりだがやはり生きている以上くだらん事が頭から離れない。

五月十一日

この日記をつけるのに、一週間ほど前から、手製の枠を使っている。乱暴な字を書けばその必要はないが、死を予期して狼狽《うろたえ》たとは思われたくない。誰れに見せよう日記ではないがそれだけの嗜みは持ちたい。

五月十二日

今日から身辺の整理にかかろう。自殺さえ出来ぬまでの盲目になっては、とんだ恥さらしになる。遺産の処置やら、その他色々ある。第一、いかにして自殺するかも大きな問題である。縊死。毒死。水死。拳銃。刃物。轢死。ざっと挙げてもこれだけある。何れを選ぶかはやはり一考する必要がある。

五月十三日

遺産の処分などどうでもよい。万事は康秀が心得ているだろう。そう思って昨夜深更、兼てその場所と定めておいた邸の西端にある地下室へ入った。ピストルを幾度我身に擬したか判らないが、自殺とは難かしいものである。むしろ、誰れかに依って一発ぶっ放してもらった方が早く片付く問題かも知れない。もしその親切をしてくれる人がいたら、僕はその人を生命の恩人と崇める事が出来る――この期に及んで、そんなつまらなぬ事は考えまい。やはり自分の勇気より外には頼れまい。無意味な逡巡は怯懦《きょうだ》にあたる。

明早朝、決行しよう。それには夜のひき明けがよかろう。地下室までの歩行はもう何回も訓練されてある。真直ぐにそこへ入って決行すればよい。要具は拳銃にしよう。

願わくばこの日記もこれで終りたい。否、終らせねばならぬ。失敗を繰り返さない事を念じて筆をおく。

辞世の詩

見よ、黎明だ。
一見、何の不思議もない夜明けだ。
胸を張り、手を挙げて、
足下に大地を踏む。
誰のための人生か？
人間か？　はた、獣か？
死の影が、赤い陽に、ただ長い。
寝床《ベッド》を離れ、
寝室をぬけて死の道に至る。
平和な旅への出発だ。
虹の橋を渡れ、
そこには第二の人生がある。

屍体発見

読み終って、大畑捜査課長はその、自由日記帳の余白を丹念に調べたが、記事はそれだけしかなかった。もう一度ぱらぱらと頁《ページ》を繰ると何かはらりと、課長の膝の上に落ちた。手にとって見ると、それはバラの花を描いたセルロイドの小型な栞《しおり》だった。それを無造作に日記帳に挟むと、

「この日記帳の有った場所は？」

「当人が住っていた離れ座敷の、黒檀の机の上だそうです。そこの本立にあったとの事です」

A署の、林署長が答えた。

「ふーむ。この内容から推すと、本条時丸氏が自殺を決意するに至った心境の推移がよく判る。そして、五月十三日で記事が終っている事は、その翌日の未明、予定通り地下室へ入って自殺を遂行した事になるね？」

「そうとしか考えられませんね。しかもその日の午後、女中の仲西清というのが、管内の派出所へ本条氏の行方捜査願を出しています」

「それだのに、地下室から発見された屍体が、当人のものでない……一体、これはどうした事だろうね？　それが本条氏の屍体なれば、この日記帳は立派な遺書と見なせるが……」

と、腕を組み、深く考える様子である。

「全く変な事件ですね。結果において、この日記帳の介入が尚更それを奇怪にします」

林署長も腕を組んでしまった。

「とにかく、現場調査、参考人の聴取、屍体検案、それだけのものの結果を綜合して方針を立ててみようじゃないか林君」

「そうですね。それより、外に手はないでしょう」

二人と、二三名の係員はその言葉をしおに本条邸の応接室を出て、もう一度現場の地下室へ引き返した。本条邸は都心を南へ寄った、郊外に近い閑静な場所に在った。附近には、別宅風の大邸宅が多く、緑の丘がその建物を適当に区切っている。その中でも本条邸の建物は古いが敷地は相当広く、奥まった中央右寄りに本館の洋風建物があり、唯一の和室の離れはその右側に、建仁寺垣を結いめぐらして、どっしりと構えられていた。そこに本条時丸氏が半ケ月ほど住んでいたわけで、間取りは十畳の客間が二間と、六畳の一間があり、その他附属建物があった。各部屋は廊下で連り、時丸氏の居た部屋は右端でそれが鍵の手になっていた。木口の檜造りは古めかしいが、部屋の調度や部屋の構造は相当こったもので、襖の花鳥図などはたいしたものだった。

しかしこの離れも本館も、この事件に関聯が尠いので省略するが、問題は左端塀近くの、小丘の下に造られた地下室である。これは戦争の進展に備えて造られたもので、万一の折にはそこへ家宝の什器や骨董品、その他衣類を格納するためのもので、場合に依っては小人数の生活も出来るほどの広さのものであった。

事件発見までの事情は、女中仲西清、及その他の聴取の主なところを拾ってみると、十四日午前八時三十分頃、清は洗面道具を持って離れへ行った。その時縁側のも部屋のも障子が開いていた。声をかけたがいると思った時丸氏の返事がない。上って覗いてみると夜具が延べられ、スタンドもつけ放してあった。暫く待ってみたが一向に帰る気配がない。その間に床をあげ掃除して、三十分以上は経過している。少し変に思って注意してみると、袋戸棚の上の乱れ籠にいつも時丸氏が着ていた袷があった。しかし衣桁にかけられた洋服掛の鼠色の背広の上下がなかったから、今朝はそれと着換えたに違いないと思った。念のため横側の縁先の沓脱石の上を見ると駒下駄がなかったので外出している事は間違いない。そこで邸内のあちらこちらを探してみた。目が不自由だから今まで邸外の散歩はした事がなかったが、病状のかげんで気でもくさくさしてあるいは邸外に出ているのではないか、そんな事から帰り道にでも迷って困っているのではないかと考えて邸を中心に心あたりの道路を一巡したが無駄だった。邸へ戻った時は二時間も経過していたのに無論帰ってはいない。

そこまで考えたくはなかったが、もしや自殺したのではあるまいか？　と思った。そうなると、新しい不安が増大して、早速亡くなった満里夫人の両親の処へ電話した。その老夫妻は時丸氏が復員するまで、これも戦災で家を失い、ずっとそこの二階の一室に居たのだが、時丸氏が帰ってからはそこを引き払って縁故者の許へ同居したのである。その老人夫妻は午後になってやって来た。三人は相談の末、とにかく自殺の恐れありと考えて派出所へ届け、今度は出来る限り附近を遠くまでたとえば川、溜池、雑木林、軌道、それから二粁《キロ》ほど離れた海岸線といったところを手分けしてあたってみたが皆目知れなかった。問題の地下室も一度は清がその前まで行ったが、鉄扉には閂《かんぬき》が完全に通っていたから、まさかその中に居ようとは考えなかった。勿論その時そこを開けていれば事件はどう変化していたか知れない。それと、万一自殺しているとすれば邸外だという先入感があったのでそれが遂に一週間もの間その盲点に隠れていた訳だ。老人夫婦はさすがに年配者らしく、遺書でもと思って離れを探したがそれらしいものは見当らなかった。しかしこの方も始めに掲出した日記帳を見落している。以上の二点は、その過失と云うか、迂闊さと云うか、後で相当問題になり、かつ当局をして残念がらせたが、無論悪意とか故意という訳でなかったので、事は後の祭りである。

二日経ち三日経ったが、内心びくびくで待った変死体発見の報告はどこからも来なかった。そうして五日目に、もっと重大な見落しをしている事に気がついたのである。それは柳原康秀が十三日の夜は確かに二階の自室に泊ったと思われるのに、その姿が見えぬ事だった。その事についてもその迂闊さを係官は呆れたが事情を訊いてみればこれも無理はなかったのである。康秀氏は日記帳にもある通り時丸氏の異母弟には違いないが戸籍上では関係がない。戦災で不慮の死を遂げたために康秀氏の身の振り方が判然《はっきり》していなかったために、多少の遺産を母から受け継いで、戦後小規模な事業を始めた。その関係で住居も都心の近くにアパートを借りているようだったが、本条邸にも家族の一員として一室を持っていた。そして月の内、多い時は二週間くらい、尠い時で一週間は泊っていたのである。問題の十三日は夕食をとっているし泊っていると考えられたが、翌朝その姿が見えぬので、夜の内にまた黙って出かけたのだろうと清は思っていたと云うのである。それは康秀氏の泊る日が不規則である事と、時には終電車で来て泊ったり、今夜は泊ると云いながら知らぬ間に出掛ける事が一再でなかったため、別にそれを不審としなかったのである。

それが五日目になって、せめて康秀さんでも居てくれたならば――との話が出たが、実際にはそのアパートも事務所も三人には判っていなかったので、何かその住所の判る手懸りでも、と思って居間へ行ったのである。どうせ鍵がかけてあるだろうと思ったのに扉は何なく開いた。そこでまた不審にぶつかった。康秀氏の背広があった。平常履いていた靴があった。そして部屋履の浅靴がなく、時々清が洗濯させられたパジャマがない。しかしそこには洋箪笥もあり、康秀氏の着換えがあるはずだし、靴だってあるはずだという解釈でみすみすそれを見逃してしまったのである。（この事については係官の意見として、それは康秀氏が、その人達に疎んじられている事によるものと解釈されている。事実それを裏書きするような事情が後の調査で判明している）それどころか暢気千万にも、事によったら退屈紛れに、康秀氏と共に時丸氏はどこかへ出掛けたのではないかとの意見が出、結局康秀の居所を調査し、その辺の事情を確かめてみようという楽観論で終った。幸いと云うか、その部屋の机の抽斗から康秀氏の事務所を記入した名刺が見付かったのである。

老夫妻はそれに元気を得て、その日帰宅した。そして翌日その事務所へ態々出かけてみると、留守居の事務員が「社長さんは（康秀氏の事）四五日全然おいでになりません」との事であった。そんな次第で三人が一貫性のない行動をとっていたのだが、一週間目に女中の清が、何の気もなく地下室の入口附近へ行き、ふとその扉を開けてみる気になった。清の記憶ではそこには何も入れてなかったはずである。鉄製丸棒の閂を押し戻し重い扉を開いた足許から三段ほどのコンクリート階段が切れ込み、四尺幅のこれもコンクリート廊下が、約四メートルあり、その突き当りの部屋の入口にも鉄扉が閉《た》てられてあるのだが、その中ほどに誰れかが倒れている。一瞬、はっと胸を突かれたが、気丈な清はそれを戸口明りで透かして見た。着ているパジャマの柄で康秀と知った。近寄って確かめて見ると、容丰は相当変化していたが康秀に違いなかった。しかし死んでいる。もしや――と思って突き当りの扉の握りに手をかけてみたが、押せども引けども開かなかった。握り拳で扉を叩いて、「若さま、若さま」と連呼したのである。中から錠がしてある事は、誰かがそこに居り、それが時丸氏であろう事は想像出来た。無論、返事がない。康秀氏が死んでいる事から推し測れば恐らく中の人の運命も同じではないかと思って、狼狽し、近くの邸の人の応援も得て直ちに派出所へ届け出た。「地下室で二人死んでいる」の情報が本署へ連絡せられ、午後一時頃に係官が出張して来た。

柳原康秀は向って右方コンクリート壁に上半身を凭せかけるようにして死んでいた。部屋履きの浅い靴を履いた足を奥の方へ伸し、左手は軀の下側になり、右手は胸の前に出して、手に固くコルトの小型拳銃を握っていた。上方を向いた右こめかみにピストルを撃ち込んだ孔が認められ、火傷の痕跡があるその射入孔から血が吹き出してこびり附いていていた。

地下室入口の扉は、係官に依って色々試みられたが開かない。壊そうにも頑丈な鉄扉で容易ではなかった。近くを物色して町の鍛冶屋を見附け、酸素の切断用具を持って来させて、漸く扉の中央部に十糎《センチ》平方ほどの孔を焼き切らせた。そこから手を差入れて内部の落し錠を引き上げやっと内部へ入る事が出来たのである。

中は暗かった。堆高い天井に微かな明りが点々と五六ケ所見えるきりだった。それは後ほどの調査で判明したのだが、換気のために作られた孔で、一吋《インチ》ほどの鉄管をコンクリートに埋め込んで作られたものである。係員は懐中電燈をともして、八畳ほどもあるその部屋を、隅から隅まで探った。しかし、目に止ったものは入口を入った左方にある石油缶の空箱だった。だが部屋はそれだけでなかった。左方のコンクリート壁中央に木製の扉がある。そこに六畳ほどの部屋があるのだ。それを開けてそこも調べられたが、死体らしいものはなかった。

二つの死体——当然その中に本条時丸氏のものがあってしかるべきだ。しかも、内部から錠を卸した部屋——係官は肩すかしを喰ったほどの不思議を感じた。だが不思議はそればかりでなかった。小さい方の部屋に、確かに人が居たという、のっぴきならぬものがあった。それを囲んだ鑑識係が、

「三日か、せいぜい四日前までここに人が居たはずですね。もっとも、廊下の死体のものとすれば別ですが、鑑定してみて、そうでないとすると、勿論これは別の人間のものです」

それは、ひとかたまりの生理的排泄物であった。尾籠《びろう》

物だが、それどころではない。それは重大、かつ有力な事件の証拠品である。
それから精細を極めて地下室の大捜索が始められた。指紋、その他の遺留品等。そして、柳原康秀の屍体鑑定が行われた。その中途で、例の日記帳が離れから一刑事によって発見されたのである。

調査は進む

柳原康秀（当二十八年）屍体検案の結果
各証人共柳原康秀なる事を確認す。
死後推定四十時間。即ち、死亡は十八日午後と推定される。致命傷は頭部盲貫銃創に因る。弾丸は右耳直上より射入したもので、左耳内部に止まっている。銃口を殆ど押し付けて発射したものの如く火傷を認む。かつ、右手に握りいたる拳銃の状況よりして自殺と認む（他殺の上握らしめたるものに非ず）。解剖の結果は胃中に食物、その他を認めず。かつ数日間飲食したる形跡無し。それがために自殺当時は相当飢渇し居たる事を認む。依て自殺せざるも二三日間にて餓死するに至るものと推定す。

その他の鑑定
屍体の位置は、コンクリート廊下中央に有り。外部扉は、外方より閂にて閉塞され、地下室扉は、内方より施錠してあった。当人の握っていた拳銃は小型コルト六連発で、指紋は当人が最後に使用したるままの状態にて検出す。頭部より摘出の弾丸は右拳銃の腔旋と一致す。なお該拳銃には六発の弾丸が装填してあったもので、コンクリートの廊下に五発の弾丸と、六発の薬莢が散在していた。共に同拳銃のものと断定する。なお五発の弾丸は何れも頭部が固きものに発射されて潰れていた。かつ弾痕が地下室入口扉に五ケ所認められる事より推して、右個所へ何等かの理由により発射されたる事を証す。即ち扉の外部（廊下側）引手附近に三発、同上方に二発あり、何れも弾丸頭部の潰れたる型状とよく一致す。依て最後の一発を自殺に使用したものである。

その他の状況
地下室は、約三メートルの丘陵下に設置せられたもので、鉄筋コンクリート築造にして、内面全般に亘り防水モルタル仕上である。各部屋共約二十センチの厚さを有するもので略図は別紙の通りである。両室共天井に約二メートルのパイプを埋没したる換気孔を五個ずつ有す。八畳の地下室を入った左に石油缶の空箱一個あり、その附近にパン屑少量、及頭髪二本が落ちていた。小室の方の排泄物は、鑑定の結果、四日くらい前のもので、ハム、リンゴ等の繊維あり、パン及乳製品の消化物と判定された。右は仲西清の証言により、本条時丸が失踪前四五日間に飲食したるものと一致す。なお頭髪も当人常用の手廻品中の櫛より採取したるものと一致す。依て、本条時丸が右地下室に四日前まで居た事が推定出来る。

地下室入口扉の握りに、不明瞭なる指紋あり。仲西清のものに類似す。その他指紋無し。なお扉外部の門左端近くの孔にスプリング（巻発条にして外径一糎半、長さ十五糎にして、収縮作用のもの）が懸っていた。用途は不明である。

茅花《つばな》の生え繁った邸内の西端に、暮色が漂っていた。検証を終った係官が背を茜色に染めて三々伍々本館の方へ引き揚げた。事件の審埋が、皎々と輝くシャンデリアの下の卓を囲んで続けられたが、結局資料が不足して方針を立てるに至らなかった。

日記帳——それは遺書と思われるが——を残して、一体本条時丸は死んでいるのか生きているのか、どの係官の頭脳にもその一事が灼き付いて離れない。生きていれば立廻ると予想される先、死んでいるとすればその条件に当て嵌りそうな土地へ、行方捜査の緊急手配が指令されて、一同がそこを引き払ったのはかなり遅くなってからであった。

A署を捜査本部として、翌日より活潑な活動が始まった。主な参考人の聴取と、その他の、捜査事項を抄録してみると、柳原商事有限会社の事務員は、五ケ月ほど前から雇われているが、外に十八になる女事務員と二人きりで、どんな内容の業務を本業とするかさえ知らないと云うのであった。社長（柳原氏のこと）も来たり来なかったりで、出入りする者も、ブローカー風の極く決った少数の人であると答えた。そして、給料も二ケ月貰っていないし、近く精算してもらって辞職しようと思っていたと述べた。その事務員の証言で、そこへ出入りする者の中から藤井卓次という男が出頭した。その男の証言に依れば、柳原康秀は手当り次第のブローカーで、相当な人物ですと答えた。現に手付金をとって約束を履行せず、その方の苦情から尻の持込が沢山あるはずだと云った。無論その方の調査には刑事が出してあったので、詳しい聞き込みがその後で報告されている。結果は悪い面ばかりで、詐欺、私文書偽造等の事実もあり、かつ金融的には相当行き詰り、本条家を笠に高利の金を多額に借りているとの事が判明した。しかし、仲々の遊蕩家で、多数の情婦を持っているようだった。その内から二ケ年余り関係を有している高田あき子が召喚された。その女は二十六で元ダンサーをしていたという。甘言に釣られて、行く行くは正妻にするとの約束で妾を甘んじたと云うのだ。度々本条家の別邸には同伴して宿泊したとの事である。それが最近になって妻があると云いながら、独身であり、かつ沢山な女と関係し金品を捲き上げる色魔である事が判ったと云う。そしてその女も事業の資金という懇望で今では殆んどのものを入れ揚げてしまったと、いかにも残念そうに喋りたてた。そして最後に力なく、

「どうせ捨てられる事は覚悟していますが、子供の出来なかったのがせめてもの倖です。でも、何か……あの人が事件を起したのでしょうか?」

と心配顔に訊ねたのは苦笑もんだった。

「いや、ちょっとね……で、最後に君の処へ泊ったのは?」

「そうですね……十日くらいになると思いますが……その時、近く纏った金が入ると云っていましたが、信用しませんわ、今まで散々欺されたんですものね。どうせあの人、喰わせ者なんだから、何かしたんでしょうね主任さん。こちらに居るんでしょうか? あの人……逢ってみたいような気がしますが……」

さすがの相原主任もその心臓ぶりに呆れ、女心の激変振りに苦笑して、

「まあその内に逢えるよ。御苦労でした」と帰してしまった。

以上で、柳原康秀に関する調査事項は大体終った。大畑捜査課長は林署長等と共に再度本条邸の捜査を続行する事にした。第一の宿題は、地下室入口扉の閂に懸っていたスプリングである。女中の清の証言では、発見当時それは確かに閂に懸っていたと云う。しかし、十四日にその前まで行って引返した時の事は、有ったのか無かったのか記憶が無いと云った。しかし係官の意見としては、その時既に懸っていたものと推定していた。そこで本条邸の各建物内を捜査すると、物置の中に放り込んであった自転車の古いのの、スタンドに附属するスプリングが

一本無い事が発見された。それを比較してみると、全くその自転車のものである事がはっきりした。女中の証言により、その自転車は戦時中雇っていた下男が使っていたもので、もう数年間使用した事がないと云う。しかし、それがいつ外され、地下室の扉に附けられたかは全然知らぬと答えた。

問題は、何のためにそこに懸けられたかである。閂の孔には針金が巻かれ、それにスプリングの先端が引懸けてあったのだ。

林署長は、古田三吉が今までに幾多の難解事件を解いた手際から推定して、ある事がふと頭に浮かんだ。

「ふーむ。これは地下室の中から、この閂を通す手段に使用したと思う」

と、自信有り気に呟いた。大畑捜査課長は、

「ほほう。その方法は？」

と眼を耀やかせた。扉には、直径二糎ほどの閂の鉄棒を受ける金具が、二ケ所熔接されてある。そして、その金具と同じものが一つ、扉枠のコンクリートに埋め込まれてある。閂を差し通す時は、扉を閉めて扉枠の方へ繰り出せば目的が達せられる訳だ。しかし、閂には厚さ六粍《ミリ》くらいの細長い板が前方に突き出して熔接されている。その板は中の受金具の切り欠きの溝を通るようになっていて、閉めてからは扉端の金具に嵌めて、南京錠で戸締りが出来るようになっているもので、それは閂操作の握りも兼ねている。林署長はそれを、閉塞前の位置に戻し、受金具の溝を潜らせてから握りを下へ向けた。これは態々下へ向けなくともその重量で閂の棒は廻る。そうしておいて、スプリングを扉枠の方へ引き伸しその先端を中の受金具に引っ懸けたのである。すると閂はかなりな力で扉枠の方向に引かれる。しかし、握りが下を向いているので中の受金具に妨げられて動かない。そうして置いて、林署長はその扉を閉めた。そして、その握りを徐々に上方へ上げたのである。それが水平になった頃、受金の切り欠きを急いよく握りの板が潜り抜けて扉枠の方へ閂が走り、完全に枠の固定金具の孔に辷り込んだ。スプリングがその時充分収縮して中の受金から外れてぶら下ったのである。すると、握り板の重みで閂は下へ回転する。それで完全に扉は閉塞されたのである。

「ほう」

それを見守った人々が感歎の声をあげた。

「なるほど。これは大した発見だね林君。で、それを中から操作する方法は？」

「丈夫な紐があれば簡単です。地下室の天井には換気孔があります。あれから紐を出して二重掛けとし、この閂の握りの先の孔に通します。紐は扉の開閉に差し支えないよう緩くしておけばよろしい。扉が閉まったところで二重掛けのまま引けば今実験の通りです。かなり乱暴に引けば一瞬にして閂が通りますし、また失敗する事もないでしょう」

「いや全くだ。早速準備してやってみよう」

そこで丈夫な凧紐が用意され、予定通り、握りに通し、出入口上部の盛土にそれを這わせて、一番近い換気孔の蓋の下から、紐の先端に重りを附けて地下室へ落し込んだ。係員の一人が部屋へ入り、扉が閉められたのを合図に引く、全く面白いほど適確に目的を達する事が出来たのである。

「ふーむ。これは面白い。この事件解決の鍵だね」

大畑課長は満足な微笑を洩らした。が、はたともう一つの問題に思い当った。

「林君。ところで地下室の部屋の、内部から落し錠の問題だが、これも今のでんで行けば簡単だね」

「なるほど。その問題がありましたね。しかしあの方は簡単な落し錠だから訳はないでしょう」

早速その方の実験にかかる事になった。その落し錠は、出入口の扉の内部にもあり、地下室の扉の内部にもあるもので、何れも扉枠の頑丈な折釘ようの金具に、扉の落し板が乗りかかるようになっているのである。しかも、地下室の扉は何のためか、臆病窓の如き二糎余りの孔が中央上方にあって、内部からどちらへも回る蓋が下っていたである。だから、換気孔を使わなくてもその孔で充分目的を達せられる事が判ったのである。むしろこの方は、換気孔を使用すれば角度の関係で不可能な事も立証されたのである。

推理の迷路

実験による二つの事実は、事件を一瀉千里《いっしゃせんり》に解決出来る鍵でなければならない。本条邸の応接室で直ちに会議が開かれた。第一にとり上げられたのは、順序として、当日の柳原康秀の行動である。

当人が寝巻を着、部屋履きであった事は、時間的に見て、女中が起き出さぬ未明と考えられ、かつ相当急を要した行動の発起であった事だ。地下室へ入った瞬間、扉の閂が懸ってそこへ閉じ込められた。勿論部屋の扉も内部から閉められていたから柳原康秀は廊下のトンネルに押し込められた事になる。そして自殺の時まで飲まず食わずの状態が続いた。

地下室の部屋には本条時丸が居たはずである。閂の操作はそこからなされたからだ。そこで柳原は、自分を幽閉した本条に、及ばぬ反抗を示したのだろう、所持した拳銃を扉に向って発射している。三発が、扉の錠前と思われる附近に撃ち込まれたのは、あるいはそれによって、そこを破壊出来はしないだろうかとの期待の結果であり、それが不可能なために今度は扉の上部の孔附近に自暴の二発を撃ち込んだと見るが至当である。自殺は無論その後である。

しかし、飢餓の危険に無為ではなかったはずである。当然外部に向って救いを求めた事は想像に難くはない。その点について実験が行われたが、厚いコンクリート壁と、頑丈な鉄扉内では反響が激しく、一種の消音作用が働いて、入口五メートル位前では、よほど注意しないと聞き取れぬほどだから、本館まではどう喚いてみても届かない。拳で扉を叩いても重い鉄板は何の反響もしない。ただ一つ、拳銃の台尻で叩けば一番有効な方法だが、果してそれを行ったかどうかは判らない。それと同時に、内部に居て、扉の外に人の近づいた気配を知る事は、附近が茅花の密生地であるため、足音等全然感知する事は出来なかった。とにかく、救助の絶叫なり、信号をしたにしろ、断続的なものと考えられるから、譬え人がその附近へ近づいてもその空間であれば発見されない。結果から見て一週間後までそこが注意を引かなかった事は、これは結局誰れの手落でもなく、実験の結果で明かな通り、地下室という場所の特殊性のためであると推断された。

次は本条時丸の問題である。日記帳に自殺すると書き残しながら、事実は室内に潜伏して、食事をとっていた事実である。女中、仲西清の証言により、日頃小食の本条が、失踪四日前くらいから、サンドウイッチ、リンゴ等を多量に要求している。女中は、珍らしく食慾が昂進したものと喜んで平素の倍近くのものを三度三度運んだ事実がある。なお、サンドウイッチ等は朝食以外には、滅多にない事だと云う。結局それは密かに貯蔵して地下室へ持ち込んでいた事になる。

以上によって、本条が日記に記載された如き自殺の意志は無かったと推定出来る。まずそこまでを一段階として細目検討が行われた。
一、柳原康秀が寝巻のままで、地下室に入った前後の事情。
二、その時、何の理由で拳銃を持っていたか。
三、本条時丸は何の理由で柳原を地下室に幽閉したか。
四、本条の当日における行動の詳細。

推定A
両名の間に確執があって、その日早朝決闘のために地下室へ入った。しかしそれは本条が表面的に提唱した理由であって、後から入った柳原を廊下に閉じ込めた。そして、柳原を絶望の淵に追い込み自殺せしめた。

しかしこの推定には異論が出た。一応説明はつくが、日記には決闘をするに至ったような切迫した事が記載されてない。またそれほどの確執があれば、女中達の証言くらいは得られるはずである。また突発的にしては、本条の計画的行動が否定している。両名は兄弟とは云いながら宿命的なものが存在した事は女中も認めるが、平素は別に仲が格別悪いとは思われなかったし、柳原は不在勝ちで、譬え本邸にいた時でも本条の眼疾のため滅多に語る事はなかったので、争いなどはなかったと証言している。それと、予め決められた決闘なれば柳原が寝巻を着て出るのも変だし、眼の悪い本条がピストルに依る決闘を選ぶのも不自然と云える。決闘説は薄弱な推定であるとの反対意見が多数だった。

推定B
日記を包含した推定である。日記の記事は本条時丸が失明を宣告されて、最後には生きる希望を喪失し自殺を決意するに至った経過のものである。当人はこれを遺書と称しているが、末尾に自殺する時間、方法、場所を明記している事だ。もし、あの日記の内容を柳原が窃に見ていたとすると、十四日早朝、本条が自殺する事を予知し、かつそれを信じていた事が考えられる。

柳原康秀は非常に生活がルーズで、特に経済的には甚だしく困窮し、それがために犯罪まで犯している。結果からして相当纏った金が必然的に必要となってくる。日記の記事にもある通り、その事を婉曲に持ちかけ投資させようと試みている事だ。かつ情婦の高田あき子に近々多額の金が入る事を告げている。これは本条家の財産を対象にしての意識の現れと看做される。

そこへもって来て、五月十日から十三日の間の記事には、暗に遺産を康秀が適当に処分するだろうという事が記されている。柳原にとって、それは天来の福音以上のものであったろう。それが領有出来る事は柳原にとって命にも代え難い事であったに違いない。ところが、十二日自殺を企て、失敗した事が書かれてある。そして、それが仲々難かしい事であり、誰れかによって一発打っ放された方が簡単云々とある。これは実に巧妙な誘導作戦であって、康秀はその暗示によって、一日も速に時丸が自殺する事は、結局自分がそれだけ早く遺産を自由にする利益があると考えた。そこで、十四日朝、本条時丸がなお自殺を躊躇していれば、日記帳通り自分が代って射殺し、そのピストルを現場に投げ出して置けば、完全にその目的を実行し、かつ日記帳を遺書として提出すれば本条時丸の死は自殺と断定されるに違いないと考えたものと推定出来る。それと、本条時丸の自殺を待っていてもいいが、万一怪我だけで終った場合の事も考えられる。斯くして十四日の朝、時丸が起き出して地下室へ行くのを看視し、それを尾行して地下室に入ったのだが、実際には、それは陥穽であって結果は自分が自殺する羽目に追い込まれたとの推定である。

しかしBの推定にも何故かくも複雑な方法に依って柳原康秀を死に至らしめたかの理由がなければならない。だが推定Aに比べればこれは相当論理的であって、各係官共それを支持し、色々な角度からこれを裏付けしてみようという事になった。柳原康秀が日記帳を盗見していたかどうかは、日記帳の指紋検出を試みる事である。怨恨関係は満里夫人の死亡当時の再調査である。まずこの方は満里夫人の以前からの主治医である回生病院長の調査と、死亡当時診断した近くの北沢医師である。結果は、回生病院長は満里夫人に心臓病の疾患があった事を証言し、北沢医師は当夜の所見を詳しく報告して、心臓麻痺に因る急死である事を証言した。これで夫人死亡に関する疑は晴れた事になる。とすれば他の動機を探求せねばならぬが、これは日記帳にもある通り少年時代からの宿命的なものがあるかも知れないし、また本条時丸の一方的怨恨もあるので必ずしも当面の捜査によって判明するとは限らないとの意見の下に、後日へ廻される事となった。

日記帳の指紋調査は、柳原康秀のものが検出されて、これを証左した。すると、柳原康秀は自殺はしたが、それは明に誘導された殺人事件と断定出来る。柳原の自殺が検案書にある通り十八日になされたものとすれば、その時本条の目的は達せられた事になる。しからばその後の本条の行動はどうであったろうか？　十七日に生存していた事は証拠によって歴然たるものである。また食糧を持ち込んでいた事は体力的にもしっかりしていたに違いない。柳原の死を見届けて自殺した痕跡もなければ屍体もない事は生存してそこを脱出したものとしか考えられない。その目的が逃亡にあったか自殺にあったかは別として、その順序を推理してみると、本条は地下室を出た。ところが、その部屋は内部から施錠されてあった。それは先の実験で既にその方法が明かにされている。すると何故そんな面倒な事をしたかという不審がある。事件に怪奇味を持たせる一種の誇張的な扮飾と考えられない事もないが、まあそれはいいとして、次は外部より閂の懸っていた地下室入口の扉をどうして開けたかである。

　部屋の中から懸る事が出来たのだから、開ける事も出来るだろうとは、誰もが考えた。現場へ出て、色々と検討してみたが、開ける事は相当難かしいとしか思えなかった。扉には糸や紐を通すような隙がなかったし、閂を引き戻すには、握り金具を受金具の切り溝にぴったり合せなければならぬ作業がある。それはいくら現場の様子を加味しても「不可能」の答えしか得られなかった。閂を引き戻す事からして、その方向は、換気孔を利用しては角度が全然用をなさなかった。仮に他物を利用したと考えても、それに適合する物はなかったし、それを臨時に作っても試みられたが、引く力が地下室内からでは距離があり過ぎて摩擦抵抗が大きく駄目だった。なおその方法によったとしても、その場合は閂や握りに紐を結びつけて置かねばならぬから、最初の時女中の注意をひくはずである。女中の証言は、スプリングははっきりしないが、紐などはなかったと云う。もっとも閉める時にも紐は使われているが、これは二重掛の一本を手繰れば地下室内へ引き込めるから、残ってはいなかったと考えられる。

　理論と実験は、「内部より閂を開ける方法」を絶対不可能とするより外はなかった。しかし中に居たはずの本条時丸は脱出している。幾万の観衆を眩惑する奇術にだってタネはある。透間人間などという非科学的な事は誰も考えないが、一体それを何と解釈すればよいか？　とは一斉に抱いた疑問であった。

　地下室の扉は内部から施錠する方法は解けたが、その目的だって考えてみれば変なものだった。結局は第三者がその蔭に動いたものと推定するより考えようはなかったのである。すると、女中の仲西清が有力な容疑者として浮かび上った。

「色々と調べましたがね……時丸氏は生きている事に決まりました」

「生きている?! 若様がですか……どこでしょうか、どこに居られますのでしょうか?」

相原主任の第一問に、清が反問した。その様子には期待した動揺も見られない。

「いや。そういう事にならねばならん訳だがね……あんたは、十四日と発見の日まで全く地下室に近付かなかったかね?」

「ええ、近付きません。度々申上げた通り、十四日に見た時、閂が懸っていましたので何の疑いようもありません」

答えは至極判然として、予期した反応など見られなかった。主任は色々と角度を換えて質問を矢継早に出してみた。しかしそれも整然としていて、今までのものと喰い違っている個所など全くなかった。無論清に対する訊問は何の根拠もない復習であるし、この奇怪な事件の主犯でもなければ、また共犯とも疑う節もない。事件の直接被疑者というなれば拘束してそこからメスを入れる手もあるがと……主任はタバコをふかしながらぼんやり考えて、最後の質問を発した。

「あんたは、時丸氏の幼少な頃から、家庭の事情のため、随分時丸氏の味方になって来られたようですね。これは、見方によっては、柳原康秀氏や、その他の人を敵に廻して三十年余りもこの邸で働いてきた事になりますね」

「そうで御座います。私は若様がお生れになった時、二十二で乳母に参りました。私は一度結婚して失敗した女だったもんですから、それ以来独身でこちらに厄介になっていたので御座います。私のような学問もない、古い女の考える事は、あなた方にとって判らぬ事ばかりかも知れませんが、好い悪いは別として、私は何でも若様の味方をします。まして先の奥様が若様の十二の時亡くなられまして、その頃、もうお妾さんとして康秀さんまで産んでおいでになった後の奥様が、大きな顔してこちらへ来られましてからは、若様は本当に親の愛情を失ってお育ちになったのです。そりゃ旦那様にしてみれば、甲斐性がおありになってお妾をお持ちになったのですから、とやかくは申されませんし、自然若様を構いつけられなかった事も止むを得ませんが、相手が悪かったので御座います。こんな事を申しては悪いのですが、後の奥様が、他の人と変っておられましたら、このお邸ももっとお盛んになっていたと思います。若様は思いやりのある賢いお方でしたからもっともっと手足を伸ばして、今頃は立派なお人柄になっていられた事でしょう。それがお可哀想に、懲役人のように暗い人にお育ちになった事は、みんな後の奥様の落度と云っても云い過ぎでは御座いません。私がこんなことを申上げるより、未に康秀さんだって柳原姓を名乗っておられます事は、御親戚の非道い反対があって籍が入らなかったので御座います。それから考えて頂いても判る事で御座います。康秀坊ちゃまの事はそちらで御調べになれば判りますが、そりゃ後の奥様の御気性を、そのまま受け継がれたような方で御座います。この度、こんなおかしな事が持ち上りましたについては、私は前々から、こんな事にならねばよいがと……虫の知らせがありました。これでは、永年御厄介になりました私として、先の奥様や、亡くなられました旦那様、御親戚の方にも申訳ないと思っています。それに、一体若様はどうなさったので御座いましょう……」

中肉で色白な清はそこまで云って、ぽろっと泪を落した。しかし、内心の激情にもかかわらず、眉一つ動かさなかった。その厳しい態度は、たしかに封建的な「忠義」一途のまごころを潜めていた。全くその容手も、椎茸たぼにでも結わせれば、そのまま大奥の老女にも通用しそうだった。

古田三吉へ書き送る

それから三週間を経過した。本条時丸氏に対しては生死不明のまま行方捜査が続けられたが杳として判らない。御承知の如く本条邸から東南二粁にはC海岸がある。仮にそこへ投身していたとすれば、あそこは潮流の速いところだから時機を失した捜査では、死体発見は困難だ。推定では、本条氏は所持金はないし、眼疾でもあったのだから、運命は多分そうだろうと考えられる。

勿論その後水死人の報告は詳細に調査しているが該当者はない。今では一同迷宮入りの肚を決めている。しかしよく考えてみると迷宮ではなくて、そこまででこの事件は終るべきが本当かも知れない。何故なれば柳原康秀は自殺したのであるからだ。それと逆な場合、譬えば柳原康秀が自己の自殺を利用して、本条時丸氏を仔細らしく事件に引き込んだと考えられなくもないからだ。

そうなればまた、本条氏の失踪と、柳原康秀の自殺は別個のもので偶然結びついたものであるかも知れない。結局そのようにこの事件は頭も尻尾もなく、我々を茶の木畑に引き摺り込んだ感がせぬでもない。それには、本条対柳原の怨恨関係だとか、その他事件を聯想するに足る素因が何一つ捜査線に浮かび上って来ない事にもよる。

それで、事件に関係のなかった君に、岡目八目の立場から意見をきかせてもらって、僕はこの事件の締め括りとしたい。

君が帰郷してから一ケ月になる。奮闘の著述も着々と完成に近づきつつあると思うが、その仕事の邪魔にならないほどの高説を書き送ってもらいたい。では、君の健康を祈り筆を置く。

匆々

林頑迷宮居士　拝

古田三吉殿

×　×　×　×　×

帰省以来一ケ月うるわしきペン軸の跡も、にじむインキの香り新に懐かしく拝見しました。

御申越しの件まことに奇怪な事件と思います。貴下の地下室における「スプリング」の謎解きは、小生跣足《はだし》の推理にて敬服に価します。全く柳原康秀幽閉のトリックに違いありません。

問題は本条氏の失踪に重点があると思います。小生は一応、あの日記が陰険な自殺誘導に使われたと否とにかかわらず、本条氏の詐りなき心の記録ではなかったかと思います。自殺を覚悟していたのも本当ではないかと考えられます。そこへ、思わぬ「要素」が突然起きて、結局幕切れがとんでもない結末を告げたのではないかと思います。

だから、当局が推定された事は間違っていなかったと考えます。しかしそれには、林さんの云われる通り、「動機」というものがなければなりません。ところが本条氏はそれを明かにしていると予想されます。ここにおいて、日記が重大な役割を持っている事が考えられるのです。「当局はあの日記について、一つの重大な見落しがある」これを小生は、確信を以て断言します。

しかし、これは小生の大言壮語に終るかも知れませんが、林さんなら赦してくれるでしょう。ともかく、この手紙を入手されたら、あなたは本条邸へ直ちに行って下さい。訪問はあなた一人が好いでしょうし、出来れば個人としての方がよいでしょう。そして、時丸氏が失踪前住んでいた、離れの、床の間の下、恐らく床板の下と思いますが、そこを充分捜して下さい。もし間に合えばそこから何等かの記録を発見するはずです。しかし既に持ち去られているかも知れません。

その結果を至急御返事下さい。鶴首して待ちます。

頓首

三吉拝

林様

× × × × ×

御返書の旨かしこみ、早速本条邸を訪問した。まず君の炯眼に一驚を喫したる事を告ぐ。留守居の、時丸氏亡妻老夫婦に来意を告げ、早速離れに行き、床の間を見る。

そこにはうんげん縁《べり》の畳表が敷いてあった。それを除くと、欅の一枚板の床板が現れ、よく見ると中央部に切り嵌めの蓋のある事が判った。それをとると、一尺角ほどの隠し孔があり、その中から一冊の大学ノートを発見した。老夫妻にはその事を固く口止めし持ち帰ったよ。

一読するに及んでこの事件の真相を知る事が出来たが、それは全部ではない。未だ若干不明な点がある。それが君の云う予測しなかった「要素」であろう。

僕の考えるところでは、それを女中仲西清によって知る事が出来ると思う。清は二三日前暇をとって郷里へ帰ったという。しかし僕には人情として、これ以上の追求を躊躇するところもある。その点、君の意見に徴してから行動したいと思う。折返し返事を待つ。

それと、君があの場所を遠隔の地から指摘した具体的な説明も聞きたい。問題のノートは同封のものである。

右急ぎ返事まで。

匆々

林

古田殿

第二の記録

(大学ノートの内容)

このノートが発見されたとすれば、それは僕の残した日記に依ってなされたものであると思う。さもなければ、偶然の機会に発見された事になる。しかし、その時は何年か経過しているかも知れない。その場合、ある目的のために残したこの第二の記録は、さして重要ではない。だが、ここに収録された事は、僕が予定した事の結果如何に関わらず、その部分を除いては真相である事に間違いはない。

昭和××年五月十四日以後、当邸内西端の地下室より、二つの屍体が発見されるはずである。一つは、僕自身のものであり、一つは柳原康秀のものである。康秀は地下室の廊下において、自殺しているか（ピストルに依って）あるいは餓死しているはずだ。

しかし、冒頭のこの予言は、不幸にして適中してないかも知れない。もしそうだったら、僕は生命をかけた畢生の大芝居に敗北した事になる。だがこれだけの利益？は僕のために残されるだろう。「柳原康秀が、この記録が発見された時、なお生存していたとしたら、彼は僕を殺害した殺人犯人であり、かつ僕の遺産を横領した犯人である」

前置きはこれくらいにして、真相を書き綴ろう。本来なれば、僕はこのような面倒な記録や、日記を、目の不自由さを忍んで書き残したくはない。僕は不幸にして裕福な家庭に生れながら、精神的には今日まで生の歓びを深く感じた事はなかった。全く陰惨な生活の連続に、別紙日記帳の如く、心から自殺がしたくなった。だが、いよいよそれを決意するに及んで、終生僕の心の悪魔であった人間をも、この世から葬り去らねばならぬと決心したのである。そして、残酷だが、その者に生涯を苦しんだ僕の苦痛以上のものを、たとえ数日、否、数時間でも与える必要があると、深く心に期したのである。

怨念——というものが、死霊の世界以外にあるとすれば、それはまさしく現在の僕のこころを指すであろう。

それは柳原康秀である。そして彼の母である柳原栄子である。

僕が十二の一月、僕の本当の母が死んだ。僕の不幸は実にこの時から始まった。何故母は死んだか？　それは柳原栄子が殺したのである。その一月の半に、母は急性肺炎になった。医師は絶対安静を指示し、かつ養生に粗漏があったら生命の危険があると注意した。母は自宅の洋間で、行き届いた看護を受ける事になったが、その時既に父の妾として康秀を生んでいたその女が、徳高く博愛心強き女をよそおうて、見舞いに来るなり看護の手伝いと称して、父を喜ばせていたのである。

一週間も過ぎてからであろうか、医師が峠を越したと云った夜、僕は真夜中に厠へ行って、帰りに母の様子を見にその病室を訪れたのである。突然の僕の闖入に、母の枕頭にいたその女は狼狽て明け放してあった窓を閉めた。その翌朝母は容態急変、息をひきとってしまった。医師が頭をひねって、大勢つめかけた近親者の注目を浴びていた。誰れかが歔欷《すすりな》くとその女はわっと慟哭した。勿論僕も泣いた。

しかし、生長するにしたがって、母の死が何のためだったか判ってきた。それは決して僕のひがみや誤解ではない。あの日慟哭した女の姿……実はそれが、日常生活におけるあの女の陰の性格である事を知った。そういえばあの夜、雇入れた看護婦も、責任の女中もあの病室には居なかった。峠を越した事を口実に、自分独りが看護を買って出て、別室へ下らせていたではないか。僕が部屋へ入った時、温かであるはずの部屋は氷室《ひむろ》のように冷たさがはげしかった。それが母の死への転機だった。

斯くしてあの女は殺人の目的を達し、父を籠絡して烏滸《おこ》がましくも僕の母を名乗ったのである。その当座父は僕に「お前は弟が欲しいと言ってたね。これはお前の本当の弟だよ。嬉しいだろう」と、康秀を僕にひきあわした。僕はたしかに歓んだ。小悪魔とも知らずに……。

僕は大学を卒業した。父の会社の秘書課に勤め出して一年、その頃に僕は立花須美江を知った。彼女の父は同じ会社の重役の一人であった。美しく快活な彼女との交際は進んだ。両方が愛を打ち明け合った訳でなかったが、それだけにひたむきで、かつ夢も多かった。将来結婚しようという意志を互に持っていた。回顧してみると、その僅か一年足らずが僕の青春譜に過ぎなかった。その頃大学に在学中の康秀が、僕の名に依って彼女を引き寄せ、無慙にもその誇りを踏みにじってしまった。須美江はそれ限り再び姿を見せなくなってしまった。そして一ケ月も経ぬ内に怒と恥のため、彼女は自殺してしまったのだ。

それを康秀は僕の横暴と無理解によるものだと、抜け目なく逆宣伝をした。燃え上ろうとした僕の炎は、周囲の人々の軽蔑に満ちた瞳によって消滅した。何という屈辱……けれども僕は抗争の術《すべ》を知らなかった。

その内に戦争が始まった。会社は多忙を極め、僕はその忙がしさに何もかも忘れて打ち込んだ。そしてある人の仲介で阿部満里と婚約した。順調に話は進められ、二人はその間交際もして互に理解し合う事が出来た。挙式は世間の情勢で多少遅れたが、僕もいつなん時召集せられるかも判らなかったので、その後間もなく結婚式を挙げたのである。

その夜僕はほっとした。新たに人生の第一歩を踏み出した感銘もあったが、それよりも、悪魔に邪魔される事なくそこまで事が運ばれた事をである。それを考えると確かに僕は一種の迫害観念にとらわれていたのである。

けれども、僕の運命は飽くまで逆へ逆へと回転するかに思われた。一ケ月もすると満里は肋膜と心臓を病んで実家へ帰り、養生をする事になった。僕はその妻の病気を癒す事で一生懸命だった。幸い一ケ月もすると軽快したので転地をさせ、二ケ月目には軽い心臓の疾患だけ残して、再び僕の許に帰って来たのである。

ところがその後の満里は、結婚による生活の激変のためか、夫婦生活に対して頑固な変調を見るようになった。満里の実家は、裕福ではない華族で、一口に云えば彼女は深窓に育った女である。それがためにある知識に対しては嫌忌以外のなにものでもなかったかも知れない。そこへ、生れて始めての大病をした。それが一種の恐怖感となって、正常な夫婦生活を結ぶ事が出来なくなったのだ。それを求めると蒼白になって顫えた。強いれば無意識に痙攣の発作を起し心臓の苦痛を訴えた。灰色の幕が夫婦の間を隔てたのである。それは確かに意味なき妻の拒絶とのみ言われなかった。悪くすれば心臓麻痺さえ起す危険があると思われるほど激しいものだった。そのことは互の悩みであった。何の力によってその障害を除くかは二人が真剣に考えた事であるが、それが解決されぬうちに僕は応召されたのである。

南方の戦線で僕は泥んこになって、血みどろの敗北と戦った。僕には過去の一切を忘却した超現実な獣の如き戦線生活であった。しかし、その間満里の手紙は僕にただ一つの夢であった。だが、その夢の中に絶えず康秀という悪魔のいる事がどういうものか念頭から離れなかった。その度に僕は異様な武者顫いをしたものである。幸いその康秀も、妻から届いた最後の手紙によって、応召された事を知って、僕は一種の圧力から解放される事が出来たのである。

その内最後の船で南方を離脱した。永いと期待した船旅は僅かな日数で終って南支に上陸し、北へ北へと異動した。莫然と敗戦決定を知った時にはソ満国境近くへ来ていたのだ。そこで兵隊生活が抑留生活に切り替えられた。三年間——苦難に充ちたノルマ生活を、別に大した苦痛もなく暮せたのは何故だろう。むしろ、その生活は僕の生れ落ちた時からの生活の連続のような気がし生涯あの地区で黙々と働いても不自然でないほどだった。

それが、帰還の噂が真実である事を聞いてからは、その悪夢から醒めて、やたらに帰りたくなったのである。雪しぐれのバイカル湖を車上から見て、僕は始めて小さい歓びを抱いて故郷への旅にある事を意識したのである。

自宅へ落着くと、やはり僕は煩悩多き人間でしかない。妻の美しさにも新鮮なものを感じ、愛撫を求めた。しかし結果はそこに灰色の幕が閉ざされている事を知ったのみである。悪性のマラリヤと眼疾に傷められた肉体の全力を挙げて湧き沸らせた血潮は一瞬にして毛細管に凍りついてしまった。自暴自棄ではないが、摑む藁もない溺死人のような自分の形骸を瞶めるより外はなかった。妻はそれを知って、最大の犠牲を払ってでもと努力していたようだった。しかし僕には共鳴する力がなかった。既に張りきった絃は絶ち切られていたのだ。

こうして僕は自分本位で動く人間になり下ってしまった。それが大きな失敗を招いた。五月三日の夜、妻は遂にその毒牙に蹂躙されたのである。清の知らせで、妻の部屋へ駈けつけた時には、満里はもうベッドの上で冷たくなっていた。妻が愛用した竜涎香のかおりが、部屋一面に漂って僕に厳しいものを感じさせた。妻は死んだ――何のために？　飄然と部屋を出て、僕は表玄関に佇んだ。さすがにその時の僕は夜の大気の中に、そして悲しみの中に暫くは身動きもしなかった。どれほど時間が経ってからであろうか、ふと、竜涎香の香りがまた漂ってきた。錯覚だろうか？　と思った時、康秀が足音もなく僕の傍へやって来て「とんだ事になりましたね……兄さん」と云った。僕は返事をしなかったが、すり寄った彼の着ているものから、あの竜涎香の移り香が発散する事を僕は見逃さなかった。いや、嗅ぎ逃さなかったのである。俄盲目の悪推量では絶対ない。僕は全神経をかりたてて、幾度もそれを試みた。彼の体臭を嗅ぎとるまでそれを続けた。そこで僕は一切を知る事が出来たのである。（康秀は妻を犯そうとして殺した）妻の心臓麻痺はそれ以外に起り得ない。

僕は踏み締めた足の拇指に力を入れ、絶対にこの男を葬る事を誓った。許すべからざる悪魔に対し、それ以外の方法はない。そこで僕は、予定の実行を新に決意した。幸いと云うか、康秀は僕の日記帳を、何の意味か度々盗み読みしている事を知っている。それは既に、動き易い位置に栞を挿し挟んでおいて、それがその位置からずれている事によく実験済であった。彼が見た後は常にそれが綴込の処へ差してあったし、一度などは、僕が庭園の散歩から帰ると、彼はあの日記帳を読んでいて、狼狽て、でも、僕の目のうとい事を好いことにして、「散歩でしたか……」と云いながらそれを書架へ図々しく押し込んでいた事を知っている。それに彼が、経済的に困っている事を知っている。度々僕に投資の相談を持ちかけているし、何れ彼のように経済観念の薄い男は当然そうなるのが普通だからだ。そこで僕は、日記に遺産の事を書き、それを康秀の最も関心を寄せるように書いた。自殺を決意しながら失敗したような事も書いた。そうして最後に、自殺する場所と時と方法を書いた。それは総て暗示に満ちた、そして最も彼の好む内容ばかりである。あの悪魔がその好餌を見逃すはずはない。陰謀を事とし、陰謀に生きる彼がそれに依って一つの構想をねる事は、僕が誘導した罪でなくて、彼がそれに陥いる陰険な野望の持主だからである。いかに奸智にたけた康秀でも、まさか裏の裏をかかれるとは気がつくまい。以下僕の予想した事を書いてみよう。

五月十四日早暁、僕は離れを出る。どこかで看視している康秀はそれを発見し、いかにも自殺のそれの如く、力無く足を運ぶ僕を尾行するに違いない。僕は地下室の扉に辿りついてなお深く思案する。それは扉の閂に兼て用意のある作業をするためだ。それは草むらに隠しておいた紐を、閂の金具に通し、二本の紐の両端を結ぶ事である。こうして、僕は地下室に入り部屋へ素早く入る。そして、扉を細目に開けて正面の階段口を凝視する。康秀がそこを開けば、その見通しには外燈があるから、視力の悪い僕にでもよく判る。まして全神経を視界に集注する僕には見落しがない。康秀は間もなく入って来るに違いない。そして扉を閉めるだろう。それは僕が予定通り拳銃自殺をするにしても、彼が僕を射殺するにしても、発射音が外部へ洩れなくするためにはその必要があるからだ。そこで僕は予め用意の紐を引く。それによって鉄扉の閂が外部から差し通される。彼はその物音に驚くに違いない。そして、内部からやや狼狽してそれを押してみるだろう。勿論開かないと思う。万一それが失敗に終って、彼が扉を開けたとあれば、その気配によって僕のブローニングの八連発が真直ぐに彼の背中へ火を吐くはずだ。廊下の壁を見透して発射すればまず失敗はないだろう。

しかし、僕の生涯を通じての計画は、僕の一念から云っても必ず成功させずにはおかない。彼がそうして廊下に閉じ込められれば、部屋の扉を閉じ内部から施錠する。これで康秀はその小さな大地の中に自由を失うだろう。僕は部屋扉の覗き孔から叫ぶ「おい康秀‼　お前はとうとう僕の鼠取りにかかったね。これは当然お前が入るべき煉獄だ‼　今こそ、お前は神の御名によって裁かれねばならない。近くは妻の満里を殺し、そして立花須美江を殺した。またお前の母は、僕の母を殺した。その事実の前にお前は何も弁解する余地はない。人間であるなれば、お前は当然そこで懺悔の生活を送るべきだ。そしたらお前の罪は赦される。しかし、自由は再びお前に帰って来ないのだから、立派にそこで果てるがいい。お前はピストルを持っているはずだ……もしそれが嫌だったら、餓死によって生命の燈火を消すがいいのだ‼」

けれども卑怯な彼はそれを弁解し、言葉巧に哀願して助けを乞うだろう。だが僕は無言を以て報いる。その結果、彼は案外早くそれが無駄な事を悟るに違いない。そうなれば、彼は持前の悪度胸を据えるに違いない。かつ、悪魔の心を心とする彼は、そうなれば滅多に悲鳴もあげないだろう。もっとも彼がいくら叫んでも、外部には大して効果のある助けは求め得られない。仮に誰かによって助け出される事があればその前に僕の鉛弾丸の洗礼を受けるはずだ。

こうして二日三日を経過する。僕には予め持ち込んだ食糧があるから、ただ暗黒の生活さえ忍べばよい。どうせ失明一歩前の僕には、それは大して苦痛ではない。そして天井の換気孔から差し入る陽かげによって、朝ともなれば、僕は決まって朝の挨拶を彼にする。「康秀御気嫌は好いかね。僕は君の最後を見届けるまで死なないよ。お前が最後の勇猛心を奮っても、せいぜい一週間の生命だろう。あとX日だ。せめてその間に人間本来の心に立ち帰る事を祈るよ」と。

こうして日が経てば、彼は精神的にも肉体的にも苦しむだろう。いや、いかに冷血な彼でもその重圧に堪えかねて狂うかも知れない。しかし、どんなに彼が悶えても彼には「死」より外にはない。何れにしても彼はこの地下室の柩の中で二十八歳の一期を終るに違いない。

以上でこの記録を終ろう。人は僕こそ冷酷無類な男だと云うかも知れない。しかし僕はこの数日間に、僕の生涯の苦患を取り戻さねばならぬ。ただそれだけだ。勿論この記録が世に出た時は、僕自身も自殺を遂げた後である。だから、僕のとった行為と心理の善悪が何れであっても一向に差支えない。

解　決

書翰拝見しました。ノートの記録は日記帳と考え合せれば二重遺書の解決編ですね。記録の告白は真実と考えていいでしょう。また時丸氏の自殺も全く予定されていたに違いないと思います。しかし結果がそれを証明していません。これは予期せぬ事情のために恐らく「自殺未遂」に終ったものと推定されます。あなたが云われる通り、その点については、女中の仲西清の行方を追求すればその真相が判明するとの意見は、小生も同感です。ここで小生も、記録の例に倣って、左の蛇足を加えこの事件の終末とします。

康秀は堪え難き飢餓と、精神的な絶望感に、最後の力を奮い、幽かな戸口の明りを頼りに部屋の扉に向って突進を試みた。しかし、それは蟷螂の斧に過ぎなかった。一切はそれで終った。残された一発の弾丸は康秀の頭蓋に打ち込まれた。六発の轟音は地下室を震撼し、その後には、死の静寂が漂った。本条時丸の心耳には、自分の鼓動より聞こえなかった。そっと開いた扉の外に、その男は冷たくなっていた。それが永年自分を苦しめた悪魔であろうか？　静かにその前まで歩を運んだ。しかしそこに斃れているのは人間康秀である。深い悔悟がちらと心をかすめる。（万事は終った）その時、ぱっと入口の扉が開かれた。続いて起った異様な音に、女中の清が訝ってそこを尋ねあてたに違いない。

一瞬、暗になれた瞳に、眩むほどの光が流れ込み、何のためにそこが開かれたのか考えるいとまもなかった。

「ああ……若様……若様、どうしてこんなところに?!」清は取りすがってその奇蹟を歓んだ。「若様、およろしかった。生きていて頂いて……清はどんなに心配しました事やら……もしやと思って、どんなに探した事でしょう。おや‼　これは、康秀坊ちゃんですね。死んでおられる……。一体、これはどうした事です。若さま？　訳を話して下さい」「きよや……お前には世話になったね。康秀は自殺した。しかしそれをさせたのは僕だったんだよ。だから……」「まあ。そうで御座いますか。判っています。若様の気持は、誰よりも、この清がよく知っています。私に委せて下さい」「でも……僕にはもう、生きる望みもない。康秀に、満里は殺されるし」「えッ……何で御座います。まあ、とにかく、お部屋へおいで下さい。そこでゆっくりお話を聞きましょう」清は無理やりに時丸氏を部屋へ連れていった。幸い、満里の両親は帰った後だったし、この事は誰れにも知られる事なく、ゆっくり語り合う事が出来た。

「さようで御座いましたか。御もっともです。御もっともです。でも、死んではなりませんぞ。万事この清にお委せ下さい。若さまがどうあっても死なねばならぬ時は、この清も御見逃ししましょう。けれども、今はその時機ではありません。それに、康秀さんが死なれた事は、直接あなたが手をお下しになったのではありません」清の熱心は、論理的にかきくどいたものではないにしろ、温い愛情は時丸氏の自殺を思い止まらせるのに充分であるはずだ。そして、その夜、安全な時間を見計って時丸氏を邸外のどこかに連れ出した。

清はその後で、地下室へ入って目ぼしいものを片付けた。しかし、パン屑や別室の排泄物までは気がつかなかったのだろう。だが、それだけでは何か物足りぬような気がした。そこで、ふと考えついたのは、時丸氏の告白による扉のトリックだ。健気にも智嚢を絞って部屋の扉を、扉の孔から紐によって、内部より閉じる事を思いついたのである。無論これは一貫性のある行動ではない。ただ、そうする事によって何となくこの事件が莫然とするだろうとの判断に外ならない。そしてその翌日、一週間目に警察へ死体発見を報告したのだ。だが当局の聴取に対しては、清は一つの目的のために、冷静な一貫した返答しかしなかった。無論その目的は不幸な主人を助けるためにである。

時丸氏はどこへ……きっと、清と二人でどこかに隠世生活を送っているであろう事は想像に難くない。そして、若主人の失明恢復に全力を尽している事だろう。よしんば若い主人が両眼を失っても、その心の眼を開かせる事に、最大の努力と、歓びをかけている事に間違いないだろう。

以上は小生が補足した記事です。しかし、実際とは相違したところが多々あると思います。が、大体の事情はそれに遠いものではないでしょう。一人の人間を、死の陥穽に誘導した事は、法的に勿論許さるべき事ではありませんし、譬えその被害者が極悪人であっても、敵討的な私刑は道徳上からも排撃せねばなりません。しかしそれによって、一人の人間が過去の悪夢を精算し、正しく生の歓びを享受する生活に入れるものとしたら、今暫く懲罰の追求を中止しても、それは二人の良心の重荷とはならないと思いますが、いかがでしょう。

それから、床の間の下から第二の記録を発見した端緒ですが、それは最初の日記帳に指示されてあります。日記帳の最終に詩があったでしょう。小生は、あれを幾度も読み返してみました。素人の小生から見ても、あれは巧みなものとは云われません。むしろ内容の意味は支離滅裂です。そうした無意味なものを何のために書く必要があったでしょうか。そこで考えた事は、他に目的がありはしないかとの疑問でした。

虹の橋を渡れ、
そこには第二の人生がある。

これは最後の二行です。「虹の橋を渡れ」は、「二字目を解け」の謎であり「第二の人生がある」は、「第二の記録がある」の謎言葉でした。

見よ黎明だ。
一見、何の不思議もない夜明けだ。
胸を張り、手を挙げて、
足下に大地を踏む、
誰のための人生か？
人間か？　はた、獣か？
死の影が、赤い陽に、ただ長い。
寝床《ベッド》を離れ、
寝室をぬけて死の道に至る。
平和な旅への出発だ。

その後へ前掲の二行が続くのですが、これを試みに終りの行から二字目を拾って行くと、「和室床の間の下を見よ」との隠し言葉がはっきりと読まれます。それが発見の鍵だったのです。これは、説明するまでもなく、日記の目的が他にあったため、正反対な内容を同じものに記載出来なかったため、こうした手段をとったのでしょう。それには、万一予定の計画が失敗に終って、自己が「殺害」された時の重大な証拠として残す目的のためであったと考えられます。では、右御返事まで。

三吉　拝

林様

×　×　×　×　×

林署長は読み終って、何とはなしに微笑ましいものがこみ上げてきた。そして、自分の心は古田三吉のものであると同様、彼の心は、即自分のこころだと、そこに温いものと親しいものの交流するのを感じたのである。

非情線の女

（一）

不破栄吉脱獄す＝昨夜×日九時頃、折柄の風雨中、T拘置所未決監に収容中の不破栄吉（三一年）は、看視の隙を窺い脱走した。目下厳重手配中。不破は元南方にて、一時は特攻隊に籍を有したこともある男で、昨年第一次暴力団狩の際検挙せられ、殺人強盗等の余罪ありと目され厳重取調の上、恐喝及拳銃不法所持の罪名にて起訴せられたるも、証拠不充分のため一時釈放中、殺人未遂容疑にて再度検挙せられていた者で、旧悪についても鋭意証拠蒐集のため拘置所に収監中の者であった。国警本部では犯人の性質を重視し、至急逮捕方を関係各署に指令した。

高杉久美子は起きぬけにその記事を、朝刊の一隅に発見してはっとした。（不破栄吉の脱獄）それは色々な意味で、久美子にとっては一記事として見逃す事が出来なかった。ここ暫く面会にも出かけてなかったし、昨日もその事をふと想い出したばかりだった。

検挙される前、不破がどんな職業の持主であるかくらいの事は、凡そ見当はつけていたが、その頃は単に彼の情婦の一人にすぎず、それから得るものを生活費の一部に充てていたに過ぎなかった。慥《たし》か不破には久美子の他に三人ほども情婦だか妾だか、そういう名の付く女がいたし、特にその中の、あけみとかいう女を一番可愛がっていた事も薄々知っていた。だからその時、ありきたりの人情美？　を発揮して、いたちの道にしてしまえばよかったが、急に手の裏を返すような事も何だか薄情な気がしたので、第一回の検挙の時も、二回目の時も、二三度は差入れを兼ねて面会に行ってやった。それは他の情婦達に対する思惑もないではなかったが、他にもっと重大な目的もあった。

ところが、実際には他の情婦達は、第一回の検挙を境にして、不破から離れていったのが実情だった。それは、その女達が不破の人と成りをよく知っていたからの事かも知れなかった。全く不破栄吉という男は神を怖れぬ典型的な敗戦型の極悪人だった。単純で怒りっぽく、その上自惚が強い。加えて人の気持など意に介する事のない利己主義で、淡泊そうでいて執念深いところがあった。悪い方へひん曲った自尊心が多分で、それが戦争により人殺しの稽古をして帰り、それを地で行ったような男だったから、凡その人柄の想像がつく訳だ。二回の検挙でなくとも、証拠さえ充分だったら恐らく自身の生命が危いほどの罰を受ける有資格者だったが、利益独占といううたてまえから仲間が尠かったので口が割れず、間もなく釈放となった男だ。

それが例の調子で、久美子の差入れや面会をひどく嬉しがって、この女だけは自分に芯から惚れていると、身勝手な解釈をしてしまったのだ。それには他にも理由があったのだが、久美子もそれを知ってはいたが黙っていたので、恐らく不破は今でも好い気になっていると思われる。だが、それが結局原因となって、参謀格の男の、ちょっとした裏切行為でかっとして殺人未遂の容疑に問われ再度検挙《あげ》られた訳だ。

まあ、それはともかく、不破が長期脱走に成功すれば、必ず一度は尋ねて来るはずだと、久美子は予想した。それは、釈放中不破が獣的な独占慾で久美子を可愛がった事を想い泛かべたからである。しかし久美子は、不破の気狂い染みた愛慾に胸をときめかしてそれを期待した訳ではない。それほどうぶな女ではなかったし、また、いたずら女というのではないが、余りに過去において男を知り尽していた。いわば、男の端的な愛情には不感性だったのだ。

ところがそれが、不破栄吉脱獄の記事を見てからは、再会を期待する冒険心の渦が、次第々々に中心示度を高めていった。それから三日目の夜、勤めていたダンスホール「金星」へ尋ねて来た人があった。十時頃だったろうか、マネージャーの西村が泛かぬ顔をして、ひと区切りつくのを待っていて「ちょっと……」と、久美子を手招きした。示されたサロンへ入ると、

「あんたが、高杉久美子さんですね?」と、問いかけた男は二人連れだった。風采がぎこちないのに何か鋭いものを秘めているといった感じだ。久美子にはそれがどんな種類の人で、何用で来たのか一目で想像がついた。果して、

「私はこういう者です」と、黒表紙に金文字の手帳を

示した。

「実は、不破栄吉の事ですが……ここ三四日の間に、あの男に逢いませんでしたか？」

「いいえ」

「アパートの方へは？」

「来ませんわ」

「連絡なんか、どうです？」

「全然……」

「ふーむ……」

中年の男は、深刻気な様子で、暫く沈黙した。勿論この刑事達は久美子のアパートへも廻り、不破の立廻った形跡のない事を慥かめてここへ来たのだ。

「不破の事を知っていますか？」

「と、おっしゃいますと？」

曖昧な訊ね方に、反問した。

「脱獄の事です」

「知っています。新聞で見ましたわ」

「なるほど……じゃお願いがあるんですが……もし不破を見かけたら至急近くの派出でも署でもよろしい、知らせてくれませんか。いや是非そうしてもらいたいんです」

「はい。承知しました」

本当は、そんな返事をする意志がなかったが、その場合いやとは云えなかった。その後妙な久美子の感情の乱れを、鋭い瞳で見てとった刑事は、

「いいですね……約束出来ますね！」

久美子は頷いて見せた。

「じゃ、約束しましたよ」

と、刑事は更にそれへ押っかぶせて念を押した。それだけで久美子はサロンを出た。残った刑事はそこへ支配人を呼び込むと、不破栄吉の脱獄の事を話し、内ポケットから一葉の手配写真を出し、

「この男です」と示した。支配人は暫くそれを瞠めてから、

「何だか見た事があるような気がしますね……最近の事じゃないですがね」

「以前は来ているでしょう……どうです、度々寄り付いてますか？」

「いや……ほんの一二回といった記憶ですね。まあそんなところでしょう」

「ふむ。すると、余りこの方面には出入りしていなかった訳だナ」

「高杉久美子との関係は何ですか?」

「不破の情婦です」

「へえ……現在でもですかね?」

「いやに熱心ですナ。ははは」

刑事は出された紅茶をすすりながら笑った。

「現在の事は判りませんよ。何しろ相手が収監されていたんですからね。ですが、あの女は面会差入れをしています。情婦は間違いないでしょう」

間もなく刑事は、支配人に不破が立廻った時の連絡方法を委しく話して出て行った。

(二)

冷たい夜風が車内広告を煽っていた。市電も終車近い頃はがら空き同様だった。久美子はオーバーの襟に頤を埋めハンドバッグを膝に置いて、瞳は靴先を瞶めていた。そうした様子は、どこから見てもダンサーらしい派手やかさはなかった。ルージュも落していたし黛の無い眉は長くて濃いし、顔生地だって白粉気なしで滑かな色艶を持っていた。目立つほどの美人でない事が一層そう思わせるのかも知れないが、しいていえば伸び伸びとした肢体だけが、素人でない事を思わせる程度だった。

K町で下車し、アパートへ帰る道すがら、不破がそこらの闇から声をかけるのではないかと考えたりして、コツコツと凸凹の激しい戦災道路を辿った。刑事がああして捜査を続けている事は、まだ逮捕されない事を意味している。(あの男を待つ事は、良い事ではない)と考えるのだが、何とも形容出来ない激しいものがそれを拭い去ってしまう。

だが期待した不破は姿を見せなかった。新聞記事も毎朝注意してみたが逮捕の記事は出なかった。あれ以来毎夜ホールを早目に出て真直ぐ帰る事も、不破が尋ねて来るとすればアパートだと窃に考えていたからである。

その日、気がくさくさして、ホールを休んだ。宵から降り出した雨は季節外れの勢いで降り続けた。その雨の中を、久々で青山薫がアパートへ尋ねて来た。ホールへ行ったが休んでいるというのでこちらへ来たと云っていた。久美子は気分が悪かったので客にしたくはなかったが、青山なら温和しい男だったから泊まる事を承諾した。

その頃の久美子は、ホールだけの収入ではやっていけなかったので、そんな際どい稼ぎもしなければならなかった。半打ち時計が十二時半を報じた。久美子は寝付かれぬままに起き上ると、オーバーを羽織り、スリッパを突っかけて、小型ストーブに石炭を注ぎ込んだ。ひと雨毎に梅花一輪を誘うはずの雨はしんしんと身に迫る冷たいものを含んでいた。

かたかたと火格子を動かし、灰をふるい落す。窓外では小やみになったらしい雨の音が相変らずで、風でも出たのか、硝子《ガラス》戸が鳴った。ふと耳をすますと、それは風の音ばかりではないらしかった。久美子は一瞬緊張して窓を瞶めた。

かたかたかた。慥かに人が窓の外にいる。しかしその窓は二階で、庭の見卸しになっていた。

「久美子……久美子……」誰れかが、忍びやかに呼んでいる事に間違いなかった。差込錠を抜いて、そっと開けると、直ぐ外の松の木の枝に人がうずくまっていた。

「俺だ。判るか……不破だ。灯りは苦手だ。消してくれ」

久美子は急いで枕許のスタンドを消した。それと一緒に松の枝の水玉を散らして、五尺五六寸の躰に似合ず身軽に、部屋へひらりと入って、静かに窓を閉めた様子だった。

「苦労させやがった……」

そう呟いて、闇の中で大きく吐息をした。

「もういい。灯りをつけてくれ……久し振りでお前の顔をおがむのには暗すぎる」

久美子はちょっと躊躇《ためら》ったが、直ぐスタンドをつけた。その途端に、青山薫が寝返りを打った。瞬間、不破がぎょっとしたようだったが、事態を呑み込むと不貞々々しく笑って、

「ふん……夜のお客さんか」

と吐き出すように云って、

「久美子……驚いたろうな」

「いいえ。ちっとも……あんたが来る予感は持っていたからさ」

「そうかい……喜ばせるな」

不破は薄笑いをして、久美子の肩に手をかけ、引き寄せようとした。

「待って……そのレインコートを脱いだらどう」

「うん。そうか……なるほど。これじゃせっかくの情熱が水浸しだ。ふふふ……」

不破は雨に濡れたレインコートを脱いだ。久美子はそれを受取って釘掛にかけると、

「でも、よく来たのね。ずっと手配しているのよ」

「ふん……良く来た訳じゃないよ。脱走以来難行苦行さ。手の廻っているのは百も承知さ、お前恋しさにな……タバコを呉れ、すっかり濡れちゃった」

そう云って、ひかりの湿った箱をもみ潰し、ストーブの上に投げた。久美子は枕許のケースをとってそれを渡す。不破は美味そうにひと息ふた息、大きく吸い込んでふうっと吐き出す。そのしじまに、未だ気がつかぬのだろう、青山の寝息がもれる。不破はそれをちらと見やり、

「お客さん大分お疲れのようだな……好い気でいやがら……ところで、今夜は厄介になるぜ」

「こちらは、どうせそのつもりよ」

「じゃ、この男は？」

「あんたの好いようにするさ」

「そうか。よし、少し寝醒めが悪くて気の毒だが……人の事なんか構っていられるご身分じゃねえ」

なかば嫉妬も手伝って、青山の頸下へ手を差し入れると、低く鋭く、

「おい。起きろ‼」と乱暴にひき起した。青山はびっくりして撥ね起き、眠た気な瞳ざしで、逞しい闖入者を見上げた。

「気の毒だが出てもらおう。帰ってもらうんだ。埋合せはついたはずだからな」

青山は呑み込み兼ねて久美子を見たが、そっぽを向いてタバコをふかしていた。

「未だお前目が醒めねえのか……目醒しを呉れてやろう」

ぱちっと平手打ちが飛んだ。そこまで扱われれば否応もなければ口を利く必要もなかった。手早く着終って、久美子が黙って開けてくれた扉口を出た。それを廊下へちょっと送り出して、

「堪忍してね」と囁いた。

「いやに色男ぶった奴だな……ちょっと気の毒みたいだが、さしずめこちらの行くところがないからな」

「そう。じゃ行く処があればそちらへ行く気だったのね。私のところへ来たのは風の吹き廻しという訳ね」

「そう手酷しく云うなよ。網の目を潜るのには仲々骨が折れるんだ」

「うまくいってるわね。一体今日までどこにいたのさ」

久美子ははすはに、タバコの横啣えをしながら、ストーブを挟んだ椅子に腰を下した。

「まあ野暮は抜きにしてこちらへ来いよ」

不破は距離を縮めようと、手をさしのべて久美子の手をとった。

「覚悟は決めているんだよ。もう少し話をしてよ」

「ふふふ……お前、すっかり頼母しくなったじゃないか……俺は脱獄囚だ、あんまり時間を無駄にしたくはねえよ」

「それで、今後の事どうするつもり。いつまでも日蔭者で落ちのびる訳にもゆかないでしょう……逢って直ぐ別れるなんて嫌だからね」

「勿論さ。安気に極楽の空気を吸うあてがなくて、なんで脱獄なんかするものか。とにかく、当分はお前と一緒に手足を伸ばす肚を決めているんだから、そのつもりでいてもらうぜ」

「そんな事、断る事はないでしょう……でも、どうして脱獄した足で真直ぐにここへ来てくれなかったの」

雨もやんだのか、森閑と寝静まったアパートのこの部屋に、久美子の話し声は次第に熱を帯びて高くなるのだった。

「おい。脱獄々々と云うなよ。隣りがあるぜ、他人に聞かれる心配もあるぜ」

「だって……」

久美子は立ち上ると、いきなり不破の膝の上に腰を下し、首ねっこをかき抱いた。

「判ってるよ……俺が逃げて来たのもお前のためだ……近頃、お前の事を考えると耐らなくなるんだ。ふふふ」

「うそ……うそ。私には判っているよ。今日で十日よ……ここへ忍んで来た以上の冒険をして、二人や三人の女に触って来たんでしょう」

「これは手酷しい……そんな事は、ないとは云わない。ふふふ……お前にかかっちゃ、俺も散々だな」

「浮気者」

久美子は不破の耳朶をきりきりと噛んだ。

「もっと噛んでくれ……蚤がせせったほどもないや……だって、俺あ百日以上も女にはスイッチを切られていたんじゃないか。お前だってよろしくやってたじゃないか」

「お、だ、ま、り」

「そうはゆかない。だが、もうあんな浮気はさせないぜ……今度捕まるまではな」

「おや、もう捕まる気でいるの」

「心配御無用。勝算があるんだ」

不破は久美子を抱きすくめ、唇を求めようとした。だが、するりと逃げられた。

「そんなに焦らすと後が怕いぞ……それとも、テクニックかい」

再び、蛇のようにぐいぐい締めた。それを更に逃げる手が、ふと不破の上着のポケットに触れた。

「おや、あんたこれは何?」

冷たく、固いものを抑えて訊ねた。

「パチンコだ」

「どこで手に入れたの?」

「どこでもない。もともと俺の使い馴れたやつさ」

「危いのね。ぱっと出たらどうするの」

「大丈夫だ。安全装置がある」

取り出したそれは、黒く艶々としていた。

「俺を代表するやつだ。こいつだけしか知らない事実がたくさんある。だから、大事な品さ」

「弾丸は入っているの?」

「八発な……八人だけ、地獄に叩き込めるんだ」

「見せて……」

「おっと、いけねえ。女が触ると汚れる」

差し出された久美子の手を払って、器用にケースを抜き出した。

「弾丸だね……それが人間の躰を潜り抜けるのね」

「そうだ。骨でも心臓でもしゃぶる……こんな小さなやつがな」

「でも……もう危い事はよしたがいいわ」

「ふふふ……しんみりした事を云うな。だが時と場合にはこいつに挨拶してもらわにゃならん。そいつが未だ一人いる……」

語尾が独語になって、ちらっと表情が凄んだ。

「じゃ、それが目的で逃げて来たの?」

「うん……まあそんな事はどうだっていい。女のお前に聞かせる話じゃない」

雨がまた激しく窓を敲く。

「その人……大森? それともあけみ?」

「おや!! お前知ってるのか、それを?」

「それくらいの事判るわよ……あんた、未だあの人の事が忘れられないのね」

久美子に瞶められて、不破はちょっと苦笑した。

「つまらない……未だあの人にそんな未練を持ってるなんて……」

「未練……女なんかに未練があるもんか。お前んとこへ、こうしてやって来る真実を俺は持ってるんだぜ」

「………」

「ストーブも消えたじゃねえか……俺は寝るぜ」

不破は上着を脱ぎ捨てると、拳銃を蒲団の下に隠して大の字なりにひっくり返った。

（三）

久美子は、生れて初めての秘密を持った。それも少しばかり良心に咎める秘密である。その夜、平静をよそおってホールへ出た。着替えを終えて薄暗い廊下へ出ると、マネージャーの西村が待っていた。その顔を見ただけで久美子はぎくりとした。

「昨夜休んだね。なぜだい」

「生理休暇よ」

「それなればいいが……当分は無理をしても休まない方がいいぜ。今日昼間、この間の刑事がやって来たよ。まさか、あの男と逢ったんじゃあるまいね？」

「いいえ……」

「あの男が、どうもこの方面に立廻った形跡があると云ってた。昨夜、君が休んだ事は僕の一存で黙っておいたが……充分気を付けなくっちゃ……それに、あの男、君の好い人らしいが、いつまでも昔の夢を追ってない方がいいぜ」

「そうね……でも、そんなおぼこでもないわ、私……」

「まあ、気を付けるに越した事はないね」

支配人は年配者らしく、目で笑って穏かに云うのだった。

「有難う……気を使わせて済まないわ。西村さんなればこそ、ね……御厚意ついでだけれど、少し借してほしいの」

「おやおや。ちょっとほめられるとあれだ。いくら？」

「三本ほど……」

「少し大きいな。まあいいや。君がお金で堕落する事を思や安いもんだ」

千円ずつ区切ったのを、三つ、出してくれた。

「済みませんね。恩に着るわよ」

出た時間が少し遅かったので、直ぐ客があった。二回終って控のソファに戻ると、青山が待っていた。ちくりと胸が痛む。

「あんた、昨夜は驚いたでしょう」

機先を制して小声で話しかけた。

「うん。どうしたんだあの男……随分乱暴な男じゃないか」

「踊りましょうよ」

久美子はそれに答えないで、青山を誘った。ステップを踏み踏み、

「あの男、いつもあんなに乱暴なの……嫌いだけど、しつこくやって来るから仕方がないのよ。ご免なさいね」

「そうかい。でもそんな男と君を張り合うてことは、冒険だけど刺戟があっていいね」

「ふふ……とんだ椿姫だわ。変な冒険はしないでね」

「今夜はどうだい……アパートでなくて少し遠いところ」

「ええ。でも今夜は都合が悪いの」

「じゃ、明日は?」

「そうね……都合がつけば私からお願いするわ。その時は、三日でも四日でも」

十時少し前、客足がとだえた。青山は二回踊ったきりで帰ったので、マネージャーに頭痛がすると云って、久美子はホールを出た。電車からバスに乗替え、不破と約束の場所へ急いだ。ふと、これでいいだろうか――と、反省らしいものが歩行をにぶらせた。マネージャーといい青山といい、仮にも今の自己の行為が人を騙す事だと思えば、余りいい気はしなかった。が、なかば自棄気味で目をつむった。

指定された場所は変なところだった。ほんの数えるくらいだけバラックの住宅があるだけで、焼野原には畑さえろくに作ってないほど淋しいところだった。こんなところで待たして、一体不破はどこへ自分を連れて行こうというのだろうか――しかし、その不審も不破が脱獄者である事を思い合せれば、別に不思議とは思われなかったが。

遠くに輝く街燈の明りをすかし、腕時計を見ると、既に十一時を十分過ぎていた。それは約束の時間を十分だけ過ぎていたのだが、不破はどこからも現れなかった。ただが云われた通りの道筋をぶらぶらと歩いた。道路の左手に大きな溝があるらしく、重々しい水音と濁った臭いが感じられた。それをきいていると、何だか闇の底へ吸い込まれるように心細かった。

時々振り返って見たが、ただ町中のほの明りと昨夜の雨の名残りの水溜が、鏡でも置いたように見えるだけで、

人影さえ見えなかった。少し冒険が過ぎたかしら――と久美子は考えたし事によれば不破はもう逮捕されたかも知れないと思った。行くての空で星が上った事にちょっと気をとられていると、

「来てくれたな……嬉しいよ」

と、地から湧いたように、不破が後から声をかけた。約束した相手ではあるが、久美子はその瞬間、ぞっとした。

「来ないと思ったの……」

「いや、そういう訳じゃないが、正直のところ半分は疑っていた」

「やっぱり、半分だけしか信用してくれないのね。もう、十一時はとっくに廻ってるのよ。淋しい思いをさせてさ……」

「まあ、そう云うなよ。これからその埋合せをしようと云うのさ。蹤いて来な」

不破は、先へたって歩き出した。焼け残った、どこかの庭の立木か、そんなところを通り抜け、丘を迂廻して、久美子は迷路のようにひき廻された。同じようなところを、二度通ったような気もしたが、暗夜の事でしまいには方角も判らなくなった。無論それは、不破の意識的な誘導には違いなかったが。

肌に汗を感じた頃、塀と塀とに挟まれた細い道で、やっと不破は速度を緩め、

「足許に気をつけるんだぜ」

と云った。どこだかはっきりしなかったが、左手に川があるらしく、発動機船のエンヂンの音が、幽かに聞きとれた。間もなく、半壊のコンクリート建のようなところへ入った。廊下と思われるところを辿る行く手に、窓だろう、四角く星空を見せていた。左へ折れ階段を降りた。そこで不破は立止って、鍵の音をさせていたが、ドアーらしいものが軋んだ。

「さあ、入るんだ」

中は勿論暗黒で何も見えなかったが、空気の暖さが頬に感じられた。

「驚いたかい。ここは娑婆の風のあたらない別天地さ。俺にとっちゃ絶対に安全な場所なんだ。今灯をつけるからな」

手探りでごそごそやっていたが、間もなく電池式の豆電燈をつけた。闇になれた目に、部屋の全貌がまぶしく浮かび上った。窓一つ無い事は、地下室に違いなかった。五坪ほどもあろうか、床も天井も周囲も厚い感じのコン

クリートだった。ただ一つの出入口だけが、ペンキの禿げた木製である。

「ははは……驚いてるな……でも住心地は案外悪く無いぜ。監房そっくりだが、俺にとっちゃ安全この上なしだ。という事は、お前にだって同じだ。ははは」

不破は大声をあげて、伸び伸びと哄笑した。

「脱獄した目的が二つある。それをお前に喋ってもいいだろう。一つは大森和吉を殺す事。も一つは、お前とここで隠遁生活を愉しむ事さ。まあ見てくれ、ベッドもある。世帯道具もある。温いコーヒーだって飲めるし、ウイスキーだってあるぜ。金もある、宝石もある。俺の愛情はあるしさ……ここで俺はいい夢を見て死にたいのさ。ふふふ」

不破は、詩でも読むように妙な節をつけ、瞳を輝せて云うのだった。こんな男でもユートピアはあるとみえる。

「まるでカルメンみたいだね」

「カルメン……ふん、うまい事をいうな。すると俺はホセか……だが、このホセはカルメンを殺すような野暮な真似はしないぜ」

「でも物騒なホセよ……こんな巣を、いつの間に用意していたの？」

「こりゃ、昔からの俺の隠れ家さ、誰も、絶対知らない……いや、大森和吉の外はな」

部屋の一隅には、壁に付いて一段高い板張りの床があって、不破が云うように贅沢な夜具が置いてあった。小型な茶棚まであり、勝手道具が雑然と置かれてあった。それから案じて、慥かに以前から準備されていた事が頷ける。すると、ここを足場に、随分不破達は悪どい荒稼ぎをしていただろうと久美子は想像した。そして、自分から好んで飛び込んではみたものの、この妙な部屋で、どんな生活が始まるだろうかと考えたら、少し心細い気がした。

「お前、少しばかり考えてやがるな……まあ落着いてみろよ、こうした生活も仲々趣きがあって、いいものだ。お前の覚悟次第じゃ、また元通り……いや、それ以上面白い夢だって見られるぜ……お前と二人でスリルを追ってさ……スイートホームなんてちゃちなもんじゃないぜ。どれ、ホットウイスキーでも拵えて乾杯するかな」

不破は登山用の石油焜炉《コンロ》を持ち出して仕度にかかった。どうするかと見ている久美子の目の前でなれた手際で、部屋の隅に置いてあったブリキ缶から湯沸しへ水を注ぎ、焜炉にかけるのだった。

(四)

こうして奇妙な生活が始まった。翌朝——と云っても、この部屋には差し込む陽かげはないから、時間に観念を結びつけてそう思うより他はなかったのだが、どこで汲んで来るのか洗面用に奇麗な水は汲んでくれるし、食卓にはサンドウイッチに香りの高いコーヒーにフライエッグまで用意されてあった。以前が兵隊だけに、そうした事にてなれているせいもあるだろうが、とにかく旺盛な不破の生活力には驚く他はなかった。

そこが、どの辺にあたるのかどんな外観を持ち、どのような事情の建物であるかさえ、今の久美子にはもう考える必要はなかった。

「明日の朝は、素晴らしい花で食卓を飾ってやるぜ。今にきっと、お前にこの生活の良さが判ってくる」

不破は上気嫌で椅子を引き寄せ、久美子と向き合って食卓についた。そして、食事が済むとポータブルを引っぱり出してレコードまでかけた。密閉した箱の中の如き地下室の事だから、外部へ洩れる心配はないと思うが、その野太さはさすがなものだった。夕方と思われる頃まで、不破はトランプなど出して終日そこから一歩も出なかったが、そろそろ退屈をしだした。彼が云ったように、脱走後の目的の一つであるこの穴蔵の久美子との同棲生活も、一口味ってみれば、たいした妙味もなかった。そう考えると、持前の英雄心理と云うか、厳重な捜査網の目を潜って、大いにスリルを味おうと考えた。そして、もう一つの目的である大森和吉を狙って街へ出てみようと肚を決めた。そうなると、もうじっとしていられぬのがこの男の癖である。

「ちょっと、出て行くぜ」

ポケットからピストルを出して、素早く弾倉を調べた。その動作は機敏で、板についたものだった。天晴れ悪漢といった図である。

「どこへ？」

「花を買いにな……」

「大丈夫……」

「大丈夫だ。へまは踏まない」

「それだけの要事で行かなくってもいいじゃないの……」

「いや、少し様子も見てくる」

「捕まったらどうするの」

「お前、淋しいんだな」

不破は自分勝手な解釈をして、久美子の頰っぺたに接吻をし、扉を出た。廊下からまたそれに錠を卸し、足音もなく階段を登って行った。久美子は暫くしてドアーを押してみたが、びくともしなかった。勿論戸締なしで出てゆくなどとは思わなかったが、これでは態裁の好い監禁だと思った。いわば狼の檻に閉じこめられた女鹿のようなものである。気が向いた時に帰って、肉をしゃぶられるようなもので、さすがの久美子も第一日で少しうんざりした。

それでも、二日ほどすると、退屈ながらも、この変な世帯に格別な気易さも出た。不破は脱獄者である身の危険を忘れ、朝から出歩くようになった。自然久美子は地下室へ監禁される時間が長くなって、窒息しそうだった。もっとも、不破の荒々しい神経では、久美子のそうした苦痛など感ずるはずはなかった。

「また、出かけるの?」

「うん」

「もうこれで三日間ね……私、陽にもあたらず風にもあたらず、人間のもやしになっちゃうわ……ねえ、私も連れて行ってよ」

「お前、もう飽きたのか……」

「そうじゃないけどさ……明けても暮れてもコンクリートの壁ばかり見てたんじゃ、気が変になるわ。そのへんのところを、あんたが考えてくれたら、なお、一層惚れ直すんだけどさ……」

「ははは……なるほど。じゃ、今夜は一緒に出よう。そして埋合せに、映画でも芝居でも、お前の思うものを見せてやるぜ」

「ほんと、素敵だ……私は、あんたと一緒に歩いているだけでいいの。その他の慾はないわ」

「ふふふ……」

「でもね、この服装じゃちょっと気がひけるわ……こんなに皺になっちゃって」

「じゃ新調してやろう……出来合なら直ぐ間に合うぜ」

「そんなにする事ないわ……アパートへ行けば着換えがあるんだから……それを持って来てくれたら好いんだけど。ちょっと、危いかねえ」

「危い……ははは。俺は危いなんて事を知らない男だぜ。それを持って来りゃいいんだろう」

「そう……今夜私、寄ってみようか知ら」

「そいつはいかん。お前が行ったんじゃ駄目だ、まあ任しておけよ。明日の晩までには間違いなく持って来てやるぜ」

それは妙な不破の強がりでもあったが、また用心のためでもあった。今ここで、久美子を放せば危険がそれだけ早くやってくるからだ。だが、その夜は、時間を見計って、約束通り久美子を連れて外出した。例の如く暗い夜道を、迷路の如く引き廻し、三十分以上もかかって見覚えの地点まで出たのである。久美子は途中、何とかしてその道順を頭に入れようと思ったが駄目だった。その夜の帰りがけこそと、態々足を鈍らせて努力してみたが、それもやはり成功しなかった。その事から推測すると、不破は本能的な用心深さを潜めているとしか見えなかった。

その翌日、まさかと思っていた着替えの入っている、古風なスチールトランクを持ち込んで来たのである。どんな方法でそれを運んで来たか、考えてみれば不思議な事ばかりだった。もとよりそんなものに必要のあるはずはなかったが、久美子は退屈まぎれに蓋を開けてみた。深くて、大型のスチールトランクには、ほんの僅かなものしか入っていなかった。それでもあれこれと引っぱり出してみた。アパートにいた時は、そんな事してもみなかったし、しようとも思わなかったが、この単調な軟禁生活の中では、それも仲々楽しい事だった。取り出すどれ一つにも、自分の生活の苦労が、肌の移り香と一緒に滲んでいて、今更のように懐しかった。その内、底近くになって自分のものでない数点が出た。ワンピースドレスやボレロなど手にとって、久美子は思いがけないものを見たように、暫くそれを茫然と瞶めた。

そこから出た事に、何の不思議もない品だが、それは自殺した妹の形見の品々だったのである。胸がつかえて、目の先が暗くなる思いだった。それをまた元通り納め蓋をした。それからその惰力をかりて、不破の持物に手をつけてみた。床張りの隅に積み上げられたボール箱には、それぞれ柄の違った背広やら合オーバーの類が別々に入っていた。その他手箱のようなものからトランクの類。最後に、それ等のものの奥に突っ込むようにして、茶色の革のボストンが一個あった。口を開けてみると、驚いた事に、ぎっしりと札束が詰っていた。目算でざっと、一万円束？　が、三四十はあった。それを少し掴み出して、ふくらんだ内側のポケットに手を突っ込んでみると、ざらざらとした手触りがあった。引き出してみると、頸飾から指環、宝石などが裸で多分に出た。大した金目のものである。

その品物から想像出来る事は、久美子の考えた以上に不破が恐ろしい男であるという事だけだった。一々覚えてはいないけれど、宝石商を荒した二人組だか三人組だかの強盗が一時跋扈《ばっこ》した事がある。そう思うと、少し手が顫えたが全部出して、床の上に拡げてみた。どれを見ても、その一つ一つが魅惑的な光彩を放っていた。だがその中に、一つだけ見すぼらしい、一見メタルの如きものが交っていた。手にとって見ると銀製で、表面にはかなりな疵が見られた。しかし、唐草模様に何だか見覚えがあった。

それはロケットだったのである。胸をときめかしてその蓋を開けてみると、写真が入っていた。頰を寄せるようにして並んだ男女の写真は、小さくて人相などはっきりしなかった。だが、それが誰れであるかは久美子には直ぐ判った。それを、豆電燈にかざし、なおも暫くもの想う瞳ざしで眺めた。

それから更に、ボストンバッグの札束の下を探ると、揉みくちゃになった小型の写真が出た。それは不破と、外にもう二人写ったもので、背景から察すると南方らしかった。不破の下士官姿に対し、二人は兵のようだったから、兵隊生活中のものに違いなかった。

(五)

不破が戻ったのはかなり夜更けだった。

「お帰りなさい」

久美子は未だ起きていて、明るく迎えた。

「何だ、未だ起きていたのか」

「そうよ」

「ばかに弾んでるみたいじゃないか」

「そうよ、こんな変てこなところへでも、お客さんが来たんですもの……やっぱりあんたは思いやりがあるのね」

「なんだって、お客さん⁈」

「そうなの。あんた知ってるんでしょう」

「誰れだい。それは⁈」

「おや知らなかったの？ でも、不破はいるか……て、こころ安そうに扉を開けて入って来たわ。その態度で私きっとあんたの親しい友達だろうと思ってたわ……兄貴がいなきゃ待たしてくれって云うから、暫く二人で話したの。それで今日はすっかり元気が出たわ」

「この扉を開けて入って来たって……本当か？」

その時その時の感情の波を、喜怒哀楽の表情へむきつけに現すのは不破の特徴だった。その時も少し怕いもので、気色ばんで反問した。

「そうよ。二つほどノックして……だからあんたの友達と思うじゃないの」

不破は暫く久美子の顔を瞶めていたが、やがてそれが崩れていった。

「ふふふ……お前、退屈まぎれに、ろくな事を考えやがらねえ……そんな威しにのるもんか」

「おや、あんた疑ってるのね？」

「ははは……未だあんな事云ってやがら。俺以外の者が、ここへ入れるはずはねえじゃないか……ほれ、鍵は、ちゃんとここにあるんだぜ」

不破は全くの冗談と思ったのか、「こいつめ……」と云って、夜具の中の久美子を、蒲団の上から抑えにかかった。

「待ってよ。それじゃ、話が少し変よ……でもその男が持っていた雑誌を、私、退屈しのぎに貰ったのよ……これよ」

「何だって?!」

久美子が差し出したそれを、不破はひったくるように取り上げた。なるほど、インキの香りも高く、紙も手の切れるほどぴんとしていた。それは慥かに来月号の娯楽雑誌に違いなかった。

「間違いないのか?!」

「さっきから何遍も云ってるじゃないの……何よ、そんな怕い顔して……」

「うむ……その男、名は何と云った？」

「訊ねても云わなかったわ……ただ、不破の兄貴が俺に逢いたがっているようだが……と、独語を云ってたのを聞いたわ」

「俺が逢いたがっているって……年齢恰好は？」

「あんたくらいよ……中肉で、引き締った躰つきだったわ。背たけも、あんたよりちょっと低いくらいだわ。あんた心あたりがないの？」

「どんな服装だった？」

「そうね。格別特徴はなかったわ……裾の短い、バンドの附いた紺羅紗のオーバーを着て、黒い中折を冠っていたわ」

「ふむ……左手の甲に疵がなかったか？」

「どんな疵？　……」

「三日月型になった、三寸ほどもある疵だ」

「そうね、……あれ疵か知ら……本を呉れる時、ちらっと見たような気がするけど……なにぶんこの部屋の明るさじゃねえ……はっきり、そうだと云いきれないわ」

「ふむ……じゃ彼奴だ‼」

「誰れ？」

「それで、いつ来るって云わなかったか？」

「三十分ほどもいたかしら……じゃ、また明日にでも都合がよければ来ると云ったわ……あんた、誰れなのって訊ねたけど……そう云えば不破の兄貴は知ってるって、さっさと出て行ったわ」

　不破栄吉は、椅子に腰を下し、やたらにタバコをふかして考え込んだ。自分の留守に、尋ねて来たとすれば、それは大森和吉より外にないと思った。なるべく目立たないように、こちらからそれとなく探していた相手が、先手を打ってここへ来たとすれば、それは自分の行動を感づいて、図々しくやって来たとしか考えられなかった。（きっと彼奴は、どこかで自分を見張っているに違いない。油断は出来んぞ）と思うのだった。


　まさかと思ったが、じりじりする気持を抑えて、その翌日は終日地下室にいた。久美子にさえ、ろくろく口も利かなかった。時々椅子から立上ると、檻の中の熊みたいに歩いた。

「つまらないのね……たまたま家にいてくれると思ったら、独り考えこんでさ……何をそんなにそわそわしてるのさ……」

「…………」

「ねえ、あんたらしくもない」

　久美子は、椅子へ馬乗りにしている不破に凭れかかった。

「うん……いや、なんでもない……ふふ。お前気になるか。よしよし、いい子だ」

　不破は乱暴に久美子を横抱きにして、狂人のように愛撫した。

　その夜の狂態で、幾分不破は落着きをとり戻したが、昨日一日、不愉快なもので縛りつけられたかと思うと、また新しい憤怒がこみあげてきて、どうにも我慢がならなかった。そうなると、もう前後の見境いがなくなる男だった。火の玉のようになって飛び出した。けれども、その日の警戒の様子で、必ず潮時を見て地下室へは戻って来た。自己保身の本能だけは失っていないらしい。

「今日来たのよ……ほれ、こんな花束を置いて行ったわ……友人の恋人のためにと云って」

久美子はばらとフリージアの束を差し出した。不破の目がぎろっと光った。

「ふざけるなッ」

それをもぎ取り、床に叩きつけて奴鳴った。久美子はその凄まじさに、呆気にとられて茫然とした。

「どうしたの……いきなり怒ったりして……」

「ふふん。お前じゃない。こいつだ」

と、こぼれたばらの花びらへ目をやった。やはり大森は、不破が考えていた通り、この地下室を見張っていたに違いない。腹をたてさせ飛び出させ、その隙を狙ってやって来る。人を、愚弄しようとする作戦に違いない——彼奴のやりそうな事だと考えた。一緒に仕事をしている時は重宝な男だったが、敵に廻してみると、おつな事をやる——だが、そんな手緩い事に驚いて堪るものか、きっと胸板に蜂の巣を拵えてやるぞと、不破は独りで敵愾心《てきがいしん》を燃え上らせて、床張りの縁の下からペンチやねじ廻しを取り出し、猪の如く鼻翼をふくらませて扉の鍵を廻した。

その見幕に、久美子はなかば怖れ、かつ、何をするのかと目を瞠った。不破は、どこかで買入れてきたのだろう、新しい錠金具をオーバーのポケットから取り出して、それを付け換えにかかった。

し終って、ふと、それを凝視している久美子の顔を見ると、ちょっと面映ゆ気に歪んだ笑顔を見せた。そして、てれ隠しのように、

「ふん……仲々良い匂いじゃないか」

と、さっき叩きつけた花束を拾って嗅いでみた。

「せっかくだ、貰っておいてやろうか……だが、お礼はしなきゃなるまい。ふふん」

と、臭嘲笑的に笑い、それを卓上の花瓶に挿した。

「久美子‼　お前、なぜその男が出て行く時に、一緒に蹤いて行かなかったのだ」

声は穏だったが、顔色は怕かった。

「あんた……私がそんな女だと思う。疑ってるのね」

「だってお前、こんな生活に飽き飽きしているんじゃないのか？」

「今更、あんたと別れようとは思わないの……二度とそんな事訊かないで……本気でそんな事云うんだったら……私、悲しくなって本当に逃げるかも知れないわよ」

悲し気に久美子の円らな瞳がまたたいた。

「……」

不破は、苦いものを嚙み殺して、黙ってその瞳を見返した。

（六）

夜の明けきらない内に、地下室のある建物を出て、不破は適当な場所に身を隠した。昼間でもその附近は余り人通りのないところだった。戦災前でも場所柄、大きな金庫が立ち並んでいたところで、都心に近いところでありながら、置き忘れられたように閑静な地帯だった。都会には、よくそんなところがあるもんだ。それが戦災後は、それに輪をかけたように淋しい一劃だった。

昼近くまで辛棒強く待ったが、大森の姿は見られなかった。先方だって、恐らく自分と同じように、見張っているかも知れないし、あるいはこの一劃のどこかで、既に自分の行動を感づいて、同じような恰好で手頃な場所に潜伏しているかも知れないと考えた。そう思うと、持前の強引性が頭を擡げて、もうそこにじっとしていられなかった。崩れかかった防空壕を一気に飛び出した。

さて、そうはしてみたものの、別にそれは自信のある行動ではなかった。だが、こうしてぶらぶらしていれば、どこかでそれを看視しているかも知れないと、現に居なくとも、どこかで自分を発見して尾行するかも知れない。そうなれば、その油断を見すまして反撃する機会がないでもないと、妙に廻りくどい、彼なりの推測をきかせてそのままそこを離れた。

以前、あけみが居たアパートの近くへ、その日も自然に足が向いた。当然そこにはいないとは考えられるが、消息ぐらいは聞かれるかも知れない。もっともそれは、その日に限った事ではなかった。もう五六回もその附近には足を運んでいる。だが、目指すその近くには、都合の悪いことに部長派出所があってどうもそれが気になって思い切った行動もとれなかったのである。不破ほどの、神を怖れぬ悪人でも、どうもそれだけは目を瞑って、強引に目的を果す気には、なれなかったとみえる。

行き交う人の顔がはっきり見えなかった。会社の退け時で、背を丸めたオーバー姿の人が、空っ風の中を急がし気に通る。行き違った人の中に、ふと大森らしい人影を認めて、不破は足をとめた。後ろ恰好が慥かにそれだった。不破は踵を返して追った。オーバーの釦《ボタン》を外し、上着のポケットに突っ込んだ右手は拳銃を握り締めていた。

「おいッ」

右手を伸ばしてその人の肩に手をかけ、手荒く引き戻した。ぐっと、不破は足の爪先に力を入れて踏ん張った。だが、振り返った顔は吃驚《びっくり》したように目を見張ってはいたが別人だった。

「人違いか……」

切迫した不破の動作と声音に、そこのバスの停留所に行列を作っていた人が一斉に振り返った。だが不破は「失礼」とも云わずに少し狼狽して引き返した。が、直ぐ、誰れかが駆けて来るらしい気配を感じた。同じ方向へ向う足音は幾つもあったが、その足音は慥かに違った響をもっていた。振り返りもしないで不破はそれをカンで察し、これは危いと思った。人影を避けて小さいビルの角を曲った。果して、

「もしもし」

と声をかけられた。どんな要件を持った男か、直ぐ不破には判った。とぼけて歩調も緩めなかった。たったったっと、後ろの足音は駈けてさえ来た。

「待って下さい」と云いざま、顔を覗き込もうとした。不破がはたと足をとめると、その男は不意を喰って前へ二三歩たたらを踏んだようだった。が、ぱっと立直ると、

「不破栄吉だな‼」

と、鋭く立ちはだかった。

「違うよ」

穏かに答えて、その脇をすり抜けるとぱっと走った。たった一呼吸の早業だった。

「逃げると撃つぞ‼」

その男はどこまでも喰い下った。しかし距離は開いていった。これまでと思ったのか、その男は空に向けて威嚇発砲を試みた。それと一緒に、前を走る人影の腰のあたりからも、パッ――と闇夜に、バラ色の炎が散った。二発の銃声が轟然と鳴って、道行く人を驚かせたのである。

脱獄囚、不破栄吉現る――の情報はH署に急報された。非常線手配は近接する署から署へと瞬く間に張りめぐらされた。

不破はその動きを、犇々《ひしひし》と身に感じた。しかしそんな時麻胡々々していれば益々身動きがとれなくなる事をよく知っていた。やっと強引にその網を潜り得た安心はあ

ったが、その不覚には無性に腹が立った。理由もなく目茶苦茶に腹がたったのである。汗に湿った肌着を気にしながら地下室へ戻った。

「今日、あの男がまた来たわよ。私、もう気味が悪いの」

少し久美子は蒼ざめていたようである。

「なにッ‼　ここへ入って来たのか⁈」

「そうよ。ドアーを、すうッと開けて、ものも云わずに入って来たの。そして、不破の兄貴、今日はドアーの錠前を取り替えてるなと云って……」

「何だって、莫迦々々しい‼　……何故そんな事させるんだ‼　莫迦莫迦ッ」

狂暴に喚いて、久美子の頬を続けざまに三ツ四ツ撲りつけた。

「なに乱暴するのよッ……じゃどうすりゃいいのッ」

久美子は頬を抑えて泣き顔だった。

「殺《ば》らすんだ‼　殺すんだッ」

「だって、女の私にそんな事、出来っこないじゃないの……獲物もなしでさ」

「よしッ。待ってろ‼」

不破は今日の余憤から未だ脱しきれないかのように、荒々しく部屋を出ていった。だが、二十分もすると、案外けろりとして戻って来た。

「さあ、これをやる。コルトだ。女には手頃のやつだ」

と、小型拳銃を卓の上に置いた。どこかの、隠し場所から持ち出して来たものだろう。

「今度来たら、こいつを打っ放すんだ。どうだ、出来るか」

「そりゃあんたの命令だもの、やれと云えばやるわ。どうして使うの」

「こうして安全装置を外す。それから肘を腰へ締めつけて、落着いて引き金を引くんだ。それ……」

と、本当に一発射ってみせた。狙った床の上のガラスコップが砕け散った。

「判ったかい」

「判ったわ。ちょっと借してよ」

「判りゃそれで好いんだ。明日の朝出かける時渡すぜ。もしもあの男が入って来たら、充分油断を見すまして、ものも云わずに射つんだ。腹を狙ってな……それが一番手っ取り早くていい。命中したら、二発三発と弾丸のあるだけ射ちこむんだぜ。始めの一発は大切だから落着いてな……それを外すと手許へ付け入られる恐れがあるからな。今日は、あの男何と云ったい」

「別に、用事らしい用はなかったようよ。今日も、花束と、このケーキの箱詰を置いていったわ。気が利いてると云うか……小莫迦にしたような男ね」

「ふん。手土産御持参か……笑わせやがら。だが、こうも鮮かに裏をかくとは頼母しい相手だ。面白いや……彼奴も相当な貫禄を見せやがるな」

不破は椅子にふんぞり返って、不味そうにタバコを喫った。

「でも大丈夫……ここを誰れかに告げないか知ら?」

「そんな心配は無用だ。ここをあばきゃ彼奴だってただでは済まされんからな。そんな血の巡りの悪い奴じゃない」

（七）

国警本部ではその夜深更にもかかわらず、不破栄吉の捜査方針が色々検討された。早速の非常手配にもかかわらず犯人は逃走したらしいとの推定が付いた後の事である。捜査課の主任を始め、H署E署の腕利きが集っていた。

「その後の早川巡査の経過はどうだね」

威嚇発砲をした私服巡査が、振り向ざまに射った不破の弾丸で怪我をしている。

「たいした事はないようです。右足関接部をかすった程度ですから……しかし、骨を少しやられているので全治までに二週間は要するだろうとの事ですよ」

「そりゃよかった。ところで、その時の犯人の弾丸だがね、届けてもらったのを鑑定させてみると、慥かに不破の兇行と思われる例の被害者、清川正己の屍体から出た弾丸と螺旋《らせん》の疵が一分一厘違わないんだよ」

「ほう、それは素晴らしいですなあ……これであの事件は不破栄吉が犯人だと断定出来ますね」

E署は、不破をその犯人と睨んで随分努力したが、証拠不充分で不起訴になった苦い経験がある。

「そうだよ、まずそう思って間違いなかろう。そればかりじゃない、Nの宝石商荒し、Sの倉庫破り及び倉庫番射殺犯人、これ等の事件で発見された弾丸は皆同じブローニングから発射されたものだよ」

「なるほど。第一回の検挙の時、あの男が持っていたのはモーゼルで、全然違ってたので、とうとう起訴にならなかったのですがね」

「そうだよ。だから今度は、どうあっても捕えなくちゃならない。しかも脱獄という条件が重なっている。高飛びするためにまたぞろ兇悪犯罪をやる危険があり、そうでなくても自暴自棄の悪質犯罪をしでかす怖れがあるので、どうあっても一挙に、速に逮捕する必要があるんだよ。この一挙に逮捕するという事はだね、じりじりやったんでは、相手は何分絶えず飛道具を持っていると推定されるし、またそれが得意の獲物でもあるらしい。だから、徒《いたずら》に犠牲を多く出す怖れがあるんだ。そこで、まず犯人の根拠を突き止める事が必要だと思うんだよ。だから、今後は絶対にこちらが優勢でない限り躍りかからない事、出来れば最後は居所を突き止めて一気に包囲逮捕する方針で進みたいと思うよ。それで、今までの情報を基礎に、犯人の潜伏していると思われる地域を検討して、その方面へ捜査網を集注したいと思うんだがね」

「そりゃ、好い方針だと思います。今夜のような失敗を繰り返さないためにも……それに、花束を買い歩いたり、食糧品を買い歩く様子があるようですから、必ず犯人は一定の居所を持ってると推定出来ます」

「そうですよ。それと、O町の水明荘アパートに居る、不破の情婦ですね……高杉久美子と云いますが、これが×日の夜、勤めている金星ダンスホールを出てから全然姿を見せません。アパートへ帰った形跡もないんです。ところが、行方不明になってから五日目の昼間に、アパートへ荷物を取りに来ているんです。大型の黒塗りスチールトランクを持ち出しているんです。小運送屋を二人連れてやって来た男が、管理人の話によると、どうも不破としか思われないんです。それで、その小運送屋を洗ってみると判ったんですが、それを省線のK駅へ出している。どこか、列車輸送でもしたのかと思って、荷物係を調べたんですが、その形跡が無い。何分品物が目につき易いんで、念のため、他の駅も洗ってみましたが無駄だったんです。なおも調査してみるとK駅の待合室から、人力車でどこかへ運んでいる。その車夫を探したが、これは無駄だったんです。しかし、その後になって、それはT川の回漕店へ運んだらしいという聞き込みがあったんですが……これは、ちょっと信用は出来ません」

「なるほど。すると、それは足取りを胡麻化すための欺瞞行動だね」

「そうなんですよ。だから結局持込先は市内との推定が付きますし、情婦の高杉久美子が行動を共にしている事に間違いありません」

「うむ……何れもその推定は成り立つね。そこで、犯人が脱獄以来、度々姿を見せている地点だが……それを線で結ぶと、意識的だか無意識的だか判らないが、そんなに出鱈目なものじゃない。だから、その線から、せいぜい一時間位のところに居所を持っているという事になる」

「なるほど、なるほど。すると、どういう事になるかな。アパート、旅館のようなところは、大体洗ってはあるが……まさか、そういった衆目につき易い場所を撰ぶはずはないと思うが……同居、間借りなどなればある程度の期間潜伏する事は出来るんだが……」

「それより、まず、その地域だね。第一候補地帯を割り出して、そこを徹底的に捜査する」

「じゃ、その条件としての、交通関係はどうかね」

「バス、電車、省線などの便利なところ……」

居合せた数名の係官は、そこで地図を按じて、あれこれと物色した。

「ちょっと待てよ……君は先刻T川と云ったね?」

捜査主任は、ふとそれに思い当って、何か仄めくものを感じた。

「T川の沿岸はどうだね……川の東からでも西からでも、乗物の便利は割合いに好い。ところによっては徒歩の不便はあるが……それと、も一つ重大な事がある。食糧を時々仕入れて行く形跡のある事は、こりゃ考えなくちゃならんね」

「そうですね。住宅地域だったら、危険を犯してそんな事をする心要はないですね。手近なところで調うはずですからね」

「よし。T川の、この附近を徹底的に洗ってみよう」

（八）

翌朝、久美子が目を醒すと、不破は椅子に寄っていた。地下室は夜も昼もなく暗いが、腕時計を見ると、もう九時頃だった。実を云えば、不破は昨夜寝ていなかったのだ。顔色を見ても、憔悴の跡がはっきり見える。

「おい。俺は今から出るぜ」

「大丈夫なの……少し疲れがみえるわ、今日は居たらどう？ ……それに、どうして近頃毎日出るの。私、あんたを頼りに生きているのよ。間違いでもあったら困るわ」

「この上、どういう間違いがあるかてんだ。俺の云う通りにしてりゃ好いんだ」

明かに不気嫌な色を現して立上ると、スチールトランクの蓋をはね、中のものを乱暴に取り出した。不破は手傷を受けた猛獣も同然だった。動物的な本能に頼れる内はよかったが、一旦それがぐらつくと、猟師を狙う手負いの虎と違わない。

「どうしたの？　トランクなんか空にして」

久美子は、ある予感に愕然として、これはいけないと思った。

「お前がここへ入るんだ。あの扉を自由に出入りする男の腕試しだ」

大森和吉は、確かに、合鍵や特殊な鍵を使って、錠前を破る事に妙を得ている事を、不破はよく知っていた。

「こんなとこへ、私が入るの？」

「そうだ。そんなに不自由じゃあるまい」

「それで……蓋をするの？」

「そうだ。錠も卸す」

「息が詰って……死んじゃうわ」

「息抜きは拵えてやる」

不破は、スチールトランクの横隅へ、轟然とピストルを二発射ち込んで、二個の貫通孔を拵えた。

「こんなら大丈夫だろう。入るんだ」

その凄じさには、目を瞑って従うより他はなかった。

久美子は云われた通りそこへ入った。

「もし、あの男が部屋へ入って来たら、お前は大声をあげろ。そしたら、きっと彼奴はこのトランクの蓋を開けるに違いない。錠前など外すか、捻切るのは訳のない事だ。そこでお前は不意をついて、ピストルを打ち放せ。それが一番確実で、お前自身も安全だ」

そう云って、コルトを久美子の手に渡すと蓋を閉め、金具に南京錠を卸した。そして、椅子に腰を下し、暫く考え事をしているようだった。恰度、久美子の顔近くに小さい鋲孔があって、その様子が見られた。が、間もなく不破は出て行った。

当局は既定の方針に基いて、特にT川の沿線に警戒網を厳重に張った。ここと思う場所には私服が出動して、内偵を進めた。その日は小雨模様の日だったが、日が暮れて間もなく、重大な情報がE署へ報告された。日没と共に増員された武装警官の伏警線に、不破栄吉がひっ懸ったとの事だった。不審訊問の目的で誰何《すいか》すると、いきなり逃走を企てたので追った。四回威嚇発砲をして、遂に闇にまぎれて逃げてしまったというのである。

それに依って、大体不破の潜伏している地域が推定出来た。

「ふーむ。すると、警戒対象区域の盲点に今までうまく隠れていた訳だ」

T川、K附近は東西両岸に厳重な警戒線が実施せられ、海上保安庁は警備艇を出動して、川筋の航行船舶を徹底的に臨検した。夜が明ければ、その憧網を絞って行く作戦がとられたのである。


久美子はそろそろ手足の関節が痛み出してきた。豆電球も電池がつきて、ともに消えていた。二重の暗黒に閉じこめられて、時間さえも判らなかった。間もなく、扉の開く気配を感じて、

「誰れ?! ……戻ったの……」

「俺れだよ」

そう答えて、ライターをともしたのは、不破だった。

久美子はそれを鋲孔から見てほっとした。不破もその時、トランクに近づき、南京錠に異状のないことを認めて、ほっとした。

明りを蠟燭につけ替えると、黙って錠を外して蓋を開いた。久美子は上半身を起して、両の腕を交互に擦った。

「軀が痛くなったわ」

「どうだ。あの男? ……」

「どうもこうもないわ。あの男……まるで幽霊みたいな男よ。私、もう気味が悪いのを通り越してしまった」

「来たのか?!」

久美子は脅えたように、弱々しくいった。

不破の瞳に狼狽の色が鮮かだった。

「来たわ。未だ、豆電燈が弱々しくついていたけれど……その薄明りの中へ影のように入って来て……着ているものが濡れて、本当に幽霊そっくりだったわ。それが……すっと、トランクの傍へやって来て『おや、今日はトランクのベッドですか』って……黙っていたら、『返事がなくても、臭いがしますよ』だってさ。私、鋲孔から覗いていて、すっかり顫え上ったのよ……そして、『ピストルなんか持って、僕を射ち殺すつもりですか? ……もし、本気だったらおやめなさい。その前にこちらのピストルがトランクに蜂の巣を作りますよ。これは奇術じゃないから、あんたにも同じ模様が出来ます』と云うの。それで私、一ぺんに軀から力が抜けてしまった

の」

「…………」

不破の形相は、蠟燭の灯影に恐ろしい蔭を刻んでいた。

「そして、トランクの蓋を開け、私の手から訳なくピストルを取り上げてしまったわ。それを帰りがけに『俺が来た証拠に、このピストルの弾丸を抜いときますよ……そして、ピストルは、地下室階段の、上から二段目の右隅に置いときますから、不破の兄貴が帰ったら、そう伝えて下さい』って……それから、あすは、どうでも話をつけたいからやって来るといったの……」

「…………」

「あんた……何をぼんやりしてるの」

久美子は、トランクの中に上半身を入れたままで、力なく訊ねた。

「畜生奴」

不破は、憤然と立ち上って、部屋を出て行ったが、間もなく戻って来た。手にはコルトを持っていた。弾倉を開くと、空のケースだけが出た。

「本当だったのね……何て、気味の悪い男なんでしょう」

（九）

不破は明かに困乱していた。ウイスキーの角瓶を取り出して、先刻からそれを口飲みしていた。脱ぎ捨てられたオーバーは雨に濡れ、夥しいはねが、背のあたりまで飛白《かすり》模様を作っていた。靴もひどく泥に汚れていたし、何かあったのだろうと、久美子は察した。

「あんた、自棄酒ね」

「喧しい……こんなみじめな敗北があるか」

その声は今までに聞いた事のない弱々しいものだった。

「久美子‼　もう、逃げるより他はない。今夜の内にここを出よう。お前は、俺と一緒に逃げるんだぞ」

「ええ……いいわ。あんたとなら、地獄に堕ちたっていいのよ」

「よしよし……よく云った」

「よく云ったなんて……あんた、急に気が弱くなったのね。どうせ地獄に墜ちる気なら、もう一度あの男に打つかってみたらどう。明日はきっと来ると思うから、その裏をかくのよ。このままじゃ、私だってあんたの名誉のために癪に障るわ」

「どうするんだ?」

酔と、睡眠不足に充血した赤い瞳が濁っていた。

「あんたが、あのトランクに入ってさ、私がこの部屋で待つの……そしたら、まさかあの男だって気が付かないでしょ。折を見てあんたが飛び出す……私がピストルを射つ……一か八かの勝負よ。二人がかりだったら勝てるわ、きっと」

「なるほど……お前も仲々度胸の良い事を考えるな……だが、お前がトランクの中にいてさえ、カンでそれを悟る男だ、直ぐ知れるだろう」

「そりゃ、私は女だから、白粉の臭いだってするわ……あんなの、あてずっぽで云ったと思うわ。いくらなんでも、このトランクの中まで見通すはずはないじゃないの……それに、いつもこの部屋に居る私がいなかったんだから、そんなやまこを張ったんだと思うわ」

「そりゃ、そうだな。なるほど、お前の云う通りだ」

「あんた、やってみる勇気がある? ……あんたときたら、用心深いんで却って失敗するのよ」

「ふん……そんな事に、勇気も糞もいるもんか。脱獄囚のお尋ね者だ。お前がその気ならやってみようじゃないか」

「でもあんたは、軀が大きいからうまく入れないんじゃないか知ら……もっと、他に隠れるところないかね」

「なあに、あのトランクなら大丈夫だろう」

「ちょっと、入ってごらんよ」

「よし」

不破は、ふらつく足許を踏みしめてトランクを跨いだ。

久美子はそれに手を借して、

「どんな、恰好がいいかね。さあといった時蓋をはねて跳び出せる恰好じゃないといけないわ」

「じゃ、仰向けが好いだろう」

不破はその通りに入った。

「足を、曲げてね……大丈夫」

「大丈夫だ。そんなに窮屈じゃねえや」

「蓋が閉まるかしら……」

「閉めてみろよ」

久美子は用心深く蓋をした。

「大丈夫ね、あんた……」

「うん」

中から、はっきり返事がした。久美子は金具をかけ、手早く卓上の南京錠を取ってそれを嵌めた。

「おい、大丈夫だ。もう好いから開けろよ」

不破の声が、土の中で鳴く蛙の鳴声のようだった。

「ほほほ……駄目々々。あんたに少し話があるの」

「ば、ばか云うな。話なら出て聞こうじゃないか」

「それが駄目なのよ。私の話が終るまで出されないのよ。ほほほ……ほほほ」

久美子は笑いころげるばかりに笑った。

「開けないと射つぞ」

「射ってごらんよ、あんたの腕試ししよ」

「冗談云うな!! 早く開けろ!!」

「ほほほ……あんたも案外間抜けね」

疳高い久美子の声は、トランクをとおすのに充分だった。

「莫迦!! 怒るぞ!!」

「莫迦はあんたよ」

「なにッ!!」

不破は声のした方向を頼りに、本当に一発打っ放した。が、久美子は裏側へ廻っていた。

「もっと、射ってごらんよ」

「うぬッ!!」

不破は兇暴性を発揮して、続けて射った。狭いトランクの中では、その度に発射ガスが飛び散って火傷を拵えるほどだったので、もとより思う方向へは射てなかった。弾丸は数発出ると終りだ。警戒線にひっかかった時使っていたので、不破の予算が狂った。最後に三発ほどは残して、金具を射ち毀して出るつもりだったのだからひどく狼狽した。

「ほほほ……もう弾丸がなくなったのね。引き金の音ばかりしてるじゃないの。ほほほ」

「開けないと、トランクを破って出るぞッ」

「出来たらやってごらんよ。今バンドを掛けてあげるからね」

久美子は二条のバンドを蓋に掛け、クリップの金具を締めた。中では、本当にその気なのか、不破が手足を突っ張っているようだったが、無論狭苦しくて力など出そうなはずがなかった。

「静かにおしよッ。けだもの。でないと射つよ」

久美子は眉を逆立てて、怒り声をあげた。

「何云ってやがるんだ。弾丸の無いピストルで射てるかってんだ。そんな事を見逃す俺じゃねえや」

「へん。お気の毒さま。何でもあんたはやって見せなきゃ信用しないのね」

久美子はツーピースの内懐に手を差し入れて、ハンカチ包を取り出すと、その中からコルトの実包を五つ出しそれを装塡した。そして怕々《こわごわ》ながらも、それを壁に向け目を瞑って引き金を引いた。轟然と発射音が反響する。

「畜生ッ。貴様大森とグルになってやがったな……俺の考えた通りだッ」

「へん。今頃気がついたの、お気の毒さま。だけどね、大森さんて男は、ここへは一度も来た事がないのさ。お前さんが私に騙されて、勝手に想像した幻だったのさ」

「じゃ、花束を持ち込んだり、ピストルを外へ持ち出したのは誰れがやったんだ?」

「ほほほ……それが不思議なのね。そりゃ、そうだねえ。出来るはずのない事をやったんで、さすがのあんたもつい騙されたわけね。これから、じゃその話をゆっくり話してあげるからよくお聞きよ」

久美子は、椅子をトランクの近くへ持ち出すと、それに腰を下し、暫く感慨をこめて空間を瞶めた。静かな焰をあげて燃える蠟燭が時々蠟涙を流す。

(十)

「私はね、淫売婦のような女さ……いや、淫売婦だよ。だけど、悪人じゃない……それをはっきり知っておいてよ」

久美子は激しいものの言い方でそう切り出した。が後は静かな、透き通る声で続けた。

「だから、お前さんに軀は売ったが、魂までは売らなかったのさ……まずそれを断っておいて、話の本筋を簡単に話すよ。私には一人の妹があった……妹もダンサーをしていたが、生命の限り惚れていた男があって、結婚したのさ。ところが家庭をもってみると、甘い夢ばかり喰っては生きて行けなかったんだよ。それがために、一旦やめたダンサーにまたなろうとした。今まで通り気持さえしっかりしていりゃ別にどうという事はないんだけど、それをいつまでも続けていりゃ仲々浮かび上れないし、それじゃ、他人が、いつまでたってもまともな女に見てくれない。私がその好い見本なんだからね。堅気でない女の生活なんて、私独りで沢山だよ。だから、あんたの情婦になったのさ……それであんたからしっかり貢いでもらったお蔭でどうやら妹にそれをさせないで済ます事が出来たのさ。だけど、考えてみりゃ妹の旦那だった男も気の弱い男だったのさ。利口な人だったがこの頃の世間じゃ好い勤め口もなかったし、それに前々から職業は持っていたが、どうもそれが余り良い筋のものじゃなかったらしい……けれども私の云う事をよく聞いてくれて真面目になろうと努力はしていたようだったのさ。だから私は一生懸命で二人の生活の支えになっていたんだよ。その男は、お前さんだってよく知っている男さ。名前を云おうか……清川正己さどうだね、覚えがあるでしょう。お前は裏切り者だと云ってあの男を殺した。南方ではお前さんの部下だった男だよ。しかも、それをお前さんは強盗の仕業と見せかけるために持物を全部取り上げたのね……まあ、それはあの男の自業自得で仕方がないとしても、その後がいけなかったのさ。妹はあの男に生命をかけていたのさ……私のようなあばずれだった方がよかったかも知れないが、妹は後追い自殺を遂げたのさ。それからお前さんは間もなく他の事で挙げられた。でも清川殺しは証拠不充分で起訴にならなかったのね。私だって、まさかあんたが殺したとは思っていなかったが、保釈で出て私のところへ来ている内に、不用意に洩らした一言で、その犯人がお前さんである事を私は感付いたのさ……その事はもう、お前さん忘れたと思うが。それから私はお前さんが急に憎くなってしまったのさ。結局妹を殺したのはお前さんなんだからね。それ以来あんたを地獄に叩き落してやろうと思ったのさ。でも、二度目の検挙で喰い込んでしまった。その時清川殺しがはっきりすりゃ私の気持は納ったと思うが、やっぱり証拠が出なかった。その内にお前さんは脱走した。その新聞を見て、私は自惚じゃないが、きっと一度はお前さんが尋て来るだろうと思ったのさ。何とかして清川殺しの証拠を握ろうと、私はお前さんに差し入れや面会で見せかけの恩を売っておいたからね。誰れがあんたみたいな悪党に未練なんか残すものか……あんただって、他の二三人の情婦からあいそづかしをされた事は身に泌みて知っているはずだね。自惚れちゃいけないよ。あんたが一番惚れ抜いたあけみだって、大森と姿を隠したじゃないか。それをしつこく脱獄までして追っかけていたんでしょ。

案の定私のところへやって来た。そしてこの地下室の生活が始まった。死んだ気になって私は我慢してきたんだよ今日まで……そして、目的の清川殺しの証拠を握ったのさ。お前さんのボストンバッグの中にロケットが一個ある。あの中には妹と清川の写真が入っているんだよ。あれは対で拵え、二人が一つずつ別け合って持っていたものさ。妹とは……そんな事にまで小供じみた事をして……欣んでいた……そんな女だったのねえ。

だから、あれは清川が、メタル代りに持っていたものさ。妹のは現に私が持っている。妹のいじらしい夢を抱いてさ……そればかりじゃない、お前さんはこの地下室を足溜りにして、随分悪どい事をやってるのね。まあ、それはどうだって好いけどさ……私は、それでお前さんに何とか復讐してやりたいと考えたのさ。警察へ密告したって好い、何とかしてここを逃げ出そうと思ったが、お前さんは仲々油断のない男だった。だけど、私はその内に面白い事を発見したのさ。それで思いついたのが大森の事さ。それを利用してまずお前さんを驚かせ、散々苦しめてやる……事だったんだよ。最初に雑誌を買って来、花束を買って来て、徐々にお前さんに大森が来た事を本当のように思わせた。

じゃ、どうしてこの地下室を出たと思うだろうね。ふふ……そんな事はわけなく出来たのさ。この地下室の扉はね、蝶番の折れ目が中に出ているんだよ。そりゃ、地下室なんて内側から開ける事なんてないからね。私はここにあったペンチで、その蝶番の芯棒にねじ込んである下側の飾り螺子《ねじ》を抜きとって、芯棒を上の方へ抜き出す事が出来たのさ。こうすりゃ扉は訳なく外れるよ。どうだね……これで自由に出入りが出来るでしょ。用事が済めばまた元通り中から細工をすれば、錠など卸してあったって、無くたって同じ事さ。それをお前さんは本気になって、錠金具まで取替えたんだね……とてもおかしかったよ。それでお前さんがすっかり影の人物に取り憑かれている事を知ったのさ。

それから、今度はトランクさ。あの時には私もちょっと驚いたんさ。この中へ入れられたんじゃ身動きも出来ないもんねえ……だけど、このトランクは私の持物だったんでねえ……その構造は私が一番よく知っていたんだよ。お前さんがごてごてしている隙に私はペンチを持ち込んで入ったのさ。このスチールトランクの鋲金具は螺子止めになっているんだよ。中側からナットとか言うのね、六角のあれで締めつけてあるのさ。だから、それをペンチでねじ廻して、螺子の切った棒を外へ押し出せば金具はトランクから外れるのさ。蓋は何なく開くし、それでピストルの弾丸を抜いてから、地下室の階段へ置いといたのさ。そうしておいてまたトランクに入り、螺子は豆電燈に使っている細い銅線を先へ巻き付けておいてさ、三本のその先をそれぞれの孔に差し、中から引っ張って元通り締めつけておいたのさ。どう……鮮かなもんでしょ。お前さん、私の真似をしてそれをやろうとしたって指の皮は剝けてもそれは出来ないよ。固く締めてあるんだからね。例え取ってみたところが、バンドが締め付けてあるから無駄な事だよ。ほほほ……」

　久美子は語り終って、十日余りの緊張から開放された軽々しさを覚えたのである。

「気の毒だが、お前さんのような悪党の棲む娑婆はこの世の中に無いのよ。あんたの代りに私が自首してあげるからね……それで文句はないでしょ。何とかお言いよ」

「……」

「まさか寝てしまったんじゃあるまいねえ」

「寝るもんか……ちゃんと聞いていらあ」

　案外落着き払った返事がした。

「どう居心地は?」

「とても好いなあ……」

「負け惜しみなのそれ。ふふ」

「負け惜しみなもんか。お前の話を聞き終ったら……何だか一ぺんにすっとしたぜ。軀が軽くなって、目先がぱっと明るくなったような感じだ。悪酔いで反吐を吐いたあとのような好い心持だ」

「それ、本当なの?」

「俺あ……あのままだったら、どんなみじめな態で捕ったかも知れない。どうせ、けだもののように暴れたんだろうなあ……」

「……」

「気分が清々した……」

「今更、そんな殊勝らしい事云ったって遅いわよ……」

「何が遅いもんか、恰度好いくらいなもんだ。早く警察から迎えに来るように云ってくれ。扉の鍵を落すぞ」

　不破は弾痕で破れた孔から、小型のドアーの鍵を落した。

「あんた……やっぱり生れながらの悪人じゃなかったのねえ……でも……」

　久美子は泪ぐんで、後の言葉を飲みこんだ。尽きかけた卓上の蠟燭がぱっと燃え上って、芯糸が流れた蠟の中へ横倒しになると、焰は青白く細くなった、地下室が闇

に溶けこもうとした時、

「何だ、お前泣き顔してるじゃないか。この孔からよく見えるぞ。お前、俺をここから出そうなどと考えたら大間違いだぞ。もう……お前にも用はねえ。出てゆくんだ……」

「……」

「さっさと出て行くんだ……淫売婦奴。はっはっはっ……」

久美子は静かに扉を開け、暗い地下室の階段を辿った。

（これでいいんだ）と、考えながら、行くて小雨の中に、厳重な非情線があるとも知らずに。

義手の指紋

一　二人の傷病者

大石良忍は、川守茂と肩を並べて、白衣の裾から白い脛を一本出し、もう一本の義足の側は握り太の桜のステッキで支え、ひょっこりひょっこりと、鳥が歩く恰好で足を運んだ。辿る細道の花壇には、枯葉が到るところに汚れた色を見せてはいたが、ここかしこに水仙のひとむらが鮮な黄色を見せてすくすくと伸びていた。右手の山腹にはみかん畑が続き、濃い緑がきらきらと朝の陽に光っていた。前に見下す海も深い藍色をたたえてちりめん皺の小波がきれいだ。水平線近くには三つの島が、どこが境目にあたるのか浮かべたように美しい。見なれた景色ながら焦点の定まらぬ眸をまぶし気にそれへ向けて、二人は白塗りのベンチに腰をかけた。

「川守、貴様何度同じ事を云わせるのだ。俺は貴様が落着くところへ落着かねば、ここを出るわけにはゆかん」

大石は未だとれぬ兵隊口調で強引にいつもの調子で、川守に喰い下った。戻るべき家庭が有るのかないのか、ついぞ打ち割って家族の話さえした事のない川守である。この男はもしや天涯孤独の男ではないか知らとも考えた。それなればまた何とか他に考えようもあると思うのだが、とにかくその肝腎な事になると、どういうものかただ暗い顔をして頑《かたくな》に口を噤んでしまうのだった。

しかし、今はその必要もない。何故なれば、昨日、絶対人に見せなかった川守の手箱を窃に掻き廻して、彼の戸籍抄本を見たからだ。それに依って判った事は、川守が天涯孤独の人間でなく、京都に羽仁嘉善という立派な叔父があり、川守はその同一戸籍内にある事を知ったからだ。また、そればかりでなく、そこには、羽仁艶子とサインのある美しい若い女の写真まであったではないか。その女が川守とどんな関係にある女かは判らないが、それほどはっきりした、戻るべき家庭がありながらどうしてこの病院から出ようとはしないのか。そればかりではない、ただの一度だって面会人の来た事はなし、葉書一本どこからも来はしない。恐らくそれは、六十幾人いる患者の中で川守一人だけだろう。それから推察すると、何か深い事情があるには違いないと思うのだが、それを、偸み見たがどうだ――と突込む事は気がひけて出来兼ねたのだった。

「貴様、またはじめたな……」

川守は薄笑いを泛べていた。だが、別に迷惑そうな顔色ではなかった。

「そうよ、貴様が承知するまではな……」

「……」

「吾々傷夷《しょうい》軍人に対する政府の方針も決った。僅な涙金ではこの上暢気な治療など続けられない。大半の者は家庭へ戻る決心をしたようだし、既に一部の者は帰りつつある。しかし、中には不具を引っ下げて家庭へ帰り兼ねる悲惨者もいる。留守を守る家族が喰うや喰わずの生活をしている所へ、ただ、喰い潰すより外に能のない不具が帰れば、その運命の落着く先が目に見えるからだろう。だから、一部には街頭に出て国民の同情に訴え、寄附金を募り、それで病院生活……つまり籠城を続けようという組もある。この方の言い分は吾々に罪はない。騙されて戦争に狩り立てられたのは誰れでも一緒だ、その中で死にもせず、不具になった者は一番みじめだから同情に訴える価値はある。乞食でも何でもないじゃないかというにあるが、今時そんな独り呑みこみの理窟は通らない。そりゃ、その気持は判るが、現在の国民は他人の事など考える余裕を持たぬ者ばかりだ。まして、戦争中は軍閥の威光で、靖国神社の鳥居を潜らない生神様にもたとえられた白衣の勇士だった。だから、反動的にもそうした方法は永続きしない。本気にそれをやるなれば、もっと大きな組織の力が必要だろう。でもそれだって成功はむつかしい事なんだぜ。話によると、貴様もその組の一人だというじゃないか……貴様、それを本気に考えているのか……」

「うん。場合によっちゃそうしようと思う」

「それはまずい考えだ……よし、それなれば俺の所へ来い。これでも俺は坊主だ。山寺だが俺には寺もあるし、住職だ。貴様を養う事くらいは事欠かぬ。居候がいやなら寺男でも好いぜ」

「そんな事が……出来るもんか」

「何故だ？」

「他力本願じゃないか」

「じゃ、街頭に出て他人の袖に縋る事だって同じじゃないか……ははは……そういえば、布施で喰ってゆく俺だって同じようなものだが……しかし、俺のは衆生済度《しゅじょうさいど》という宗教的な精神があるからな」

「ふふふ……じゃ、自個済度だってあるじゃないか……そうなると、規模の問題だな良忍坊主」

「ははは……誤魔化して逃げるつもりだな。しかし、今日はどちらかにはっきり決めるまで赦さんぞ……家へ帰るか、俺の仏弟子となるか」

冗談めいてはいるが、大石の口調には友情があふれ、熱誠がこもっていた。だが、川守は容易にうん――とは云わなかった。

「それが出来るなれば、とっくにしている」

「じゃ、どうして出来んのだ‼」

良忍は詰め寄るように、ベンチの上をひとにじり腰を上らせた。

「……俺のような亡者は、救われんのだ……」

川守は、つと顔をそむけて、良忍の追撃を外そうとした。

「それがおかしい。その理由を云えよ。次第によっては引導を授けてやる。亡者なら亡者らしくしろ」

「どうあってもそれを決めさせるつもりか?」

振り返った川守の顔に明るいものが見えた。

「そうだ」

良忍は語気を柔げると、

「今更戦友面でもあるまいが、俺は戦地で貴様のために、生命を助けられた。ただの、足一本を失っただけで済んだ。その代り貴様はしなくても好い怪我をした……その恩返しとは思わんが、当分俺の寺へ来てくれ。その上で再考したら好いだろう」

「うん……判った。貴様の云う通りにしよう。だが、俺は一旦家へ帰る」

「そうか……それもよかろう。大いに好い」

良忍は子供のように他愛なく喜んだ。

「とにかく、帰ったら手紙をくれよ、きっとだぜ。これで、いよいよこの病院ともお別れだな……互に、元気でやろう」

二人は明るく笑い合って、小春日の中の病棟を振り返って見るのだった。

二　仏師羽仁嘉善

きれいな疎水は、いつも満々と水を湛えて、岸辺に茂る枝垂れ柳の緑を映し、この都の古風豊な情緒と共に尽きる事なく町中を貫流していた。新緑の頃にはぬい紋の羽織を着た人が、インクラインの附近で、白はえ釣りの糸を垂れて居ようといった、悠長で長閑な点景も、ここでなくては見られない。戦災にも遭わず、何一つ失ってない事は、たとえそれが挨りっぽい低い家並とはいえ、平安京からの伝統的文化の香りを匂わせていた。

その頃は、柳の芽も未だ固い如月ではあったが、疎水の流れを小溝に引いて、庭の泉水を満し、その底に緋鯉の影も潜めていようといった、閑雅な住居は、代々仏像彫刻で名を知られた羽仁嘉善の邸であった。当主の嘉善は今年六十歳で、一人娘は二十六歳だった。日本髪に結ってない事が少しもの足らぬが、アップルにセットした髪は川藻のように艶々とまた水々しく、名も艶子と云う。

それがハンドバッグをつつましやかに抱いて、建仁寺垣に続いた冠木門をあたふたと潜ると、飛石伝いに玄関先まで足早に駈けこみ、そこにいるらしい人の気配を求めて、右手の檜皮《ひわだ》の木戸を押し開いた。案の定、父の嘉善はそこで盆栽の品定めをしていた。

「お父さん‼　また、あの人らしい人を見かけたのよ」

取るもの、いや、置くものも置きあえずそう話しかけた。

「……」

嘉善は、娘の少しばかりただならぬその様子に黙って目を向けた。頭髪は半白で、かっぷくの好い軀に鉄色の和服がぴったりと似合って、いかにもひとかどの巨匠を思わせた。四五日前にも娘はそんな事を云っていたが、その時は自分でも他人の空似だろうと否定していた。

「でもお前、死んだはずの者が今頃いるわけがないだろう。戦地で行方不明になった人が、抑留かなんかで、突然生きて戻ったという話はよく聞くが、茂の場合ははっきりしているんだからな」

「そりゃ、そうだけどさ……でも同じ事が二度もあれば夢に見た事だって何だか本当にしたくなるわよ」

「じゃ、お前はそれをはっきり言い切れるかい」

「そうね……そう開き直られると返事に困るけどさ。でも、私何だか誰れかに見られているような気がして、思わずふり返ったのよ。その人、色眼鏡をかけていたので、顔かたちははっきりしなかったが、軀つきがそっくり茂さん生き写しだったんだもの」

「じゃ、この前見かけた時とちっとも違わないじゃないか。声をかけたとか、顔をつき合せたとかいうのなら話は別だが」

嘉善は、それに拘泥する娘の気持が判らぬでもないが、といって、それを今更本気に考える気にはなれなかった。空想の上では、嘉善も、茂の生存を考え、ああでもあろうか、こうでもあろうかと想像を逞ましくしてみた事も一切ではなかったし、艶子にしたって、温い思い出に胸を弾ませた事は度々だろうと察せられはしたが、あれほどはっきり死を確認した男が、どう思い返してみたところが生きていようはずは、あり得ないのだ。

「嫁入り前の娘じゃあるまいし、今時お前を追い廻す者もあるまい……世の中には似たりよったりと云って、六人もの似た人がいるそうだよ。たとえそれが本当としても、お前にだって見違いがあれば、先方の人にだって勘違いという事もあろうじゃないか」

嘉善は好いかげんなところで、娘の気持にきりをつけさせて、梅の木の鉢植盆栽を持って座敷へ上った。

元々嘉善は作り売りの仏師と違って、出来合い品を棚ざらしに売り喰いする稼業柄ではなかった。その源は遠く桃山時代に発し、幾代もの中には名人上手と云われた人を出しているほどの家系だったから注文以外の品は手がけないのが習慣《しきたり》だった。特に初代と先代は名人で、洛中はおろか全国的にも幾つもの名作を残しているし、その余技には、能面作りもやり、その方面でも有名な人達だった。

だが嘉善は、その天稟《てんぴん》は持っていたものの、これからという中年から神経痛が持病となって、充分実力を発揮する事が出来なかったから、二人の内弟子の内、榎木丈多郎を跡目にし、かつ、娘の艶子の夫にしたのである。それは嘉善親娘の理想ではなかったが、戦争が永くなり、明日の生命さえも危ぶまれたのでつい手近な片付けようをしたわけだ。丈多郎は彫刻の技倆は確かで、羽仁家を継がせるにはうってつけの人間ではあったが、難を云えば少しひねくれた性格の持主で、名人気質というのかむら気の多い男だった。それが戦争が納まり、そろそろ家業の方の見通しがついた今では、少しもの足らぬ感がしないでもなかった。艶子だって、多分その感はあるだろうと思うのだが、今更嘉善はそれをどうしようという考えは持っていなかった。

　そんな事があって一週間も経ったある日。遠くに隠見する山襞に、夕霧が濃くなろうとする頃、艶子は外出先から帰り道で、またもあの男の影を認めた。近頃ではそれが一つの期待にもなっているせいか、事更に注意をしなくても背後にその気配を感ずるのだった。それが、どう考えても茂に違いないと思えば思うほど、背中に受ける視線は一種の強い電波のように感じられ、ついには振り返って見るのが空恐ろしい気持さえするのだった。

　冠木門の所まで来て、勇気を鼓し、急に足を止めて振り返ってみた。両側の家並にはいずれも庭木立があって、薄墨色の暗さの往来は、見透かすものも定かではなかったが、慥《たし》かに色眼鏡をかけた人が、ものの半丁とは隔たぬ道のくろに立ち止ってこちらを見ていた。他に通行人とてないその場合、自分対、その男の関係は、も早疑いもなく他人ではないと艶子は考えた。そう判断した瞬間、どっと熱いものがこみ上げてきて、思わずその方へ駈け寄ろうとしたら、その人影は左手の露路へすっと影のようにかき消えてしまった。艶子は、そのあたりまで、見すぼらしい兵隊服の姿を求めて駈け寄った。しかし、覗き込んだその露路には、それから先左したか右したか、ただ格子を洩れる弱い灯かげの縞が見えただけだった。

「これで三度目です。どうしたって、ただ事じゃないと思うのよ」

　小女と夕食の膳を片付けながら、艶子は父に話しかけた。丈多郎は茶を喫みながら、夕刊を見ていたが、その言葉が耳に入ったのか入らないのか、あるいは興味がないのか黙っていた。嘉善は丈多郎のその様子に気兼ねしてか、直ぐにはのって来なかった。しかし艶子は、別にそれが誰れにさし障りのある話だといった、後ろめたさはなかったので、

「その内に、私慥かめてみるわ……」

と呟いた。

「そんな莫迦な事があるか……もしお前が見たとすれば、それは幽霊だよ……足はあったかい」

　丈多郎が云った。例の三白眼《さんぱくがん》でじろりと見やり、皮肉たっぷりな様子である。

「幽霊‼　あるいはそうかも知れないわね、靴は履いていたけど……」

　案外、けろりとした艶子の返事だった。

「お父さん、どう思う……この話」

「さあね……しかし、それが事実としたら、何もうろ

うろこの邸の廻りをうろつくにはあたるまい。たった一人の叔父である儂より他に頼る身のない者が、何故そんな事をするんだ。第一、それからしておかしいじゃないか」

「それも、そうね」

艶子は夫を一瞥して、

「でも理由があるかも知れないわ……いきなりここへ来たくない」

「皮肉かい……儂が居るから気に向かないという……」

「あんた、直ぐ変に僻むのね」

話はそれでこじれてしまった。夕刊を放り抛げて丈多郎は立上った。そして、仕事場へ出て行った。仕事場は廊下続きの東の端にある。間もなく自暴に木槌を打ちつける音が夫の感情そのままに伝って来た。

「あの人ったら、直ぐ変に気を廻すのね……嫌になってしまうわ」

「でもお前、丈多郎の前では云わぬ方が好いだろう」

「だって、本当に生きていたらここより他に迎えてあげる所はないでしょう。あの人にだってそれくらいの雅量があったって普通じゃないの。もし茂さんが、ここへ来たらあの人どうするつもりかしら」

三　五百羅漢

その夜、艶子は夜更けてから、誰れかが忍びやかに寝室へ入って来る気配に、ふと目を醒した。が、それが夫の丈多郎である事は直ぐ知れた。スタンドを点けようと思ったが、そのままにしていると、

「艶子、起きているのか……」

「何よ、こんな夜更けに……」

「他人行儀な事を云うなよ。少し話がある」

艶子は、寒かったが着物を肩にかけて床の上に坐るとスタンドを点けた。

「茂君が生きているという事は、本当か……それとも、そう考えているだけか、どちらだい」

向き合って、しんみりと訊ねられれば、にべない返事も出来兼ねた。

「その事だったら、私はあんたに訊きたいのよ。本当に茂さんは死んだの？」

「それは間違いのない事だ。だからあの時、お前も一緒に行ったらと奨めたじゃないか。徴用で行っていたH

のT工場から、空襲で焼死したから直ぐ来いという電報を受け取ったのはお前だろう。生憎お父さんは神経痛で行けなかったし、だから儂一人が行ったのだ。係の人に逢い、棺に納められた茂君をそれだと云われて、本当は見たくはなかったが、勇気を出して覗いて見ると、手足はばらばらで頭も潰れていた。だが、背中の右肩に見覚えの黒子《ほくろ》があった。これは儂も度々風呂へ茂君と一緒に入った時見て知っている。だから間違いないと思った。それは、その時帰って話した通りじゃないか」

「……」

「屍体は、他の沢山なのと一緒に、臨時の火葬場で荼毘にしてもらって、骨の一部と、髪《かみのけ》と、それから肉の付いた指を証拠に持って来たじゃないか」

「……」

寒さのためか、艶子は返事の代りに身顫いした。その頃の丈多郎は未だ内弟子というだけで、結婚はしていなかった。屍体の確認など嫌だと臆病な事を云っていた癖に、帰った時は遺骨と遺髪と、どういうつもりか、慥か二本だか三本だか、肉の附いた生々しい指を持って来た。それを見せられた時、艶子はとび上って驚き戦いた。

「お前その時おぞ気だって蒼くなったが、あの指を態々《わざわざ》拾って来た事についちゃ、骨や髪ばかりじゃ誰れのかも知れないと思われるのも嫌だと考えて、随分勇気を出して持って来たのだよ……もっと、適当な証拠を持って来りゃよかったが……といって、腕だとか足などといった大きなものを持って来るわけにもゆかなかった。もっとも、あれだってあの男のものだとの証拠にはならないかも知れないが、係の目を偸《ぬす》んで、棺の中に投げ込まれてあったのをこっそり持って来たんだ。恰度寒い頃だったから腐りもせず、お前達に見せる事が出来たわけじゃないか」

丈多郎の痩せて大きな頭が、大入道のように襖に映っていた。三白眼の眸がぎらぎらと光って、真直ぐに艶子を見据えていた。それを見返したとき、氷のようなものが背筋を走って、

「判ったわ……判ったの。あっちへ行って……」

艶子は堪らなくなって、夜具へ潜り込んだ。丈多郎はその様子を見て、にやにやと笑った。大きく白い歯並が骨の白さを思わせた。

「お前、怕《こわ》いか……怕くてもこれは本当の事だぜ。だから、お前が、茂君を見たとすりゃ、幽霊より他にないじゃないか。それとも、この儂が嘘でも云ってると思う

のか」

「もう堪忍して……あちらへ行って」

「よしよし……でもこれは本当の事なんだからな……そりゃお前が、茂君に惚れぬいていた事は儂も知っているる。だからお前は、今でもその夢を捨て切らないでいるのだろうが……だがこれは作り話でも何でもない。本気でお前がそんな事を考えるのだったら、この後だって、何度でもこの話をするぜ……真夜中にお前の部屋へやって来てな。ひひひ……」

すうっと襖を閉めて、丈多郎は出て行った。艶子は顫えが未だ止まらなかった。

(なんていやな、脅し文句を云う夫であろうか……もう枕を並べて寝る気がなくなってから、三ケ月以上にもなるだろうか……骨皮のように痩せていながら、シンにあんなにも不逞な精力があるかと思えるほどのものを、すげなく拒み続けてきた腹癒せにあんな事を云うのかも知れないが)と、艶子は考えるのだが、ああまで底気味の悪い事を云われてみると、その時の事がまざまざと思い出され、忌わしい茂の死を痛々しく思い出すのだった。

春近しを思わせる好い日だった。大名竹の影が、明り障子に墨絵のように鮮かだった。嘉善は、神経痛の痛みがすっかりとれたので、久し振りで仕事場へ出て鑿《のみ》をふるっていた。五百羅漢のがん首が、ずらりと並んでいる。その中のどれかに、必ず自分の容丰と寸分違わぬものがあると云い伝えられている。すると。今自分の刻んでいるのは、丈多郎に似ているかも知れないと、嘉善は妙な事を考えて、ちらと自分の右手で、胴を作っている丈多郎に目をやった。

「お前……あんまり女子を脅かさない方が好いぜ」

嘉善がぽつりと話しかけた。

「……」

「艶子が、茂が生きているなどと、途方もない事を云い出したが、現にお前が死んだと確認した者が、生きているはずはなかろうじゃないか……気狂いと間違いは、江戸の真中にでもあるという譬えもある。余り神経質になりなさんな。今朝など、ろくろく艶子は御飯も喰べてない」

「いや、少しはきつく言わんと、変な夢ばかり見ていられたんでは、こちらがやりきれませんからね」

「それもある。が、それが嘘か真か、それはお前自身が一番よく知っているはずじゃないか。笑って済ませるくらいのおおらかな気持は必要だ。お前達夫婦は、近頃何だか妙にそわそわしているようだが、女というものはすべて男には順応するものだ。だから、お前がまずしっかりして手引きしてやらないと、お前の気持を艶子が反映して、益々二人の間が遠ざかる事になる。僕も、そんな事で失敗した経験がある。だから二十年以上もやもめで通している」

「でも、少し艶子は我儘過ぎるようです。気に染まぬ私との結婚に気を腐らしているんではないですかね……だから色んな妄想が起る」

「さあ、それがよくない。その気持がお前にある限りこの問題は解決出来ない。ひと時にはどうしようもないかも知れないが、永い間には、女の気持はどちらへでも曲るものだ」

「だが、茂君の事は、脅しじゃなくて、私がいかにも嘘を云ってるようで嫌だから、はっきり認識させたんですよ」

丈多郎は、仲々すなおに嘉善の言葉を受け付けようとはしなかった。親子という立場を離れれば、丈多郎は弟子であるべきはずだ。それが封建的な考え方であるにせよ、伝統を誇る嘉善には、丈多郎の、師に対する礼に欠けたひねくれたところがどうも気になるのだった。それで嘉善は口を噤んで鑿を打ち続けた。その方が、心の平衡を保つに良いと考えながら。

四　意外なおとずれ

午後も二人は仕事場に出ていた。間もなく小女が来て、嘉善に来客だと告げた。来客は玄関脇の、私室応接間に坐って、いかにもここの主の仏師らしいこのみにかなった調度を、あれこれと眸で追っていた。所々が欠け落ちて煤んだ紙色の不動明王の掛軸。石狗犬の置物。丸額の代りに懸けられた雲板。そして、小女が焚いていった香水線香。その馥郁《ふくいく》としたものの精でもあるように、盆栽の白梅の白さだけが目に沁みた。ほどなく着替えた嘉善自ら、楽焼の抹茶々碗を捧げて入って来た。客は僧形で、輪袈裟を懸けた三十四五の人だった。嘉善は、仏像の注文客でもあろうかと、茶をもてなし、小女の持って来た菓子をすすめて、来意を訊ねた。

「お忙しいところを御邪魔致します。私は大石良忍と申す、丹波の山寺の住職です。早速ですが、こちらに川守茂君が居られるものと思ってお伺いしたのですが……

今、どちらにお居ででしょうか?」

と、意外な事を尋ねるのだった。

「えっ……川守茂!!」

嘉善は自分の耳を疑った。同じような問題が重なる時には、妙に重なるもんだが、これまた余りにも自信あり気な訊ねようだった。

「実は、私は兵隊時代川守君とはずっと一緒でした。召集入営も、そして負傷まで同じ時に同じ場所で受けましてね……内地送還になった時は別々でしたが、それがまた最後に同じ病院で顔を合せる事になったんです。終戦二ケ月くらい前の事です……」

「ちょ……っとお待ち下さい。それは本当でしょうか?!」

「本当かと、おっしゃると……」

良忍がその返事に困った様子だった。嘉善は、それをどう説明したものかと考えたが、結局客人の話を聞いた上の事にした方がよかろうと、

「ちょっと、お待ち下さい」

と、中坐し、艶子を呼び、丈多郎にもその旨を告げて、三人が再び客間へ入った。

「まことに失礼しました。早速、川守茂の事を伺いましょう」

と促した。良忍はその様子を少し変に思ったが、落着いた語調で語りはじめた。

「昭和××年×月十六日でした。私は第二乙種で召集を受けまして、Mの××部隊に入隊致しました。その時、川守茂君も一緒だったのです。これが川守君と知り合った初めでして……」

と前置きし、三ケ月教育を受けた事、その間、川守は既教育兵の如く学科教練も優秀で常に班長や中隊長から注視せられていた事、そして、大石良忍とは同じ分隊に編入の上、××島に派遣された。しかし、そこでは直接戦闘部隊となったわけでなく、主に陣地構築の土方作業をやらされた事、ところがそれから間もなく敵機の襲来やら艦砲射撃が激しくなったので守備隊に編入され、越えて××年×月二人共同じ壕内で敵の爆弾に見舞れ負傷した事、その際自分の負傷が僅か膝関節から切断するくらいで済んだ事は全く川守の機敏な処置の賜物で、以来自分は益々川守と特別親密にしていたが、折よく最後の便船で内地送還となり、病院は別々だったが終戦二ケ月前に再びKの病院で巡り合わせ奇遇を喜び合い、共に引続き治療を受けていたが、戦傷者に対する政府の方針

もはっきりしたので、今年の×月×日に、揃って退院し、自分は丹波へ帰り、川守君はここへ帰ると云ってF駅で別れた事などを語った。そして、

「ところで、私が不審に思った事は、病院生活中、随分二人は遠慮のない間柄のつもりでいたのですが、どういうものか川守君は家庭の事は一言も私に喋りませんでした。時々深いもの思いに沈んだりして少し変ったところはありましたが……その点何か、相当深刻な悩みがあったようです。実は別れる時でも、私にはここの住所さえも語らず、落着けば手紙を出すからといって別れたような始末です。それを、どうして私が知ったかと云えば、川守君には悪い事なんですけど、手箱を内密で見まして、それで、こちらの所を知ったわけなんですが……どうも、先刻からの様子では、こちらに川守君は居られない様子ですね……」

「そうなんです」

嘉善は、簡単な返事をした。

「便りなどは?」

「全然……葉書一本……」

「そりゃ、おかしいですね。もっとも、応召を受けてからは、部隊行動の機密保持上、せいぜい葉書二本くらいしか許されていませんので、これは誰れも一緒なんですが……その時はどうでしょうか?」

「まるっきりないのですよ。風の便りも……」

「ほう、そうですか。それはまた、どうした事でしょうか……実は、別れる時、必ず便りをするからと云うので、私もそれを心待ちにしていたんですが……つい三日ほど前、こちらの寺で住職の会合があって出て来ましたので、ついでといっては失礼ですがお寄りしたような次第ですが……」

大石自身も、少し呆気にとられた面持ちだったが、それを聞く方の三人にとってはそれ以上だった。わけても艶子は、さきほどから心臓がわくわくして、もう我慢が出来なかった。

「それは、真実でございましょうか?」

「嘘ではありません」

良忍はきっぱりとした口調で云い、艶子の顔を暫く瞶めていたが、

「そうおっしゃれば、私はあなたを存じておりますよ」

「どうして、私を御存知なんでしょう? 私にはその記憶がございませんが」

「私が、川守君の手箱を内密で調べた時、きっとそれ

を肌に着けていたのでしょう、大分四隅が摺れてはいましたが、あなたの写真がありました。お若い頃のものだと思いました。羽仁艶子さんとおっしゃるのはあなたでございましょう?」

「え、そうです。それで、どんな写真でございましょうか?」

「合着を着ておられたと思います。大きな柄のものでした。ハンドバッグを持たれ、日本髪に結っておられましたね……背景は判然しませんが洋風のものでした。足の高い卓上に、花をつけた蘭がひと鉢置かれてありました」

「あ」

「それと、慥かその写真に『みやこ写真館』と、打ち出しマークがあった覚えです」

「間違いなく、私のものでございます。茂さんが……あの写真が好きだと云って、何枚もの中から選り出して持って行ったものですわ」

そこまで話が暗合すれば、慥に川守茂が生存する事に間違いなかった。嘉善は茫然とするし、丈多郎は茫々然としていた。ただ、艶子だけが一途にそれを直視して、何とか心にまとまりを得ようと焦るのだった。


しかし、落着いて考えてみれば、これとても拠り所のないものだった。ただ、幻影のように、いずれも夕闇のおぼろな中で断片的に川守茂らしい人を認めたというだけでは、余りにもはっきりした大石良忍の話へ合流するわけにはゆかなかった。それと、現に夫たる丈多郎の目前で、胸の奥に潜んでいる何もかもぶちまけてしまうわけにもゆかなかった。艶子はそれを、せつない思いで嚙みころすのに、勝気なだけに苦しんだ。

良忍は要領を得ぬまま、名刺を置いて、もし川守が戻ったら是非一度手紙を出してもらうようにと云い置いて帰った。

五　疑惑のかげ

三人に、三様の疑惑が、水面に落とされた一滴の油のように拡がった。丈多郎はものも云わずに仕事場へひき返すと、彫りかけた羅漢像を前になお暫く考え続けた。真夜中に、艶子の寝室を侵し、怕がらせの話を語った事の真相は、作り話ではなかった。茂に召集令の来た事は後で知らされた事だったが、入営したという日には、既に当人は死亡しているはずだった。一体、そんな莫迦気た事があり得るだろうか——それが、幾度となく丈多郎の胸奥に繰り返された言葉だった。

艶子の考える事は夫の丈多郎と反対だった。もうそれで、茂の生存を疑う余地はない。茂の死亡当時、事情で丈多郎だけが駈けつけ丈多郎だけがそれを見ている。その報告を艶子親子は真実なものだと今日まで信用してきたわけだ。しかし、それは訂正されなければならない。だがまたその反面、茂だとすれば、何故真直ぐにここへ帰って来ないのだろうか。艶子は、昔のままの娘ごころで、色々と想像してみるのだったが、この不思議な現象の裏に、疑わしいものが隠されている事は容易に思いあたるのだった。

嘉善は嘉善で、再び仕事着に着替えようともせず、過ぎ来し方を思い泛かべて謎に包まれた甥の行動をあれこれとおし計ってみるのだった。茂が小学校四年の時、父に死なれ、母に生き別れて以来引きとって世話をしてやっている。行く行くは自分の跡目を継がせても好いと思って、本人が興味を持っているまま内弟子としての修業もさせた。そして、本人の素質次第では美術学校へもやり、現代向きの仏師に仕上げてやろうとも考えていた。艶子とは従兄弟になるが、艶子はもともと貰った娘だから血縁はない。だから、それも考慮に入れて結婚という事も予定していたのだった。美術学校の方は、本人に向学心がなく中途で諦めたが、その代り内弟子として修業はみっちりさせて、どうにかその方の見込みは出来た。勿論その頃には、丈多郎も相弟子だった。この二人が二十四五になった頃、共に艶子に対し特別の感情を持つに至った事は、嘉善もよく知っていた。だが、丈多郎の方はいずれ店を分けてやるつもりだったので、気にはかけなかった。ところが、そこへ思いもかけぬ事情が突発して、結果は今日の如き状態となったわけだ。なにぶんにも、茂も丈多郎も年が若いだけに、嘉善の考えてもいなかったほどの激しい暗闘を続けていたものにみえた。一方は腕達者をひけらかし、一方は近親者という立場を武器としていたのだから。

それを思うと、茂がすなおにここへ帰って来ない事情が判るような気がした。嘉善は年配だけに、他に身寄りもない甥は、果して毎夜毎夜、満足に屋根の下で寝ているだろうかと、少し寂しい気持になるのだった。

今までとは違った気構えで、不思議な人物の正体を摑む事に望みをかけ、用もないのに艶子は夕方の街にさまよい出たが、それらしい人にはゆき逢えなかった。嘉善は、その事が原因でもあるまいが、また神経痛が起きて、仕事場には出なかったが、丈多郎だけは毎夜それを続けた。やはり気が散る時には、仕事というものは好いものだった。だが、没我の境に入るわけにはゆかない。いかに仏師でも木仏の如く空にはなりきれない。

鑿を置いた丈多郎の妄想は、また止めどもなく拡がっていった。それは、もしや、大石良忍が誰れかに頼まれてあんな話を持ち込んできたのではないかという疑いである。それはありそうな事で、また、出来る事でもある。そうして、自分が川守の死を嘘の確認で誤魔化しているだろう——という、暗黙の挑戦である。目的は、艶子との離婚にあるのではないかと考えられる。では、何故自分は羽仁家を去らねばならぬのか——二十年以上をこの仕事場で、木喰虫の如く働き、時には堪え難い艱難にも我慢して平凡な青春に甘んじて来た。それは何のためだったろうか——ただ、一人の女を愛するために。だとしたら、当然握ったその特権は持ち続けて好いはずである。しかも、仏師嘉善の代作も今日までに義理ある人に対する美徳と心得、謙譲な気持でそれにも甘んじてきた。だから、誰れに制肘を受ける事なく羽仁家の一切の利権は自分の自由にして好いはずではないか。財産——しかり。艶子——しかり。(じゃ何も、川守の事なんかに拘泥する必要はない。生きていようといまいと、俺の預り知った事ではない)それも、しかりと云いたかったが、丈多郎はそこで鉄の扉に打つかってしまった。

「くそっ」声に出してまでみたが、気分は冴えなかった。

しかし、蠅が取りもちに喰っ着いたように、いつまでももたもたしているわけにはゆかなかった。元来丈多郎の性質がそんな卑屈を赦さない。問題は川守茂が事実生存するか否か?　それを解決するより他に方法はないと思った。執念がそこへ凝固すると、丈多郎はすっと立上った。そのとたんに、羅漢の首がころころと膝から転り落ちた。

仕事場の西北には、天井へ作り着けになった上げ梯子があった。それを下し、木材の乾燥場になっているそこへ上った。天井に添った引戸を引くと、四角い暗黒が口を開けた。蠟燭に火を点じ、腰を跼めて棚の間を通り抜けると、その一隅から扁平な丸いものを取り出して降りて来た。電燈に翳したものは、何とも知れないものだったが、鮮な朱色が、拭い去る埃の中から艶々と地肌を現した。

　間もなく丈多郎はそれをまた天井に置き、降りたついでに道具を片付けた。ぱちっ——と電燈のスイッチをひねった時、ふと窓外に人の気配を感じて、ぎょっとした。誰れかが窃やかに軒下の三和土《たたき》を渡る跫音がした。丈多郎は、一瞬奮然と闘争心をふるいたたせ、出入口を飛び出すと、廊下から庭へ飛び降りた。

「誰れだッ‼」不意を突かれて人影が、ちょっとたじろいだようだった。丈多郎は脱兎の如く飛び掛った。二つ三つ揉みあったが、前額部に一撃を受けて手を緩めた隙に、その男は左隅の花畑をよぎり、低い建仁寺垣を乗り越えて闇にまぎれてしまった。

　丈多郎はそれを追わなかった。額に手をやると、温いねっとりとしたものに触れた。部屋へ戻り、鏡を見ると、大した痕ではなかったが血を噴いていた。誰れが、何の目的であんなところへ潜入していたのか、無論想像もつかなかったが、艶子が二三回見たという男に違いないと考えた。何故なれば、兵隊服を着ていたからだ。

　その気配で、艶子が隣室から、なまめかしい寝巻姿で起きてきた。

「どうしたの？」

　怪我をしている事をみとめては、黙っているわけにはゆかなかったが、丈多郎は返事もせず、そのわけも語らなかった。

六　血の指紋

　事件が起きたのはその翌日だった。盆地特有な、降るというほどでもない霧雨が終日続いた夜、M署に殺人事件らしいとの電話が、あわただしくかかって来た。急速な手配がとられ、居合せた係官が現場に到着したのは、十時を廻っていた。

　星かげが、雲の引き幕の切れ間にちらちら見えた。廊下をどやどやと踏み鳴らして一行が現場の仕事場へ入った。係官の一人が注意深く板張りの床を渡り、手袋を嵌めた手で電燈を点すと、現場の様相がぱっと眼前に展開された。南面窓寄り、つまり、出入口を入った方に和服姿の男が倒れていた。それが羽仁嘉善なのだ。仰向けになり、両手両足が四方へ抛げ出されている。左胸部のあたりに、鑿が深く立っていた。一突きで致命傷である事は、他に外傷がない事で判断出来た。血潮は余り流れていなかったが、着用している丹前の内側には夥しい血溜りがあった。抵抗の痕跡がない事は、即死であろう。そして、相手も無慙な殺しに似合わず穏である事は、何を意味するのか。まず、それだけの検証から判断すると、自殺か他殺かは即決出来兼ねた。何故なれば、鑿を胸部に当てがって倒れれば、自殺としてのそうした状態も考えられるからだ。しかし、報告は殺されているらしい——との事だから、その方は前後の状態を調査すれば判る事だった。聴取書を抄録すると、

榎木丈多郎（羽仁艶子の夫。但内縁）三四年

当夜は少し気分が悪かったので夜業はしなかった。七時半頃按摩を呼び、療治を受け八時過ぎ終って、就寝した。按摩は自分を済ませてから、父の嘉善も揉んだと思う。九時半頃うとうとしていると、艶子の消魂しい叫び声に驚いて起き「何事だ」と訊ねると、顔面蒼白となり「父が殺されている」と告げたので、直ぐに仕事場に駈けつけた。妻が電燈をつけようと云ったが、万一の事を考え（事件だとすればなるべく現場を荒さない方が好いと思った）手燭を持って来させた。額に手をやると未だいくらか温かったので、直ぐ医者を呼びにやり、警察へ電話もさせた。十分くらいして近所の前原医師が来て、ちょっと診ただけで絶命で、手の施しようはないとの事だった。現場の様子は、係官が到着まで少しも変ってない。鑿は、仕事場に備付けのもので自分がいつも使っているもので、三分の突鑿である。

羽仁艶子　二十六年

夫の按摩が済んでから、父が揉んでもらった。九時少し前按摩は帰った。私はその時、ひと部屋おいた次の間で床の中にいた。間もなく父が私の部屋を覗いた。「何か用事ですか」と訊ねたが「別に用事はない」と云い、廊下へ出て行った。不浄だと思っていたのに、仲々帰る様子がなかったので、少し不審に思って、心あたりを探したが見当らなかったので、益々変に思った。その時、仕事場の電気は点いていなかったが、念のため入ってみると、何だかいやな臭いがしたので（なま臭いというのかも知れない）もしやと思い、透かしてみると、人が倒れており、薄明りで父だと知ったので、驚き、「お父さんどうかしたの」と何気なく胸のところに手をやると、べとっとしたものを感じたので、手を引いて、窓明りに透かしてみると血らしかったので驚き、夫を……中略……按摩の外には誰れも来客はなかったし、女中に至

るまで外出した者もいない。人の忍び込んだような様子もなかった。父が、何のために仕事場へ行ったのか、判断はつかない。神経痛が起きて、仕事はもう四五日休んでいたから、そのための必要はないと思う。

聴取はその他、十三になる千代と云う女中も実施されたが参考になるような事はなかった。また、当夜揉療治に来た、近所の杉山乙松といって、無免許の按摩も聴取られたが、公認でない事をひどく心配したためか応答が支離滅裂で、しどろもどろの返答だったが、別に喰い違いはなかった。（実際には、その時重要な証言を隠していたために、そんなうろたえた返事をしていたのである。それは後になって、当人から自発的にM署へ申出でたので判明した）

「自殺する理由ありや」との質問に対しては、丈多郎も艶子も「ない」と答えている。その点は、当局でも調べたが、財産は相当なものがあるし、また、永い間やもめ暮しではあったが茶屋酒も、女関係もなかったので、肯定するところとなった。すると、他殺の面であるが、職業が職業だけに外部的の怨恨説は薄弱であり、また、何一つ盗まれていないので、強盗説もなりたたなかった。自然そこで、捜査の対象は内部へ向けられる事になった。その結果は、事態を正しく把握したものと推察され、その効果は追々と現れ始めたのである。

まず、有力なものの一つに、現場の仕事場出入口硝子戸の内面に、薄く血に汚れた指紋が二つ発見された。鑑識はそれを、左手拇指と中指のものだと鑑定した。そして、血液はB型であり、被害者のものであった。説明するまでもなく、この事実は、犯人が嘉善殺害の折、指を血で汚し、そこを脱出する時そこに残したものでなければならない。何故なれば、丈多郎、艶子、女中、それから按摩から採蒐した指紋のどれとも一致しなかったからだ。

それと、もう一つ、雨で緩んだ仕事場東側の花畑に、かなり履き減らされた軍靴の跡がはっきり残されていた。それが二往復あり、一往復はやや崩れていて、その二つのものがある時間をおいて印されたものだと判定が出来た。この二つの有力な証拠を根拠に、当局は全力を挙げて犯人の割出しに当った。理路整然たる捜査の前に、事件の全貌は一枚一枚と紙を剝がされてゆくのだった。

そこに当然川守茂を中心とした、内部事情が最大漏らさず調べあげられたのである。端緒はそこからほぐれて、前夜丈多郎が受けた負傷の経緯が判明し、古い方の足跡一往復の説明がついた。新らしい方は無論兇行当夜のものである事に異論はない。

そこで更に丈多郎の前額に残った痕を鑑定すると、八粍《ミリ》幅ほどの、かなり堅いものを打ち着けられたものと判断された。獲物は鉄片のようなもので、具体的に云えば、よく拳闘家崩れの不良などが使用する、メリケンサックの如きものだろうと説明されたのである。それから更に、丈多郎の口から以外な新事実が告白されたのである。それは次の如きものだった。

「前にも話しました通り、私は血の出るような修業をしてきました。今でこそ父は年が年ですから温和しい人になりましたが、その頃の師匠は実にやかましい一方で、鑿の持ってきようが教わったものと少しでも違えば、木槌や、有り合せたものでぶん撲るという厳しさでした。それは昔のままの修業方法で、お蔭で私はめきめきと腕をあげ、今日ではどこへ出ても羞かしくないだけの技倆を身につける事が出来たのです。そうした教え方をされたので、自然私は仕事に対しては、決して手をぬいたり、誤魔化したり出来ない几帳面な性格を身に着けていたのです。ところが、昭和××年、戦争の中頃に当ると思いますが、相弟子の川守茂と二人で仕事をしている時、慥か私はその時愛染明王《あいぜんみょうおう》を彫っていまして、川守は台座を彫っていましたが、それを、師匠の下図通りに彫らないばかりか、見ていると盛んに手を抜きますので、つい見かねて注意しましたところ、それが原因となって口論となり、遂に取っ組み合いの大喧嘩になってしまいました。もっとも原因は、それればかりでなく、正直なところ現在私の妻である艶子にもいくらか関係があり、それも含めてそんな結果になったのです。だが私は、痩せてこそいますが、負ける事は大嫌いで、果ては川守を組み伏せ、あの男の頭を幾度も床板に押し着け、好い加減なところで突放してやったのです。すると川守はむっくり起き上り、凄い顔をして『殺してやる』と云って、そこに有り合せた一寸鑿を手にするが早いか、私が逃げる暇もなく斬り付けて来ました。少しは逃げましたが間に合わず、その一突きを左横腹に受けてしまったのです。幸い骨に当ったので深くは入りませんでしたが鋭い刃先の角が上って五寸余りのひどい斬り痕を受けて、私はその場に昏倒してしまいました。結果はそれがよかったのですが……何故なれば、なおその上私に正気があったらきっと滅多斬りにされていたと思うからです。それを見て川守は逃げてしまったのですからね。間もなく師匠が外出先から帰り大騒ぎとなり、私はそれでも正気に戻りまして、とりあえず手当てを受けましたが、そんな事ではどうにもなる痕ではありませんので、医者へ行く事になりました。その時師匠も、川守の乱暴さを非常に立腹はしていましたが、何分血の繋る甥であり、表沙汰になれば警察問題ですから、内済にしようと考えたのでしょう、私に大変それを詫びまして、医者には刃物の上に過って転んだ痕だと云ってくれと何度も頼みました。最初は私も、ここを出たってそんな事きけるものかと思いましても、黙っていましたが、結局気をとり直してそれを承諾しました。

外科医へ行き、幾針も縫って手当が終ると、今度は医者が困った事を云い出しました。それは、どうしてもこれは過ちで出来た怪我ではない。争って出来たものと判断するから一応警察へ報告する、でないと俺が医師法に違反するからと云って、どうしてもききません。それで結果は警察の取調べとなり、川守は友人の家に隠れていたのを逮捕されました。私の証言があったので殺人未遂にはならず、傷害罪で起訴され、一年半の刑を言い渡され服役しました。

昭和××年×月、成績が良いとかで、一年三ケ月で出獄したのですが、師匠は私に気兼ねして、どこか、知り合いの家へ置いていたようです。もっともその頃は、こちらも仕事は大してなかったのです。その内、川守は徴用になって、HのT工業会社に勤めるようになったのです」

七　破綻

丈多郎の告白したものを、艶子は訊ねられるままに、それが全部間違ってない事を証言した。係官は更に艶子に向い、

「ところで、川守茂は徴用中、召集令を受けているようですが、その前後の事情を話してみて下さい」

「はい。徴用を受けて半ケ年も経った頃でしょうか、寒い頃です。茂さんの召集通報人が私の方になっていましたので、令状がこちらへ来ました。入隊までに日がありませんので電報を打ったのでございます。それが、先方へ着いたか、着かぬかの頃、T工業から当人が爆死したから、遺骸を引き取りに来るようにとの電報が来まし

た。その頃、結婚はしていませんでしたが、現在の夫が引き取りに行ってくれました。それで川守は、死んだとばかり思っていました。私達としましては、夫の報告を信ずる他はないからでございます」

「なるほど。そこで近所へ現れる、それらしい人を見かけて、多少不審に思っているところへ、大石良忍という人が兵隊で一緒だったと証言したので、全く川守は生きていると信じたわけですね。丈多郎氏はどう考えていますか、その事を？」

「そんなはずはないと云って、どうしてもそれを信用しません」

「なるほど、なるほど。そりゃ自分が川守の死を確認した責任がありますからね……譬えそれが間違いであっても今更そうだと云えぬ立場もありますね……それで、あなたが丈多郎氏と結婚された前後の事情は？」

「はい。父も私も、本当は川守と結婚する考えでおりました。ところがそんな次第でその望みも絶えましたし、戦争は激しくなりますし、私の事で川守に大怪我させられた事もあるし、また、その他いろんな事情で現在の夫と結婚しました」

「少し、質問が露骨になってきますが……あんたはその結婚を心から満足しましたか？」

「はい……当初は……」

「と云いますと、現在じゃ後悔しているという意味ですか？」

「……」

「丈多郎氏は、あんたに愛情が少しもないと漏らしていられましたが……」

艶子はもの悲し気にちらっと顔をあげて、主任の顔を見たが、直ぐまた伏せてしまった。

「川守とは……関係があったでしょうか？」

「え」

「あなたは、川守が生きている事を確信しますか？」

「ええそう考えとうございます」

と、云って、ほろっと一雫泪をこぼした。以上で事件の推定動機がかなり劃然とした。各係官の関心は自然川守茂の生か死かに集注する結果となった。これを綜合推理してみると、

(イ)　爆死を確認するは丈多郎一人のみである。

(ロ)　生存を思わせるものに、それらしい人を三回までも認めた艶子の証言。また、大石良忍なる者の明快な証言。兇行前夜、羽仁邸にて、それらしい者と丈多郎

とが格闘した事実。

以上の事実による中間結論は、無論「生存」でなければならない。

更に、「死亡を証言する人物の、本件における立場」を、考慮してみる必要がある。「自己の利益のために、虚偽の報告をなさざるや？」が当然考えられる。即ち、一人の婦人を二人の男が争う。殊にその一人は敗色歴然たるものがあった。従って、これを何等かの方法によって補なおうとする事が想像出来る。（丈多郎は艶子と、結婚の目的を達している）

右の推定に依る中間結論も、結局「生存」となる。

なお、もう一つの推定は、生存者自身がある目的のために、見せかけの死亡を考えていたかも知れない事だ。また、そこまで考えていなかったとしても、当人の環境が自然それをなさしめたかも知れない。すると、その日以来音信を絶ち、終戦後、なお帰宅を逡巡していた不審が諒解出来るのである。推定犯人の当時の心境を想像すると、前科者となり、刑を終えて間もなく、徴用という、準牢獄の如き生活の連続と、かつ愛する女を、敵視した男と同じ家庭に残してきた事は、やがてそれが一種の絶望感となったかも知れない。それがまた反感嫌悪の情と変化した事も考えられる。そこへ召集となり、その感情はいやが上にも生長し、遂に故郷を捨てる結果となった。それが、事情を知らぬ友人の奨めで一旦帰宅する気になってみたものの、現実に、それ等の人々の生活の態様を知って、変質者特有な兇暴性を発揮するに至ったのではあるまいか。

以上の結論として、以下四項目の捜査方針の決定を見た。
（一）軍服軍靴の容疑者の厳重な捜査を実施する事。
（二）大石良忍なる人物の住所を慥かめ、再調査を実施する事。
（三）HのT工業会社に出張して、当時の状況を再調査する事。特に、被爆者の死体収容に手違いはなかったか、行方不明者が出ていないかの調査を厳重に実施する事。
（四）川守茂が前科者である事は天祐である。この指紋台帳を取り寄せ、現場遺留の指紋と照合する事。その際、当人の写真があれば入手焼増し、手配写真に使用する事。

×　×　×

丈多郎と艶子の間には、どちらが張り巡らしたというわけではないのに、他人に接するような冷たい垣根が出来てしまった。食卓は一つだのに、二人は別々に食事をとった。いや艶子に至ってはそれさえ外すのだった。あれから、一週間過ぎていた。

「お前、夕食をしないのか……」

丈多郎が襖越しに声をかけた。それは艶子の軀の事を考えての労りの言葉ではない。たにしのようにそこへ閉じこもっている者を、何とか相手に引き出そうとするかのような、意地悪く冷たい語気だった。立ったまま、暫くそこに待ったが、襖の向い側はひっそりして、出て来そうな気配もなかった。丈多郎はいまいまし気に襖をひき開けると、

「話があるんだ」と、唐金火鉢の前へ、自分で座蒲団を敷いた。不貞な女ではないが、艶子は事実気分が悪くて、誰れとも口が利きたくなかった。けれど夫の言葉はそれを用捨しない荒々しさで、

「この先をどうするかだ……無論稼業は続けねばなるまい。ついては、この際気不味《きまず》いものは精算せねば、とてもこんな気持を抱いてお互にやっていけない事は、お前だって同じだと思う」

「……」

「お父さんの事は、何れ警察で調べられた結果、判る事と思うが……まあ、それはそれにしておくとしても、吾々の事は吾々の手で片付ける必要がある」

「……」

「どう思うか？　……何とか云えよ」

「……」

「それとも、儂と別れたい……とでも考えているのか？」

丈多郎は最後の切り札を出してみた。艶子は、何とか云わねばと思うのだが、咽喉に感情が塞って、声にならない。

「だが、儂は絶対別れないぜ。今更、川守のこけ脅しには乗らないぜ。一度は彼奴のために、お前故に殺されかけた儂だよ。譬え殺されたって、お前を解放しないぞ」

「じゃ……私はあんたの奴隷ですのね……」

「奴隷‼ ……ふん、奴隷になるのも、御寮人さんになるのも、お前の心がけひとつだ」

「だって、私はあんたに愛情を感じません。これから先……いいえ、初めっからと云った方がほんとうでしょ

う……」

「ふん。今更そんな事聞いたって驚くもんか。儂には愛だとか恋だとか……そんな泥遊びなんか、初めから考えてはいなかった。お前は儂の持物であれば好いのさ。ただ、それだけだぜ」

「それだって、あんたの自由にはなりたくない……」

「結構だよ……儂の女房というだけでよろしい。儂は、お前の足枷の役目になっていれば満足なんだ。情慾は、金でいくらでも買える。羽仁家の財産をそれに充てるつもりなら、悲願、千人斬りだって出来る。ひひひ……」

「あんたは……あんたは。それが目あてだったのね。じゃ……お父さんは……」

艶子は激しく肩で呼吸し、燃えるような眸で丈多郎を瞶めた。後尾は、昂ぶった感情の渦に巻き込まれて声にはならなかった。

「儂が、殺したとでも云うのか……お生憎さまだ。川守のような裏表のない人間とは違うからな。儂は、苦しめたい奴は、なるべく長く生かしておきたい方なのだ。お前は未だ知るまいが、儂は今日警察へ行った。川守が殺した証拠が、はっきりしたんだぜ」

「嘘だ‼……嘘々々。あの人がそんな事をするものか……気の強い癖に、胆の小さいあの人が……」

「ふん。好い気なものだ。お前を儂の嫁に呉れた……その怨みが骨に沁みているんだ、彼奴は……」

「……」

「今に、お前が殺されるかも知れないぜ、用心しないと……」

「……」

「そうなっても、かまわないのか。儂は知らないぜ……そんな心配までしているのに」

「茂さんに……殺されるなら、私本望です……」

「ひひひ……とうとう本音を吐いたな……だが、今に彼奴は捕まる。再び牢獄に抛り込まれる奴に逢って、たんと泣言を云うのも好いだろう。どのみち、監獄には蹤いちゃいけないいからな。ひひひ……」

「悪魔……あんたは人間じゃない」

「何とでも軽蔑するが好い。儂は腹をたてないからな」

立上った丈多郎は、冷やかな三白眼で、そこに泣き崩れている艶子を凝視した。

八　美人薄命

その頃の、この事件の捜査本部であるM署では、昼夜の別なく、各署と連絡して川守茂の大捜査を実施していた。が、足どりは杳として不明だった。それらしい人物は幾人も捜査線上に泛かび上ったが、その内のどれが容疑者なのか判別出来ぬほど沢山で、適宜な追求を集注する事は出来なかった。といって、方針には決して誤りはないはずなのだ。

即ち、指紋については、川守が収容されていたY刑務所を調べた所、一部戦災に遭って、都合悪く川守の書類は焼失していた。けれども、指紋台帳は本庁へ要求して、その複写写真を手に入れる事が出来た。昭和××年Y刑務所において作成。氏名。本籍住所、生年月日と、記載され、指紋分類は右、８６８４６。左８７７４９とあった。これは示指、中指、環指、小指、拇指の順で、対照の遺留指紋は左で、中指７、拇指９でまず符合する。更にこれを比較対照すると、全く一致した。それで川守の生存は確実となり、また犯人である事も絶対となったわけだ。大石良忍、T工業会社の調査もその時には結果が報告されて、それを側面的に裏付けてはいたし、容疑者の逮捕に全力が注がれていたのである。

その日、お午少し過ぎ、管轄の派出所巡査に付添われ、当夜揉療治をした按摩の杉山乙松が、おどおどした様子で以外な申出でをして来た。

「どうも隠しだてして申訳おまへん。あの時は、変に気持がこんがらかりまして、云おうかどうしようかいな思うとるうちに、つい、云いそびれましたんやけど、羽仁の大旦那が殺されはったと聞きましては、もう夜もおちおち寝られへんよって、それでお伺いしたんです」

と前提して語ったところは、当夜羽仁の女中の使いで流しに出る前、まずそこから済まそうと、羽仁家の二三丁も手前へ差しかかった時一人の男に呼び止められた。全くの盲目で人相はもとより知れなかった。

「按摩さん、羽仁さんとこへ行くのかね。旦那を揉みにゆくんだろ?」

「さよだす」

「少し、頼みたい事があるんだがね。聞いてくれたら三百円出すがね」

杉山乙松はそれで心が動いた。上下揉んで四十円のもぐり按摩である。三百円といえば二晩もの稼ぎにあたる。難かしい事でなければと、返事をした。

「なに、至って簡単な事だよ。按摩さんの腕に少し書く事がある。それを内密で、羽仁の大旦那だけにこっそり見せてもらえば好いんだよ」

「たった、それだけだっか……よろしゅうおま、書きなはれ」

杉山は云われるままに左腕を出した。万年筆と思われるもので、ほんの僅か上部内側にそれを書き終った。

「なんぜこんな事しなはりまんね」

「ちょっと、人に聞かれては都合が悪いのでね。これだったらその心配はいらない。用が済んだら消してくれたら好い」

「なるほど、こりゃおもろい思い付きだんな」

それから羽仁家に行き、丈多郎を揉んで、嘉善を揉んだのは前掲の通りである。しまい際に、

「これ、ちょっと見てくんなはれ」

と腕を差しつけた。嘉善はしばらくそれを眺め、

「ふん……よし判った」

と云って、自分で按摩の袖をひき下した。それから直ぐ出て、いつもの通り流しに出たと云うのである。

「何と書いたか、判らんかね」

「へえ随分気つけましたが判りまへん。なにぶん漢字が多くて小さく書きはったようで……数は、二十字くらいのもんだっしゃろ」

「目は駄目だという事だが、かんで年恰好などは判らないかね？」

「へえ、まず、三十五六から、四十までというところだっしゃろ」

「声に、覚えがなかったかね？」

「いいえ、一向に……それに、マスクでもかけてはったようで、低くて小そうおました」

以上杉山乙松の申出では、何しろ聞きてが盲目だから、相手の風体人相などそれこそ皆目判らなかった。しかし、当夜嘉善が何のために仕事場へ行く必要があったかはそれでややはっきりした。これは、その男を川守と想定した場合であるが、当夜花畑に残された足跡と綜合してみると、杉山の腕に書いた内容も凡そ想像が出来る。即ち、仕事場附近で逢いたい——それは、そこを兇行場所と定め、被害者を呼び寄せる手段が考えられるのである。

「計画的な犯行に、それは必要な事であるが、盲人を使い、目的を腕に書き付けるなどは、全く心憎いやり口

と云わねばならん。そうする事によって、相手以外に重大な内容を知らさぬし、腕の皮を縦横に引っ張りまわして書けば筆跡だって誤魔化せるからね。全く考えたもんだよ。それに、按摩を翌日調べたにしても、当夜風呂へ入ってそれを叮嚀に洗い流しているんだからものにはなってなかっただろうし……」

主任が、いささか犯人に愚弄された面持で憤慨口調に呟いた。艶子が、幾度目かの召喚を受けて出頭したのは、それから間もなくだった。勝気な女だったが、ひどく憔悴して、豊な頰もくまが出来ていた。美人であるだけに、それがまた痛ましい美しさを表現していた。目的は他にあったが、早速今仕込んだばかりの、按摩に関する事を訊ねたが、知ってはいなかった。

「その後、川守を見かけませんか？」

主任の口調には労りの優しさがあった。

「いいえ……ちっとも」

「そうでしょうねえ」

そこで、指紋調書や、大石良忍再調の様子を話し、川守茂がまず真犯人に間違いない事を話して聞かせた。これは秘められた艶子の感情に、一種の教育を施す事になる。そしてこの事件に関し、とるべき態度を認識させるために――と主任は考えていたのである。

「ついては、もし川守が立ち廻るような事があれば、どうか、隠す事なく適切な連絡をとって下さい。辛い事でしょうけど……これは国法を行う上には、是非その覚悟を持って頂いて、協力して頂かねばなりません」

「よく……判りましたわ。必ずおっしゃる事は守ります」

やはり、夫丈多郎の昨夜云った事は、嘘でなかったのか――何と悲しい運命だろうかと、艶子は悄然とM署の玄関を出た。

丈多郎は酒に浸って、あらゆるものをまぎらわそうと努力した。内で外で、浴びるようにやったが、酔に痺れて何もかも忘れてしまうほど廻らなかった。

それでも、天地がひっくり返るほどの酔いようで、乱暴に玄関を引き開け、帰宅したのは午前一時近かった。小女が直ぐ寝巻姿で起きてきたが、

「お前……寝てろッ」

と、手荒く廊下の壁に押しのけて、蹌踉と奥座敷へ踏みこんだ。

「艶子ッ……今帰ったぞッ」

挑戦的に、襖が閾《しきい》から外れるほどの勢いで引き開けた。艶子は、畳の上に長くなっていた。丈多郎は、ぎょッ——として立竦んでしまった。

M署は、再度の殺人事件の報告に、この上もなく緊張して直ちに駈け付けた。

六畳のその部屋は、血の海である。十日と経たぬ内のこの惨劇には、さすがの猛者《もさ》連中も愕然とした。迅速な検証処置がとられた。

「こんな事になると思った……注意をしたのに」

部屋を覗きこんで、さすがの丈多郎も顔面蒼白となり呟いた。面当ての酔など、今は跡型もなかった。指揮をしていた主任がそれを耳にして、

「それは何の事です?」

「こんな事の起らぬよう、昨夜妻に注意したばかりです……それを、依怙地になって、まるで儂がいらぬ事でも云うように……」

「なるほどなるほど……ま、こちらへ来て下さい」

別室へ落着くと、

「何か、その前ぶれでもあったのですか?」

「いや、そういうわけではありませんが……川守が、父を殺した事については、きっと艶子を私の嫁にした事を怨んでの事と想像したのです。そうすれば、当然、妻も狙われているとみなければなりません。だからそれを注意したのです。私だってその危険は同じです。だから私は油断をしていなかったのです」

「なるほど、それで、その危険を避けるために飲み歩いていたのですか……か弱い女を一人残して……」

主任の炯眼は、少し皮肉をこめて痛いところを押した。丈多郎は少し狼狽して、

「いや、そんなわけではないのです。強情な妻は私の忠告に却ってたてをついたのです……そうまでされては私の立場がありません。皮相観ばかりで、私を責めないで下さい。自棄酒を飲み歩きでもしなければ、やりきれんのですから……」

「すると、夫婦の仲はうまくいってなかったのですね?」

「そうです。妻は、川守になら殺されて好い……と云ってました。が、まさか本当になるとは思っていませんでした。その方は、何れ警察の厳重な警戒網が張ってあると思いましたから……」

丈多郎が今度は皮肉る。

「しかし、そこまでは調べてみねば判りません。自殺

という事もありますからね」

「そうでしょうかねえ……あの女は、そんなに気の弱い方じゃありません」

現場検証と、関係者の聴取が終ったのは、白夜のようなほの明るさが窓外に見えはじめた頃だった。屍体は解剖のためT大医学部に送られた。殺害状況は、父嘉善の場合と同様で、手口から見て同一犯人だと判定された。兇器は三分の突鑿で、左乳下を一突きにされていた。何の抵抗も格闘の跡もなく、そこへ寝転った如き有様だった。面識ある犯人の兇行である証左と見ねばなるまい。進入路は、施錠のない玄関だろう、この前の如き足跡はなかったから。また、「出」もそこからであろう。女中はよく寝ていて丈多郎が帰るまで知らなかったと証言している。考えられる事は、推定九時（女中が寝た時間）から十二時までくらいの間に川守が訪れ、それを艶子が迎い入れてその厄に遭ったのではあるまいか……また、指紋がべっとりと血を含んでその部屋にあった大型姿見の、台箱の隅にあり、鑿の柄にやや薄い血の指紋が残っていた。何れも川守の左手拇指のものである。少し、その遺留状況が変ではあるがその価値を疑うほどのものではない。血液も被害者のものである。解剖の結果、推定死亡時間が判った。前夜の九時から十一時頃の間と鑑定されたのである。兇器も一致している。調べた結果、嘉善愛用のもので仕事場に在ったものだ。二回共、同じ三分の突鑿を使った事は、それが薄刃でよく通り易いからだろうと考えられた。

また、念のため丈多郎の当夜の行動が調査された。夫婦が不和であった事に多少その必要があったからだ。ところが、丈多郎が述べた通りSの千鳥という割烹店で七時頃から、十二時少し過ぎまで女中相手に飲んでいた事がはっきりして、完全なアリバイが成立した。

梶本主任は、その日の昼間、悄然とM署を出て行った艶子の面影を偲び、

「どうしても引っ捕えんければいかん」

と、憤然とした面持で、どん――と一つ、テーブルを叩いた。

「そうです。M署の名誉にかけて……」

部長刑事がひきとって、今までに倍加した捜査網を張った。

九　山寺の夜

川守茂はせっぱ詰って、千々に乱れる拠り所のない心に、ふん切りをつけようと考えた。ふと脳裡をかすめたのは、大石良忍の事だった。花だよりもそろそろあろうかという頃だったが、丹波路の寒さは、さすがに身に沁みて冷たかった。

尋ね当てた雲竜寺は、その名の如く見上る石段上の山腹に、夕霧を呼び模糊としていた。今はそこににじむ一点の灯が目当てである。勇を鼓して石段を登った。

良忍は意外な人の訪れに、心から喜んだ。待ちくたぶれた人を迎える懐かしさだった。

「よく来てくれた。一度は来てくれると、期待はしていた。その後の事は大体知っている。まあとにかく、自分の故郷へ来たと思って寛いでくれ。今夜は貴様を心ゆくまで歓待さしてもらう」

良忍は独り呑み込み顔に、川守を大きな炉の前に案内して坐らせると、栗の粗朶をどっと抛り込んだ。早速寺男に持って来させた地酒をかん瓶に移し、熱した炉の中の灰の上に置いた。

「歓待々々とえらそうに云っても何もない。湯豆腐で我慢をしてくれ。その他の肴は語り明す事だ。つまらん戦争だった、何もかも不自由が通り相場になってしまってなあ……しかし、貴様とこうして酒が飲める事に、俺は満更莫迦な戦争ではなかったと思う。あっはっはっはっ」

「相変らず、貴様は悟りきったような顔をしとる。はっはっはっ」

川守にとっても、こんな満ち足りた、こんな落着いた気分を味うのは何年ぶりかだった。やはり来てよかったと思った。

「その後、疵の方はどうだ」

「どうやら、固ったらしい。貴様はどうか」

「うん。杖なしで歩ける。摺こぎのような義足をつけて檀家廻りをやってる。さ、上かんだ。乾杯をしよう」

話はそれから止め度もなく続いた。杯も重なった。二人共てらてらと脂をうかせ、猩々《しょうじょう》の如く赫くなった。良忍は便所に立って戻り、坐につこうとして、ふと川守の顔に、郷愁にも似た淋し気な影を見つけた。（不愍《ふびん》な奴だ。こころに古里をもたぬさすらいびと……苦労をしただろう）と、陽にやけた皮膚と、窶《やつれ》からそう察した。M署の刑事がやって来て、大体の事は聞いて知っている良忍だ。今夜はその事に関しては何も云うまいと決めていたが、つい話のつぎほがとぎれて、

「ときに、何故もっと早く尋ねてくれなかった」

「うん……来たいとは思ったが、色々とふんぎりのつかん事もあってなあ……」

「そうか……そうだろうとも。人間は誰れだって迷うことがあるよ。苦労しただろうなあ……いやよく判る」

「うん……でも、俺は貴様が買いかぶるほどの人間じゃない」

「うむ……判ってるよ。今夜は、もっと他の話をしようじゃないか……」

「うん」

川守は、少し充血した眸に、赤い榾火を瞶めていたが、思い詰めた様子で、

「大石……俺は懺悔がしたい。貴様に労られていると、ついこのまま帰りたくなってしまう。それでは、俺はまた地獄へ落ちてしまわねばならん」

「うむ……なるほど、懺悔か、よかろう。それを聞けるほど俺は名僧知識じゃないが、云わざるは腹ふくれたるに似たり——その言葉もある。気持の悪いものは吐き出してしまえ」

良忍は、川守が尋ねて来た以上、どうせその事は、一度は訊ねもし、聞きもせねばならぬ問題だと思った。それを今聞く事によって、この男の肉体に刑罰が下される前に、心が救われるならば自分にとってもふさわしい行の一つだと考えた。そして、少しく居ずまいを直すのだった。川守はそれを感じて、ほっとしたように、あぐらの膝を引き締めた。

「さあとなると、何から話していいのか……何しろ俺は、ここ数年間というものは気狂いのような人間に成り果てていたんだ。どうしてそんな気持になったか……今でも不思議な気がする……」

「うむ」

「いや……それは少し卑怯な云い脱れかも知れない。判っているんだ。羞かしい話だが、たった一人の女のために……」

「うむ……」

「話が、あと先になるか判らないが、まあ聞いてくれ。昭和××年の夏、その頃、ある男が海軍に籍を置いて、戦艦Mに乗組んでいた。夜となく昼となく、猛烈な訓練

で、自分という者を考える暇がなかった。それは当然の事で珍らしい話ではない。名誉の戦死——この一言に総てを投げ出す事以外に脇目をふる事は許されぬ事だった。それは特に、間もなく参加するはずになっていたA島救援作戦にMが主力として行動を開く事になっていたから尚更の事だった。ところが、その月の×日、K軍港近くの秘密基地に仮泊していた戦艦Mにとんでもない椿事が、突如何の前ぶれもなしにやって来たのだ。午前の訓練が終って中食の休憩中、その男は機関室を抜け出し、甲板当直の目を盗んで、前部一番砲塔のもの影に暫く佇んだ。幾時間か後にはそこを出で、再び見る事の出来ぬ故国の山河に堪らない愛情を覚えたからだ。その附近はその季節になると霧の深いところだった。その日は特に深いガスが朝からたちこめて、いつ暮れるとも知れなかった。だから、目的の山河どころか、かもめの姿さえ見られなかったのだ。しかし、その男にはその対象となるものが、深いガスの中によく見えたのだ。野崎暁子の気高い美しさをたたえた顔が……遠く近く、大きく小さくすぐ眼前のスクリーンに、その男が考えた通りの表情ではっきり見えたのだ。間もなくガスに濡れた砲塔のアーマーを離れ、不名誉な叱責をうけぬ間に機関室へ帰ろうとした瞬間だった。突如四万五千頓《トン》もある巨艦が劇しく身顫いして、忽ちその男は空中に投げ出され、手足をもがきつつガスのたちこめた海面に落下したのだ。考えてみると、その怕ろしいエネルギーが、それ以後のその男の運命を支配したのだった。

一旦潮を潜って浮き上って見ると、艦は大きく向う側に横倒れとなり、津波のような水しぶきを上げて一瞬の内に沈んでしまった。暫くは巨大な水泡の水柱が盛り上り無気味な音が連続した。どうしてそんな事になったのか——考える暇なぞなかった。ばらばらと人間の手足や鉄材の落下する間を縫うて、力の限り泳ぎ、そこから必死になって遠去かった。気泡の噴騰が終れば巨大な渦が何もかも水底に吸い込むからだ。間もなく浮き上った重油の黒い幕の流れる反対の方向へかなり逃げる事が出来た。僚艦がその音響をききつけたのだろう、偵察ランチが一隻出動して来て、警笛を吹き鳴らし、気狂いのようにそのあたりを駈け廻っていた。が、その音も間もなく深いガスの中に消えて行った。波音さえせぬ静寂が襲うと、考えてもみなかった生への執着が犇々《ひしひし》と軀と締めあげて行った。遠くへ離れろ——誰れかが耳許で囁いた。死なないでね——そんな声も聞いた。すると今度は、数隻のランチが出動して来て、左に右に警笛を鳴き交し、ガスの中を出たり入ったりした。ある時はかなり近くまで来て、何やら漂流するものを鳶にひっかけて行った。その時、手を挙げて呼べば、助かっただろうのに、その男は反対に水へ潜ってこれをやり過した。何故だ――助かったとて、やはり同じ運命が待っているからだ。砕けてしまうか、手足が千切れて役にたたなくなるかせねば、絶対この重労働は許されぬであろうからだ。

幸か不幸か、ガスにまぎれ、遂に安全な黄昏まで泳ぎ続ける事が出来た。全くの暗黒が迫った頃、これと見当をつけた長い海岸線に本州の点々たる灯かげを認める事が出来、砂浜に這い上った。目立つ服装は既に海中で脱ぎ捨てて褌《ふんどし》一つだった。近くの、それも農家を選んで何とか恰好を着けた。それからその男の脱走生活が始まった。翌々日の夜、燈下管制の厳しいKの軍港町へ、野良犬の如くさまよい出た。生の歓びを抱いて女に逢うため――女の家は、海軍の兵隊相手の素人下宿だった。折よく家を出た女に逢う事が出来た。女は、よく無事で――といって、もの影で抱きしめてくれた。その温さに甘える事は、余りにも恐ろしい。脱走したんだ――とその事情を告白した。きっとその一言で女は驚くに違いないと思ったが、私のために――と云って泪さえこぼし、決して死なないで――とも云った」

語る川守の眸は熱情をこめて、異様な光りを帯びていた。ややもすれば噴きこぼれようとする感情の果を、暫し瞑黙で押し静め、

「譬え話で誤魔化したりして……嗤《わら》わないでくれ。見当はついたと思うが、その男とは……この俺の事なんだ」

「……?」

「だが……厳しい白日の下に、脱走兵の生活がどう続けられるものでもない。しかし、俺は暁子の云う通り、飽くまで生き取らねばならんと覚悟した。刑死するか、戦死するか――どの道落ちる先は一つだ。俺はそこで一旦女と別れて海岸続きのH市へ出た。そう心に決めると、悪夢など追い出すのは造作もなかった。その頃どの工場でも人手不足で困っていたのを幸い、町工場へ雇われた。だが、そう甘く目的を達する事は出来なかった。何故なれば、前雇傭主の承諾書だとか、技能者登録手帳だとかいったものが是非必要だった。海軍で身に着けたものを活かすために、俺は経験者だとの触れこみで雇われたからだ。結局そこを僅か十日ばかりでやめるより外は

なかった。次の工場へ行ったが、そこでも要求する事は同じだった。そこで今度は思い切って大きな工場へ入ってみた。今までの経験でその時人夫で入った。そこで初めてその問題を外す事が出来た。都合の好い事に寮へ入る事も出来た。そうして四ケ月は夢のように済んだ。その間、無論暁子と幾度も逢った。何だか遣瀬ない中にも、次第々々に生への現実を取り戻しつつ女と逢っていると、互に激しい焔の如き愛情がその度に募って、二人は益々固く結ばれていった。

　女が、苦しい戦争に狩りたてられて、Kの海軍工廠《こうしょう》へ勤労奉仕に出るようになってから、俺に、子供の出来た事を、口頭でなく、手紙で知らせて来た。俺はその夜、嬉しさの余り夜勤を脱れて、態々女に逢いに行ったほどだった。二人の愛情を祝福するために……」

十　告白された真相

「二度と戻らぬあの歓びと生への感謝……厳しい現実が再び二人の上に忍び寄って来たのだ。その頃、大都市は空襲が引き続き、Hの街もいつその洗礼を受けるか判らなくなってきた。万一に備えて、戸籍謄本未提出の者は、至急提出せよと申渡された。だが、恐らくは名誉ある戦死を遂げたはずの俺に、そんな事の出来るはずはない。その頃の俺は池田清作と名乗っていた。人間は実在しても、それを証明する何ものもない。

　×月×日の事だった。その朝の集団出勤に遅れ、一人急いで寮を出ようとした所で、寮長の事務員に呼び止められて、今来たばかりという一通の電報を托された。それをポケットに入れ出勤すると直ぐ就業時間が来た。ものの三十分も経った頃だろうか、その地帯としては初めての警戒警報のサイレンが唸った。それが空襲警報にならない内に、突如敵機が襲いかかった。「退避々々」と絶叫する監視哨の声など、何の用もなさなかった。本工場は一瞬に閃光と轟音と砂塵の底に叩き込まれ、トタンがちり紙のように舞い上り、鉄骨がボール紙をち切って抛げるよう飛び散った。俺は幸い居合せた場所がよかったので、通路脇の防空壕でその難を避ける事が出来た。僅々十分も経過してなかったが、敵機が去ってそこを出ると、実にあたりは酸鼻を極めていた。手足胴が点々と飛散し、脳味噌のない頭蓋骨が、西瓜の皮のように転っていた。吹き抜けた壁の孔の近くに折り畳んだようになって、引っ懸っているのもあった。呻くもの、叫ぶもの、それはさながらの地獄図絵だ。俺はとにかく、自分の持場へ急いだ。戻ると、そこにも一人倒れていた。頭部が崩れて、誰れとも知れないが、着ている作業服の、胸のところの認識名札で直ぐそれは知れた。徴用工で、寮の第三班長を勤めている男だった。きかぬ気の男だったが、さっぱりとした気性の元気な男だった。未だ今朝の事、寮の庭で元気な号令をかけていたのに……と考え、そこで、始めて今朝寮長から托された電報の事を思い出した。それはこの男宛のものだったのだ。それをポケットから出して読んでみると「×月×日午前九時、××部隊に入営せよ」という文面だった。しかし、もうその必要はないのだ。その男はもう一足飛びに再び帰られぬところへ旅立ってしまった……そんな事を考えて、ふとその男の胸ポケットに端を覗かせているものに目がとまった。引っぱり出すと戸籍抄本だった。写真もあった。欲しくて堪らないもの、しかもその男に必要のないもの……それを無意識に俺はポケットに入れると、胸の名札をもぎ取って、そこを出た。そして蜂の巣を叩いたように困難する正門を、死体搬出の群れに交ってとび出した。

少し気分が落着くと、俺は暁子の事を思浮かべた。もう十日も逢ってない。そればかりでなく、もっと気に懸りながらも夜勤で思うに任せなかったので、それを確める暇がなかったのだが、四日ほど前と五日ほど前、二日連続してKの海軍工廠と街が空襲された噂である。それを思うと、もう矢も楯も堪らなくなって、脱走者という危険も、そこが一番危険な区域だという事も考える余裕がなかった。それでも海軍巡邏の目をかすめ、街にかかると、中心部は実に見事な焼野原となっていた。暁子の住居など見当もつかなかった。絶えず、何かを念ずる気持で、やっと、間違いなくその場所を探し当てる事が出来た。枝を焼きとられた梧桐があり、防火水槽がそれを証明している。しかし、そこにたちつくした時、俺は真暗な奈落へ引き込まれるような気がした。大地が、再び戦艦Mのように盛り上って転覆するかのような錯覚にも襲われた。

崩れた煉瓦を積重ね、それに凭せかけた板ぎれに、たどたどしい筆跡で（野崎うめは、××ぐん、××村の野崎太市かたにいきました。暁子は、×日のくうしゅうがもとで、しにました。いけだせいさくさまに、ゆいごんしてくれともおしますから、きてください。たのみます）たった、それだけの文句が……俺を真暗なところに抛げこんでしまった。万事が終った。あれほど、互にきっと生き延びようと契ったのに……暁子は俺に一片の夢の欠けらを残して死んでしまった。俺は、泪も拭きあえず、あの電報を握って入営してしまった……どこか判らない遠いところへ……この魂の抜け殻を埋めるために……」

梢火はおきになって、蒼白い焔をちろちろとあげていた。自在鍵に吊した鍋の中で、湯豆腐の欠けらがゆっくりと宙返りを続けていた。川守の頬に伝う二条の白いものが、あとからあとから膨れあがった。良忍は息を耐えて聞いていたが、

「うーむ」

と、大きく一つ長大息をついた。そしてせきこむように、

「じゃ……じゃ、貴様は一体誰れだ?!」

これは少しおかしな訊ね方だとは思ったが、他に適当な言葉が見当らなかった。

「俺は、横池敏行が本当の名なんだ」

「川守茂は?!」

「Hの工場で、爆死した男だ」

「それで……貴様は川守茂に今日までなり済してきたのか……そうか……」

「そうだよ……この俺を軽蔑してくれ……嗤ってくれ」

「いや……誰れだって貴様は貴様だ」

良忍は、自分で自分の云う事が判らなくなって、変な気持になった。が、そんな事はどうでも好い事だし、

「軽蔑なんかするもんか……じゃ何のために羽仁家の廻りをうろうろしたんだ」

「それは、この写真だ」

川守の横池は、ポケットから一葉の写真を出した。受取ってみれば、それは見覚えのあるもので、かつて彼の手箱に発見したものであり、羽仁艶子の写真に他ならない。

「これは、羽仁艶子のじゃないか?」

「そうだ。その写真に書いてある、死んだ川守の何にあたる人か知らないが、それが……」

「それが、どうしたんだ?」

悲し気に言葉をきった横池を瞶め、良忍は反問した。

「それが、亡くなった野崎暁子に生き写しなんだ……偶然の暗合にしては余りにも悲しくて……」

「うーむ」

「俺はそれを、偽の入営以来、その人には悪いが、暁

子だと思ってじっと持ち続けた。その夢と一緒に亡びたいと思って……だが、助かって帰ってみると、もう一度あの倖をと、迷いが出たんだ。悪意はない……それで、戸籍抄本を頼りにでかけ、川守の最後を話し、邸の廻りをうろうろしたんだ……出来れば、川守の最後を話し、その非も詫びようと……それで四ケ年間の悪夢を精算しようとした。ただそれだけなんだ……邸内へ忍び込んだ事もあったが、到々それも果せなかった……」

慚愧してか、そのまま深く良忍の前に頭を垂れるのだった。山寺の夜は森々と更け、どこかで鳴る瀬の音が、松籟《しょうらい》とまがうばかりだった。

十一　意外な事実

川守茂事、横池敏行が良忍に付き添われ、M署へ自首したのは、それから二日後の午後だった。

「川守茂なる男を、自首させました」

と、受付に良忍が告げた事に、M署は、すわこそと色めきたった。敏腕を以て聞えた梶本警部は早速引見して、大石良忍の協力を感謝すると、直ちに川守茂（その時まだ梶本主任は固くそう信じていた）を調室に呼び入れた。逃避行の憔悴歴然たるその面ざしを見やり、

「君が、川守茂かね」

「そうであります」

兵隊服に兵隊靴だ。

「色眼鏡は、どうしたかね？」

「ここにあります」

悪びれた様子もなく、それを胸ポケットから出した。

「ふむ」

ちょっと考えて、まず聴取をする前に、念のため指紋を採っておこうと思って、その準備を同席の部下に命じた。

「左手を出して……」

「え？……」

「左手を出すのだ。指紋を採るから」

「指紋ですか？……」

「驚かんで好い。君が現場に遺留した指紋があるんだ。それを比較する」

「はあ……」

川守は少し、ぽかんとして、左ポケットに突込んでいた手を出し、言われた通りニスの禿げたテーブルの上に

差し出した。かたん――と、音がした。

「あっ⁈ ……」

梶本主任は小さく驚きの声を発し、唖然とした。居合せた係官の中にも「おっ？」と奇声をあげた者もいたが、誰れも自分の眼を疑って、茫然とした。

そこに延べられたもの……それはずんぐりと滑っこい義手だった。

「どうしたんだッ？ ……その腕は？」

どこかへ、落してきたのではないか――と云いた気なものを呑み込んで、主任が訊ねた。

「はい。戦地で失くしました」

「うーむ」

唸らざるを得ない。これは、偽物じゃないか？ 早速大石良忍を控室から呼んで、それをただした。良忍は手短に当時の戦地の状況を語り、自分の義足も見せた。

「ふーむ。なるほど」

そこで初めて聴取が進められた。長い告白が終って、川守茂が横池敏行である事情が判った。腕をまくらせると、慥かに肘関節からの義手である。（義手に指紋があるか？）答えは至って簡単である。否、この男に完全な左手が仮にあったとしても、求める指紋は違っていたはずである。否、もっと大きな根本問題がある。偽者の川守の告白に依れば、本物の川守茂は足掛五年前に死亡している。肉体は荼毘に附され、白骨になって満四ケ年。では、現場に遺留された指紋は誰れのものか？ 指紋台帳に保存された川守茂のものである。？ ……？ ……？。未だかつて、経験法則の上にも、科学捜査の上にもこんな矛盾を知らない。

梶本主任は、頭がこんがらかって、何が何だかさっぱり判らなかった。しかし、捜査官としての理性を失ったわけではない。早速横池の履いていた編上靴を脱がせ、現場に遺留された靴型と比較させてみた。やや日数が経っているので、鋲のへり方こそ多少違うが、配列の特長その他には一分一厘の狂いもなかった。

それを要点として更に聴取を進めると、兇行当夜、及その前日建仁寺垣を乗り越え、邸内に侵入した事も、誰れかに発見されて、ちょっともみ合った事も、艶子を数回に亘って蹴けた事も、何のよどむところもなく答えた。試に丈多郎が受けた前額部の疵を参考に、義手を調べると、慥にそれと符合する金物が確認された。こうまで理路整然としてくると、当面の取調としては決め手がない。自然、やまこをかけるより道がない。

「君はあの晩、按摩に金をやって、ある事を依頼したね？」

「あんま？　それは何の事でしょうか？　全然記憶がありません」

手応えはゼロだった。

「では、何のために、羽仁艶子を殺し、その父親まで殺す必要があったかね？」

「殺した？　……あの人をですか？　……そんな、そんな事はありません。信じて下さい。そりゃ五年もの間、死んだ女の夢ばかり見続けては来ましたが……そんな戸迷った事は、決して致しておりません。それぱかりは、天地の神に誓ってしていません」

取調べはそれで打ちきられた。しかし、物質的な利益を得るためではないが偽名し、他人の住居へ不法侵入しているし、また、丈多郎に傷を与えている事実はまげられぬ。それと何としてもこの殺人事件には重要なわき役者であるから、一応留置される事になった。

さすがの梶本主任も苦悶した。これで初めから捜査方針の樹て直しをせねばならぬ破目になったからだ。

×　　×　　×

「やあ……」

「よおう……よく来てくれた。忙がしい軀だとは思ったが……何しろ七八年ぶりだからな」

「全く……今夜はまた、お招きにあずかって有難とう。相変らず元気で結構だ」

「うん。君も元気で何よりだ」

親しい間柄では、挨拶もあと廻しになり勝ちだった。

加茂川の流れを窓の下に見て、と云っても、時季が時季だから、塗り骨の障子は閉め切られていた。それでも、水音だけは幽かに、舞台放送の擬音のようにきかれた。

落着いた感じの、純日本式の座敷だった。研ぎ出しの食卓を挟んで、正座についた人は、珍らしくも古田三吉で、これを招いた人は梶本警部であった。

「それで、今度の予定は？」

「うん。明後日の特急で帰る」

「それは忙がしい事だな……久し振りで、京都情緒を味ってもらいたいところだが……」

女中が酒の用意をして、二人入って来た。並べられた器にも、しっとりとした色彩と形が吟味されていて気持がよかった。

「時に、君は仲々活躍で結構だな。第一線の我々を尻目に名探偵ぶりを発揮して羨しい」

「いや、煽動《おだて》られるほどのものではない……も、ぐ、り、だよ」

「そのもぐりにしてやられるんだから、油断は出来ん」

「時には、河童も川流れになる事もあるよ。はっはっはっ」

「はっはっはっ……そりゃ、あるだろう。現に僕がそれだ。君を一夕招待した目的は、実はそこにあるんだ」

「ほう……気味が悪いね」

「策を弄して気がひけるが、これも余儀なき事の始末で御座る」

「ほほほ……ほほほ……」

女二人が嬌声をあげて笑った。

「冗談はともかく、さすがのカジモトも閉口しているんだよ」

「本職の方かね……それとも、艶福の方かね？」

「艶福などは、十年も前に足を洗ってるよ。今更羞かしい事を云わんでくれ」

「ほう……鬼警部と云われた君がねえ……本気には頂きかねる」

「鬼警部か……もうそんな若さは、今の僕にない」

「おやおや、未だ三十五じゃないか」

「根が、仏性でね……近頃は角《つの》がとれた。専ら人間的な素地を作る事に心がけとる」

「多情仏心かね」

「どうも、君と話をすると、掛合い漫才になっていかん」

「学生時代の癖が出てね。はっはっはっ」

「はっはっはっ……いや、これは笑ってばかりおれん問題だ。まあ、ちびりちびりやりながら話そう」

仏師殺しの内容が、本職の要領よさで語られた。聞きての三吉の眸が、異様に燿いた。

「なるほど、ちょっと類例のない事件だね」

「そうなんだ。それで、第二方針樹立の中心は『按摩を利用した者』これに重点を置いて出発すべきだと考えている。指紋の点は後廻しにして……被害者が二人いる
――という答えから、犯人を逆推理せねばならん」

「そりゃ、もっともだ。按摩が羽仁家へ出掛けるのを、二丁も離れたところで待ち伏せた事は、それをよく知った者という事になるからね」

「そうだよ。前後の事情から考えて、どうしたってそれは、羽仁家の中に居るとしか……そう考える事が至当

だ」

「うむ」

「そこで僕は、丈多郎を疑う」

「動機も充分肯定出来るからね……それで、その調査は？」

「残念な事に、当夜そこにいた二人は死んでしまった。今更その方法がないんだ。女中がいたが、これも重なる事件で、今は御室の親元へ帰っている。もっとも、これは年齢が十三で、さっぱり要領を得ん。当夜、丈多郎が按摩の来る前に外出した事実――これを随分あたったんだがね。結局不成功だ。按摩も五六回根気よくやったが、盲人で不得要領……これが本当の盲点だ」

「ふふふ。じゃ、全然駄目なのかい？」

十二　私設捜査会議

「そうでもない。架空……いや、どうもこの辺のところがややこしい……有力容疑者の川守を名乗る男が捜査線上にあった時はそうでもなかったが、いよいよこれが真っ赤な偽者と判ると、兇行の態様をもう一度考え直さねばならん。まず、兇器がそうだ。二回とも同じ種類のもので、同じ遣り口だ。外部から持ち込んだものなら、ともかく、一つは丈多郎、一つは嘉善のもので、共に兇行の家の仕事場にあったものだ。容疑者の川守を除外すると、これを使用する可能性のある者は、丈多郎という推定がつく」

「もっともだ。他にそれらしい者はないのか、知人親戚関係に？」

「全然ない……推測上は丈多郎一人と断言出来る」

「ふむ、なるほど。しかし、丈多郎一点張りでは、説明出来ん事があるね」

「どこだね……それは」

「艶子殺しだ。完全なアリバイが丈多郎にあるというじゃないか……被害者の推定死亡時間に？」

「そうだそうだ。それがある。そこで指紋が問題になってくる」

「うん。犯行欺瞞のトリックに指紋を使えば、あるいは、自殺した艶子の死を殺人に見せかける事も出来るからね……」

「なるほど。鋭いな君は、相変らず。そうとすりゃ、丈多郎のアリバイは有るのが当然だからな……こりゃ、面白い推理だ」

「いや、感心しちゃいけない。どちらにしても、嘉善殺しは丈多郎ではないか——という一聯の推定だからね」

「うむうむ、判った。一応考慮に入れておこう。そこで、指紋だよ。これが頭痛の種なんだがね」

「そうだね……じゃ、ここでは丈多郎を犯人と見立ててだね、どうして川守の指紋を使用したかを考えてみようじゃないか。仮に、丈多郎がそうでないとしても、指紋の問題を解決せねば犯人を割り出す事が出来んからね。有名なA氏の探偵小説に、これとよく似た小説があったねえ」

「そう。それを僕も見い出した。が、まあこれを見てくれ給え」

梶本警部は、内ポケットから二葉の写真を取り出して、三吉に示した。

「こちらは現場に遺留された、こちらは指紋台帳に記録された、何れも左拇指の拡大写真だよ」

「なるほど。これは、どちらが指紋台帳のものか、説明がなければ判らんほどだね」

「衆目の一致するところだ。そこでだね君、丈多郎と川守は一つの屋根の下で暮した事がある。もし、川守の指紋が何かにはっきり残されていると考える。仏師だから、塗料も色々と使うだろうから……譬えば、生乾きの漆の表面に残る。そこでそれを利用する。彫刻が出来るから簡単に出来る……この推定はどうだね」

「それも面白い考え方だね……漆に残ったなどは好い。だがそのままは使えないね、逆になるから。それを手本に彫ったとすりゃ、ゴムだとか、木片も考えられるが……しかし、こんな巧妙な複製指紋は名人芸だって出来ないよ。圧面の調子から、ぼけ具合、これはどうしたって平面なものに彩りつけて押し付けたものでない。また、こんなにも自然な弾力は、ゴムからだって得られない。よしんばそれが出来たとしても、それほど柔いものには彫刻の刃が乗らないね……流し込み型でも作らない限り」

「ふむ。そうかね……」

「それに、遺留指紋の方は、線がすべて太く出ているね」

「うん。それは慥かだ」

「と、云う事は、指紋を押した指の表皮全体が、薄くなっていた……即ち凸面が低くなっていたんじゃないかね」

「どうも……君の意図がはっきり判らんが……まさか同じ指紋の人間が居たというわけじゃあるまいね？　持っては来なかったが、中指のものもあるからね……」

「その方の、拡大写真はどうかね……これと比較して?」

「大体、君が云うように、やや太い感じはある」

「君……これは真物の指紋だよ」

「えっ‼　真物？　五年も前に死んでるんだぜ当人は……アルコール漬の指でもあるというのかね?」

「爆死当時、川守茂は徴用になった工場で、どんな仕事をしていたんかね?」

「調査の結果では、調質工場の、焼入工をしていたそうだ」

「焼入工をね……ふーむ。じゃ、これは真物に間違いない。爆死の通知を受けて、死体引取に行ったのは丈多郎だね?」

「そうなんだよ……それで……」

「屍体の状況は?」

「うん。部下がT工業会社へ調べに行ったら、都合よくその屍体収容をした男が未だ働いていてね……その話によると、頭部は目茶目茶で、容丰は不明だったそうだ。手足共無数の骨折で、非道く爆風にやられたものらしい。指などぶらぶらしていたとの事だよ」

「じゃそれに間違いあるまい。丈多郎は川守の遺品として、指を持って来ている」

「ほう。どうしてそんな事が云えるかね。当人は、遺髪と、火葬にした骨の一部を持って来たとだけ、云ってるんだがね」

「隠しているんだろうね……じゃその説明をしよう。先刻云った通り、皮膚が一面に薄くなっている……これは重大な事だよ。何故そうなるかといえば、常に薬品、それも薬液の如きものだね、それに浸されるためだと考えられる。当時川守は、焼入工をしていたとの事だね。焼入工には恰度それに当て嵌る作業があるんだよ。焼入れする物を一定の温度に加熱し、水中に投下して急冷をする。その急冷を助長するのに、一般には五%から十%くらいの苛性ソーダを溶解したものを使用するんだ。無論水洗いやウエス手袋は使うのだが、戦争中で、自然素手で扱っていたんだろう……その指を持って来て、それを兇行に使っていると推定するんだ」

「じゃ、どうしてそれを五年間も保存したんだ。そのままじゃ腐敗する。乾燥すりゃ目的は達するかも知れないが、干物が出来上るだろう。アルコール漬じゃ、あんな鮮な指紋は残らない……」

「薬品で腐敗を防ぐ方法もあるが、丈多郎に果してその智識があったとも考えられんしね。その点僕にも判らない。第一どうした目的でそれを持ってきたかも判らない」

「まさか、五年後の犯行に備えたわけでもなし、何しろ肝腎の二人が死んでいる事は、それを聞き出す方法もない」

「ところで梶本君、偽者の川守が忍び込んだ時、何か変った事でも目撃してないかね。せっかくここまで推理が進展したんだから、藁でも摑みたいが……」

「そうだね……こころ当りはないよ。ただ一つこんな事を云っていた。兇行前夜、仕事場附近まで忍び込んだが、電燈は点いているし、人が居る様子だったから暫く軒下に蹈んで、例の艶子でも姿を見せないかと待ったらしい。だが、その気配もなし仕事場の人もそこを去りそうにもないので、窓からちょっと覗き、そこを出たと云うんだ。中に居たのは丈多郎なんだが、その時の横池の述べるところでは、丈多郎が何か赤い丸いものを電燈の下でひねり廻していたと云うんだが、無論それが何であるかは調べてない」

「ほほう……兇行の前夜にね。それが何であるかは別としても、時間的にちょっと面白い現象だね……」

「結局古田君、結論はどうなんだい?」

「出ないね、残念ながら……しかし、僕はそれを確信する。捜査押収《ガサ》をやったらどうかね」

「それより他に方法はあるまい。強行手段に訴えるんだな……丈多郎を疑う材料は充分だから」

話はとんだ席上で、捜査会議になってしまった。女達も遠慮して席を外していた。梶本警部は、

「やあ、すっかり酒が冷えた。これでこの話は打ち切りだ。熱いやつをぐっとやろう。持つべきは、良き友だね」

と、上気嫌に手を打って、女を呼んだ。

十三　朱椀

翌早朝、梶本警部は捜査令状の交附を受けると、自ら部下を指揮して、十時頃羽仁邸に到着した。

五六回も呼びたてると、丈多郎が玄関を開けた。三白眼が濁ってどろんとしていた。着崩れた和服――酒に酔っている事が一目で判る。そのせいか、何の感動もない様子だった。係員が令状を提出し、

「捜査令状です」と告げたが、ろくろく目も通さないで、

「さあ、何でもかでも、好きなように捜すが好い……でしょう」

「立会ってもらいたいですがね」

「儂は酒に酔っているんで……怪しいものがあれば、勝手に持って行ってもかまわん」

もつれる舌を廻して、そのまま奥座敷へ入ってしまった。

「よし、適当にやろう」

梶本主任を先頭に、廊下を渡って、まず仕事場の手前にある、参考品の保管室へ入った。目的は、「指」の隠せそうな場所、容器である。二人ほどは、別な方向へ配置された。

その部屋には、大型のガラスのケースがあり、三段になった棚には火舎《かしゃ》香炉だの独鈷《とっこ》杵、銅香水入から十一面観音化仏、匂欄の破片、さては蓮弁と、実に他種多様なものが緑色の羅紗《ラシャ》の上に並べられてあった。光りをもったもの、黒ずんだもの、さながら博物館にいる感じだった。主任は一つ一つを観察したが、別に気をひかれるようなものは見出だせなかった。

広い、そしてさびた邸内も、今は丈多郎独りが住っているのか、がらんとして、何だか悲劇のあった家のような寒々としたものを感ずるのだった。どんよりとした日和が、尚更そう思わせるのかも知れなかった。

そこを引き揚げると、次は仕事場に移った。羅漢像の半製品が、正面の棚に置かれ、首が、ずらりと並んで、中にはこの闖入者達を見据えているのもあった。鑿、鉋、鋸、罫引、木槌の雑多な道具類が、整然と壁面に整理されていた。一隅には、ちょっとした鋳造も出来るように火床もあり、坩堝《るつぼ》も並べられていた。中央部の床面に上げ蓋があり、それをはねて覗いて見ると、漆の類が貯蔵されてあった。

一隊は懐中電燈を点して、梯子を下し、二階の木材乾燥場へ上った。間もなくその一人が、赤い丸いものを持って下りて来た。

「二階の隅に、こんなものがありました」

「ほう……」

梶本主任は手にとった。それは何のへんてつもない朱塗の椀だった。丈多郎が、電燈の下でひねくり廻していたというのはそれに違いない。しかし、この椀が何だというのだ――主任は、蓋を取ってみたり、透かしてみたり、手袋をはめた手で色々の角度からそれを眺め廻した。

「主任……あんたがそうしておられる恰好は、まるで判じもんですなあ」

部長刑事が笑っていた。

「ふふふ……いや、全くだ。しかしね君、これは笑い事じゃないかも知れんぜ」

第一、お椀が素材の乾燥場に抛りこんであるのがおかしい。周囲のものが埃りまみれになっていたのに、これが、最近きれいに拭われた形跡が顕著だ。

「いずれにしても、丈多郎に訊ねてみる価値がある」

「そんなものですかねえ」

刑事、部長は余り気のなさそうな返事だった。結局、丁寧な捜査にもかかわらず、期待するほどのものは発見されなかった。お椀にしたって、捜査押収の対象品としては、前代未聞だろう――それも、何に使用したかの目的も知れない――が、ともかく、それだけの収獲で、なかばがっかりした気持を抱き引き揚げる事にした。

丈多郎の、長々と寝そべっている座敷を探し、主任が捜査の終った旨を告げ、お椀を差し出し、さて、訊ねようとすると、

「そ……それをどうするんだ‼」

と、意外にも恐ろしい見幕で丈多郎が立ち上った。それで（ははん）と、一切を悟った。こんな慥かな返事はない。（これは案外、重要性があるぞ）と、内心主任は喜んだ。

本署へ戻ると、応接室に来客が待っておいでですと、受付の婦警が告げた。出てみると、古田三吉だ。

「やあようこそ……昨夜は大いに啓蒙された」

「いやこちらこそ……少し時間に余裕があったのでお邪魔した。結果はどうだね。自信有り気な事を云った手前気になるんでね」

「直接証拠になるようなものはなかった。しかしこんなものがあったよ」

「へえ、こりゃお椀じゃないかね。変てこなものをが、サって来たんだね」

「夜店の道具屋みたいに、そう素見《ひやか》すなよ。案外、手応えがあったんだぜ」

丈多郎の態度を話し、これが例の、横池が見たと云う

品物であろうと付け加えた。何を考えたか、三吉は真剣な眸色になって、

「ふむ。何はともあれ科学的なデーターをとってもらおうじゃないか」

「鑑識だね……？」

「そう。早いとこね。僕も余りゆっくりはしておられんが、結果は知りたい」

「よし。直ぐやらせよう。朱椀と、手腕比べといくかね」

「ははは……相変らず駄洒落がうまいね」

「いや、君と向い合っていると、つい学生時代の癖が出るんだよ。ふふふ」

笑いながら出て行った。


ほどなく鑑定の結果がもたらされた。朱塗椀はわじま漆器で上質のものだという。相当長い間放置された埃が、極く最近拭い取られた事は予想通りで、しかも、同一人の指紋が一面に検出されている（この指紋はM署に採取されていた丈多郎の指紋と同一だった）蓋の周辺に白色のものが附着していて、鑑定の結果、白蠟と認定され、かつ、椀の内部に僅か附着していた、黒色の汚れは、検鏡の結果、綿の類、譬えば脱脂綿の如きものの、燃えかすである。

「脱脂綿の如きものを燃す……ふむ」

梶本警部が腕を組んで考えた。

「判った……缶詰の原理だ‼」

「あっ……そうか。なるほどなるほど……熱い吸物が冷めると、蓋を吸引する……あの原理だな‼」

「うーむ。全く、素晴らしい犯人の思い付きだ。指は、このなかに保存されていたんだよ君……」

「そうだ、そうだ。そして、白蠟で封印していたんだね‼」

「犯人は、丈多郎と決った。いや、お目出度う……梶本君」

「有難とう……君の努力だ」

二人は手をとり合って、硬く握手をした。

「はっはっはっ……」

「はっはっはっ……」

「恰度、時間がない。じゃ、僕は失敬するよ。何れこの成功の結果は特急列車の中で新聞を通じゆっくり拝見しよう。では元気で……」

「うん。何のもてなしもなくて悪かったね古田君。ま

あ、せめてこの成功を君の土産と思ってくれ給え。じゃ、またの機会まで元気でやってくれ給え」

互に友情をこめた眸が、暫くかち合って輝いた。

十四　悪人即仏

榎木丈多郎は、即時逮捕令状を執行された。羽仁嘉善、並に艶子殺しの最有力容疑者としてM署へ連行されると、直ちに取調が開始された。もうその頃の丈多郎の態度は、がらりと変っていた。

「君は、うまい事我々を騙していたね」

梶本主任は穏に問いかけた。相変らず酒気を帯びて、五分刈の頭が、波に揺られる船のように、絶えず揺れた。だが、何の感動もなく、白い眼を不安にくるくる回転させていた。

「ひひひ……とうとう、お椀の秘密を嗅ぎつけられたか……」

硬張った薄笑いに唇を歪め、椅子に掛けたまま、じっと三白眼で梶本主任を睨んだ。

「そうだよ。もう隠しても駄目だ……有り体に云ってもらった方が好いね」

「そこまで調べがつきゃ……見事なもんだ。でも、やっぱり儂が喋らにゃ判らん事もある……」

「その通り」

「じゃ……何なりと訊いてもらおうか……」

態度に似合わず、言語ははっきりしていた。駄目だ――と観念しているのだろう。こうなれば、心配した事もなく取調べられると、主任は思った。

「指は、二本有るね、尠くとも……目的を達して、どこへやったかね?」

「紅白染分けの梅の、盆栽の鉢の中に埋めてある……右隅の苔をめくると出て来る……親爺の居間……」

主任は、黙って傍の一人に目配せをした。刑事はその意をうけて出て行った。

「何の目的で、あんなものを満四年間も保存していたかね?」

「川守死亡の通知が来た。儂は未だ、その時艶子は結婚していなかったが、その屍体を受取りに行ってくれと師匠から頼まれた。師匠は神経痛で動けなかったからだ。表面は、いやいやそれを引受けてHのT工場へ到着した。これだといって見せられた即製の棺の中で泥人形を叩きつけたようになって納っていた。儂は内心、ざまを見ろ——と、実に愉快だった。顔では判別がつかないので、それを引っくり返して、左肩の黒子《ほくろ》を慥かめてみた。それが確実にあった。二分ほどの丸いやつに、干からびた毛が一本伸びている事まで慥かめた……立会った人が『あんたは気丈ですね』と呆れていたが……」

「……」

「それから直ぐ荼毘にして、遺骨の一部を手渡された。本当を云えば屍体のままで持って帰りたいくらいのものだった。そいつを、艶子の目の前に投げ出し、可愛い男の最後の姿に、思い知らせてやりたいと……叶わぬ恋の反感で、そんな事を考えた。だが、そんな事は出来ぬ相談だ。けれども、その何十分の一の効果でもあげたいと思って、ぶらぶらと皮ばかりで下っていた手の指を二本そっともぎ取った。帰ると、それを師匠と艶子の前に、他の遺品と一緒に出して見せた。気候も寒い時の事だったので、指は無気味に白く生々しかった。艶子はきゃっといって逃げ出し、師匠はいやな顔をしていた」

「それを、どうして貯蔵する気になったかね？」

「どうせ儂は艶子に気に入られる男でない。いつかはそこを出る時機が来るだろうと考えていた。だったら、時々そいつを出して、あの女の恋しい男の無慙な最後を思い出させ、いじめてやるのも一興だろうと考えて、何か貯蔵する方法はないものかと考えたあげく、思いついたのが缶詰の事だ。遺品は指も一緒に、云い付かった通り川守家の墓に納めたと嘘をつき、その二本をお椀に入れ、アルコールで浸し消毒してから、脱脂綿をほうり込み火をつけた。少量のアルコールが燃えつきる頃、椀の蓋をして暫く放って置くと、うまい具合に目的を達した。蠟燭で目塗りし、二階の乾燥場の隅へ隠しておいた」

「……」

「けれど、それを使う必要はなかった。なぜなれば戦争が激しくなり、男という男は兵隊に行くし、師匠の神経痛も悪く固まる怕れがあったからだ。自然親娘は結婚を急ぎ、男の数にも入らなかった儂が、兵隊にも徴用にもゆかずにいたので遂にその気になり、事は直ぐ運んで式を挙げた。儂は天にも登る心地だった。色々と感情的なものはあったが、その時の儂は諦めかねていた事が実現した。生きていてよかったと有頂天だった。さすがその時は川守茂の霊にまで感謝する気持だった」

「ふむ」

「ところが、どうなるかと思った戦争も済み、師匠の病気もよくなり、世間が落着いてくると、第一に艶子の態度が少しずつ冷淡になっていった。親爺まで多少それに引き摺られる傾向もあった」

「ふむ」

「自分の愚かしさを、目に見るような気分でいるところへ、川守茂が生きていて、家の廻りをうろうろしていると、艶子が最初に云い出し、親爺もそれを信用する態度をとり初めた。だが、儂は勿論そんな事を信じない。これはてっきり儂の川守死亡の確認にけちをつけ、艶子との間を引き離そうとする魂胆に違いないと考えた。そこへ、大石良忍という男がやって来て、慥かに戦地で一緒であり、つい最近Sの病院で別れたと、変な事を云って来た。最初はそれも狂言と考えたが、話の内容が進むにつけ、そうとばかりも思われないふしがある……」

「ふむ」

「儂も少し、変な気がした。あるいはあのどさくさでは間違いもあったかも知れない。肩の黒子も偶然の一致かも判らないし、もしそれが事実とすれば、これは自分の将来を脅やかす重大な事だ……何とかこれを慥める方法はないものかと考えた、ふと頭に浮かんだのが指の事だった。川守は前科者で、体刑を受けた男だから、指紋台帳に指紋が残っているはずだ。とすれば、あの指と同一でなければならんと考えた。早速お椀を取り出し、封をとって見ると、全く貯蔵した時とちっとも変っていなかった。まさか、そうまで完全に残るとは考えていなかったが……」

「うむ。それで」

「そこである計画を思い付いた。その翌晩按摩を女中に呼びにやった。そうしておいて儂は家を抜け出し、途中で按摩を待ち伏せて金をやり、腕に万年筆で『是非逢いたい。九時半に仕事場で待つ。川守茂』と、仔細らしく書いて一足先へ帰り、按摩に揉ませ、ついでに親爺に揉ませた。親爺はいつもの按摩をよんでいるから……そうして儂は床へ入ったが、時間を見計い、裏口から仕事場へ廻り、三分鑿を握って待っていた。心の内では、親爺が来てくれない方が好いと……そんな矛盾した事も考えていた。そしてまた、川守の事は親爺達の狂言であるか知れないから、来ないかも知れないなどと考えてもみた……だが、親爺は本当にやって来た。それを見ると、一時にかっ——としたものが軀の中を駈け巡り、前後の見境もなくたった一突きで倒した。ものも云わず崩れるように床板の上に転ると、用意の指に血糊を薄くなすり付け、出入口のガラス板に二つの指紋を押しつけて、部屋へ戻るとまたそれをお椀に封じこんで、騒ぎになるのを待った」

「ふむ。それから」

「予定通り指紋は川守の台帳と引合わされ、それで川守が全く死んだと、確信をもち、少し安心した。いや、人殺しの恐ろしさなど考えもしないで、ほっとした……」

「なるほど。じゃ、本当に庭先へ忍び込んで、撲られたりした男の事はどう考えてみたかね?」

「その事は……川守が兵隊に居た事など、何かのゆき違いだろうと簡単に考え艶子が見たと云う男の事も、邸内へ忍び込んで来た男の事も、これはこそ泥だろうと思った。隙を狙って盗みに入るための偵察くらいに思っていた。家には随分金目の古美術がある事は、ある程度人に知れていた事だしするので……それに、むしろ、得体の知れない男がうろうろする事は儂にとっては好都合で、これをひとつ逆に利用して、川守の指紋と結びつけ、その男を川守に仕立て、第二の目的に備えようと考えたのだ……」

「……」

「儂の考えでは、あるいはこの事件で艶子の気持が好転するかも知れない——と、儚い希望を持っていた。が、実際はあべこべで、益々手の届かぬ所へ逃げようとする……それで、もうこれまでと決心するより他はなかった。未だに川守の事を忘れかねない憎い女……殺して、その自由を奪い去ってやるより方法はない……だが、最後のその一つさえも儂の自由にはさせなかった……」

「と、云うと?」

「あの女は、自殺してしまった」

「自殺……やはり……」

「その屍体を見て、儂は感慨無量だった。いや、口惜しかった……腹がたった。そこで考え通り二個の指紋を残し、川守が殺した如く見せかける——事によってせめてもの意趣晴らしにした。これが第二の事件の真相だった」

熱病患者の譫言のような自白は、それで一段落をつけた。丈多郎はやや疲れをみせて、大きく深い息をひとつ、肩に波打たせて吐き出した。

「ふーむ。なるほどね……さすがの君も、本当に川守を名乗る男の居た実情は知らなかったわけだからな……おまけに、その男に左腕のない事も含めて……」

「何です、それは?」

「いや、これは君に関係のない事だ……」

梶本警部は自白を聞き終って、今更ながら深いもの思いに沈んだ。

「お茶を、一杯下さい」

酔も醒め果てたのか、咽喉の乾きを覚えたのだろう、落着いたものの云い方で要求した。それは、自供の後の気軽さを感じての事かも知れない。係官の一人が、直ぐ番茶を酌んで丈多郎にやった。くっくっ——とうまそうに、一息に飲むと、

「済みません。もう一杯」

二杯目が卓の上に置かれた。

「もし、川守茂が生きているなどとの噂が出なかったら、君はこの過ちを侵す必要はなかったね?」

「いや……遅かれ早かれ、この終局は互にやって来たでしょう。互に引力のように結んでいた運命とでも云いますか……艶子親娘にそれがなくなる時、私のそれもなくなります。川守の生存説の有無に拘わらず、あの女の気持ははっきりしていたのですから……」

「じゃ、君は、その最後の場合を考えて、既に犯行を決意していたかね?」

「その通りです。ただ、時機と方法を深く考えていなかっただけです」

「ふむ。じゃ、現在、その事をどう考えているかね?」

「行為の善悪ですかね……」

「そうだ」

「別に、感ずるところはありません」

「じゃ、君には自責というものがないのか?」

鋭く、厳しい眸ざしを向けた。

「ひひひ……強いて云えば、私は常に悪人として扱われてきました。ふふふ……」

丈多郎は不敵に笑って、両の手を卓上に出し、何のしぐさか、それを弄んでいたが、左手の中指から一個の指環を抜きとって、暫くそれをひねり廻していた。が、

「主任さん、この事件の記念……は変ですが、これを差し上げましょう」

と、その指環を差し出した。梶本警部はそれを受取って、

「ほう……この指環は変ってるね、この中央の出っ張った横の模様は、蓮の花だね?」

「そうです。私はそうした彫刻もやります。地金は金ですが……その品は、艶子が死んでから、三日も精魂を

打ち込んで彫りあげました」

「ほう手製かね……」

梶本主任は、もう、証拠の指を持った係員が来そうなものだと、心待ちにしながらその相手になっていた。

「そうです……」

「この蓮の台の平面に彫りつけたのは、観音像かね？……精巧に彫刻してあるね」

「そうです。どうですか……それが、妻に似てはいませんか？」

「ふむ。すると、この観音像は君の奥さんをそれになぞらえたんだね……」

そう云いながら、ふと、この一見救うべからざる犯人の心情に、仏心を感じ、少し微笑ましい気になった。そして、その観音像の裏面が空洞になっている事をみつけ、そこに何か、白い粉のようなものの残っている事を発見した。

「いかん‼ ……君はッ……」

梶本主任が大声をあげて、机の向う側で椅子を倒し飛びたつように立ち上った。その時、丈多郎は、一息に湯呑の番茶を飲み干したところだった。

「さすが、炯眼ですね……殺したいほど、冷たい……冷たい女でした。その指環のように……だが、白衣観音の扮装《よそおい》を持った女のその気高い美しさは……永久に、誰れにも汚される事はないでしょう……私は、決して憎んではいません、その女を……」

凝然と総立ちになった係官の中で、ただ、丈多郎だけが、机の上に上半身を投げ出し、

「今でも……」

と、幽かな一言を洩らして崩れていった。

宝くじ殺人事件

白昼の殺人

時代が生んだ変形的な英雄——鉄砲徳もその一人だった。それが当人の性格であるなしにかかわらず、短気で喧嘩早く、無類の暴れ者とあっては、時には仲間さえ辟易する事も度々《たびたび》あった。全く鉄砲徳はそうした社会の第一人者であり、看板男でもあった。一時はひかり組の幹部の最右翼に立ち、この男将来は何を仕出《しで》かすかとさえ同類から噂せられたものだった。本名柳田徳松、二十七歳で、生れは上州だった。

その徳松が事もあろうに真っ昼間、Aの盛り場の露路から屍体となって発見されたのだ。

「うーむ」というかすかなうめき声を聞いて、勝手口から覗《のぞ》いたのはそこのトンカツ屋のコックだった。犬のうめき声でもなし——と、じゃが芋の皮を剝き剝き、藪《やぶ》睨《にら》みの瞳をきょろつかせて二三歩露路の奥へ足を踏み込んだところで、ゴミ箱の横から青い縞のズボンに、白の運動靴を履いた二本ののた打つ足を発見して吃驚仰天《びっくりぎょうてん》したのである。

その時徳松は胸に刺さった短刀を力まかせに抜き取ったところだった。呻いたのはその苦痛を堪えるためにもらしたものだった。どのみち助からぬ深傷《ふかで》だったがそれがためにどっと傷口から血を噴いて、近くのボックスから急を聞いた巡査が駈けつけた時には、もうすっかりこと切れになっていた。

とりあえず捜査本部が所轄のH署にもうけられた。

「すると徳松は、あれ以来すっかり心を持ち直していたんだね。しかし、ずっと無職だったわけか」

捜査主任が、菰田《こもだ》刑事他五名ほどを前にして、書類の頁《ページ》を繰りながら云った。

「そうです。でも、近頃はすっかり人間が変っていました。私はある程度の監視を続けていましたが、昔仲間とは全然交際《つきあ》っていなかった事は確かです」

「うむ。しかし生活費の問題があるね。その方は？」

「実は、それなんですが……真杉澄子という、内縁の妻があるのです。これが『新世界』というキャバレーに働いてそれを貢いでいるのです」

「じゃあ、女に働かせて、徒食していたわけだね」

「まあ、そういう事になりますが……徳松は何でも好いから真面目な働き口が欲しいと常々云っておりまして、友達あたりにも、僕にもどこかへ世話してもらえまいかと云っておりました。だから、止むを得ず遊んでいたのではないでしょうか」

菰田判事は多少同情的な答弁をした。

「しかし前身が前身だから、怨恨関係が考えられる。また内妻が水商売をしているとすれば痴情もないとは云えない。だが推定としては怨恨だろう。物慾の兇行ではないはずだ。何一つ盗られてないからね。それに露路とはいえ、あの盛り場の一劃でひと突きにされるなど、どうしたって恨みの兇行だろう。とにかく、兇行時間の午後二時半前後に、徳松は誰れかと一緒だったはずだ。殺した相手とね……トンカツ屋を中心に聞込みをやってくれ給え。それから被害者の当日の足取りもね。菰田君は徳松の内妻とかいう、真杉澄子にあたってもらうか」

殺された徳松は、傷害罪で二年の判決を受け、三年の執行猶予となっていた。しかしその裏には菰田刑事の努力があったが、徳松はその恩義に感じて特別の尊敬を払っていたはずだった。だから今度の事件はひどく菰田刑事をがっかりさせたのである。他人《ひと》は殺されても惜しくない人物と云うかも知れないが、菰田刑事には仕甲斐《しがい》のある仕事の一つをなくしたほどの寂しさだった。

豆鉄砲

「なるほど。兇行時間前に、バスケットのような物を持った男とあそこの露路へ入るところを見たと云うんだね。人相風体《にんそうふうてい》は？」

「二十六七。痩型ではあるが相当骨組のがっしりした男だそうです。茶色の鳥打帽《ハンチング》に黒の上着。薄鼠色のズボンを穿き赤靴だったそうです。サングラスをかけていたので人相は判然《はっきり》しないそうですが浅黒い方で、頬骨が少し出ているように見たそうです。背恰好は徳松より大分低い……五尺三寸くらいでしょう」

「ひかり組の昔仲間じゃないかね」

「そう考えるんですが、どうも匹敵する人物がなさそうです」

「ふむ」捜査主任はうなずくと書類を拡げ、

「それじゃあ犯行の動機は不明だね、今のところ……検屍調書が出来てきたから読もう。致命傷は左胸部の一突きとなっている。死亡時間もトンカツ屋の証言と一致する。即ち午後二時三十分前後。兇器はこの写真の通り刃渡り六寸の細身の短刀なんだ。片面に竜の彫物がある。これが大きな特徴だね。白鞘はあの露路の奥の風月《ふうげつ》という小料理屋の塀の中に殺げ込まれてあった。兇器の出所《でどこ》を調べる事も有力な手懸りの一つだね。但し手垢で相当汚れているから、最近買ったものじゃない。指紋は検出不能だったよ」


「そんな訳で何のための災難か判らない。あそこまでいしまった柳田君が、まさか喧嘩の果てとは考えられんし……何か心当りはありませんかね？」

菰田刑事は澄子を「新世界」に訪れて捜査の概要を語った。階下《した》のホールの賑かさが小さくもれて来るが、その部屋はだだっ広い畳敷きで、なまめかしいものは十四、五も並んだ姿見と白粉《おしろい》の香りだけで、至って殺風景な女給部屋だった。澄子はそこに住み、徳松はU町のゴミゴミした天ぷら屋の二階の三畳を借りていたのだ。

澄子は、乱れようとする感情をおし沈めて、暫くは返事も出来なかったが、この人だけには何もかも打ちまけようと、やがて色ざめた面《おもて》をあげた。

「ちっとも変ったところはございませんでした。早く勤め口を見つけねばと、そればかり申しておりました。職業安定所へも根気よく通ったようでございます。時には熱心のあまり、昔の二三のお友達にも依頼したようでございます」

「なるほど。相当焦っていたんだね。それがために昔仲間と関係を生じたような素振りはなかったですか？」

「あったかも知れません。でも、二度とそれに引き摺られるような事はなかったと思います。……私、あの人を信じます」

「いや、よく判ります。あんたの気持は……ところで、昔弟分のように親しくしていた豆鉄砲はどうです？」

「豆鉄砲と云いますと？」

「ははは……だしぬけで悪かった。今更昔の事を持ち出すのは済まないが……柳田君には別名鉄砲徳という綽名《あだな》があった。これは知ってますね……非常に手が早いという異名でしょう。豆鉄砲というのはひかり組の準幹部でいわば柳田君の片腕だった。それでその名があったんですが本名は早瀬格造といいます」

「早瀬さんなら存じております。二三度お目にかかった事があります。つい先日外出先で見かけました。お言葉はかけませんでしたが」

澄子はそこでふと口を噤《つぐ》んで、ちょっと考える様子だったが、

「そう仰言《おっしゃ》れば、あの人と一緒だったという人の服装と、早瀬さんの服装は似通ったところがあるように存じますが……」

「あんたもそう思いますか。実は僕も内々そう考えていたんです。しかし残念ながら背恰好が違うのです。豆鉄砲というくらいで、早瀬は五尺二寸あるなしなんです。ですが、一度早瀬格造はあたってみます。それから、明日八時頃、柳田君のいた下宿を少し調べたいと思うんですがね……これは僕個人としてですよ。一緒に行ってくれませんか」

「お供させて頂きます」

「こんな事になってしまってからでは言葉もありませんが犯人検挙は弔合戦《とむらいがっせん》のつもりでやりたいんでね」

「はい」澄子の返事は透きとおるほどの張りがあった。そして見上げた顔色は薄く血の色がのぼって美しいものと激しいものとを潜めているように見えたのである。

百二十一枚の宝くじ

「婆さんいるかね」たてつけの悪いガラス戸を開けると、安物の天ぷら油の臭いがただよった。狭い板敷が艶々と黒く光っているのは、揚物のとばっちりが沁み込んだのであろう。めっきり秋めいた陽差しが、そこへにぶい光をガラス越しに落していた。

「おやおや誰れかと思ったら菰田の旦那ですか、澄子さんもお揃いで」

「誰れかと思わんでも菰田だよ。ははは」

「まあ、朝っぱらから冗談ばかし……徳松さん、とんだ事になりましたねえ。それでもまあ恐ろしい……あんな好い人をね。昨夜《ゆうべ》遅くなってから聞いてびっくりしましたよ」

歯のない歯ぐきをもぞもぞさせていた。

「それで下手人は捕りましたか」

「未だだよ」

「一体、どうした訳ですかね？」

「うむ」菰田刑事は、この婆さんと話をしていたんでは際限のない事を知っている。商売物の天ぷらばかり喰っているわけではないだろうがよく舌の廻る婆さんだった。

「まあ、後で話すよ。ちょっと二階へ上らせてもらうからね」

三畳ひと間の二階は天井も低い。せめてこの狭いところでも婆さんが二人に提供してやってくれたらこんな事にもならなかったかと、菰田刑事は思った。それを、夫婦者は小供が出来るからお断りだと、どうしても聞いてくれなかった婆さんの頑固さが今となってはいまいましい。小さいが机が一つあって、そこに写真が一枚飾ってあった。徳松と澄子のならんだものだった。カットグラスの化粧水の空瓶に白菊が挿してある。徳松の近頃に、ささやかながら家庭への夢があったかと思えば、昔を知っているだけに胸の奥がじいんとした。澄子も今更のように深い愛情のまなざしをその一輪の花に向けて感慨にひたるのだった。

菰田刑事は要領よく押入から調査にかかった。何かこの一件の手懸りになる品はないかと、次から次へと捌《さば》いていった。しかし何一つ出ない。残された机の抽斗《ひきだし》を抜くと、ノートブックが目についた。柳田徳松は読み書きが苦手のはずだった。そんな事を考え机の上にひっ張り出すと、頁の一個所が膨らんでいる。そこを開くとかなりな枚数の宝籤《たからくじ》が出た。「ほう」数えてみると百二十一枚あった。

「おヤ……これは、第×回分のですね。ふむ、するとつい二三日前じゃなかったかな抽籤《ちゅうせん》のあったのは。こんなに買い込んでいたんですかね……知ってますかこれを？」

澄子を振り返ってそれを示した。

「さあ……そんなに沢山……存じませんでした」

「ふむ」菰田刑事はバラバラとノートを繰ってみた。しかしくじはそれだけだった。それにしても一枚二十円として二千四百二十円になる。澄子の得るものだけでは相当苦しい生活である事も知っている。これは少し変だと考えもう一度ノートを繰ってみた。二頁目にたどたどしい鉛筆書きで何か書き付けてあった。百万円の宝くじが当ったら、第一に澄子を「新世界」からつれ帰る。第二に三十万円で家をたてる。自分はどこかへ勤める。人夫でも土方でもよい。澄子は女学校を出ているし、本をよむ事が好きだから本屋をやらせる。生れた赤ちゃんは大学までやる。学問がないとこれからはだめだ。どうしてもりっぱな人にそだてたい……。

ところどころ鉛筆で消しては書いてある。乱雑な字体だがひどく真剣な書きぶりだった。菰田刑事は暫くそこに目を止めてから次の頁に目を移した。それもやはり宝くじの事だった。日附があって番号が書き付けてある。その日に買ったものだろう。二枚の日も三枚の日もあったが大した数ではない。そして最後の頁を開いた。

なかなか宝くじはあつまらない。せめて百枚はほしい。どうしてもほしい。せっかくの幸運が逃げるような気がする。そうかんがえたらあの話がそのままですませなくなった。たった一度きりの事だからみんながゆるしてくれるだろう。澄子だって判ってくれるだろう。あれは自分のようなおろか者を夫にする女ではない。だが信じていてくれてうれしい。どうしても幸にしてやらねばならぬ。やる事にはらをきめた。自分は宝くじだけ手に入れれば好いのだから……

その後は縦棒が幾つもひいて消してあって判読は出来ない。菰田刑事は何か知らハッとした。内容はたどたどしいにしろ、それは柳田徳松の何となく切迫した心の記録と思えたからだ。狼狽《あわ》て宝くじを拡げ、ノートに控えられた番号と対照してみた。結果はその番号のものは全部あった。皆で二十三枚。すると、あとの番号の控えてない九十八枚の宝くじはどうしたのであろうか？

「どうしたんでしょうか?」菰田刑事の考え込んだ背へ澄子が問いかけた。

「何でもないですよ……これは僕が預りましょう」

これほど根強く徳松の愛している女に、自分の想像は余りにも残酷で語れない――菰田刑事はそう考えてそれをポケットに納めた。そして階下《した》へ降りた。こうなると婆さんのおしゃべりは効用《ききめ》を現す。隠す事を知らない。むしろ割引して聞かねばならんほどだった。兇行の日の午後一時半頃、徳松は下宿へ引き返している。そして直ぐまた外出したのだ。何だか莫迦《ばか》に弾んでいたと云う。婆さんが声をかけたら「運が向いで来たんだよ」と嬉しそうに飛び出していった事が判った。

二枚の当りくじ

九十八枚の宝くじ……「運が向いて来たんだよ」と下宿の婆さんに語ったという謎の言葉――。菰田刑事は第六感の働くまま、宝くじを扱っている銀行を洗っていった。と果して××町の日銀支店で意外な情報を摑んだ。たしかに柳田徳松と思われる者が三ノ組の三八二〇一の百万円の当りくじを持参して問合せに来ている。しかも同道した男が容疑者そっくりの服装だった。恰度二時十分頃内々で見て欲しいと云ってそれを差し出した。係員が手にとって調べると紛れもなく一等当選の籤札だった。是非当行へ預金して下さいと奨めたが、今日はこのまま持ち帰るが、何れ改めて預けに来ると云って帰ったと証言した。

菰田刑事はその足で直ぐ豆鉄砲事、早瀬格造を調べる事にした。相変らず与太《よた》っていると聞かされた通り天風《てんぷう》荘《そう》という麻雀屋に屯《たむろ》していた。呼び出すと素直に蹤《つ》いて来た。

「愉《たの》しみのところを、済まないナ」

近くのみどり屋喫茶店へ連れ込む。しかし格造の態度にはいささかも乱れたところがなく当らず障らずの話の後、

「ところで、鉄砲徳の殺された事は知ってるだろうね?」

「ええ、知ってますよ。今朝麻雀屋で噂していたんですからね。あれほど器用に足を洗った兄貴がどうしたんですかね。菰田さんなんか、随分肩を入れとられたんじゃないですか」

空々しい、皮肉にもとれそうな話しぶりだった。

「で、私に訊きたい事とは、何です」

「うむ。君は昨日どこにいたかね?」

「ほほう。アリバイですかね。一日天風荘に居ましたよ」

「本当かね?」

「嘘か本当か、そいつを調べるのはお役目でしょう」

「全くだナ……しかし、よく毎日麻雀が打てるね。結構な御身分だ。一度は真面目になると僕に約束したはずだが」

「ははあ、そんな事もありましたね。だが不浄な金で遊んでるんじゃあないですナ生憎《あいにく》と」

何も秘密を持ってないと取ればそれまでだが、格造の答える言葉つきはすこぶる挑戦的だった。日が暮れてから菰田刑事は署に帰って、捜査主任に報告した。

「そんな次第で早瀬格造の云う事に嘘はないようです。兇行のあった日は朝九時頃から夜の十二時近くまで天風荘で麻雀を打っていたのは本当です。相手方の三四名も、観戦していたマーケットの乾物屋ほか居合せた五六名も証言していました。しかし、二時半頃から三時ちょっと過ぎまで席を外していますが」

「何のためにだね？」

「それがおかしいんです。彼奴《あいつ》は百万円の宝くじを引き当てて、それを△△町の日銀支店に引き出しに行っているのです。そればかりじゃあないのです。その当り番号が徳松のと同番号の三ノ組の三八二〇一なんです。三十万円現金で引き出し、残りの七十万円は預金していま す。銀行へ廻って現品を見ましたが真物《ほんもの》に違いありません」

「ほほう、すると真物が二枚あったわけかね」

「それは、あり得ないことです」

「だが徳松の殺されたのは二時三十分頃、早瀬格造が△△町の銀行で現金に替えたのが三時頃と云うじゃあないか。すると二時半頃殺された徳松が持っていたと推定出来る札と同一のものを早瀬が持っていたと考えるほかはないね」

「そうです。もっとも徳松の現場から該番号の札が発見されなかったことは少し怪しいんですが……」

「ふーむ。じゃ一つ、時間的に考えてみよう。まず徳松が当り札を持って××町の銀行で鑑定を受けたのが二時十分頃だったんだね。しかし何故か現金にしなかった。住所も氏名も告げず内密にしておいてくれと云い残して出た……どうしてか、その理由は後廻しにしてだね、その足で例のトンカツ屋の露路へ行った。距離からしてどうしたって十五分はかかる。すると二時二十五分頃に兇行場所に到着した事になる。そこで同行した男に刺されて、仮にそれを奪われたとするね……その犯人が格造であるなしにかかわらず、△△町の銀行まで行くとすれば、その間省線、都電、バス、あるいはタクシーを雇ったとしてもやっぱり一時間はかかる。省線では一時間三十分……だからタクシーと仮定しても最小限一時間だ。とすれば三時頃に犯人は△△銀行で金に替える事は出来ないね。仮に徳松が二時十五分頃銀行を出て直ぐそれを盗られたとしても三時十五分より早く△△銀行へは到着出来ない。但しこれは机上計算だから実際にはもっとかかるのが常識だよ……菰田君、やっぱり格造は犯人でないよ。別の奴が偽物の宝くじで徳松を釣って何かの目的で殺害したんだ」

「しかし、××銀行では徳松の持っていた札が真物だということを、しかも二名の行員がそれを確認しておりますが……それに、当り番号の一致はどう解釈すれば好いでしょうか」

逮捕状

二枚の百万円当り籤。格造のアリバイ。そこに何か連繋《つながり》があると菰田刑事は信じた。正午近くの刑事室《べや》はがらんとして静かだった。冷静な思慮をまとめるにはあつらえ向きだ。未だ主任には見せてない徳松のノートを引き出して、もう一度内容を検討してみた。

血みどろになった徳松の姿が泛かぶ。徳松は金が欲しかった。澄子の淋しそうな顔が意識にのぼる。澄子の淋しそうな顔が意識にのぼる。徳松は金が欲しかった。澄子を幸にするためにそれが一番手近な手段と考えていたに違いない。万一の幸運をあてに宝くじを買った。しかしそれはノートに番号を控えた僅か二十三枚に過ぎぬ。とすると、残りの九十八枚はどうして手に入れたか？　当り籤を入れれば九十九枚である。（たった一度きりの仕事）ノートに記《しる》されたその仕事とは何か？　徳松は誰れかに誘惑されて窃盗を働いた。そして九十九枚の宝くじを報酬として手に入れた。その中に百万円の当りくじがあったのではあるまいか？　その番号を共犯者がおぼろに知っていたとしたらどうだ。そして抽籤の結果を徳松より一歩先んじて知ったらどうか。そこに奸計をめぐらす余地がある。徳松はそれに嵌られて殺された……いや、あれ以来の徳松が間違っても窃盗を働くとは思えない。菰田刑事は漸く纏め上げた仮説を崩した。

がしかし、三日後には次の三つの事実が判明していた。

一、×月×日□□町のタバコ屋に窃盗が入った。二人以上の共同犯行と推定される。被害品は現金が二万五千円余りと、宝くじが百枚余りだ。買手の好み番号を売り捌いていたので籤番号は判然しないが、買入れた時の一連番号により徳松の持っていたものと合致するらしい。

二、豆鉄砲事早瀬格造は正業もなく賭麻雀に耽っている。その資金の出所が明かでない。なお兇行のあった日の午前十時頃氏名不詳の男が訪れて来て天風荘の別室で面会している。そして、格造の服装がそれ以後変っていた。

三、当り籤で三十万円の現金を引き出していながら、それを三四日の内に費い果している。調査したが飲食その他に費消した事実がない。誰れかに多額のものを与えているとしか思えない。また賭博の負債などあった事実はない。

その内最も菰田刑事の注意を惹いたのは二で、即ち氏名不肖の男に格造が自分の服装を貸与えたらしい疑いである。澄子もその服装の容疑者を聞いただけで格造ではないかと答えている。菰田刑事は一日おいた翌日、再度早瀬格造をみどり屋喫茶店に呼び出した。

「度々呼び出して済まんね」

「へへへ……全く旦那の呼出しじゃあ色気がないからねエ。よほどひどく僕に喰い下るんですナ」

格造は相変らずのんびりしていた。尠くともそのように見えるのだ。

「じゃあないがね……とにかく宝くじの一件があるんで自然君のとこへ足が向くんだ」

「だって菰田さん。同じ番号の当り籤が二枚あるわけはないでしょう」

「そうなんだ。だから不思議だよ」

「だったら徳の持っていたのは偽物ですね。その方を調べたんですかね」

「有難とう。色々と心配してもらってね……しかしあの籤はどうしたって一枚しかないんだよ」

「じゃあ、どうしてあれが徳の手にあったんですかね。まさか、羽根が生えてとんだわけでもあるまいしね。ふふ」

「ふん。そうかも知れないね。羽根が生えて飛べばそういう事もあり得るからね」

「へへへ。冗談はよして下さいよ。こうみえても忙がしいんですからね。莫迦話はしていられませんや」

格造は指の先でぜピンとタバコを弾き飛ばして、鼻先で笑った。

「まあそう云うなよ。何とかオチはつけるからね……鳩に豆鉄砲という事もある」

「何です、その、鳩に豆鉄砲というのは?」

格造の表情が一瞬硬直した。

「おい、あの宝くじは新橋駅前で買ったと、この間君は言ったが嘘だ。□□町のタバコ屋で盗難にあったものだ」

「えッ、じゃあ徳が盗んだんでしょう。彼奴はそのくらいの事は朝飯前だから」

「聞いたぜ確かにナ……その言葉が君から聞きたかったのだ。それをどうしてお前が持っていたんだ！」

「言いがかりだ！　そんな事が証拠になるか」

格造は威嚇的に椅子を軋ませてふんぞり返った。虚しい大見得《おおみえ》である。

「ほう……だが、今度の一件はどうしても君に口を割ってもらわにゃならん」

「何だと！」

格造は飛び上った。逃げようとしたのか、反撃しようとしたのか判らないがちょっと動きを見せただけで青ざめて行った。見れば格造の両手はぴかぴか光る手錠で自由を失っていた。菰田刑事は薄笑いを泛かべて、

「どうせ真面目になれぬ悪党ならせめて往生際《おうじょうぎわ》だけでも奇麗にするこった。これは逮捕状だぜ」

秋深し

秋晴れの好い天気だった。見渡す限り紺碧の空が広く高い。菰田刑事は非番を利用してT墓地にやって来た。コスモスの群落があちらこちらで咲き乱れていた。（柳田徳松の生涯をこんな雄大な天地の下《もと》に見届けようとは思わなかった。安っぽい暴れん坊みたいな男だったが、せめてもう暫く生活を愉しませてやりたかった。だがあの男には、本当は苦しかったかも知れない。その点自分は果してあの男の良き友達ではなかったかも知れない）菰田刑事はそんな事を考えて、真新しい檜《ひのき》の墓標の前に佇んだ。澄子が、粛然として花を手向《たむ》け終った。

「豆鉄砲の奸計に落ちて死んだが、君が最後まで戦いとった人間的な善性は永久に君のものだ。どうか、安らかに眠ってくれ」

暫くは声もない。ただ広い墓地のどこかで百舌《もず》が鳴くばかりだった。

「今度の一件はあんたも腑に落ちないだろうね。自慢

話ではないが、経過を話そう」

明るい陽ざしを背に受けて、菰田刑事は歩きながら澄子に話しかけた。

「真の幸福——柳田君はそれを求めるために金が欲しかったのだ。精神的な愛情こそこの上もないものだったが、しかし柳田君にとっては精一杯の努力には違いなかった。ただ手段を過ったんだね。格造が誘惑した、とうとうそれに負けた。そして二人で窃盗に入ったのが□□町のタバコ屋だった。現金は豆鉄砲がとり、柳田君は百枚足らずの宝くじで満足したんだ。百万円を引き当てる予感で夢中になってね。そして抽籤があった。天風荘のラヂオ放送でいち早く知ったのは格造だった。柳田君はあの晩あんたと『新世界』で逢っていて聞き洩らしている。豆鉄砲はその番号がどうも盗んだ宝くじの中にあるような気がしたのだ。勿論はっきりそう考えた訳じゃない。それで一つの奸計をめぐらせたんだよ。恐ろしく悪智恵の働く奴だったんだね。翌朝まずアリバイを作るために天風荘で麻雀をやった。十時頃兼ねて打ち合せてあった男、つまり津田が尋ねて来た。これに自分の服装を与えて帰した。津田はそこを出るとすっかり格造の服装をして柳田君を訪れた。取次ぎ電話で待たしてあったのですよ。そして二人でAの近くの喫茶店へ行った。津田は格造の使いと称して一件の宝くじが当っているが知ってるかと持ちかけたんだ。柳田君は半信半疑のようだったが下宿へ引っ返しそれを確めたところ本当だった。それで元の喫茶店へ引っ返した。津田も全くそれが事実である事を知って我が事成れりと喜んだのだった。もしそれが違っていればその計画はそれで打ち切るつもりだったんだからね。そして早瀬格造が分け前として三十万円要求していると云った。元々盗んだ宝くじであるにしろそんな不当な話は成立しなかった。まして現金は格造、宝くじは柳田君と後腐れのない約束が出来ていたからね。しかしまともな品じゃあないから多少の事はしても好いと柳田君は云ったらしい。それから津田の提案で一応××町の銀行へ持って行って確かめようという事になった。これは一枚の当りくじを二枚に見せるために必要な事だったのです。実に綿密な計画です。勿論これは真物だった。そこを出たのが証言によれば二時十五分頃です。それから二人連れだって例のトンカツ屋の露路へ入った。そこに格造が待っていると騙してね。そして直ぐに兇行となったらしい。津田は籤札を奪うと、それをどうしたと思います……近所の人の証言で柳田君と同行した男がバスケットのようなものを持っていたとありましたが、実はそれに鳩を入れて持っていたんです。そいつを出して通信筒に宝くじを入れてあの露路からそれを飛ばしたんですよ。考えたものです。

ところで大体の時間の打ち合せがしてあったから格造は二時半頃別なくじを出して百万円当ったともっともらしく見せびらかし天風荘を出た。そして知り合いの東京屋へ寄ったんです。そこへ鳩が何れにしても帰って来る事になっていたんですからね。鳩は二時五十分に帰って来た。通信筒を開くと正に百万円の当り籤が入っていた。それで直ぐ△△の銀行へ出かけて三十万円だけ現金に替えた。これが恰度三時の事ですよ。

格造は直ぐ天風荘へ戻ったが途中で待っていた東京屋に五万円、それから津田の分として二十万円預けておいたのです。津田は五時過ぎに東京屋へ戻りその金を受取ると直ちに高飛びしてしまったんです。だから容疑者としての津田は容易に捜査線に出て来なかったんです。しかし昨日手配の結果神戸で逮捕されましたから今日あたりは本署へ到着するでしょう。大体それが事件の全貌です。多少細部に不審もありますが津田を調べればよく判ると思います。がまず真相は以上のようなものです。これは格造と東京屋の自供ですからね。

これで一枚の真物の宝籤が不思議な時間の重複を描き出して二枚に使い分けられた謎がすっかり明るみに出た訳です。三人の男と一羽の鳩がぐるになって複雑な犯行をやったんですね……それにしてもよくぞ考えたりと云わねばなりません。目的はアリバイを複雑化し百万円の当りくじを独占する事にあったのです。犯行の思いつきは東京屋が伝書鳩を飼っている事からです。東京屋は戦時中千葉に鳩班の兵隊として勤務していたのです。それが終戦の時そっくり鳩を持って帰った。別に目的があったわけでないが終戦後は思いつきからそいつを利用してヤミ買の秘密通信に使ったのです。たとえばどこかで大量な米の買出しをやる。その輸送連絡にこれを使った。警戒の状況だとか持込み先の指示だとか……そして報酬稼ぎをやったんです。近頃はそんな仕事もなかったから大して利用はしてない。が犯罪方面に時たま使っていたのだから実に油断が出来ません。過去において我々は随分それがために迷惑を蒙《こうむ》っていた事実も判りました。それも今度の事件で始めて判った事なんですがね。それまでは近所でもハトの好きな小父さんくらいで通っていたのです。金詰りですが東京屋は真物のハト（密淫売）屋もやっているんです。皮肉なもんですね。一枚の真物の籤を短時間に使い分け二枚に見せる方法はないものだろうか……僕は随分考えました。そしてふと頭をかすめるものがありました。早瀬格造即ち豆鉄砲……鳩に豆鉄砲です。ふふふ。そして徹底的に調べ上げて東京屋を割り出したんです。

ですが、この事件を解決し得たよろこびより、柳田君を喪った悲しみの方が大きい……でも澄子さん、しっかりやって下さい。あんたは若いのだからこれから先どうなるか判らない。日陰に咲いた未亡人だが決して暗い気持になっては駄目ですよ。再婚したって好い。がしかし、生れる柳田君の赤ちゃんだけは大切に育ててやって下さい。これは柳田君の甦生《こうせい》の意味でね……そう思って僕はこの度の柳田君の死を悲しまない事にしたのです。判りますね」

菰田刑事はそぞろ歩きの永い物語りから顔をあげて空を仰いだ。ひげの剃りあとが新鮮な青味をただよわせている。澄子はその人の陽に輝く眸を見入って、何となく明るい気持になった。そして深い信頼感にひたったのである。

「及ばずながら力になりますよ。しみったれた三十台の独身者ですがね」と、さも屈託なげに笑った。それは秋空に木霊《こだま》を呼びそうな高笑いだった。

下り終電車

(一)

白一色の明るい部屋。豪奢なデスク。M電鉄株式会社の副社長、甲斐祐之介は回転椅子を後ろ向きにして、その二階の窓から外を見降していた。眼下に見える幾本もの軌条。プラットホームのスピーカーが上下線の発着案内を、ひっきりなしに唄うような調子で放送していた。どのホームにも、春の人出の波がもみ合っている。

それに見飽きて、くるッ――と正面を向き、

「陽子。新設路線のバスの申請書は出来たかね」

同室の秘書である、娘に問いかけた。

「いいえ、未だタイプが出来ませんのよ。私忙がしいもんだから庶務のタイプの方を頼んだの……お急ぎになりますの」

「いや、明日でもよかろう」と、やや退屈気に腕を組んだが、それを直ぐ解くと、抽斗《ひきだし》を開け、爪切りを出して、パチパチと爪を切りはじめた。艶やかな爪に鑢子《ヤスリ》をかけ終ると、卓の上に指を拡げて眺めた。

ジリジリジリ――電話のベルが鳴った。いつもの慣例で陽子が立って、受話器をとる。

「こちらはM電鉄副社長室で御座います」

これも習慣の、紋切型の挨拶を送る。

「はあ……居ります。ちょっとお待ち下さいませ」陽子は送話口を掌で塞ぎ、

「お父様。服部さんとおっしゃる方からお電話ですわ」

「服部……一向に聞かん名前だね。用件は?」

「電話にかかって頂けば判るとおっしゃいます」

「ふん。また保険屋じゃないかな」気の無さそうに受話器をとる。

「僕、甲斐です。御用件は何でしょうか……え、何だって……うん。君か……今、どこにいるんだね……なるほど。それにしても突然の現れようだね。相談があるって云うんだね……ふむ。だが、充分注意してくれ給えよ。うむ、よし。じゃ、七時にN橋の角の、あの店で待って

いてくれ給え。余り姿を曝さない方が好いよ。よし、判った。じゃ後ほど……」

電話をきって、少しばかり泛かぬ顔色だった。

「お父様の御存知の方？」

「うん」

「誰れ？」

「友達さ……」

電気時計が四時を指していた。いつもなれば帰宅する時間である。

「陽子、お前は先へお帰り。僕は、今夜遅くなる」

「どこかへ、またお寄りになりますの？」

「うん。急に、外されん面会人が出来たんだ」

「そう……じゃ、私先へ帰るわ」

「お母さんに、云っといてくれ給えよ」

「ええ、でも、私も少し遅くなるわよ」

「どこかへ寄るのかね」

「夕食して、それから映画……好いでしょ」

「誰れと？」

「一郎さんと……」

「鹿沢君とか……」続いて、何か云おうとしたが、考え直し、

「さっきのタイプ、庶務の誰れに頼んだい？」

「市川さん」

「未だいるだろうね。帰りがけに、ちょっとここへ来るように云ってくれ給え」

「ええ、いいわ……グッドバイ」

陽子は身をひるがえして出て行った。それを見送って、祐之介は深刻な面持もちで考えはじめた。間もなく、ドアーのノックで顔を上げた。

「お入り」

静かに扉が開いて、市川町子が入って来た。清楚な美人であるが、年齢が、タイピストにしては行き過ぎているようだった。もっとも、三十二歳で戦争未亡人だった。

「陽子が頼んだタイプは、出来たかね？」

「あれ……明日の午前中までかかりますわ」

言葉が、莫迦に馴れ馴れしかった。

「ふむ。まあ好いだろう……ところで、今夜は行けない用事が出来たんだ」

「ま……どうしてですの？」

がっかりした身振りが大きい。

「急に……都合が悪くてね」

「粋《いき》すじですの……」

「いや、そんなんじゃない。悪すじだ。まあ、二三日内にはゆっくり埋め合せするから……」

「だって、せっかく今日はその用意をしておいたのに……」

色っぽいながし眸だった。察するに二号さんらしい。

「まあ、そう云わないで、ちょっとここへおいで……」

デスクの前にいる町子の手をとる。そして、高級な一服を吸いつけた。

(二)

甲斐祐之介はつい半年ほど前、運輸課長から副社長にのし上った野心家だった。M電鉄の好況の浪に乗って、次から次へと営業部門を拡げ、それがまた調子よくいったのである。五十八だが、見るからに精力家らしい堂々たる押出しの利く男だった。

「じゃ、十時頃に迎えの車を頼むよ」

会社の自動車をそこで帰した。その気配を聞きつけて、女中が二人、うやうやしく出迎えた。雪洞のともった植込みの飛石を伝いながら、

「お客さんは来てるかね？」

「はい。お待ち兼ねで御座います」

「どちら？」

「お云い付け通り、離れの方へお通し致しておきました」

廊下を渡る。女中が開いた障子の中で、電話の主、鹿沢敬七が待っていた。眼鏡が、きらっと光った。

「やあ、待たせたね」

丸卓を挟んで坐る。女中が一通りのものを運び終るのを待ち、

「用事があったら呼ぶからね」

祐之介が云う。心得て女中が下った。

「ときに……元気で何よりだ」

「うん。元気で苦しんでいるようなもんだよ」

鹿沢は眼鏡を外し、

「だて眼鏡もいやなもんだね」

と、ぼそり呟いてそれを卓の上に置いた。

「うん、判る。色々と苦労しているとは……いつも考えているんだ。それで、どちらへ行ってたんだね」

「足任せ、風任せさ。滅多なところへは寄り付けんからね。何しろ、逮捕状が出ているんだから」

「うむ。でもよく僕のところへ来られたね」

「好く来たわけじゃない……悪く来たんだよ」

「うん」

少し座が白けた。鹿沢敬七は、鹿沢自動車部品商会の主で、相当手広くやっていた男である。それがある事情で三週間ほど前から行方をくらましているのだ。五三歳とは見えぬ若々しい元気な男だったが、そこに見られる彼は逃避行で憔悴して、顔の皮膚もたるみ、艶がなかった。そこへ眼鏡でも掛けていれば知った人だって気付かぬほどだろう。もっとも、その方が甲斐氏にとっては都合の好い事だった。

「まあ、少しあけろよ」

「うん。ところで、その後はどうなんだい……あの問題は……大体の事は新聞で見てはいるが……」

「うん。赤木前運輸大臣は一応保釈になったんだが、未だかたはついていないんだ」

「そんな事は、君に聞かなくても知ってるよ……それより……揉み消しの方はどうかと云うんだ」

肝腎なところになると、いつも瓢箪鯰になる祐之介の返事に、鹿沢は少し腹をたてた。そして口元に運んだ杯を、かたりと卓の上に置いた。

「うむ。その方は百方手を尽している」

我ながらまずい弁解だと考えながら、

「ともかく、手の届く限りの人物には引き続き猛運動をしとる……具体的な一例を云えばだ」

「判った。判ったよ。何もそんな事を聞くに及ばんじゃないか……どのように手を廻しているか知らないが、僕が未だこうしていなきゃならん事は、結局何もしてないのと同じだよ」

「そう、君のようにひがむなよ。それじゃ実も花もないじゃないか」

「ふん。実も花もあるのは君の方だけだ。好きな女と酒ばかり飲んで……」

「そりゃ、君のひがみだ。僕はあての無い事を君に弁解するのじゃないんだぜ」

「じゃ、この上幾日待ったら好いのか……それをはっきりしてもらいたい」

そのあたりから、鹿沢の杯をあける度数が頻繁になった。また、祐之介が頻りに注ぐ、それも一つの戦術と思って。

「うん。もう十日……」

「十日‼　十日とは一日が十ぺんか……仏の顔も三度

という事があるんだ」

言葉尻が、ぴんと跳ね上った。

「まあ、そう云うなよ。じゃ、せめて一週間待ってくれ、きっと何とかするからな」

「一週間……今の僕には余り短くもない辛棒だが、もう一度騙された気で……」

「いや、騙しやせん……必ずその間に全力をあげて何とかする。判ってもらいたい」

「ふん。判ってもらいたいなんぞは、少し口幅ったいな」

少しずつ、からみ口調に替る。

「じゃ、頼む……甲斐祐之介、この通り頭を下げて頼むんだ」

「……」

「酒を……酒をやれよ。せめて今夜はくつろいで、何もかも忘れてくれ」

「そしてまた、明日から一週間、僕のために逃げてくれと云うのだろう」

祐之介は答えないで、立ち上ると呼鈴を押した。女中が来る。

「酒を熱くして、五六本……いや、七八本持って来いよ。上品ぶってちびちび運ぶ事はいらん」

とばっちりが女中へ飛ぶ。女中が酒を運んで去る。

「甲斐……第一、君には誠意が無い。博多から出した速達は受け取っただろう?」

「見た。確かに見た」

「それだのに、一銭の金も送ってくれなかったのはどうしたんだ? 僕は苦しい工面をして、やっとここまで辿り付いたんだ。それでも誠意があると云うのか」

「いや、折悪く都合が付かなかったのだ。全く……」

「今を時めく、M電鉄の副社長が、五万の金が出来ないなど、誰れだって信用しないぜ。それとも、その金が惜しいなら惜しいと云ってくれたら好い。僕はそれで自首して出て、何もかも打ちまけてしまう。その方がどんなに好いか……実は、赤木運輸大臣に贈賄した真の目的は、M電鉄……」

「いや、判った判った。今それを云うなよ。壁に耳有り……」

「徳利に口有りか……古風な芝居もどきの文句で胡麻化そうと云うわけだね。じゃ、どうして送ってくれなかったのか?」

「実は、折悪く警察の眸が光っていたのだ。うろうろと僕の身辺を注視していた。だから大金を送れば直ぐ足が付くと思ったのだ」

「好いじゃないか、足が付いたって……僕は人間だぜ。足があるのは当然なんだ。君のような我利々亡者には足がないかも知れないがね。ふふふ」

「口の悪い事を云うな。君の令息の一郎君には、その後資金の事も何くれとなく融通しているんだ」

祐之介はそこで、手応えを確かめるように見やった。大分酔が廻っているようだったが、果してその一言で暫く毒舌は止った。が、間もなく顔をあげると、

「一郎か……伜か……あいつは僕と違う。不肖の子にしては出来過ぎた奴だ。君なんかが恩着せがましくしなくても、店の方はやって行くに違いない……この親爺は、君の口車に乗るような莫迦者だが……」

「そう君のように、一途に僕を悪徳漢呼ばわりするなよ。僕だって君を男と見込んで……君だって僕を信じてくれてこそ、ここまで来たんじゃないか……将来はきっと報いる。それにねえ……今日も一郎君と陽子は夕食を共にして、映画を見に出かけているんだよ。お互に、若い者のためを考えてやろうじゃないか」

祐之介は情にからめ取ろうと戦法を替える。


「うん。それは考えてやろう……いや、やらなくちゃいかん。あれ達の夢は育ててやりたい」

「だからさ、僕の云い分も判ってくれよ。いや判ってくれると思う」

「うん。あいつ達の人生観を、我々が傷つける事はないからな……そう思って僕だって、この嫌な役を引き受けたんだからな」

「そうだとも。判るよ互に……だからもう少し我慢してくれ。な……」

祐之介は鹿沢敬七の席ににじり寄って、肩に手をかけた。敬七は顔を上げて、祐之介の顔を真直ぐに見た。思いなしか眸に泪さえ泛かべて——だが、突然大きな声で、

「いかん。いかん……二人の事に我々は今言及する必要はないんだ。それとこれとは別問題だ。君の話を聞いてるとつい騙される」

「……」

祐之介は呆れて見返した。

「伜の話で、僕を釣ろうとする。そうはいかない」

「またそんな事を……じゃ、僕をまるっきり信用してないじゃないか君は……」

「そうだ。そうだとも。僕は決心しているんだぞ」

「それじゃ、一郎君や陽子が可哀そうじゃないか」

「いや、その事に我々は干渉する必要がない。いや、権利がない。僕は今度の逃避行については深い覚悟をもっていたんだ。判るか……君‼」

「判る……判るとも」

「何が判るか‼　僕の決心は、これだ」

敬七はズボンのポケットから、何か黒く光るものを出した。見ると、それは黒鞘の短刀だった。差しつけられた祐之介はどきん――として、目を見張った。

「？　……」

「判るか僕の気持が……返答せい」

「……まさか、僕を殺すのじゃあるまいね？」

「ははは……大方そんな事だろうと思った。それが自分以外の事を考えない証拠じゃないか」

「じゃ、どうしようと云うのだ？」

「まかり間違えば、僕は自決する覚悟があるんだ」

「……」

「どうか君……怕そうな顔をしてるじゃないか……だから、我々はどうあろうとも陽子さんと一郎の将来は絶対自由でなければならんと云うのだ」

「うん。判った。判ったとも、君の気持は……祐之介肝に銘じて判った」

「本当か？　本当に判ったのか……これは飾りものじゃないぞ」

すらっと鞘を払った。青白い、いかにも斬れそうな刀身がきらきらと光る。祐之介は驚いて飛びすさり、脇息につまずいて引っくり返った。

「はっはっはっ……」

敬七が笑った。女中の跫音がする。祐之介は起き上ると狼狽して、

「人が来る。君の気持は絶対判った。しまっておこう……君の覚悟は僕が預る」

おっかなびっくりで取り上げた。案外素直にそれを敬七が離した。鞘に納め自分の座蒲団の下に隠した。

女中が銚子を置いて出て行った。

「さあ、決して君を裏切らない。それより、飲もう」

祐之介は、かなり酔って卓の上に突っ伏した敬七を引き起し、その手に杯を持たせた。

「きっと判ったな……若い者達の事だよ」

「判ったとも……乾杯だ。さあ受けてくれ」

この上荒びられては困るので、出来れば酔い潰して何とか思案しようと祐之介は考えたのである。

「よし。ところで、先刻の約束の、一週間は待つ事にしよう。だが、金が無い。乾杯をする前にそれを借してもらいたい」

「よし。飲みこんでいる」

祐之介は小切手帳を出してペンを走らせた。

「さあ、これを取ってくれ。この通りだ」

再び敬七を引き起してそれを差し出した。

「何だ……小切手か。今の僕にそいつは苦手だ。現金でなくちゃ駄目だ」

「現金、なるほど、用心のためにそれもあるな。しかし、持ち合せがないんだ」

「ない!! 本当に無いのか……じゃ、君の家へ行こう」

「僕の家に……よかろう。で、君の今夜の予定は?」

「ない……泊ろうにも金が無いのだ。でなくちゃ、危険を冒して来るもんか」

「うん、なるほど。都合じゃ家へ泊ってもらって好いよ」

十時かっきりに社の自動車が迎えに来た。女中が取次ぎに来たのへ、

「暫く待つように云ってくれ給え」そして敬七に、

「じゃ、君は僕の車で行ってもらおう。僕は電車で行くからね。何しろ、君を逮捕しようと時々張り込みがあるからそうした方が好いだろう。様子を見た上で約束の場所へ君を迎えに行くよ。金はその時渡す」

「いや、金だけは今何とかして欲しい。でないといつ何時どんな事が起きんとも判らん……それにはやはり金が無くちゃ……君に迷惑が掛るからねえ」

「それもそうだね。よし。じゃ金の方はここで都合しよう。いくら必要なんだい」

「五万円……それくらいは入用だ」

「五万円……よろしい。じゃ、そういう手はずにして、今夜は僕の家へ泊ってもらって、陽子にも逢ってもらうと好い。あれには君の事は内密にしてあるが……」

「うん。陽子さんにも逢いたい。そして一郎の事も話したい」

「だが、この事は絶対他言無用だよ」

「君のために、切っ端詰った僕だ。疑う事はないだろう」

「いや、悪かった。決してそんなつもりじゃないんだ。はははは……」

祐之介は笑いに紛らわして、未だ酔の気の抜けない敬

七のひと睨みを胡麻化した。金はそこの帳場で都合して渡し、車に乗せると運転手に、

「お客さんの希望のところまで送ってあげてくれ給え」と云い付けた。

それを見送ると、祐之介はほっとした。考えてみりゃ、今夜は敬七のために実に苦しいほどいじめられたもんである。しかし、敬七が捕えられればまず自分の社会的なものは一朝の夢に終る——（こんな事に負けて堪るものか、俺の野心は絶対なんだ）と、胸の内で、今になって大見得を切ったもんである。

「お帰りで御座いましょうか?」

玄関先で女中が尋ねた。

「うん、帰るよ」

「ではこのお鞄をお渡し致します。お忘れ物は御座いませんでしょうか?」

「ないね……じゃ」

五六歩踏み出してから、

「あ、大変な物を忘れていた」

と引き返した。

「何で御座いましょうか……私が取って参ります」

「いや、僕が行く」

なぜか狼狽して座敷へ引き返した。

（三）

甲斐祐之介は社線のM電鉄で帰った。桜ケ丘の駅で下車して、高台の道路を五分も南へ行くと見晴しの好いところに自宅があった。M電鉄が別荘地帯として売り出した一劃に当る。

星は出ていたが暗い夜だった。

「お帰りなさい。おや、今日は車じゃなかったんですの」

呼鈴に直ぐ出迎えたはる江夫人が云った。

「遅う御座いましたのね。今夜は、もうお泊りかと思いましたわ」

「うん。陽子は?」

「ええ、終車の二つくらい前でしょうか……つい先刻帰りましたわ」

「遅かったんだな」

「ええ。だから、今日他所へお廻りになるのを知ったのが遅う御座いましたのよ。それと、一郎さんが送って

おいでになりましたのよ」

「一郎君が‼　それで？」

「直ぐお帰りになりましたわ」

「ふむ……余り今後は交際をさせない方が好いな」

「おや、どうしてですの？」

はる江夫人は四十八だった。姥桜になまめかしいところが残っているのは、昔水商売で鍛えた名残りだろう、後妻に入った女で、陽子の本当の母ではない。器用に茶を淹れる。祐之介はそれを受けて、

「何しろ、一郎君の父親というのはお尋ね者だからね」

「でも、急にそんな事おっしゃって……婚約の間柄で御座いましょう。それに二人はとても理解し合って、そのつもりでいるでしょうし……」

「じゃが、僕の名誉にかかわっちゃ困る。諦めさせるより他はない。なあに……娘心なんてじきまた環境になれるもんだ」

「まあ、でも、私が困りますわ」

「何故？」

「義理の仲ですもの……そんな事にでもなれば私が水注したみたいに思われますわ、きっと」

「そんな心配はいらんよ。あんたは僕の事さえ考えてくれれば好い。万一鹿沢君が逮捕されてみなさい、忽ち僕の迷惑になる」

「じゃ、あなたもあの問題に関係がおありになりますの？　私よくは知らないけど……」

「違う、違うよ。絶対に関係なんかありゃせん。皆鹿沢君の身から出た銹だよ」

「じゃ、別に問題は有りませんのね……一郎さんと陽子さんの事は別に考えてあげなくっちゃ……」

「いや、そうはいかん。現に……」

「え？」

「実はね、この先まで鹿沢君が来ているはずなんだよ……今夜ここへ泊めてくれと云ってね。一郎君の手前承知はしてみたものの、泊めたりしてさ、捲き添えにでもなってみ給え、痛くもない腹を探られんけりゃならん」

「まあ、来ていらっしゃいますの鹿沢さんが……じゃともかく行ってあげなくちゃ……」

「いいんだ、ほっとけよ。金はやってある。その内に何とかするだろう」

「でも、せっかく頼っていらっしゃったんでしょう……」

「いや、このままにしておこう。どうも迷惑を蒙るよ

うな予感がしてならんのだよ」

「そうですの……でも悪いようですわね。他ならぬ一郎さんのお父さんを……」

「時には、心を鬼にもせにゃならん。自分の身が可愛いからね。だが、この事は誰れにも云っちゃいけないぜ。何しろ鹿沢君はお尋ね者なんだからどんな迷惑を受けんとも限らんからね。じゃ、休もう……今夜は二階のベッドに寝るよ」

「ええ……でも、下のお部屋に用意しておきましたんですわ」

はる江夫人はやや不満気だった。

「今夜は疲れとる……陽子は寝ただろうね」

独り言のように云って、階段を上って行った。

×　　×　　×

M電鉄、桜ケ丘駅の保線区に勤めている、早川忠造なる男、その朝上下一番電車の未だ通らない時刻に、線路伝いに出勤した。その途中、一個の轢死体を発見したのである。つまり、桜ケ丘駅東方（下り方向）約二粁《キロメートル》の地点附近で無惨にも轢殺された男の屍体を確認したのである。


駈足で駅へ到着すると、その由を伝えた。そこへ折よく下り一番電車が入構したので、取りあえず菰を持ち、二人の駅員と一緒に乗り込んだ。そして現場附近で徐行する電車から飛び降りると、まず胴体を線路から離して菰をかけた。竹挟みなど用意して来たが、屍体は案外バラバラではなかったので作業は直ぐ片付いた。その時、上り一番電車が坂の下から朝靄をついて驀進し、現場を通過した。

管内の派出所から巡査が来たのは八時過ぎであろう、ざっと目を通したが身許を知るに足るものはなかった。洋服着で、一見した年齢は五十から六十といったところだった。ともかく、その屍体には少し変ったところもあり、規則もあるので直ちに本署へ連絡した。

だから本格の検視が始められたのは九時過ぎていた。轢断状態は、首がすっぽり落ちていた。そして、左手首が切れていた。それを発見者の保線手と、片付けた駅員二名の証言に依り位置を確かめてみると、胴体の首側は下り線に向け、両足は上り線の方へ揃えて投げ出し俯伏せとなっていた。手首は左手の前方の線路内方に落ち、首も胴体前方の軌条内にあった。但しこの方は二つ三つ切れ落ちた瞬間に転ったのだろう、少し東の方へ寄り、切り口をやはり東に向けていたのである。そして、手首胴体とも軌条の外側に接近し、車輪に踏み切られた自然の形のままだったとの事だった。それは確かに証言通りで、その位置へ三つの轢屍体を置いてみると痕跡とよく一致した。

そこで写真が数葉撮られた。屍体は線路脇へ運ばれ細部検査が実施せられた。ところで、これは現場到着の時判っていた事であるが、この屍体の胴体には一つの異状があったのである。胸部中央左寄りに短刀が突っ立っていたのである。深さは約十センチで、刀身の半分以上が没入していた。

「轢死体に短刀が刺されてあるとはおかしいね」

警部補が首をひねった。そして、色々な不合理が発見された。第一首を轢断されているのに出血がほんの僅かしかない。左手首だって同じ事で、軌条には少量の血潮と脂肪のしみがある他、挽き肉のような肉と骨の砕けたのがこびりついているだけだった。

だが、胴体の短刀で突かれた個処は夥しい出血で、着ている背広の上まで沁み通り、またそれが接触していた小石は紅殻を打ち撒いたように染っていた。この二つの事実を考えてみるとこれは明に生体轢断ではない。

短刀の突き傷が致命傷となり、絶命の直後くらいに電車で轢かれた事になる。では一体、短刀を突っ立てたのは誰れか？　が問題になってくる。本人とすればこれは無論自殺である。他人とすれば――この轢屍体は他殺となるのは勿論の事だ。これは重要な事なのだがそれだけでどちらとも判断は下されなかった。

しかし、自殺と推定してみた場合、自分の胸を刺し、軌条へ意識的に（あるいは無意識的に）倒れて轢断も予定に入れていたとしか考えられない。（無意識的と考えれば場所が不合理になる）一体、そんな事があり得るだろうか？　轢死を覚悟したものが短刀で突く――あるいは、短刀自殺を覚悟した者が電車に轢かれる。失敗を懸念するとなれば二重三重に企てても結果は同じである。常識的に考えれば第一方法に失敗して第二方法に依るのがまず普通でなければならない。

(四)

俄然、検屍は色めき立って、鑑識が増援された。そしてその道の権威者、沼田博士が出張し、地検からは田中検事まで来場するといったものものしさを加えたのである。

捜査係は身元調べに全力をあげた。身に着けたものでは何一つ手懸りとなるものはなかったが、黒皮の手提鞄が約十メートル離れた下り線路脇にあったので、それで何か出るだろうと期待されたが、洗面道具などの身廻り品の外何一つ出ない。裏返さんばかりに隅から隅まで物色するとくしゃくしゃになった名刺が一枚出た。折り目がぼけて印刷も定かでなかったが〝鹿沢自動車部品商会〟という肩書が判読出来たのである。それに加えて、Tシャツを調べていた係官も〝シカサワ〟の洗濯屋の縫取を発見した。

「こりゃあ……事によると、鹿沢敬七じゃないかな」

さすが職掌柄だけに勘が好い。

「うん。例の赤木大臣の収賄事件関係者だね」

「逮捕状が出ているはずだ。しかしそれ以来行方不明だったんだが……」

田中検事にその旨を告げると、

「ほう……もしそうだとすると、身元は早く判るわけだね。じゃ直ぐ誰れかに行ってもらおう。着衣人相が酷似すれば首実験に来てもらうんだね」

鹿沢敬七の一人息子、一郎が刑事と同道したのは午後になってからだった。その時死体は駅の方へ運ばれ、保線手詰所に収容されていた。

「お聞きの事と思いますが、もしそうだったら誠にお気の毒なんですが……よく確かめて下さい」

と、係官が布を取った。変った屍体を見て一郎の焦点は暫く定まらなかった。が、やがてその顔色が名状し難いほど悲痛なものに変った。

「お父さん」

低い呟きが係官を頷かせた。しかし一郎は顔色一つかえず着衣だとか靴などを確かめ、

「父です。鹿沢敬七に間違いありません」

と、きっぱりした口調で云った。その眉宇には大きな衝動を気丈にふみこらえている努力が見られた。

身元がそれではっきりした。駅舎の一室で直ぐ聴取が始められた。主任警部は卓を挟んで対座した一郎のもの静かな態度を見て、仲々しっかりした青年だと感心した。年齢は二十六だという。長身で、スポーツマンかとも見える明るい印象的な顔だった。

「すると、お父さんが失踪されてから三週間余りにな

り、その間消息は全然知らなかったと云われるんですね」

「そうです。それ以来、今日始めて変った父の姿を見たわけです」

「じゃ、その間気にも止めていられなかった事は、その原因を知っておられたからと解釈しても好いですかね?」

「大体の事情は想像しておりました。赤木事件の新聞記事を見て——これは僕にも疑いがかかるかも知れん——と云ってましたから……その翌日の事です。朝から出かけた父はどこからか店の方へ電話をかけてきまして——問題がうるさくなりそうだから当分帰らない。後でどんな問題が起きても決して心配はいらない。少し複雑な事情があるんだが、今は云えない。お前にも判る時があるだろう——といった意味の事を話しまして、その他取引の事など簡単に云い残して電話はきれました。それがお午頃の事です」

「なるほど。その翌々日逮捕状が出たわけですね。それで、その複雑な事情というのを御存知ですか?」

「いいえ、一向に……僕は父を信じ、別に気にも止めなかったのです」

「ははあ……」

主任警部は鉛筆の頭で、それが癖なのかテーブルをこつこつと叩いてちょっと思案顔だった。

「ところで、今日屍体となって発見された事についてですねえ……思い当る事はないでしょうか、自殺の気配などです?」

「父の逃避行がどんなものであったか、知る由もありませんが、父の性質として自殺などちょっと考えられません。これは僕の慾目かも知れませんが……しかし、父は取引だって今までに不義理をした事もありません。僕の知ってる限りでは……また、他人のために身を窮する事はあっても、自らその危険に近づくような人でもありませんでした。これは固く信じます」

「なるほど……」

警部の鉛筆がまたこつこつ鳴った。

「じゃ、主な取引先とですな、友人関係……その氏名、店名、住所を御面倒ですが、出来る限り委しくこれへ記入して頂きたいですがね」

一郎は云われた通り、記入した。

「じゃ、有難とう御座いました。ところであなたに見て頂きたいものがあるのですが」

と、一ふりの短刀を紙の上に乗せて、テーブルの上に置いた。一郎は一見して、

「これは僕の家の品です。亡くなりました母が、父のところへ参りました時、その母から形見に貰ったものだと云っておりました。以来ずっと自宅にあったものです」

「ははあ……つまり敬七夫人がお母さんから貰って以来の所持品なんですな……失踪の時、それをお父さんが持ち出されたわけですね?」

「その辺の事は判りませんが、この黒鞘と、桜花模様の金銀の象嵌は確かに家の品に間違いありません」

屍体は解剖が進められ、所見が次々と判明した。
(イ)推定死亡時間は真夜中の零時前後。
(ロ)轢死には付きものの炎症が認められない。これは屍体轢断である。
(ハ)致命傷は胸部の、短刀に因る刺し傷である。
(ニ)胃中の消化状況に依れば、死亡五時間前くらいに飲酒、及食事をしている。
主要な所見は右のようなものだったが、自殺か他殺かの判定資料にはならない。刺傷は相当深いが、胸に当てがって倒れれば自殺だって不可能ではない。ところが、そこにも一つの疑問があった。短刀に本人の指紋が出ない事である。いや、指紋というものが全然検出されないのである。屍体は手袋を嵌めてなかったし、ハンカチを捲き付けた形跡もないのだ。

次に、推定死亡時間を、当夜の状況によって委しく検討してみると、発見された時間が上下共一番電車の通過してない時間だから、前夜の電車である事がはっきりするわけだ。轢断は下り線路でなされたのだから、検察時間に近い「下り終電車」が想定される。これは桜ケ丘駅発時刻が十一時二十一分だから、現場通過時間は二十三分から五分までの間でなければならない。

しかし念のために、それから約十五分と二十五分前に通過した電車かも知れないので、ともかくその三台を調査対象にして直ちにその手配をしたのである。だが無論当日は朝から運行されていたので直ぐには実施する事が出来ず、その夜も遅くなってからその結果が判ったのである。

「残る問題は一番重要な、他殺か、自殺かの決定だね。これは当夜の鹿沢氏の足取りを厳重に調査するより他はない。現場を中心とした聞込み。それから胃内容物の鑑

定による飲食の事実に基く飲食店の調査……これは比較的高級な料理と酒を摂取している模様だから、まず高級料理店、それも和風なものを喰わせるところから先に手を付けよう」

これが捜査課長の指令だった。もっともこの指令が出る前に現場附近の聞込みは遺憾なく実施されていたのである。だがこの方の中間報告は、人家が尠く、しかも別荘風の住宅が多いために期待出来る情報は蒐集困難だともたらされた。

（五）

その日の夕方、捜査本部と定められた桜ケ丘の派出所へ、甲斐祐之介が噂を聞いたと云って自発的に出頭して、昨夜の事情を語ったのである。

「ほう、すると、十時二十分頃にあをい寮という料理屋の前で鹿沢氏に別れたと云われるんですね……それで、鹿沢氏は？」

「会社の車で、当人の希望する所まで送るように運転手に云いつけて別れたんですよ」

「その行先は？」

「さあ、そいつは存じませんね……運転手を尋ねれば判るでしょうが、生憎と僕の出社が今朝は遅かったので、電車で出社し、帰りも電車だったもんですからね」

「なるほど。それであなたは？」

「間もなくあをい寮を出ました。五分ほども遅れてですかね……真直ぐ元町の駅へ出て、電車で帰宅しましたよ」

「その時刻を御記憶でしょうか？」

「十時四十五分発の終電車です。桜ケ丘駅の到着は、確か十一時二十分のはずです」

「すると、あなたは下り終電車で帰られたのですね」

「その通りです」

「鹿沢氏から面会を要求された要件というのは、結局借金の申込みだったんですね。それをあなたはきっぱり断られたんですね？」

「そうですよ。ちょっとしつこいところがあったし、ああいった事情の鹿沢氏だから、よほど警察へ連絡しようかと思ったんですが、まあ昔からの友人ではあるし、そんな冷淡な事も出来兼ねたんで思い止まったんです。しかし、借金を断ったのは金が惜しくてではなく、あそこで纏ったものを貸せば、また逃亡が続く……それじゃ本人のためにも悪いと思ってきっぱり断ったんですよ。するとですな、短刀なんか出したりして、暗に脅かしたりなぞしたんですが、僕は断乎として自首まで奨めたんですがね。だが、人間もああなると仲々反省し難いものとみえて、ただ逃げる事だけしか考えんのですな」

「ほう、そんな事まであったんですか。その短刀というのはどんなものでした？」

「黒鞘でしたよ。それとですね、金の無心についてはこんな証拠までありますよ。これは一週間ほど前、僕宛に来たもんですがね」

甲斐祐之介は、上衣のポケットから一通の封書を出した。

「博多の消印がありますね」

封筒の裏表を見て、中味を引っぱり出して目を通す。金を五万円、博多局止で電報為替で送ってくれとの速達便だった。

「ふむ。なるほど。金には相当行き詰っていたんですな……屍体にもほんの僅かしかなかったですからね。それからですね、自殺でもするような気配は無かったでしょうか？」

「さあ、格別ないようですな……しかし、こんな事は云ってました。短刀を出した時、これが僕の覚悟だ――と変な事を喋りましたよ。それを、自殺の意味にとればとれん事もないですがね」

「はあ、なるほど……あなたは鹿沢氏の失踪原因を御存知ないでしょうか？」

「それは、あんたがたの方でもう判っているんじゃないですか……逮捕状まで出しているんだから」

「いや、赤木前運輸大臣が鹿沢氏から五十万円という金を受取っている事実ははっきりしていますがね、検察側はそれを当人が云うように政治献金でなくて、何か裏面があるとの容疑でやっているんですよ」

「判りました。ですが僕には、ちょっとその原因は判りませんね。しかし、古い友人ですからある想像はしています。五十万という大金を送ったのは、当局の推定通り政治的な意味のものじゃないでしょう。こう云っちゃ悪いが、鹿沢君には政治的な野心は無いはずです。だからそんな大きなものを投げ出すはずはないですよ。御承知のように鹿沢氏は自動車の部品商をやっています。だから省営の自動車の修理にそれを一手に納品しようといった、利権獲得の贈賄じゃないですかね」

「なるほど……それは考えられますね。いや、どうも色々と御協力頂きまして有難とう御座いました。特に昨夜の鹿沢氏の行動が判明した事は、実に大だすかりでした」

甲斐氏の証言はその後の捜査に大いに役立った。（しかし当局が感謝するほどそれが正確なものであったかないかは、読者にはよく判っていると思う。だが、ここではその問題にふれない事にする）それは事実であって、直ちにM電鉄本社構内に住む運転手の証言が得られた。それを要約すると、

「そうです。あをい寮を出たのは十時少し廻っていたでしょう。どこまでやりますかと訊ねたら、ともかく、Kの方向へやってくれと云われましたのでその通りやりました。すると今度はH国道へ出るようにとの事でしたから、これもその通り走らせました。すると桜ケ丘を過ぎて間もなく、ここで好いと云われましたので降しました。恰度橋の手前でした。あの附近は人家も極く尠いところです。私はそこで車を回して戻りました。時計を持っていなかったので正確な時間は判りませんが、十時四十分くらいじゃなかったかと思います。そうですよ。そんな方向に走らせるくらいなら副社長さんも同乗すればよかったです。甲斐さんは桜ケ丘ですからね。変なお客さんだと思いましたよ。そうですね、少し落着きがなかったようです」

それで、この証言を基礎にそれからの鹿沢氏の行動を推定してみると、轢断現場まではその地点から徒歩で七八分。そこで短刀で突く。軌条に倒れる。それまでを十分くらいと仮定する。出血から絶命まで、（あるいは絶命寸前か）十分。轢断。勿論これは運転手の時間確認がはっきりしてないし、またその間の状況も不明だから正確ではないが、はっきりする事は、即ち轢断した電車が「下り終電車」に間違いない事である。その十五分前の電車では、あをい寮を出た自動車の走行距離から割り出してどうしても当て嵌らないから、それは動かし難い事実と裁定されたわけだ。

その夜遅くなってから元町車庫に入庫した電車が調べられた。念のため終電車から遡って都合三台を詳細に検証したのである。結果はその日一日運行したためか車体のどこにも人を轢いた痕跡を認める事が出来なかった。これは屍体轢断である事と、轢断個所が頸部、手首と比較的細い部分を簡単に轢き切ったせいかもしれないと考えられた。それにしても肉片や脂肪血液等の飛び散った

跡くらいはありそうなものだと、幾回も繰り返されたが、シャーシーの下面は一面の油埃りが附着していたのでその努力は無駄骨に終った。それに、屍体を捲き込んだとは始めから思われなかったのでその調査はそれで打ち切られた。

運転手を調べたが全体そんな気配は感じなかったと答えた。電車の前照灯は相当明るかったが、現場は右カーブと下り勾配であるために路面を照射するに至らない。これは実地にやって見てはっきりした事だが、照射光線は左方へ大分外れ、かつ少し浮き上っているために、上り線側から伸びた死体はその影に低く沈み、よほど注意していなければ見落す可能性が充分だった。

また轢断時のショックも簡単なものであっただけに気の付くほど感じられなかっただろうと考えられた。経験の有る運転手は、砂利《じゃり》を撥《は》ねるような僅かな轢殺時のショックも感じとるそうだが、当夜の運転手にはその経験もなかったので気付かなかったのだろう。

結果は右の調査から何も得るところはなかった。時間的なずれも考えられたが何れも定時運行で一分とは乱れていなかったと証言されている。

鹿沢敬七怪死の重点は、何といっても自殺か他殺かの一点に集注されて三日目へ持ち越された。他殺を推定する捜査官の意見は、

自動車を降りてから下り終電車に轢かれるまでの時間が、自殺にしては短か過ぎる。被害者は事件から脱れるため相当無理な逃走を続けていた。これは生に対する執着である。だから自殺を決行するについても相当遅疑逡巡するのが普通である。だから未明の電車を利用するのが普通ではないか。それと場所が不合理だ。何故あの場所を撰んだか。自殺方法が異常である。場所柄の疑問と同様、偶然の轢断とは考えられぬ。遺書がない。鹿沢一郎の証言にもある如く、被害者失踪の裏面には相当複雑な理由があるものと推定出来る。なお自殺までするとは考えていなかったとも述べている。だから、被害者を巡って影の人物が実在するものと推定出来、その犯行ではないかとの疑いが濃厚である。

自殺を推定する捜査官の意見は、

三週間以上の苦しい逃走を続け、経済的にに窮迫していた。屍体には僅か二百七十円しかなかった。そこで甲斐氏に借金を申込んだが断られた。依ってこれ以上逃走の非なるを悟り自殺を覚悟した。当初運転手に始

めから行先を明さなかったのはその場所の撰定を考えていたと思われる。またそれと、電車で帰宅したはずの甲斐氏にもう一度借金を依頼するつもりであの方向に車をやらせたのではないか。しかし、それを思い止まり、結局あの場所で自殺を決行したのであろう。二重自殺の形になった推定は、電車線路に出たものの、時間が遅いため既に終車通過後と考えて短刀自殺をしたのではあるまいか。九時前後までは、あの線は五分間隔運転であるが、それ以後はかなりその間が離れる事を当人が知ってないとすれば、これは考えられる。だから、轢断は偶然であろう。

「両説共、一応もっともな推定理由である」

捜査課長が徐ろに口を開いて、各係官を静かに見廻した。卓上には地図や、関係書類が多数拡げられていた。

「自殺と断定がつけば事は簡単で、捜査は今でも打切る事が出来る。それから他殺の面ででも同じだが、少し気懸りな事がある。当夜の下り終電車で轢断された事は最早疑う余地はないが、該電車にはその痕跡もなく、また運転手の証言も得られない事だ。これを強いて妥当と考えるなれば、電車には排障器がないために偶然にもそんな結果を生じたと考えられん事もないのだが……しかしこれは相当機微に触れる事で神経質になるほどの事はないと云えばそれまでだが……」

だが、それには誰れも答えないで、ただ深く一同は考えるばかりだった。

「じゃあ、他殺説を考えてみよう。これを他殺事件と推定すれば、そこに容疑者を考えねばならぬ。色々と補足的な状況が充分ではないが……」

「第一に、甲斐祐之介を考えたいと思いますが……」

他殺説側から声があった。

「それは一応考えられる。しかし、甲斐氏には絶対的と云えるアリバイがある。と云うのは、当人が轢断された下り終電車に甲斐氏が乗車していた事だ。この事実については、元町駅の助役も、桜ケ丘駅の駅員から助役に至るまで証言し、またその電車の車掌まで証言している。もっとも、同じ会社の今を時めく副社長が乗車していて『御苦労様』と言葉までかけているのだから、これは確な事だね。元々甲斐氏は運輸課長出で、従業員にはよく顔が知れているからこの証言を疑う余地がないんだよ。つまり被害者が轢かれた電車に、容疑者が乗っていた事になるんだ」

それでこの事件の表面的な人物の一人は除外せねばならなくなった。しかし、鹿沢一郎が書き残してくれた友人並に取引関係者が多数残っている。それで、他殺説を想定する係員は、この方へ全力を傾けてみようという議が一決したのである。

(六)

日曜日だった。甲斐氏はベランダ近くの廊下に椅子を出して、はる江夫人とくつろいでいた。葉桜になろうとする季節だった。桜ケ丘は地名の通り、若草の丘を点綴して桜樹があった。こぼれ残った花の色に交って若々しい緑色が芽ぶいている。陽子の伸び伸びとした肢体が、今日は固くなって、甲斐氏とはる江夫人の中間の椅子に深く腰を下していた。

「つまり、せっかくここまで進んだ話ではあるが、こんな結果になっては考え直す必要があるというわけだね」

甲斐氏はやたらに葉巻をふかして煙幕を張る。そしてその中から、ちらちらと陽子の様子に眸を向ける。

「お父さんだって、こんな事を口にするのはせつないい……いや、苦しい。そこを察してもらわにゃいかん」

「……」

「それとも、考える余地は無いと云うのかね?」

「……」

「もっとも、利口なお前にはその必要はないと思う」

「無論……解消する肚だと思うがね……」

「いいえ。それは違います」

「と、云うと?」

「鹿沢の小父様の問題と、この話は全然別ですわ」

「いや、決してそうではない」

「いいえ別問題です……特に一郎さんと私の愛情には何の変化もありません。私は、結婚の意志を捨てませんわ」

陽子の眸には必死の色が見えた。

「いや、感情的になってはいけない。よく考えてもらいたい」

反対は予期していたが、それをはっきり表明されると勇をふるって押しまくらねばならんと、甲斐氏は考えた。

「犯罪者の汚名を着た揚句の果に、変な自殺までしたんだよ、鹿沢君は……」

「それが、どんな結果になるので御座いましょう、お父様?」

「儂には前途がある。業界に真の飛躍をするのはこれからなんだよ。そういう男と姻戚関係を結べば、当然割引される」

「それは、お父様の利己主義ですわ」

「そう……儂はとにかくその主義で押し通して成功してきたんだよ。お前にだってその血が流れている。だから儂の云う事に不賛成は出来んはずだよ」

「でも私は、環境に依って理想を曲げようとは思いませんわ。それがお父様の悪い癖ですわ、自分の主義のためには他人の自由を認めない……」

「いや、いかん。お前は私の娘だ。他人じゃない。絶対反対する。いや、命ずる……断々乎として」

どしんと卓を叩き、将軍の如く怕い顔をして見せた。

「判りましたわ」

陽子は悲し気に眸をまばたかせ、

「でも、今更この愛情に替えようはありません。お父様にだってよく判って頂ける事と思います。これだけは……」

「いや、判らん。儂には燃えるような野心の他何物もない。恋だとか愛だとか、水族館見物みたいな事は眼中にない。お前はもっと現実な物を見詰めなくちゃいかん。それにだ、鹿沢君の家には資産がない。これは明な事実なんだ。生活能力の無いもの、愉しむべからずだ。予定通り結婚してみなさい、お前はこの鉄則の前に泣く事は明らかだよ」

「よく、判りましたわ。でもその御返事は暫く待って頂きとう御座いますわ……決心が、どちらかへ付くまで……」

そう云い残して、陽子は立って行った。それを見送って、はる江夫人が、

「少しきつくなかったでしょうか、突然あんな事おっしゃって……」

「いや、あれくらいに云って恰度良い」

「あれで、陽子さん思い切れるかしら……でも、本当に鹿沢さんて経済的に困っていられますの?」

「そりゃ、どうか判らん。じゃが、鹿沢君には五十万円貸してある。それを返済してもらえば困るだろう。それだけのものを陽子につけてやってみなさい。今時どんな有利な結婚が出来るか――」

「そうね。貧乏世帯なんて嫌ですからね」

「金さへありゃ……女なんていくらでも買えるよ」

「え、何ですの？」

「ほ、こりゃ冗談だ。金さえ出せば、何でも買えるという話だよ」

「女でもね……」

夫人が少しきつい眸をした。甲斐氏はつい口を辷らせた事に後悔して、拡げた新聞でそれを遮蔽した。


四五人の事務員が、一分の隙もなく働いていた。尠くともそう見える。それは若い当主の思想を信頼しきったほど活動的で明るいものだった。部分品の棚がずらりと並んでいる。一郎が、店の一劃を間仕切った簡素な応接室で来客と面談していた。

陽子はその人に会釈して奥へ入った。間もなく一郎がやって来た。

「突然に、何事ですかね？」

深い愛情を湛えた微笑である。それを見ただけで陽子は泪が出そうになった。鹿沢敬七の葬儀は三日前に済んでいた。事情が事情だったので簡単な告別式だった。その事を一郎は、父に済まなく思っていたのだが、いつかはあの疑惑を解いて、その時こそ立派に父をあの世へ送ってやろうとの考えがあったから事更表面は世間態をはばかったようにとり行ったのだ。

多血質な一郎ではあったが、父の死に対しては堪え難きに堪えてきた。近親者が口にさえした、冷酷なほど静かな男――では、決してなかったのだ。陽子にはそれが朧気ながら判る。だからなお一層の親愛が湧き上るのだった。そして、今日の父の言葉を語った。

「私は、あなたと離れるなど、考えていませんわ……でも、父があそこまではっきり云えば、やはりあなたの力にすがっていた方が心丈夫と思ってお伺いしましたの……私、いけなかったかしら」

陽子はひそやかに顔をあげて、あど気なく笑った。

「そうですか……幾万かの世間の人がそう思う父の死です。一人の、あなたのお父さんがそう考えられるのも無理はないでしょう。もとより私はあなたと同じ気持です。それで、どうします？」

「帰りたくないの……自由獲得への戦いですわ」

「いいでしょう。あなたも子供じゃないのですから……いつまでいたってかまいません。気が向けば店で働いて御覧なさい」

「ええ。そうしますわ」

「それから……たとえばですね、近き将来に、二人の間に何か、宿命的なものでもやって来たとしたら……それでもあなたは今の気持が持続出来ますか?」

「勿論ですわ。あなたを信ずる事に関してでしたら……」

「よく判りました」

「でも、私ばかりに誓わせて……あなたは?」

「僕ですか……それはあなた以上です。絶えずあなたの愛情に先じて考え続けています」

淡々とした中にも、眸が美しい情熱で光り耀いていた。

（七）

「調べてみましたが、甲斐氏の当夜の行動は、すべてはっきりした証人によって明にされています。あをい寮において何を語ったか……委しい事は判りません。しかし、アリバイがこうはっきりしちゃあ、そこでどんな要談をしたにしろ問題じゃないようですな」

所轄署の、その方の担任刑事が主任に報告した。

「アリバイはそうなんですが、甲斐氏の人物観はですね、狡猾で吝嗇漢というところが確実なところらしいです。その癖余り大敵を作らないところは懐柔策に妙を得ているとの事ですがね……それを考えるとどうも割り切れんところがあります。が、まあ見込みとしてはこの事件を左右するほどのものではないと考えます」

別の一人が云った。

「あをい寮の女中が、部屋の中で短刀なんかで少し騒いで、甲斐氏がひどく狼狽していた事は酒を運んで行った時廊下でちょっと聞いたと云いました。それと、あそこの帳場で勘定を済してから、甲斐氏は五万円の小切手を現金に替えてもらっています。これは鹿沢氏から借金を申込まれた額と同じですが……これをどう解釈したら好いのか、当人が死亡した時にはそんな大金を所持していなかったから、別問題とも考えられますがね」

「それと、五十万円の金を甲斐氏は鹿沢氏に用立てています。調べてみますとこれは個人関係のようですが……しかし、それを鹿沢氏は赤木大臣に贈賄しているようですから、何か関係がありはしないかと考えますが」

主任はその報告を聞いて、要点をメモに記入した。

「じゃあ一度、甲斐氏に参考人として出頭してもらうかな。それに他に問題もある。あそこの娘の陽子というのが、鹿沢一郎のところに隠れている……もっともこれは甲斐氏の云い分で、御当人は堂々と働いているんだがね……婚約の間柄だそうだ。甲斐氏はこれを誘拐だとか不法監禁だとかと怒って、自分勝手な保護願いを出しているんだよ。だからまあ、その方の話も聞きたいと思うからね。それでもって甲斐氏の内面調査は打ち切る事にしよう。じゃあ今度は、この人物の方をお願いしよう」

主任は調査人物の一覧表を二人の私服に示した。

×　×　×

鹿沢一郎が、先輩である古田三吉をアパートに訪れた。折好く居合せた三吉は部屋へ彼を招じ入れた。

「ほう。あなたのお父さんでしたか……鹿沢敬七と云われる方は」

挨拶から雑談になり、話は本筋に入った。

「そうなんですよ……全く人騒せな事件でしてね」

「概要を新聞で知っている程度ですが、結局変った自殺という断定で片付いたようですね……僕のは新聞智識で、その後の事はどうなったか知りませんが」

「実は、その件について、是非お力添えを頂きたいと思いましてお伺いしたのです」

「ほう……何か変った見込みでもありそうですね」

三吉は半分ほど残ったタバコを灰皿に揉み潰し、改まってひと膝乗り出した。

「この話は、今古田さんにお話しするのが始めなんですが、……亡くなった日の午後五時頃、僕は父から電話を受けたのです」

「ほう……お父さんが電話をかけられた場所は？」

「それをはっきりと云いませんでしたが……」

と、前置きして、一郎はその時の様子を語った。恰度帰りかけた事務員が電話口に出て、電話ですと一郎に取次いだ。出てみると、

「一郎か……儂だよ。敬七だ」

と、忍びやかな内にも懐かしさをこめて話しかけた。

「今、市内にいる。今朝早く着いたんだ。心配したかい……いや、心配したろう！　お前の事だから顔色には出さなかっただろうが、よく判る。しかし、儂もいつまでもこうしてはおられん。遅くとも四五日中には何とか片を付ける。この上逃げ廻るのは良心が赦さん。今度の事は、本当を云えばお前のために忍んで買って出た事なんだ。それは、今に判ってくれると思うが……」

案外明るい声だった。

「今、どこにいるんです。逢って話がお伺いしたいですが……」

「うん。でも今は未だ都合が悪い。今夜話をどちらかに決めてからだったら逢っても好い。お前達の方はどうかね……相当くれ……それで、お前達の方はどうかね……相変らずかね。うん、そうか、それは好い。それさえ聞けば安心だ。お前達にさえ変った事がなければ、儂は苦労なんか感じない。遅くなっても一週間たてば帰る。心配しないで、きっと待っているんだよ」

「それで電話はきれました。その声には、全く沁々とした愛情がこもっていました。お前達と云うのは、甲斐祐之介氏の長女、陽子さんを含んでいます。二人はこの秋、結婚の予定なんです。まあ、それは別として、僅かそれだけの事なんですが、僕にはそれが、父の希望に満ちた訪ずれと考えられます。その言葉の裏面に、自殺の暗さなぞ全然なかったと確信します」

「ははあ……」

「それがあの始末です。私にはどうしても信じられない事でした。弱い人間の事ですし、その後でどんな運命に捲き込まれたか……所謂科学的にこれを説明する力は僕にありません。けれども、結果は実にあの通りはっきりしています。僕は色々と考えました。三日も四日も寝ないで考えました。すると、自殺は飽くまで不合理だとしか考えられません。父は一見気の弱いところはありましたが、芯には相当強いものを抱いていた人です。そこに他人から見誤られ易い半面がありました」

一郎は熱した口調で一気にそこまで語った。

「なるほど。すると、君としてはお父さんの自殺を飽くまで疑うと云うわけですね」

「そうなんです。僕としては警察とは別に、自分のこの理念に何とか光明を与えたいのです。つまり、自殺であっても好い……それには僕自身が納得ゆくような事情をはっきりとしたいのです……僕はそのもどかしさに苦しんでいるのです。警察にその事実を云わなかった僕の気持……そんな無形な事を話してみたところで、この事件の捜査に何の効能もないと考えたに他ならんのです。また、それと同時に、ただそれだけの事で他人に迷惑をかけたくないとの考えもありました」

「ふむ。君の気持が何だか判る気がします。たとえば、靄の奥の景色が晴れるようにですね……もう少し、話してみて下さい」

「父の死を……古田さんの力で究明して頂きたいのです。その結果を以て、この事件の終止符としたいのです。あるいはそれを究明する事によって、僕に大きな宿命がやって来るかも知れません。父が……慈愛に満ちた温い心で見詰めていてくれたものが、崩れるかも知れません。しかし、決してそうでない自信が付きました。それが、僕のこの決心を促したのです」

「なるほど。その決心を促したものは、やはりある人の愛情ですね……それでは、君のお父さんが失踪をせられた事についての、見解は？」

「父が……赤木事件に関係してないとの、信念が僕にはあります。五十万円の金を、甲斐氏から借りて贈った事実……これが果して父の意志であったろうかとの問題です。父があの場合、甲斐氏から何等かの依頼を受ければそれを拒絶し得なかっただろうと考えます。それは、私達の幸福のために……結局父は、その希望のために自ら溺れたのではないでしょうか。いや、きっとそうだと僕は考えるのです。それが僕の胸奥に今日まで秘められた鍵《キー》でした」


鹿沢一郎は、それから間もなく帰った。古田三吉は未だその座敷に、彼の凄まじい気魄が残されているような気がした。

（絶対に父の自殺を信じない鹿沢一郎。彼の胸に秘められていたと云う鍵で、自分は何を開いてやれば好いのか？）これが古田三吉をこの事件に関与せしめる動機となったのである。

（八）

「今更隠す事はない。何もかも打ちまけよう。五十万円の金は僕個人のものだよ。それを是非と頼まれて鹿沢君に貸したんだ。無論それが何に使用されたか知らんよ」

甲斐氏がY署の応接室で、顔を赧らめ、なかば憤慨口調で述べるのだった。

「娘の陽子を一郎君の嫁にやる約束もあったので貸したんだよ。僕はどうでも好いと云ったんだが鹿沢君は相当の利息を付けると云っていた。たとえその金が回収出来んでも、どうせそれくらいのものは陽子に付けてやるつもりだったんだ。それが本当の事情なんだ。裏も表もありゃあせん。これは僕個人に関する問題で、あんた方からとやかく云われる筋のものじゃない。が、僕はそれを不当と云うんではない。今日に至るまでその問題で僕に迷惑をかける鹿沢君の不徳に腹がたつんじゃよ。いや、そればかりじゃない。息子の一郎君だってその通りだ。僕の娘を誘拐しておきながら、いくら使いを出してもきかない。変な自由論を振り廻し娘を煽動し帰そうとはしない。こうなれば僕だって承知しないよ。娘は勿論の事、五十万円の金もたとえ強制的にでも直ぐ返してもらう。僕にだって自由もあれば味方してくれる法律もある。

この前も云った通り、鹿沢君の自殺は自業自得だ。始めは僕も同情したが、今は違う。娘も五十万円の金もやるつもりだったが、こうなっちゃそんな高価な同情は禁物だよ。却って一郎君のために悪い。むしろこの際娘も金も返してからもう一度誠意を持って出直すべきだ。どうかね……僕の云う事は。あんた方が僕の立場だったらきっとそう考えるよ」

参考人としての調べはそんな次第で甲斐氏の憤慨演説で終ってしまった。なおその後で、陽子の件に関して散々駄々をこねられてしまったのだ。その態度の是非は別として、結局のところ当局は何の纏った資料もとれなかった。

自殺か？　他殺か？　事件は反証の挙がらぬまま「自殺事件」に傾向き、自然に迷宮殿の奥深く分け入ってしまった。誰れかがこれに責任を感じたとしても、今更そこから引っ張り出す事は難事中の難事だと諦めるより他はなかったのだ。

×　　×　　×

すっかり青葉の季節になった。あれから一ケ月。どこからか紛れ込んだ蝶が一匹、甘い羽根をひらひら舞わせ、Y署の玄関先を飛んでいた。車が一台、音もなく上り込んで停止した。降りたったのはB署の林署長と古田三吉だった。一方は正服。一方は開襟シャツに黒いセルの上着をつけた軽装だった。

「やあ」

林署長は身軽く署員に挨拶をして、応接室に納った。じっとしていても汗ばむほどの陽差しが窓の外にまぶしかった。テーブルを挟んで対座したのは柳川署長と権田警部である。

「すると、あの事件にはすっかり匙を抛げた形ですか」

「そうなんだよ。何も出て来ないんでね。五十万円の使途についても赤木氏を随分追求してもらったが、貰った時は政治献金……これが全くのところらしい。もっとも、その後の目的が明かにされない内に赤木氏は他の問題から検挙されているんだからね」

「もっと根本的な問題はどうなんです。当夜の状況ですな」

「一時は相当期待して随分沢山な関係者を洗ってみたが、どれもこれもアリバイを持っている。それがちっとも不自然でないんです」

その後を権田警部が続けて、

「一番表面に泛かんだのが甲斐祐之介氏だが、これにも立派なアリバイがありましてね」

「つまり、鹿沢氏が轢断された下り終電車に甲斐氏が乗っていたという事実ですな？」

「そうですよ。とにかく短刀で刺された鹿沢氏の屍体の上を通過した電車に、容疑者が乗っていた……このアリバイを覆えす事は西から朝日を望むと同じですからね」

「全くですな……しかし、こちらの古田君が、実は面白い意見を持っているのですよ。それを僕も聞かせてもらってね……それで今日はやって来たんです」

「ほう。それは何でしょうか」

署長も警部も改めて三吉の方へ向き直り、椅子を引き寄せた。三吉はややまぶし気にその視線を外して、ちょっと緊張した。

「これは意見でなくて、事実と考えるんですがね。うまく犯人の奸計に嵌ったわけですね」

「ほほう。それは耳よりな話ですね」

「轢断されたのが終電車……これが目くらましだったんですね。それが覆えされぬ限り、犯人のアリバイは盤石ですからね。僕はその一点に全力をあげてみました」

「ほう。ですが、鹿沢氏が国道の堺橋附近で自動車を降りてから、屍体発見の現場までの行動時間を色々と計算してみて、結局終電以外ではないとの確定を得たんですがね」

「その微妙な間隙を犯人が狙ったんです。つまり、終電車から翌早朝までは運行されない……ありふれた常識の盲点を利用したんですね。実際に轢断されたのは終電車後なんです」

「と云われると、朝の一番より他にないはずですがね。

委しく云えば、現場を通過した電車は当夜の十一時二十五分以後は、翌朝の五時四十分まで空間であって、トロッコ一台走っていませんよ。これは桜ケ丘駅と、その先の大池駅で証言しています」

「それは事実でしょう。しかし、終電車で甲斐氏は一旦帰宅し、また現場附近に行き、そこへ鹿沢氏を誘って刺し殺し、線路に投げ出して置いて轢断したとしたら、どうでしょう。これは行えますね」

「勿論そうなれば、アリバイと兇行時間がずれますから可能です」

「事実それなんですよ」

「へええ……じゃあ、轢断した電車はいつ、どう走ったのです?」

「桜ケ丘駅と、大池駅の間は四キロ弱ですね。轢断現場はほぼその中央にあたる二キロの地点だったはずですね。即ちそこを中心に上下へ約一キロずつの二キロの間を、電車が走ったのです。だから両駅では知っているはずがありません。それも、午前二時半か三時頃でしょうからね」

「ほう……一体、誰れがそんなものを運転したんです」

「甲斐氏自身です。正確には電車ではありません。フレームだけが走ったんです。これが鹿沢氏を轢断したんです」

「フレーム?! ……フレームとは?」

「電車のシャーシーに付いている前後の車輪枠ですね。車輪は四つあります。重量は四、五瓲《トン》あるでしょう。だから、問題の終電車には轢断の痕跡が残っていなかったのです」

「それは一体、どのようにして走ったのですか? 現場附近にはそれらしいものは全然見当らなかったですがね。甲斐氏は単独でそんな事が出来たとも思われんし……」

「委しく説明しましょう。桜ケ丘駅を下りに添って行きますと、一キロほど行った左側に車庫がありますね」

「あります、あります。当時、あそこも厳重に捜査しました。あそこには戦災を受けて焼けた電車などが引っぱり込んで、赤錆になって放置してあります。あれは疎開車庫で、営繕も兼ねて建てられたものですが、使用に至らずして終戦となり、無人のまま現在まで残されたものです」

「そのように僕も聞きました。桜ケ丘附近は大体、御存知のように高台です。あの先から路面は下り勾配となり、現場附近は大きく右へカーブしています。そしてやや高い、俗に瓢簞山の堀割を通り、それを抜けた附近になって平坦になっています。しかしそこにも左側に引込線がありますね。これは瓢簞山の一部を切り崩し、その土砂をこれもやはり戦時中Uの飛行場埋立に使用するため、敷設せられたものだそうですね」

「そうです。現在では草茫々です」

「問題は、この二つの地点が重要な役割を果しているのです。ここに図面があります。附近見取を兼ねて、平面と側面を表したものです。これをよく御覧になって下さい。こちらの車庫をAとしましょう。この建物の中と構内には引込み線が三本あり、さっきお話しの通り赤銹の焼け電車が放置され、磨耗した車軸や、モーターの無いフレームが放置されています。そこで、そのフレームの一つを梃子で本線へこね出すとします。これはあそこへ引っ張り込んだ不良品ですが、軸受もスチールボール式のものですから思ったより軽く動きます。そして本線へ押し出します。この側面図でも判るように下り勾配になっていますから少し押し出せばフレームは自力で走り出します。中間の現場附近ではかなりな加速で、人の一人くらいは難なく轢き切って通過しますね」

「あっ、なるほど」

「そして三キロ附近で再び平坦になっていますから、速力は減少しますが、停止するところまではゆかんでしょう。それを利用してそのフレームをこのB地点の引込線に上り込ませるのです。ところがここにも地の利を犯人は得ているというのか、そのフレームは現在では全然我々の目に付かないのです。それは山側の側線の先に溜池があるのです。もともと土砂運搬の臨時線であったために車止めがないので、この中へ完全に陥没しているのです。これが無人フレームの走行方法です」

「うーむ。見事な推理です……いや、見事に計られたと云うべきですな」

「あの溜池は水が濁っていて判らなかったのですが、軌条に伸びかかった草が、やはり轢断されている痕跡があったので入念に調べてみて判りました。確かに沈んでいます。こんな巧妙な方法はあの電鉄をよく知った者より外にありません。これは下山事件と三鷹事件からヒントを得たものではないでしょうかね……まあ、余談は抜きにして、容疑者と考えられる甲斐氏は最近二回ほどこのA車庫を下見している事実があるのです。M電鉄では近く同社の経営しているバスのボデー製作工場に、これ

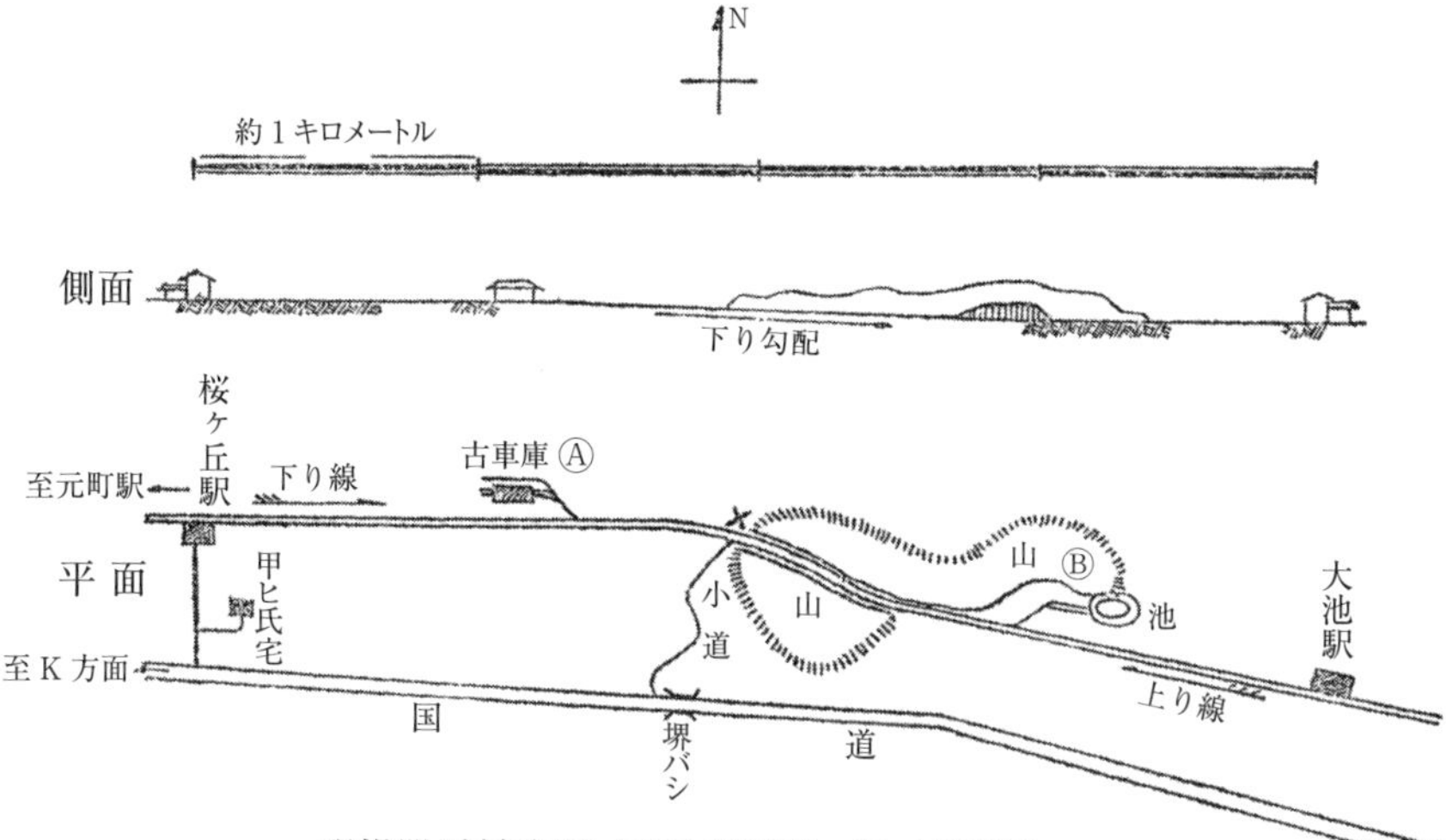

現場附近見取図（平面 側面図）×印レキ断現場

を改装しようとしている計画があるのです。

それと、甲斐氏は当夜、帰宅してからこっそりと自宅を抜け出している事実があります。と云うのは、あそこに鳥井はなという女中が居ります。これは甲斐氏の娘さんの陽子さんびいきの女なんですが、これをこっそりと鹿沢商会に呼び寄せて、色々と一郎君から訊き出してもらうと、夜中二時頃、女中が不浄に起き出てみると、確かに掛けておいたはずの勝手口の錠が外されていたと云うのです。それで再び戸締りをして、午前五時半頃起き、いつもの通り表玄関の扉を開けた。すると、甲斐氏が庭の内を散歩していたと云うのです。ネクタイは無かったが背広を着ていたと述べています。随分今朝は早起きだと思って挨拶をすると、『どうも頭が重くて、散歩していたのさ』と云い捨てて二階の寝室へ上って行ったと云うのです。それから女中はお勝手の戸締を外したと云うのです。あそこの住宅は、出入口はこの二個所しかないそうです。すると、甲斐氏は女中の寝た十一時過ぎに勝手口から抜け出して現場へ行った。その後で女中が戸締りをしたんですね。要件を済ませて帰ったがどこも開かない。人を呼べば夜中抜け出した事が判ってまずい。だから女中の玄関を開けるのを待って、散歩と胡麻化して入り込んだわけです。

これを綜合すると、終電車で帰宅し、人々が寝静まるのを待って、鹿沢氏の待っている場所へ出かけたのでしょう。鹿沢氏とは当夜あをい寮で逢っていますから、どんな約束でも出来たはずです。そして、現場へ誘い出し刺し殺す。B地点のポイントを側線に切り替えておいてA地点に行き、フレームを押し出して走らせる。ポイントを元通りにし、更にB地点のポイントも切り替えて帰る。二時間も見ておけば、これだけの仕事は充分のはずですね」

(九)

その夜も遅くなってから、赤塗りの消防自動車が二台、ひそやかに国道を東行して、また北へ道をとった。続く数台の自動車にはいかめしく捜査官が乗っていた。

問題の溜池の水がどんどんサクションホースに吸い上げられて、傍の田圃に放水された。果して出た。問題の轢断シャーシーが——暗夜にフランシュが閃き、ズボンをまくった係官が溜池の無気味な泥底をこね廻った。

泥水に汚れた一枚の白布がそれに引っ懸っていた。持って上り、灯にかざしてみると一枚のハンカチだった。血痕が幽かながらも認められた。赤い糸で訳の判らぬ縫取が一字あった。洗濯屋の目印だろう。調べれば誰れの持物かは判るはずである。

「これでよし。万事解決だよ」

ああその喜色満面たる権田警部の顔。

「よかったですなあ……」

部下の捜査員も思わず小さい喊声をあげて、星空を仰いだ。東の空が幽かに白みかかっていた。この歓びを誰れか知る——。

× × ×

ガッチャン——ガッチャン——タイプライターを叩いているのは、市川町子だった。陽子の去った後へ、彼女が迎え入れられた事に何の不思議もない。

「今夜は、好いだろうね」

何の屈託もなく、甲斐祐之介が爪を磨きながら町子へ言葉をかけた。濃厚な笑いと頷きが言葉以上の返事をした。

ドアーが、こつこつと叩かれた。町子が立ってしとや

かに開けた。だが来客は予期に反して三人も、無粋な足取りでものも云わずにどやどやと入って来た。用件を聞く前に、

「甲斐祐之介さんですね。逮捕状です。御覧下さい」

と一枚の紙片を差しつけた。祐之介は気を取り直す隙がなかった。ぼっとしてそれへ視線をやった。判事の署名が躍るような筆勢で書いてあった。そして、鹿沢敬七殺害容疑に依り――とも読まれた。

（駄目だ‼）そう思って二つほど頷いた。

町子が、その窓から本社の車寄せを見下していると、数人の人に囲まれて甲斐氏が自動車に乗った。そして幽かな排気音を残して走り去った。町子はそれを、物質から解放された歓びと、哀しみとを交えた眸で見送ったのである。

当夜の甲斐氏と鹿沢氏の会話の模様は、既に述べた通りである。はる江夫人が寝付いた頃を見計って二階の寝室を抜け出し、勝手口から約束の堺橋附近へ行った。

鹿沢氏は松林の闇の中で、この友を信頼して待っていたのである。

「どうやら、今夜も張り込みをしているらしい。だから遅くなって……全く済まん。止むを得んから友人の家を頼もう。朝になったらゆっくりまた相談するよ」

出鱈目を云って、鹿沢氏を橋際の細い道から、現場附近へ誘導した。無名踏切から線路に添って少し行ったところで、隠し持った匕首《あいくち》で、ものも云わずに一突きした。その品はあをい寮の座敷で、鹿沢氏から取り上げ、座蒲団の下に入れておいたものを、自分が持ち帰ったものだ。それにハンカチを捲いてやったわけだ。

「卑怯なッ」

鹿沢氏はただその一言を残しただけだと云う。突き放すとそこに倒れ、断末魔の苦しみをした。しかし、それもほんの僅かな時間だった。予めそのつもりで場所を撰んでおいたのだから、僅かに移動させて、頸部と左手首を軌条に乗せた。それからは古田三吉の推定通りである。ただその時のハンカチを、後で焼き捨てるつもりで持っていたのだが、フレームを押し出す時、それに引っ懸けてしまったのを、見失ったわけだ。これは有力なこの事件の証拠となっている。

鹿沢氏失踪問題については、これも甲斐氏の身代りであったわけだ。甲斐氏はＭ電鉄の副社長に就任するや、赤木野望を抱いてＨとＫのバス営業線を獲得するため、赤木

氏に手蔓のある鹿沢氏に橋渡しを頼み、五十万円を贈賄してその利権を得ようとした。陽子との婚約があるし、頼まれれば「嫌」とは云い切らない鹿沢氏だったのでそれを引き受けた。切り出しは政治的献金で、個人に差し上げると云ってそれを手渡した。本当の目的を明さない内に赤木氏は他の事件に連坐して検挙せられた。

そして五十万円の件が証拠書類で問題になり、鹿沢氏に反感の目が光り出した。甲斐氏に相談すると、それが表沙汰になれば二人共連坐しなければならぬ。だから一応鹿沢氏のみが行方をくらませば問題は一人で済み、かつその間に僕が揉み消し運動をやるからと、そこはうまく鹿沢氏の性格を利用して、これを走らせたのである。甲斐氏にしてみればそれで鹿沢氏一人の罪にして突っ放したも同然だったのだ。直ちに会社から支出した金を自分個人の如く書類を揃え、いつでもその危険から脱れる用意をしてしまったのだ。無論揉み消しなんて本腰を入れてやってない。そんな事をすればそれ自体が罪を表明するようなものだったからである。

博多から送金を連絡されても、それも放っておいたのである。これが真相であったのだ。そしてあの夜の始末となったのである。いつにない鹿沢氏の態度に甲斐氏は面喰った。これはうっかりしていると、甘く考えていたほど鹿沢氏はお人好しじゃないと考えた。小さい犯行を蔽い隠すために、遂に大それた事を考えたのである。それが終電車利用のアリバイ作りだった。これなら大丈夫だと考えたら、殺人行為がいとも簡単に行えたと云う。それを、鹿沢氏があをい寮で暫く酔い潰れている間に計画をたてたと云うのである。

現場の様子は充分暗誦していたから、何の不都合もなかったわけだ。そして殺した鹿沢氏の鞄から、一旦与えた五万円を抜き取るといったがっちり屋だった。いやそればかりではない。いくらなんでも殺した人の息子に娘はやれない。それは甲斐氏の良心のしからしむるところかと云えば、全くの反対で、婚約解消を機会に、会社から出させた五十万円を、自分個人の金として一郎から返済させ、着服するつもりだったと云うのだから、実に抜け目のない悪徳漢と云わねばならない。

その夜から甲斐祐之介の住居は独居房と相成った。固い木製のベッドでどんな夢を結ぶのか、それは想像出来ぬが、高い切り窓に星屑が、悠久変らぬ色をまたたかせていたのは事実である。

同じその星空の下、鹿沢商会の露台では、陽子と一郎が籐椅子を持ち出して、腰を下していた。夕涼みには少し早いようだが、二人の身内は真夏の太陽の如きものが燃えていたのだから、止むを得ない事だ。

「僕の撰んだ道を、本当に理解し、赦してくれますか?」

「もう、それをおっしゃらないで……私は、あなたの足跡を見詰めて生きる以外に能の無い女ですわ」

「後悔してませんか?」

「していません」

「哀しみは?」

「感じません」

「苦しみは?」

「ありません」

「愉しみは?」

「大きいの」

「結婚は?」

「知らない……ずるいわ」

形ばかりに持った団扇で、陽子は打つ真似をした。憎らしいほど、打てもせずを承知の上で。

勲章

郷愁

軍国主義者達が一敗地にまみれて死刑を執行された翌日、古閑英良は極楽寺の禅堂にこもって、朝から観世音菩薩普門品《ふもんぼん》第二十五を昼食もとらないで誦し続けた。

夕方になって、やっとその声はやんだ。英良はそれから本堂の北裏続きの位牌堂に入り、一人息子だった修の位牌に向って礼拝した。その時、英良は心の中でこんなことをいった。

「修よ、とうとうお前の名誉は日の目を見ることが出来なかった。しかし儂の心の中にだけお前は生きている。これからのお前は、安らかな生活が続けられる。お前のうち立てた名誉と共に」

これは三年前のその日に、古閑英良が位牌堂で誓った悲願だった。

× × ×

その頃町では待望の新制中学校が落成した。古閑英良も招待者の一人だったので羽織袴で出掛けた。しかも胸には九つの勲章を飾った。

式が終ると酒宴になった。しかし人々は英良の勲章が眩しくて変な気がした。町の署の次席が便所で顔を合せた機会を捉えて、

「古閑さん、どうも勲章は困りますね。外されたらどうですか」

「何故です?」

「時機が悪い。それにそういうものの佩用は許されていません」

「なるほどね。日本は戦争に負けましたからな。しかしそれと勲章とは関係ないでしょう。だが、持っている分には一向に差支えないでしょう。それを見る見ないはあんた方の勝手でしてなあ。日本も随分と変りました。色々な法律や生活の様子もねえ、しかし儂の心はそういうものに縛られたくはないのですよ。まあ目障りだった

ら見ないことにして下さい。はっはっはっ」

英良はてらてら光る顔を撫で下して人もなげに笑った。それ以来兵隊英さんが勲章英さんに変ったし、その後も同じ筆法でそれを胸に飾った。たとえば結婚式に招かれてもそれを実行した。


六月の俳句の会が極楽寺であった。英良もその吟社の一人だった。主に年配者が多く、いつも十二三名は集った。これを主筆するのは住職の徹心だった。徹心は未だ三十五の若さだったが、寺の山号である紫雲山を名乗ってその名は中央にまで聞こえていた。

その夜散会になるとき、英良だけに残ってもらって、こんなことを云った。

「実は、あなたのところの京子さんをお嫁さんに欲しいと云う人があるんですが」

「ああ、関忠志君だね。判っています」

「判っていれば尚更好都合ですが、この話、ひとつ纏める気になって頂けませんか」

「いや、お断りしましょう」

「どうしてなんでしょうか？」

「あの男は跛《びっこ》だ。兵隊にもゆけなかった男ですからね。私の気に染みませんよ」

「しかし、世間には心の片輪者も沢山います。関君は良い男だと思いますが」

「まあせっかくですが、この話、乗気になれませんので」

「一応、京子さん自身の考えを聞いて頂けませんかね？」

「その必要を私は認めません。この後とも私のこの気持は変えないつもりです」

その夜英良は帰宅してから、京子に云った。

「今夜極楽寺の方丈《ほうじょう》さんからお前と関君の縁談を持ち出された。しかし儂ははっきり断った。お前をこの家から出す必要を儂は認めないからだ。修と儂は心も軀も一つだ。そう思っている。これはよく判っているな」

「……」

「どうだ、そうだろ？」

「え」

「ともかく死んだ後のことは儂にも判らんが、お前を他人に渡すことは出来ない。儂には悲願がある。儂は儂らしい生き方をすることにしている。そのつもりで」

「え」

何を云われても京子は短く返事をするばかりだった。ただ長い睫毛のはしに、そのときの感情次第で泪をためるのがせいぜいだった。

「お前は泣いているな。泣くことはない。儂には深い慈悲心がある。よしよし、こちらへ来い」

英良は、大兵肥満の軀をせりだして、固く毬のようになっている京子の軀を抱き寄せた。

極楽寺の住職、尾形徹心は、英良の結婚を反対する根拠が、深いところに根ざしたものでないことを知って、何とかこれを成功に持ち込もうと考えた。それで、関にも句会に出るように奨め、五月の運座の席上でそれを紹介した。がこれは失敗だった。英良は住職の意途を知ると、翌月の運座には出て来なかった。住職は英良の偏狭を嗤《わら》う前に、自分の出過ぎだったことに思い至って、その事は諦めた。

七月の末頃、暑い陽盛りに英良が極楽寺へやって来た。太って汗っぽいせいもあるのだろう、額から汗の玉を噴き出していた。英良は改まった調子で大きな桐の箱を徹心の前に差し出した。そして緑色の平打紐を解くと、中から黒漆に燿く幾つもの小函をとり出して、

「方丈さん、お願いに上りました。これは勲章と従軍徽章《きしょう》ですが、感ずるところがありまして、これを寺に納めて頂きたいのです」

「ほう。それはお易い御用です。ほほう、私は、勲章というものを始めて手にするんですが、仲々立派なものですね。全部で、一体いくつあります」

「九つあります。二つは私のもの、七つは伜のものであります。どうかよろしくお願い致します」

「承知致しました。それで、何か御希望でもありましたら」

「そうですね。位牌堂の、あれの位牌の前に置いて頂けば結構です」

暴風近づく

永い間のリレー停電で、夕食は明るい内に済ます習慣にしていた。ラジオが宵に颱風の近づいたことに警告を発していたがそれも中途で杜絶《とだ》えた。刻々吹きつのる風が怕い唸り声をあげている。送電線の故障であろうか、

それっきり電灯のともる気配はなかった。

紀の国屋はいつも九時半にならなければ店を閉めないのだったが、その夜は婆さんが怯えて早く寝床に入ったので時間の判らぬままに雨戸を閉めた。それも凪に備えて厳重に戸締りをした。にもかかわらず、どこから忍び込むのか隙もる風が燭台の焰を心細くまたたかせた。

柴之助は店のタバコ売場で新聞の拾い読みをしていたが、客のあてのない店番は少し退屈だった。横手の電気時計に目をやったが、停電でもとより用をしない。おまけにそれがひどくだらしなく見えた。六時半を示し、長短針ともだらりとぶら下っていたからだ。

次に目についたのは商売ものの四斗樽だった。「はつ桜」の摺込文字が誘惑する。ふらふらと立って行って呑口を抜くと、それを大湯呑に受けた。高い香りと共に黄色な液体が忽ちそれを満たした。

塩辛い沢庵を前歯で嚙って、ちびちびやった。暫くすると晩酌に重複して快い酔が発してどうにも睡くて堪らなくなった。意気地なく床に這いこんだ。

疳高いジーゼルエンジンの排気音。

それを夢うつつに聞いた。音は現実に近付いて来る。どうやらF町行の終バスらしかった。特徴のある排気音がそれだ。

（池の下でお降りの方はございませんか――お知らせがなければ停めずにまいります）

車掌の案内が聞きとれた。男車掌の声だ。柴之助の店、つまり紀の国屋の西方にバスの停留所があって、時にはそんな呼び声がすることに何の不思議はなかったが、それがF町行の終バスだったらおよその時間が判るのだった。

バスは乗る客も降りる客もなかったのかそのまま凪のまにまに疳高い排気音を残して遠ざかって行った。

「まだ、八時五十分か」

呟いて、床の上に坐った。いつもの癖で、少しまどろんで目が醒めるともう睡り直しが利かなかった。それに咽喉がひどく乾いた。沢庵漬が悪かったのだろう、炊事場に立って行って、柄杓でがぶ飲みをやった。

「うまい」店の間に出て、あぐらを組むとゴールデンバットに火を点けた。喫い終る頃、バスの去った方向から自動車の排気音が近づいてきた。ヘッドライトの灯が眩しく雨戸の欄間の摺硝子《すりガラス》を透して店の中を明るくした。

車は店の前で停った。そしてライトとエンジンの音とが消えて運転台の扉の閉まる音がした。

誰れだろう?

「今晩は。紀の国屋さん、やすまれましたか?」

「未だです。どなたですか?」

「僕です」

「ああ、あんたか。今開けますよ」

雨戸を一枚繰り開けた。風と共に舞いこんだのは関忠志だった。

「ひどい風ですね。どうも済みません」

「いや未だ寝る時間じゃあないからね。相変らずの停電と暴風警報で閉めていただけですよ。今時分まで商売ですかね」

「そうなんですよ。T町まで荷物があったもんですからね。その上故障でひどい目にあいましたよ」

「そうかね。そりゃ、大変だったね」

「タバコはきらすし、すっかり吹きまくられたんで少し寒い。酒を一杯呉れませんか、上等が好いんですが」

柴之助はコップを二つ出すと、桝に移しとったそれを注いだ。

「酒は相手がなくちゃあうまくない。儂も飲み直します。まあこれでも摘んで下さい」

「済みません。ところで、何時事でしょうかね?」

「未だ早い。時計はこの通り停電で模型同様ですが、たったさっき八時五十分の下りバスが通ったところだから、九時頃だろうね」

「へえ未だ早いんですね。もう十時頃かと思ったが」

「まあ、時間はどうでもよろしい。儂も一杯つきあうから、ゆっくり話しましょう」

水死人

高い蒼空。ひと刷け撫でた薄い雲が東の空から西の空にかけて伸び、颱風の名残りを止めていた。そして、月かげさえ懸っていた。

「お祖父《じい》さん大変ですよ」

僅かばかりだが近くに茶園があって、そこへ行っていた嫁が帰ってくるなり、朝刊をひろげていた柴之助にいった。

「何が、大変なんだ?」

「この上の池に死人が揚ったって。それが、古閑さんらしいのよ」

「ふーむ。まさが昨夜の風で吹き飛ばされたわけでもあるまいが、それがほんとうならこうしてはおられん。何しろ数少い同窓生だからな。見届けずばなるまい」

通称源氏池は三方を雑木に蔽われた低い山に囲まれていた。そこには源氏の落武者の墓と称するものが三基あるところからそう呼びならされていた。屍体は水門の石段の途中に横ざまに引懸っていた。

夏になると摺鉢底のそこに落ちて溺れる子供は三年に一人くらいはあったが、大人の水死は珍らしいことだった。それも水で死ぬには、そろそろ寒さを感じる十月の始めにである。

その池の東側に住んでいる開墾の引揚者が山羊を連れてやって来て発見したものだそうだ。

柴之助はそこにいる巡査が顔見知りだったのでずっと近寄って、

「誰れです、あれは？」

「ああ、恰度好い。古閑さんらしいということなんですが、あんたならよく知っておられる。ちょっと確かめて下さい」

柴之助は、要心深く石段を二つほど降りると、水際からしばらくそれを凝視した。

「ああ、こりゃあやっぱり古閑さんだ。とんでもないことをしたものだ‼」

十一時頃署から警察医を同伴してやって来た。屍体は重く、引揚げるのに骨が折れた。

「水死に違いないですな。たんまり水を飲んでいます。多少着物が着崩れていますが外傷らしいものはありませんよ」

「覚悟の投身自殺ですな」

「そうでしょう。こんなに沢山勲章をぶら下げているところから見ればね。つまり死出の旅を飾ったわけで、発作的にやったんでしょう」

「全く」

その時、本部からだといって、二人の捜査係の刑事がやって来た。

「やあ、黒内さん、久し振りですな。相変らず忙がしいとみえますな」

「どう致しまして。このところちょっと手すきだものですからね、ついでに行って見ろというわけで出張を仰せ付かった次第ですよ。一件というのはこの仏さんですね」

　菰をはね除けて、覗きこんだ。

「ほほう、なるほど。これは沢山の勲章だ」

　ねずみ色のセルの和服の左胸に、九個の勲章が二段に並んでいた。

「君は判るだろう、軍隊にいたから」

　若い三宅刑事に訊ねた。

「そうですな。これは功七と功五、それに功六の金鵄《きんし》です。これが勲六の瑞宝章《ずいほうしょう》に勲七の青色桐葉章。それに勲八の金米糖《こんぺいとう》です。あとは従軍徽章ですが……ほう、これはシベリア出兵ですな。上海事変に支那事変です」

「ほう。腕時計をはめているね。九時二分で止っている」

「それが身投げをした時間でしょう。革が古いので充分水を含んでいますよ」

「履物はありますか?」

「それが見当らんのです」

「ほう。勿論下駄でしょうから、この岸のどこかに脱いでいると思うのだが……すると、投身した場所がはっきりしないいんですね」

「そうです。念のために向う岸一帯も調べましたが履物らしいものは見当らないんです」

「すると、跣足《はだし》で来たんですかね」

　黒内刑事は屍体の足の裏へ視線を移した。が水屍体にその痕跡を求めることは無理だった。

　　いのこずち

　頑丈造りの体軀に寸のつまった黒っぽい背広服。色が黒くどことなく野暮ったい。瞳はきれいだったが時々鋭く光る。

「ただの自殺事件ですか」

　若い方が気をひいてみた。黒内刑事は地味で一種の底力を持っていた。刑事々件を喰って生きてきたような男で一名「黒牛」と愛称されてもいた。

「さあね。あるいはそうかも知れない」

「僕なんどは経験も浅いから、何だかこの一件喰い足りない気がするんですがね」

「そうばかりもない。僕には信条があってね、一つの不審を抱いたら三つの証明を作れと云う」

「それがあるんですか?」

「ある……と思う。しかしその証明となると三つはおろか、一つも無い」

道はそこで左へ折れて松並木の中に消えていた。二人はそのまま真っ直ぐに小径を抜けて池の端へ出た。そして暫くそこにたたずんだ。

「古閑という男、勲章を着けて出る余裕があった。それに下駄を履いてなかった」

「途中で脱ぎ捨てたんじゃあないのですか」

「水死でも轢死でも、飛び込んだ位置へ履物を脱いでおくのが自殺者の習慣だよ。水死の場合、下駄と一緒に屍体が揚ればこれは過失死の有力な証明になることもあるし、他殺推定の端緒にもなり得る。つまり、屍体と履物を一緒に投げ込んだといった証明にね。だが無くちゃあネタの出しようがない。君が云うように途中で脱ぎ捨てることも考えられる。では、どんな場合それがなされるかね。一方の緒が切れたために脱ぎ捨てることもある。しかしこれ以外だったら怪しい。たとえば途中で格闘の事実があったとか、あるいは何かあって緊急逃走する必要があったことなど考えられるからね」

「なるほど、どれも一理ありますね」

「すると、それを調査するためには、古閑英良がどのコースを経てこの池に辿り着いたかを知る必要がある。バスの走っている街道筋を通れば道は好いが相当の迂廻になる。古閑の自宅から、桜橋のバスの停留所附近までが約三丁。それから池の下のバス停留所まで七八丁、いや十丁はあるだろう。それからまたこの池まで四五丁ある。他にはこの野道だが、細くて歩きにくいが大分近道になる。僕は恐らくこちらを通ったと思う」

「じゃあ、まずこのコースを通って当人の自宅まで行ってみますか、途中で下駄でも発見出来ればめっけものですからね」

低い山際に引揚者の開墾住宅が見えた。道は思ったより狭くひどい石ころ道だった。視野の開けるあたりから草深くなって深い秋の気配をにじませていた。よく伸びた芒の穂が遠近に根株を張って、白銀色に光る細い手首で風を招いていた。

町役場で調べた結果に因ると、古閑英良は現役入営をして、シベリア出兵に従軍していた。伍長に任官して金米糖を貰っている。九つの勲章の内二つはそうした理由で英良のものだった。一人息子の修は南方で華々しく散華していて、功五級はその形見である。つまり英良は陸軍大将になるべきが一伍長に終ったことに不甲斐なさを感じて倅を軍人に仕立て、自己の目的を貫徹させるつもりであったかも知れない。

何が彼をそうさせたか知らないが、息子は死ぬ。そして終戦がやって来た。彼の棲む社会は忽然と姿をかき消してしまったのだ。それから勲章英さんの発現だった。

「厭世自殺かも知れないね」黒内刑事は一抹のもの寂しさを感じて呟いた。

いつの間にか細い野道が橋際で尽きようとしている所まで来ていた。そこには底の深い十間幅ほどの川があった。この附近は堅い特殊な粘土層を形成しているので、川岸が永年の間に鋭く切れ込んで崩れもしなかった。

二人は橋を渡った。並んで通られるほどの広さはない。

「三宅君、君のズボンの裾にいのこずちが沢山着いているよ」

しかしそれは、黒内刑事のズボンにも点々と刺さり込んでいた。

古閑英良の家は川岸を少し北上してから、右へ坂道を下ったところにあった。

黒内刑事は「忌中」札の貼ってある玄関を入った。帳場係に名刺を通じると、紀の国屋が出て来て座敷へ案内した。

二人も型通りの焼香を済ませた。茶菓を出した後、柴之助はこの二人がただもの堅くわざわざ焼香に来てくれたものと独り合点したのか、

「近頃の警察も仲々義理堅いことですな。ほんとうに御苦労なことです。古閑君も思いがけない最期を遂げまして、実は我々も嘘のように思っているくらいです。今朝納棺しましたが勲章は全部経帷子《きょうかたびら》の胸に飾ってやりましたよ」

「ははあ、何かと御苦労様ですね。ところで、姪の方は帰られましたでしょうか?」

「ああ、京子さんのことですな。今朝帰って来られました。大変びっくりされましてなあ」

「お目にかかりたいんですが」

待つ間もなく柴之助と一緒に現れた女が京子だった。二十四五でもあろうか、目鼻だちがよく整っていた。和服の膝を揃えて静かに坐ると、

「この度のことにつきましては、色々と御面倒をおかけ致しまして」

と、痛々しそうな低い声で挨拶をした。

「失礼ですが、御主人は?」

と、黒内刑事は感じたままの質問をした。

「え、私、未婚なんでございます」

「ああ、さようで、どうも失敬をしました。ところで、おじさんの自殺されましたことについて、何かお気付きの点はありませんでしたか？」

「いいえ、ちっとも、至って本人は気の強い方でございましたから」

「驚かれましたでしょうね、突然のことで」

「はい」

京子は蒼白い面を伏せて、塑像のように動かなかった。

勲章の謎

桜橋の停留所で、女はバスを待っていた。英良の葬があってから二日後のことであった。手摺の下は深い流れだった。それを覗く女の顔色にもそのような深い憂愁が漂っていた。

そのとき、グリーンに塗ったトラックが橋際で停った。女はその気配に川面から離した視線をそれに向けて、かすかに笑った。運転台の男が、眸で女を招き、反対側のドアーを開けた。

「どこへ行く？　上りに乗るつもりだったんだね」

「ええ。あなたは？」

「上り。君の行くところまで」

女は再びにっこり笑うと、ドアーを閉めた。男はクラッチを入れた。

「何故来なかったの、あのこと知ってらっしゃるんでしょ」

「知ってる。しかし」

「来て頂けると思ったわ、わたし」

「暫く、じっとしておきたかったんだ。君が落着くためにも……だから行かない方が好いと考えてた」

「あなたは、今でもそれを考えていらっしゃるのね」

「そう、急には忘れられない」

「でも私、困るの」

「困ることはない。君も僕も、もうこれ以上他人の気持を付度《そんたく》する必要がないから」

「済みません。御免なさいね」

女は、男の広い額に乱れかかった艶々しい長髪の乱れを頼母しく見やり、ほのぼのとしたものにつつまれた。

しかし男は、それを意識していないかのように、真っ直ぐに前方を凝視してがっしりとハンドルを握り、アクセルを踏み続けた。

「でも私、淋しいのよ。今日一日中、こうしてドライヴが続けられないかしら……ね、どこへでも連れて行って」

　女の睫毛が、溢れ出るものを僅かに止めて、濡れていた。男はその時、急に車を脇道に辷りこませると、ぐっとブレーキを踏んだ。行くてに石の鳥居が見え、道の両側には杉木立が重っていた。

　つとハンドルの手を離すと、男は女の肩を抱いて、ねじ伏せるように自分の膝の上に押しつけ、いきなり唇を合せた。女は身をもみながら、白い腕を男の胴に蛇の如くからませた。

×　×　×

　朝の早い刑事室はがらんとしていた。黒内刑事は窓ガラスに寄って、そこへ姿を現すはずの人を心待ちにした。

　少し前跼みに歩く癖のある捜査主任が、通用門を潜った。

「ふむ、なるほど、いのこずちの附着していたことは、あの野道を通った証明になるんだね。もっともだ」

「ところが、裾に着いていて当然なのに、肩の方に着いているのです。それがどうも不思議でなりません」

「自殺者が、もし転んだらそういうことになろう」

「それも一つの説明になります。僕は三宅君と二度もあの道を歩いてみたのですが、いのこずちの繁殖しているのは、一個所だけでなく、至るところにあります。転んだとしても、それは裾にも着いていなければなりません」

「うむ。それもそうだね。すると、下駄の見当らない事実と好一対をなすわけか」

「そうなんです。その上あの野っ原道はひどい石ころ道でして、それも赤茶けたよく角の尖った、俗に云う栗石で、とても素足じゃあ歩けません。仮に何かの都合でそれを走り抜けたとしたら、当人の足の裏には相当の外傷が残っていたはずです。それも全然ありません」

「じゃあ、他のコースを撰んだのじゃあないかね？」

「他ではいのこずちが説明出来ません。調査済みです」

「だったら君、解釈のしようがないじゃあないかね」

　捜査主任はタバコをくゆらしながら、暫く考えこんだ形だった。

「しかし黒内君、君はこの事件に疑問を持っていることに間違いないだろう。たとえば、ある地点で殺し、それを池に運んだといった如きだね」

「そうなんです。そう主任に誘って頂くと話し易いんですが……この写真を御覧下さい。疑わずにはいられない事実があります」

「ふむ。これは水死人の屍体写真だね。どれなんだ？」

「僕はこう考えるのです。つまり勲章はスポーツの優勝メタルと違ってこれを着用するに厳しい序列があったはずです。少くともこれに執着した古閑が間違うはずはないのです。ところがこの写真でも判る通り、左胸に吊っていることは正しいのですが順序は出鱈目です。一番内側、つまり軍服で云えばボタン寄りにすべき金鵄が反対に外側になっている。それも功五が中で右が功六、左が功七といった調子で全部が間違っているんです。つまりこれはそれを佩用する智識のない者、云い換えれば英良がやったものでないと説明出来ます。

　仮に自殺の遂行で気持が転倒していたとしたら、勲章自体も着けていないのが本当でしょう。それに、セルの常着の着流しにこれを着けるのも変です。英良が生前それを常用する時は必ず羽織袴であったということです。どれもこれも仮に発狂した結果そんな始末になったとしても、いのこずちだけはどうにもなりません」

「それで、検死の溺死の事実はどう思う？」

「溺死は事実でしょう。調べたところによりますと、古閑英良は全くの石地蔵だったそうですから。しかしこれは、自殺にも他殺にもあつらえ向きの事実であります。が発見された屍体の状態では泳ぎの出来る者の自殺状態ではありません。つまり飛び込んで死んだか、投げ込まれて殺されたかの二つです。

　そこで、いのこずちの方から考えますと、どこか他の場所で水死させられ、そこからまた運ばれて源氏池へ投げ込まれたのではないでしょうか」

「なるほど。屍体を運ぶとなれば、それが単独な犯人で行われた場合、当然屍体を肩にひっかけて運搬するからいのこずちが肩だけに附着するという見方だね。それはうなずける。しかしだよ、充分水を飲んで死んでいるやつを、そんなことをして運べば自然水を吐かせることになるね。三十分も四十分もそんな状態を続ければ恐らく全部吐き出すだろう。胃を圧迫されるからね。それでだ、そいつをまた池へ投げ込んだとしても死体は二度と水を飲まぬだろう。しかし検死の時には胃中に充分水を飲んでいたと云うじゃあないかね。それはどうかね？」

「なるほど、主任のおっしゃる通りですね。すると、犯人はよほど巧妙にそれをやったわけですか。そこまでは考え及びませんでした」

「黒内君、君ともあろう者がそんなことで腕を組んではしようがない。僕は君に本件の専任捜査を改めて命令する。その結果が何一つ出なくともよろしい。気兼ねなくやり給え」

捜査断片

「お婆さん、本当の事を云って下さいよ」

あたまからものを隠すような態度に、黒内刑事は少し気色ばんで見せた。太田シゲはガレージとその二階の貸主だった。六十五六であろうか、色白の小柄な女だった。

「いいえ、別に、隠すなんてことはありません。ほんとうに仲の良い人達だという他、申し上げることはありません」

「それなんですよ。京子さんという人、関さんのところへ泊ってゆくことがあるんでしょう?」

「そりゃあ、おっしゃる通りです。それだけなんですよ。でも好きな者同士が一緒に寝泊りすること、別に悪くはないでしょう」

「そうですとも、お婆さん」

「ほんとうにむごいことです。あれほど美しい、あれほど好きな人同士を一緒にさせない人の気心が私には判りません。いいえ私はあの二人のことについちゃあ、自分の息子か娘のように思って味方しますよ。私も元は商売をしておりまして、その道には人知れず苦労をして参りましたからね」

さすが女だった。いつしか昂奮口調に変ってそんなことをいった。

「いや、よく判りました。ところで、この間風のひどく吹いた晩ですね、あの夜、関さんは何時頃帰られましたかねえ」

「ああ、あの晩ですね、十一時半頃でした。トラックが故障したそうでしてね。紀の国屋さんで一杯飲んで来たと好い機嫌でしたが」

「タバコを一つ下さい」

「おや、この間の刑事さんですね」

柴之助は百円紙幣を差し出したその人を、まるで旧知の人でもあるかのように気易く話しかけた。黒内刑事がどのような目的でそこへタバコを買いに来たかということなど考える余裕もなく、話したいことがあると乞われるまま座敷に招じあげた。

黒内刑事は話をきり出す前のひと刻を待って、ふと前面の壁に下げられた大形で古風な短冊挟みに目をとめた。

友の死を悼みて

道遠く空に連る花野かな　紀の国屋

「俳句をおやりですな」

「はは、あれですか。ヘボ俳句でして」

「いや、仲々どうして、お上手です。つまり古閑さんの昇天を偲んだものですね」

「そうなんです。あの男を戸板で運んだ時、ふと泛かんだままを書きとめたんですがね……死んだ古閑も仲間でしたが……」

「そうですか、好い御趣味がありますね、皆さん……ところで、この間風のひどく吹いた晩ですな……関さんが来ましたね？」

「ああ、関君ね、あれも俳句の仲間ですよ。来ました。T町の帰りだといってね」

「何時頃？」

「さあ、何時頃でしたろうか……あそうだ、九時頃でした」

「それで、何時頃帰ったんでしょうかね？」

「二人で酒を飲みましてね、話しこんだのですが、かれこれ二時間か、二時間半もしてからじゃあなかったかと思いますがね」

「ははあ、すると、十一時か十一時半頃ですな。僕は最初、あの京子さんとかいわれる娘さん、もう結婚生活に入っている人かと思いましたが」

「そうですな。一度は夫婦の盃を交わしたのですからなあ。古閑君の息子さんとね。その翌日修君は自分の部隊へ帰られたそうですが、その部隊はどこかへ出動してそれっきり葉書一本来なかったのですよ。十九年になってやっとその行先が判ったのですが、それがラバウルでしてね、戦死公報でした。京子さんはそれ以来ずっと古閑と同居していたのですが、あの若さで戦争未亡人は可哀そうですよ。もっと早く古閑も融通をきかすべきだったと思いますね」

勲章の空函

川堤から道がそれて下り坂になっている。そこから家の様子がよく見えた。縁の陽当りで編物をしていた女が、黒内刑事の姿をみとめると、それをそこに置いて座敷の中に消えた。

玄関を入ると、その女が出迎えていた。半開きの襖の奥に灯が見え線香の匂いがした。

女は来客が上る気配を示さなかったので、座蒲団を持って来て上り段にそれを置いた。

「早速ですが、こちらさんには沢山な勲章がありますね」

「はい」

「その空函があるはずですね。それを見せて頂きたいのですが」

「え、あるのは確かなんでございますが……おじが大変に大切にしておりましたので、場所をはっきり存じておりません」

「よほど大切にしておられたんですね」

「……」

女は俯向いてうなずいた。

「御面倒でしょうが、それを捜して頂けませんでしょうか」

言葉はもの静かだったが、全身から発散する気配には厳しいものがあった。

「少しお待ちになって下さいませ」

女は襖を閉めて奥座敷に消えた。暫くすると抽斗《ひきだし》などを遠慮勝ちに抜き出す音がした。そしてそのもの音は色々なものに変り、位置を変えてゆくようだった。黒内刑事はその気配に注意して、女がそれを熱心に捜すことをみとめないわけにはゆかなかった。

時間の経過は充分だったが出て来た女の手には何もなかった。

「心あたりを全部捜しましたが、見つからないのでございますが」

「九つもあるんですがね」

「一つも見当らないんでございます」

「それは残念です」

「どこか思いもよらない場所に蔵《しま》ってあるかも知れないんでございますが、今日でなくちゃあ駄目なんでございましょうか？」

「と、おっしゃると？」

「念を入れてゆっくりと捜してみたいと存じますが」


黒内刑事は、手持無沙汰な思いで川岸へ出た。せっかくの思いつきだったが無いのは淋しい。九個の数はそう簡単に隠せるものではない。まさか英良が自殺前にそれを取り捨てたとは考えられない。空函があれば、そこに最後にそれに手を触れた者の指紋が採れるかも知れないと期待したのだったが。

「禁葷酒《きんくんしゅ》」を左に見て、五段ほどの石段を登り三門を潜った。懸額に紫雲山とある。それが極楽寺だった。築地塀の瓦に苔があって何となく古刹を思わせた。

深い竹藪を背景にした座敷に落ち着くと、住職が改めて出て来た。そこに対座した人は未だ三十五六の、一市井人としかうけとれない柔い面貌の人だった。


黒内刑事の少しつきつめた質問にも動ずる気配もなく、

「さて、人物観というものは仲々難かしいものです。私自身が未完成人でして、まして古閑さんも故人ですからね。我々仏門では、衆俗も死ねば仏の位に入ると申しておりますから、話し難いんです」

「それはおっしゃる通りです。けれどもまた我々司法関係から云いますと、一個の人間が生命を絶つ過程において、もし不合理があったとしたら、仲々重大な問題でしてね。これは観念的な人間の死生論でなく、我々のは現実の問題です。今日はひとつ、私達の参考人としてお話し頂きたく思います」

「ごもっともです。あなたのおっしゃるところは仲々はっきりしていて好いと思います。では、ことのついでに私もはっきり申上げますが、ここはひとつあなたの質問以外には答えないとお断り致しておきましょう」

「結構です。まず古閑英良は良い人間か悪い人間か、常識判断で結構ですが」

「この上もない良い人です。自分の考えることを卒直に実行出来ることがあの人の総てを現しています」

「自殺もその現れでしょうか？」

「ははは。何だか尻とり遊びみたいですね。あるいはそうかも知れないと申上げておくより他はないですね」

「関忠志という男を御存知ですね？」

「よく存じています」

「どんな経歴の男でしょうか？」

「努力家です。足が少し不自由ですが、独力でN大学を出て、戦後郷里である当地に戻り、雇運転手などしておりましたが、その間よく時勢に処して金を摑みました。現在ではトラックを持ち貨物輸送をやっております。まず、闇輸送で金もうけをした事もあったという他、難点のある男とは考えていません」

黒内刑事にしてみれば、それは既に仕入れ済みのネタばかりで耳新らしいものではなかった。が、その内こんなことを云った。

「しかし、あの方も色々と自分のあり方について、考えるところはあったと思います。勲章を、私のところへ預けに来られたくらいですから」

「勲章を預けた⁉　それはいつのことです」

「七月の末だったと思います」

「どこに、それがありますか？　あなたは、それを当人が胸に飾って自殺をした事は、御存知のはずですね？」

「あ、なるほど。私はついそのことを、うっかりしておりました」

徹心の顔には少からず動揺の色がみえた。

「すると、古閑さんはその後、それを取りに来られたんですね？」

「いいや、どなたも持ち帰られないはずです」

二人は本尊の安置してある真裏の位牌堂に入った。三段になった壇上に無数の位牌が煤けてぎっしり並んでいた。右の壇の中ほどに古閑修のそれがある。そしてその前に目立つ桐箱が一つあった。

住職は手許に注意して紐を解くと、静かに蓋をとった。黒内刑事の鋭い視線も肩越しにそれを注視した。

中はきれいに空だった。

「無い‼」住職はぽつんと呟いた。

「古閑さんはもとより、誰れもこれを受取りに来られた方はない。念のため、他の者にも訊ねてみましょう」

証拠

「ほほう。他殺の物的証拠が出たわけか」

「そう考えます。古閑京子は一昨日僕がそれを訊ねたとき、見当らないと云いました。七月の末に英良がそれを寺に納めているのですから当然でしょう。すると京子は、おじがそれを極楽寺に預けたことを知らなかったと考えられます。ところが、今日極楽寺の帰りに立寄ってみますと、九個全部取り揃えて差し出しました」

「何と云ったかね?」

「仏壇の一番下の抽斗の、その下に隠してあったのを発見したといってです」

「事実、その通りなんだろうか」

「嘘だと判断します」

「何故?」

「もし英良があの晩にそれを着けて自殺したとすれば、それ以前にこれを持ち出していなければなりません。ところが英良はそれを預けてから一度も極楽寺を訪れていません。すると、英良以外の者が盗み出したとしか考えられません。

京子にその容疑が濃くなりますが、これも表面上では、英良の葬のあった日まで寺には寄り付いていませんから除外します。残るは関忠志となりますが、これは、充分その機会がありました。八月の運座に出席していますし、九月にも出席しています。しかも九月の月は二十九日に句会を開いておりまして、英良自殺の日に先だったこと五日となっております。もしその夜、関がこれを盗み出したとすれば容易に出来たはずであります」

「なるほど、一応筋道はたつね。すると、九個の函ごと盗み出したのかね?」

「いや、恐らく中味だけでしょう。容器《いれもの》ぐるみでは相当かさ張って目立ちます。

そこで、九個の容器は桐箱の中に残っていたものと仮定しましょう。すると古閑京子がこれを我々に差出した経路がはっきりしてきます。と云いますのは、京子は七月七日の命日に極楽寺を訪れ、墓参をしています。僕に、あの函が見当らないといった翌日にも京子は寺詣りをしております。するとその時これを持ち出して来た疑が濃厚となってくるのであります」

「何の理由でそんなことをする必要があったのかな」

「それがはっきりしません。しかしそうしなければ不利益なことがあったとは考えられます。たとえば、犯行に直接か間接に関与しているといった場合です」

「だが、あの晩京子は不在だったね?」

「そうです。Kの知人のところへ行っていました。証人があります。用件は英良の山林の売払いのことについてです」

「すると、直接犯行には無関係だね。共犯であるにしても。何れにしても空函の事実はこの一件のヤマだ」

捜査主任はそこに置かれた九個の函に目をやった。

「ふむ、なるほど、これはきれいに拭ってある。これじゃあ指紋は駄目か。その上第一の容疑者にはアリバイがある。しかし黒内君、勲章を自由に持ち出せた者は他にもあるね」

「極楽寺の住職でしょう。ですが京子の行動と関聯性がありません。それに、たとえ不用意にしろ古閑が寺へ勲章を納めたことを住職が我々にもらすはずがないと思います」


まごまごしている内に事件は冷え固まってしまう。もうどこから突いてもびくともしない――そんな憔りが黒内刑事を憂鬱にした。京子をよほど召喚しようかとも思ったが訊問するにも決めてがなかった。勲章の空箱だって事実仏壇の下から出たものだと言い張られたらそれっきりだ。現に関を参考人として聴取った結果だってそうだ。

その日関はT町の石田乾物店の依頼で、F駅より缶詰、干昆布などを積み込んで届けた。全部荷を下してそこを出発したのが七時頃の記憶だと云う。三十分も車をとばすと故障を起したので直ぐ点検にとりかかったがその原因がはっきりしない。分電器の不調のようにも考えたが、風は吹きつのりおまけに雨さえ時々交え、しかも軒並の停電で作業にはならないので諦めた。といって車を置き放っしにも出来ず、かつ帰るにしても徒歩によるより仕方がなかったので一丁ほど後戻りして丸一運送店を訪れた。出来ればそこのトラックで引っ張ってもらうつもりだった。ところが雇運転手は既に帰宅していなかった。分電器の予備品の持ち合せの有無を訊ねたがなかった。そこで丸一のトラックを借りることにした。始めの考えではそれでガレージから分電器を持ち帰って何とか動くようにするつもりだった。しかし諦めきれないまま故障現場で再度修理を試みたが成功しなかった。

そんな次第で手間どったので、すっかり諦め、翌早朝修理をすることにして帰った。紀の国屋に立寄ったのが九時頃だと云う。だから修理地点を出発したのは八時四十分頃になる。また、丸一運送店でトラックを借りたのが八時頃の記憶だとも述べた。これは黒内刑事が調べた事実と何一つ喰違いはなかった。石田乾物店、丸一運送店、紀の国屋と証言の裏付けが出ている。

だから結果から云えば暗に関に対して一種の警告を発したことになり、これからの捜査にまずいものを残しただけに止まったのだ。黒内刑事の経験からすれば、巧妙な犯罪ほど傍証を固めて一挙に屠ることが最も効果的なやり方だと信じているのだ。

さすがの黒内刑事もここに至っては悲観的にならざるを得なかった。関忠志の当夜のアリバイは、古閑英良をA地点で殺害し、B地点にこれを運ぶ時間的余裕は全くなかったと考えるべきだった。それに、二十貫以上の体重を有する英良の屍体を徒歩で三十分以上四十分近くも担いで運ぶことも不可能に近いことだった。おまけに関は右足が不自由だし、体格だってそれに耐えるものとも思えなかった。見込み違いだ――そう考えられるがその反面に勲章を極楽寺から盗み出した者があるはずだし、空箱を移動させた京子の奇怪な行動がある。

「うーむ」黒内刑事は渾身の力を丹田に入れて呻いた。それが夜更けの宿直室に黒牛の咆哮の如く響いた。

黒内刑事は腕を振りながら部屋の内を歩き廻った。そしてまた机に向うと、その夜の関の時間表に再び目を通した。感ずるものは相変らず厳しい数字の羅列だけだった。が、ふと黒内刑事は一つの空間に思い当った。

それは、丸一運送店で代車を借り出してから、紀の国屋に姿を見せたまでの時間的空白だった。つまり、午後八時から九時頃までの約一時間である。関の述べるところによれば、八時から八時四十分頃まで再修理にその間を費していることになる。残る二十分は紀の国屋までトラックを走らせた時間になるわけだが、この間の関の行動には局外者の証言がないのだ。つまり、この間を関は自由に使うことが出来たわけである。

しかし――古閑英良の死亡したのは九時頃である――これを絶対とすればやはり関のアリバイは鉄壁だった。

推定死亡時間――九時二分で停止した腕時計――その二つながら絶対ではないような気がする。腕時計は、人為的に任意な時間を示すことが出来る――しかし、そんな幼稚な手段を犯人がしただろうか？　黒内刑事は、はたと行詰った。

「うーむ」幾度目かの唸り声をあげた。それを嘲るように置時計が絶え間なく時を刻んでいる。表の街路を、そのとき自動車が走り過ぎた。しつこく排気音の尾をひきながら。

「そうだ。もう一つ確認すべき事実が残されていた」

驚くべき矛盾

　昨夜の睡眠不足にもかかわらず、黒内刑事の足は残された調査に向って元気一杯だった。もとよりさして期待出来るものではなかったが捜査の定石に従って塗り潰してゆかねばならない。それは関忠志のアリバイを構成する、最も有力な紀の国屋の証言の確認だった。

　勿論紀の国屋の増原柴之助が偽証をなしているとは考えなかったが、果して云うところの九時頃関が訪問したと称する時間が正確や否やの点にあった。

　黒内刑事はバスを乗り継いでF町に到着した。急行電鉄会社の営業所は直ぐ判った。運転主任が逢ってくれた。早速B駅F町間の時間表を調べると池の下の停留所を八時五十分に通過するバスが、下り終車に間違いなかった。しかし期待した終前のバスは池の下を六時三十分に通過することになっていて、終バスとは二時間二十分も差がある。これでは紀の国屋が誤認するはずがないと考えられる。

「あの晩の運転状況はどうでしたか？」

「通常運転でした。ここんところ永らく事故も故障もありませんので、ずっと好調なんですが。御承知の通り私達の親会社である急行電鉄の運行時間に総て関聯がありますので、バスの方も自然運行時間を厳しくやっております」

「済みませんが、あの日の終バスの運転手さんに逢わせて頂けませんか」

「ちょっとお待ち下さい」

　暫くして主任が一人の男を連れて来た。相当の年配者だった。問われるままに語ったことは主任の述べたことを裏書したのに過ぎなかった。

「B駅を定時に発車しました。何しろあの晩は荒れ模様でしたから客はあまりありませんでした。終点のここへ着いた時には五分ほど早かったと思います。ですから池の下の停留所では、三分くらい早くなっていたと思います。そうですね、運転時間というものは相当正確なものです。まず早くなることはありませんが、あったとしてもこの間の晩のようにせいぜい五分くらいのものです」

「いや、どうも有難うございました。もしその晩の車掌さんがおられましたら呼んで頂けませんか」

主任はうなずくと、別に迷惑そうな顔もせず出て行った。

「実は、あの晩の車掌は休んでおるんですが……」

「非番なんですか?」

「いやそれが、ずっと休んでおるのです」

「いつからですか?」

「恰度あの晩からです」

「どんな理由でですか?」

「それが、終車の出る三十分くらい前になってから急に腹痛を訴えましてね、直ぐB町の病院へ行ったんです。するとどうやら急性盲腸炎の疑いで、直ぐ手術にとりかかりましてね。未だ退院してないのです」

「ほう。じゃあ、その人は乗り組んでいなかったわけですね。そんな時どうされるんですか」

「代りを乗せます」

「その人、おられますか?」

「夜になりませんと、こちらへ帰って来ません。女車掌でしてね」

「女車掌? あの路線には男車掌ばかり使用しておられるんじゃあないのですか?」

「そうなんです。けれどあの晩は専任の車掌が勤務につけなかったのでB駅から××行路線に勤務していた女車掌で、恰度この町にいつもそのバスで帰るのがいたもんですから、それを臨時に使ったのです」

「いや、どうも大変好い事を聞かせてもらって有難うございました。何れ夜またその車掌さんにお目にかかりに来ますよ」

「へえ、どうも」

主任は急にそわそわと立上った黒内刑事に不思議そうな眼ざしを向けて、少し呆然としていた。

やった!! 遂にやった。紀の国屋が確認した車掌の声は男だったと証言している。しかし事実乗り組んでいたのは女車掌だった。とすれば紀の国屋の聞いたのは、一体誰れの声だったのか?

迫る影

肉体を激しく打つけ合った後の快い疲れが現実とも夢ともつかぬ状態の中に関をおとし入れていた。

「何故、そんなことをしたの」

外は未だ深い暗闇であった。その空虚と闇に向って、関はそんなことを云った。

「でも、あれが家になかったら変だと思ったから」

女の声が返ってきた。関はそこで始めて自分の声に相手がいることを知った。

「それを、極楽寺の位牌堂から持ち出すとき、誰れも見ていなかった?」

「ええ」

「警察の人、何と云った?」

「別に何とも云わなかったけど、少し変な顔をしていたわ」

「……」

「でも、どうしてあんなものが必要なのか知ら。警察って、随分変なものまで捜すのね。それにおじさんがふだん履きの下駄を履いて出たことまでたしかめて行ったの」

「下駄!!」

「ええ」

「そりゃあ……商売だから、でも、あんまり変な細工はしない方が好い。もの事は自然でなくちゃあ……」

「だって、お寺からおじさんがあれを持ち出したことより、家にあるのを持ち出して行ったことの方が自然らしくないかしら」

置時計が、こちこちと秒時を刻み続けた。それが妙に男の胸に迫る。

「どうした」

「ううん。どうもしない。でも、いつになったら私達お陽さまの下で生活が出来るかしらと思うと悲しくなるのよ。わたし、もうこれ以上の淋しさに堪えるの、いや」

男は女をかき抱いた。ほのぼのとした血が通ってくる。

報告書

(前文略)かくして関忠志のアリバイは崩れました。関は八時から九時までの、自己の供述したところの空間において下り終バスを仮空的に現出せしめ、大胆にも兇行時間を、これを中心として実際の時間の上に偽装したものと推定出来るのであります。試みに時間表を作成しましたから参考までに御覧下さい。もとより多少の相違はあるものと存じますが当夜における関忠志の実際に行動した時間と、偽装による行動の時間とは大同小異であ

アリバイと時間の関係

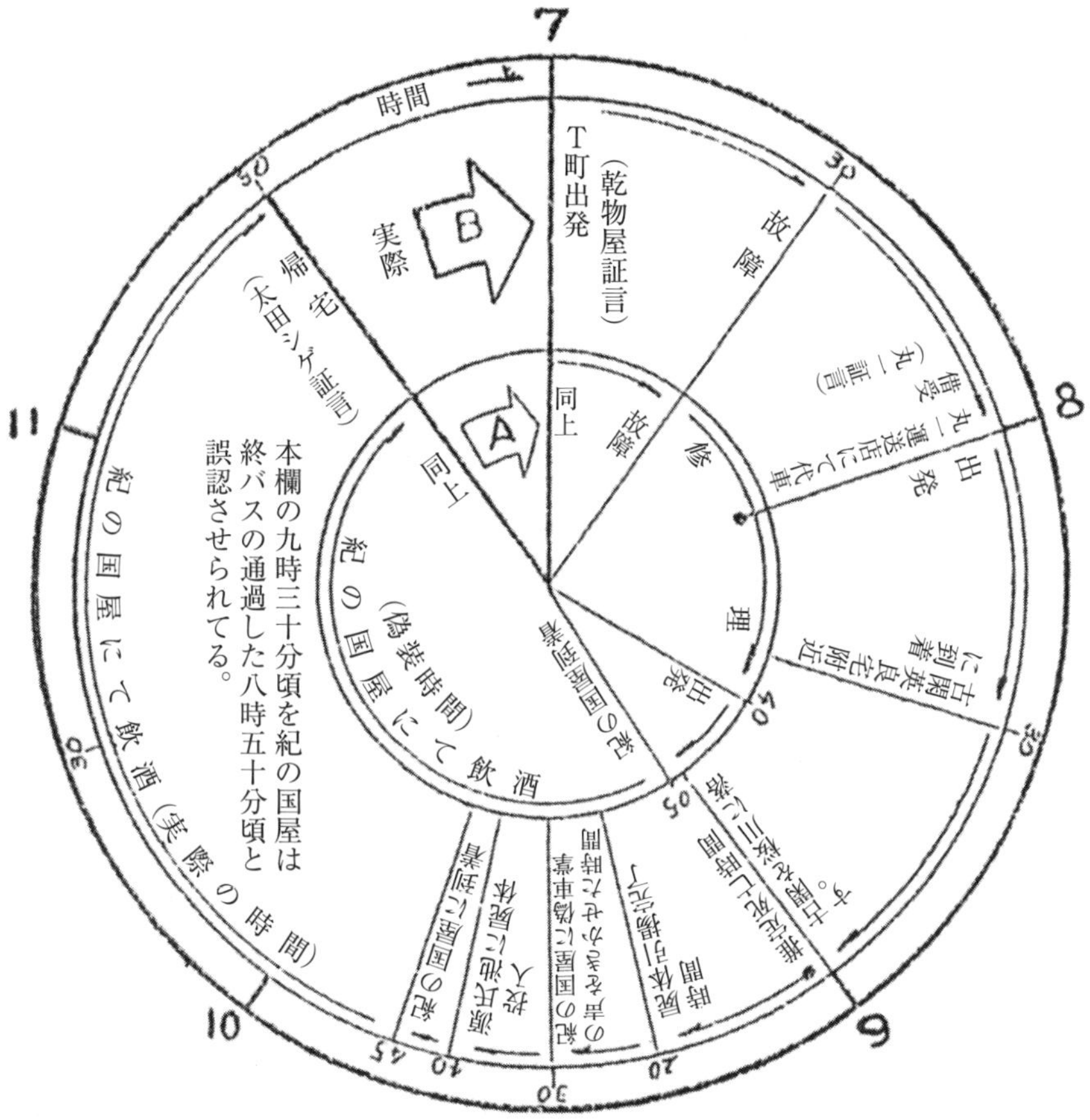

るものと確信致すのでありま す。

まず午後七時頃に関忠志がT町の石田乾物店を出発したこと並に三十分を経過した地点において故障を生じたこと、(但し故障は予定された嘘である)丸一運送店において八時頃代車を借受けたことはAB共に一致するものと考えるのであります。すると、偽装せる行動はそれを基点としてそれ以後に始まったと見るべきであります。図表Aではその後八時四十分頃まで修理をなした事になっておりますが、実はBの如く代車を借り受けると直ちに修理地点を通過して街道を北上し、桜橋より川筋に添い左折して古関英良宅附近において始めて停車したものであります。この間の所用時間は距離より致しまして三十分あまりで走破したものと考えるのであります。

そこで関は車を乗り捨て、徒歩にて古閑英良宅に至り当人を呼び出したものと推定致します。これは英良の屍体が証明するが如く、セルの着流しであった事によってかく考えるのが至当と思うのであります。なおそこで、何を語ったか、想像と致しましては、京子との結婚話を直談判に及んだと考えるのでありまして、もし英良がそれを承諾すれば関はあえて「殺人」の挙に出る必要はなかったかと思うのであります。しかし結果は明瞭であって、関は予定の犯行を余儀なくされたと考えるのであります。

さて関は、大兵肥満型の古閑英良を近くの桜川に突き落すに当り、腕力の相違を考慮に入れまして、地の利を得るため恐らくあの附近の土橋の上からこれをなしたと想像致すのであります。殊にあの地点は流れも緩やかで水深く、かつ川岸も急角度をなして容易に脱出致し難いのでありますから、充分その辺の利点も考慮していたと確信致すのであります。しかし下流に行きますに従って浅くなっておりますから、もし何かの都合で溺死を遂げない内にその地点へ流れつく可能性もありますから、関はその点にも注意しまして、トラックの荷台用のロープを英良の軀の一部にかけ一定の個所に漂流するが如き方法もとっていたのではないかと考えるのであります。これは後刻屍体を引揚げる準備のためでもあるからですが、古閑英良の頸部、及手足首等にその痕跡がなかったので、この推定は間違っているかも知れませんし、またその痕跡の残らぬ胴部（あるいは衣服に隠れ得る部分か）にそれを掛けていたかも知れません。

何れに致しましても古閑英良が溺死しました地点は桜川の土橋下流であり、死亡時間は九時頃（被害者の腕時計が正確であれば九時二分）であった事に相違ありません。かくして十五分かあるいは二十分を経過致しまして、英良の屍体を引揚げにかかったわけでありますが、岸の高さは三間《げん》余もあり、かつ九十度の角度をもっていますので到底関単独の力でこれを引揚げる事は不可能であります。ここにおいて前述の通りなロープが必要となり、かつ英良を突き落す時軀の一部にそれを手早く懸けたのではないかと想像致すのでありますが、万一それに失敗しましたとしても時間の経過と共に下流の浅瀬に漂流してきますからロープを垂らして河中に下り、屍体にこれを結び付ける事は容易でありますし、またそれを伝って岸に関自身が上ることも簡単に出来たはずであります。

もしこれが土橋上で成功していると仮定すればロープの一端を持ち東岸に出で、河中に差し出した桜の枝を越さしめて、これをトラックのボデーの一部に結びつけ、車を運転して徐々にこれを引揚げたものであります。がしかし、あの川岸には桜樹がずっと植えられてありますから至るところが引揚場所になり得たのであります。

このようにしまして、屍体を一旦地面上に宙吊りとして、ロープを他の固定物に結び替え、再びトラックを運転後退せしめてこれを荷台上に受け取ったものでありますす。そこで予て用意の勲章を屍体の胸間に着用せしめたもので、およそその所用時間は二十五分くらいと推定致します。

それより関は街道筋に出て、紀の国屋の店の近くで偽車掌のひとくさりを演じたのであります。その時の実際の時間は九時三十分頃であったと思うのであります。以後の行動は源氏池の位置から推して明白な如く、池の下のバス停留所より右折しまして、水門附近の池中に自動車上より死体を投棄したのであります。この間十分もあれば充分であって、直ちに紀の国屋に引き返し店を開けさせたのであります。因って紀の国屋は下り終バスが通過して後、十分ほどを経過して関が訪れたものと大きな誤認をさせられる結果となったのであります。

以上述べました通り、関は巧妙な手段をもって約四十分を実際の時間から引伸す事に成功したものでありまして、目的を達したことによりこれを元通りにするため、午後十一時半頃まで増原柴之助の話好きを幸い、三杯の酒でねばり完全に行動を終ったのであります。故に関が紀の国屋にいた時間はAの如く二時間半ではなく、Bの一時間十五分くらいが正しいのであります。

以上をもって関の有するアリバイと実際の時間の関係の大要を語り終った次第でありますが、古閑英良の屍体の上部に附着していたいのこずちは、調査の結果土橋下流の東岸に自生していたものと確信するに至りました。屍体を吊り揚げた時、そのような結果になったものであります。一時は野道で附着したものとばかり考えていたのでありますが、これは履物の発見出来なかったこと、跣足であの石ころ道は通れないこと、重量のある屍体を関単独では運搬困難なこと等と共に充分解明出来たものと確信する次第であります。

さて私はかく推理致しましたことにより、関忠志の綿密な計画的犯行であることを深く信ずるのであります。附随的には古閑京子が勲章の空箱を移動せしめた事実もありますが、何れこれは関を検挙することに依りその実相を明らかにする事が出来ると考えるのでありますが、本件の脆計の主体をなすものは溺屍体移動に基く時間と行動の盲点を作ることにあったと推定致すのであります。実に放胆、かつ巧妙を極めた犯行と申すより他はありませんが、たまたま下り終バスの車掌が女であった故に脆くも馬脚を現し、奸計の全貌を暴露するに至ったものであります。

しからば、関忠志は一体いつ頃からこの犯行を計画したものでありましょうか、私は相当以前よりこれを考えていたと推定致すのでありますが、実際に行動の一部に入ったのは九月末、即ち英良殺害前五日の、勲章を位牌堂より持ち出した時において判然するものと確信致します。そして暴風警報の出た夜を撰んで決行するに至ったものと考えるのであります。あるいはその考えが事実相違致していたとしましても、当時古閑京子が英良の指図により不在していた日を狙ったものとすれば何れにしても両三日ほどの間に関は決行する意志があったと考えるのであります。すると当夜、暴風警報が出た事は関にとって好都合であったと考えられますし、それによる長時間の停電も犯行にとってあつらえ向きの暗闇であったとも考えられます。私が特にその事実をここに明記しますことは、余りにもこの犯行が巧妙であり、かつ人間業では予測出来ない事柄まで利用し過ぎていると思うからでありまして、むしろ巧妙というより無謀にも等しいものだと考えるからであります。

依て実際に関忠志が考えていたのは私の推理した一部分を以て完了すべきではなかったかと思うのであります。それは、八時半に丸一運送店で代車を借り、直ちに前述の通りな過程で屍体を源氏池に遺棄してまた自己の車の故障地点にとって返し故障車の修理完了を口実として借り受けた車を返し、自己の車で帰るつもりであったかも知れなかったのであります。それによっても屍体移動のトリックは容易に判らず、かつ他人の車を操縦してこれを行えば仮に目撃者があった場合においてもそこに云い逃れる道が開けていたと思うからであります。それは丸一運送店の車には店名及その他一切目印となるものはなく、僅かにナンバーのみが唯一の標識となるだけであるからであります。

すると、紀の国屋を利用したことは中途の思いつきでなかったかと考えられるのであります。さもなければ、偽車掌のひとくさりを行ったとしましても要は紀の国屋がこれを屋内において耳にしなかったならば何の効果もないからであります。それに関がこの店によく立寄る事実はありますから電気時計を使用しており、しかもこれが停電続きで用をなさない事も知っていたわけでありますが、またそれと同時に終バス通過後も平常なれば店を閉めないことも知悉していたのでありますから到底これを始めから偽車掌の欺瞞策で胡魔化すことは考え及ばなかったはずであります。

しからばどうしてこれを利用すべく思い立ったかと考えますと、八時三十分前に桜橋へ車を走らせる時、時たま暴風警報で紀の国屋が閉店していることを知り、急に利用すべく思いたち、ここに大胆にも一か八かの勝負を挑んだものと考えるのが至当と確信するのであります。結果これは関にとって大成功を納めたわけでありまして、また、関が操縦していた丸一運送店の車が、あの路線を運転しているバスのそれと、同一会社の同型の車体であったことまで偶然の効果を現したのであります（関の持車はガソリン車であるが、丸一のはジーゼル機関を装備せるもの。即ちバスと同型）もっともその行届いた利用が結果において致命傷となったことは皮肉と申さねばなりませんが、この事実——私はそう推定するのでありますが——は後日罪を問われた際、処罰の軽重の分岐点ともなる可能性がありますので、私の推理の飛躍かも知れない事も併せて考慮の上書き加えるものであります。

しかし、その巧妙の度合が精たると粗たるとにかかわらず、また偶然にしましてもたまたまの天亥の利を得て、関忠志がこれを利用し尽した事は毫も疑うものでなく、かつそれが唯一の証拠となった事に確信をもち、関忠志を「殺人及屍体遺棄罪」の容疑により速に逮捕すべき事をここに具申するものであります。

黒内弥十郎

捜査主任殿

終止符

ガレージに改造した住宅、その二階が関の止宿先だった。

黒内刑事は一枚の紙片をポケットの中にもてあそびな

がら元気のない足どりでそこの昇降階段を降りた。表通りに降りたつと、さてどちらへ行ったものかと躊躇《ためら》った。が桜橋に向って再び足を進めた。

　近頃になく血を湧きたたせて追い込んだ事件だったが、今の黒内刑事には何とも云えない晦渋を残していた。

「僕は罪を憎む。ただそれだけだったが……いつの間にか二つの生命を追い詰めてしまったらしい」

「だって黒内さん、仕方がないでしょう」

肩を並べた三宅刑事が慰め顔に云った。そして、

「あんたがそうさせたわけじゃあないのですから」

「そうかも知れない。しかし死ぬことはなかったはずだ。別なものが二人を追いつめていたような気もするが」

「それは、自ら犯した罪が、でしょう」

「君は、そう断言出来るかね。罪に怯えない者だって死ぬ場合もある。彼等にはその両方があったのかも知れない。そう思うと僕は救ってやれなかったことに責任を感じるのだ。僕は名刑事だなんて云われる柄じゃない。罪の奥にもう一つ流れる人間の懊悩、それに手が届かない限りまたこんな不愉快を繰り返さねばならない。極楽寺の住職、紀の国屋、おシゲ婆さん……皆んな寂し気な顔をしていた」

　黒内刑事は、そんなことを云いながら桜橋の上に出た。川水が白い雲の断片を押し流している。

「法律《おきて》の中の、僕だって血の一滴だ」

　陽ざしの中に顔をあげて、再び黒内刑事はそんなことを呟いた。

俺は生きている

尋ね人

表通りはSのメインストリート。大ウインドには最新流行の商品が新らしい感覚を盛りあげて陳列されていた。十字屋は界隈でも一流の洋品雑貨店だった。

四人の女店員——その内の一人、江木早苗が一番近くにいたが、すっと入った人の気配に、

「いらっしゃいませ」口癖だから仕様がないが、微笑んで迎えたその客の薄汚いのには、ちょっと驚いた。しかし直ぐに（ああ、また例の用件の人だ）と感じた。果して男は、

「千田京介さんとおっしゃる方、おいでですか?」

「はあ、主人でございますね。在宅しております。どちら様でいらっしゃいましょうか?」

「はあ、どちら様と云うほどの者ではないんですが、実は、尋ね人のことで来ました」

早苗は心得て、奥まった主人の居間へ案内した。大型衝立とカーテンで仕切ったそこに、京介は居眠りでもしていたらしかったが、その気配で眸を開くと、頭を擡げ、一瞬きらっと輝かせた。

男は徐に新聞の切抜写真を示して、その主を知っていると云う。京介はもの憂そうに、

「どこにいるかね。確かにその女に違いないかね?」

「そうですとも、瓜二つですよ。この、岸本澄子という人に違いありませんよ」

「本人の口からそう云ったかね?」

「いや、そこまで確めていません」

「じゃあ、どうだか判りゃあしない」

「そんなことはありません」

男は、次の言葉を考える様子だったが、

「第一そんなことをすれば、逃げられる懼れがあるでしょう」

「何故?」

「つまり、あんたはこの人を捜しておられるわけで

……たとえば無断家出をした奥さんだったら……そうでしょう?」

「ははは。生憎そうじゃあない。僕は独身でね。一体、どこにいるかねその人?」

「それは云われません。この新聞の広告通り、二万円下さい。そしたら教えます」

「それは駄目だ。君にその場所をはっきり云ってもらって、僕がそこへ出向き、確かめた上でそれが尋ねる当人だったら上げよう」

「じゃ、後払いということになりますか」

男は鼻を鳴らして、至極、詰らなそうな顔をした。

「僕は本当にその人を尋ねているのだから、決して嘘は云わない。出来ればその人を連れて来てもらうことだね。そしたら新聞の広告通り五万円の賞金を差し上げよう」

「なるほど」男は感心したように二三度頷き新聞の切抜写真を眺めていたが、

「では……ではひとつやってみましょう。連れて来たら、五万円ですね」

そう云い残して、男はゆらゆらと出て行った。京介はそれを見送って、どうせ賞金欲しさの出鱈目だろうと、苦笑するのだった。

江木早苗は、今日も京介の来てない教会に来ていた。これで京介は三度お祈りを休んだことになる。三カ月ほど前に、早苗に誘われてキリスト教会へ来るようになった京介だ。そして、お祈りの後がこんなにも清々《すがすが》しいものとは知らなかった――とも洩らした。以来日曜毎に京介はそれを欠かさない。にもかかわらず、どうして休むのかその理由を云わないのである。店で顔を合せてもろくろく口も利かないのはどうしたことだろうか。
三十七才の今日まで独身の京介。しっとりといつも憂いを含んだような眸。早苗はその京介に、主人と使用人の埒を越えて先月の慰安ハイキングからわりない仲になってしまった。一度は喪うべき処女性――いや、そんなものに未練はなかった。それは京介に捧げた愛情の証《あかし》であるからだ。
それにしてもその京介のいないことは何としても寂しい。早苗はそんなことで胸が一杯になり、お祈りの詞も上の空だった。(どうぞ神様!! 私に京介さんの深い愛情をお恵み下さいますように。アーメン)
よく霽《は》れ渡った秋空がまぶしかった。紺碧に鈴懸の実が下っている。何の気なしにその街路樹の角を曲ると、思いがけなく京介が佇んでいた。しっとりと潤んだ眸が早苗を待っていたのだ。

「まあ」早苗は耳朶まで真っ赫に染めると、

「どうなさいましたの?」

「うん。いや、別にどうもしないが……三度も教会を休んで変に思うかね」

京介は先にたって歩き出した。

「いいえ。でも、御元気がございませんわ、近頃」

「そうかも知れない。江木君、君は教会へ行って何をお祈りするかね?」

「神の恵みですわ。人間の明け暮れは神の思召しで始まり、神の思召しで終ると思いますもの」

「なるほど、神の思召しか。しかし、思召しでない蔭の生活もありはしないかね?」

「さあ。でも私はないと思います。信ずれば神と人とは別ものじゃあないと思いますもの」

「ふーむ。その通りかも知れないね。神の思召しに叛く者は悪魔かも知れないから……ところで江木君、君の兄さんはS署の刑事を務めているんだったね?」

「ええ」

「今日はどちら、出勤かね?」

「非番で、家にいるはずでございますわ」

「紹介してくれないかね。折入ってお願いしたい事があるんだ。僕の悩みは、もう懺悔することで解決が出来そうにもないいんだ」

「新聞広告をなさいました、あのことなんでございますの?」早苗は思いきって訊ねてみた。京介は振り返って早苗を瞶めた。

「知っているんだね、あれ? あの事について、君はどんな想像をもってるの?」

「ええ。二日間も新聞広告をお出しになったんですもの……お美しい方だと思います」

「それだけかね? 実のところ、僕はあの女の人に未だ一度だって会った事がない。それで困ったことが出来てしまったんだ」

早苗は返事の言葉を見喪って黙っていた。京介もそれっきり沈黙した。が、何故か頻りに振り返ったり、あたりを落着きのない眸で見廻した。そして急にせかせかと歩いた。

百日草とコスモスが、つい手の届く縁先に咲き乱れていた。京介はポケットから一葉の写真を出すと、それを江木隼人刑事の手に渡した。やや角張った顔の線が意志の強さを思わせる。二十二三であろうか、肩のあたりから膝のあたりに逞ましい筋肉が盛り上っていた。写真を裏返すと、インキのにじんだペンの蹟が、岸本澄子。二十三才とあった。

「現在その人が生きているとすれば二十八でしょうか……しかしその写真が五年前、つまり僕が手に入れた年に撮影されたものとしての計算ですから、あるいは三十くらいかも知れません」

「居所がわかりましたか?」

「いいや。十人余りの人が情報を持って来ましたが、皆駄目でした」

「それで、一体どんな理由でお捜しになっておられるんでしょうか?」

「お話ししましょう。終戦前のことから語らねばなりませんが……」

その頃千田京介は朝鮮の京城にいて、ある洋品店に永年勤めていたが、最後の日本人の店員として昭和十八年に召集された。主人夫婦の一人娘だった真佐子と結婚したのはその時だ。そして終戦となった。京介は幸い済州島にいたのでいち早く半島に渡り、京城の店へ帰った。しかし京城は大混乱だった。朝鮮独立の大極旗が革命前夜を思わせるように、街中を埋め、万歳々々《マンセイマンセイ》のどよめきが夜遅くまで湧き上り、日本人はただわけもなく脅えた。米軍のロッキードとグラマンが低く飛び、大進駐の前哨を始める。植民地の民衆が唯一の頼りにしていた組織の力は瓦解した。そして絶望的なデマが瀰漫《びまん》して一層日本人の心を暗くした。しかし誰れもがその期に及んでも慾と離れるわけにはいかなかった。出来るだけ多くの財物を金に代える事がこの場合の唯一の希望だった。京介は主人夫婦の懇望によって商品の売掛代金を掻き集めに廻った。思ったよりそれは成功した。それで最後に慾をかけたのが春川の朝鮮人商人のところだった。朝鮮服のツルマキを着用し、京介は大蒜《にんにく》と汗の強烈な人いきれの中に窒息を堪えて京春鉄道に乗った。がこれは大失敗だった。下手をすれば北鮮の朝鮮人保安隊に引渡されるのを何とか逃れ京城へ帰った。

だが帰り着いた家には妻も主人夫婦もいなかった。私《ウリ》がこの家を買ったのだと見知らぬ朝鮮人が出て来て説明した。話によれば真佐子親娘は昨日の朝釜山《プサン》へ向ったということだ。どう考えても京介をほっといてそこを逃げ出すほど切迫した事情もなさそうだが、どうやら居ないことは事実となってきた。近所に残っていた日本人がそれを証言したからだ。思案の定まらぬ内に夜になり、京介は野宿を余儀なくされた。何しろ春川行きに五日間も費したのでひどく疲れていた。

京介はその日限り、宿無しの無一文になった。が都合よく三人の娘を持った金持夫婦に拾われた。つまり京介の若さと労力を見込まれたのだ。何しろ当時の京城は強盗と脅迫が横行し、男手の不足した引揚者は荷物の運搬やら処理に困っていたからだ。それで喰うことと日当稼ぎは出来た。

三日目に沢山な衣類を幾つもに梱包させられ、トラックに積み込まされると、仁川へ向った。そこにはその人達が共同で手に入れた百屯《トン》足らずの鉄板外装を施した木造船が待っていた。積荷が終り、乗るべき人が乗り終ったのはその翌朝のことだった。凪はなかったが激しい潮の落差が作る泥浪が遠浅の沖から凄まじい勢いで押し寄せていた。それが静まると満潮だ。機帆船はすかさず水路に辷り出した。それが朝鮮半島を遠ざかる。スクリューが掻き上げる水脈を後に、船は朝鮮半島を遠ざかる。近くは一カ月の悪夢、遠くはそこに生活の幾春秋を止めた哀愁——それでも船の上の人達は明るい顔をしていた。京介は逆に落着くに従って不愉快だった。理不尽に捨てられた古草履だって何とか慰めもあっただろうが、このまま内地へ帰ったとてどこへ落着くとも云い置かなかった真佐子達を捜す目当てがなかったのだ。今は新妻への深い恨みを痛感するだけである。

船はその夜対馬の港近くで仮泊し、夜明けと共に出帆した。そして小一時間もした時、途方もない大きな棒で船体を撲られたようなショックを覚えた。ここでも京介が嘗《な》めさせられたものは四五杯の潮水だった。気がついた時にはもう船体はどこにも見えなかった。どちらを向いても高い浪のうねりだけだったが、都合よく浮游して来た孤包に取り着くことが出来た。確かめてみるとそれは頑丈な木箱で沈む心配はなかった。バンドを外して輪を拵え、それに軀を連結した。

磁気機雷——多分、それにやられたのだろう、夥しい積荷が浮流し、その間に幾つもの人影が浮き沈みしていた。ある者は手足を拡げて浪の山に押し上げられ、ある者はその谷間で絶叫している。生地獄とはそんな状況を云うのだろうが、そこに抛げ出されたのはどれもこれも人を助ける余裕のない遭難者ばかりだった。

「こちらへ来なさい！」京介はその時辛じて泳いでいる男を発見して思わず呼びかけた。それに力を得て必死にもがく。そしてやっと同じ荷物に取りすがった。がその男は最後の力を消耗し尽したように顔も上げ得ないで水中にぶら下っていた。その内にまた一人の男が泳ぎ着いた。軀を預けていた荷が沈んだのでそれにすがらせてもらうと、案外元気な声で断りを云った。

三人はそれからまた一時間ほど漂流した。対馬の島影は近くにあるのだが見詰めていると気が遠くなりそうだった。その内に最初の男がもう駄目だと云う。励ましたが欠伸《あくび》ばかりしてろくに口も利けないようだった。それでも顔をあげると京介に向って、これをこの女に届けて下さいと、必死になって一個の布包みと一枚の写真を差し出した。受取れば男は安心してまいってしまうだろう——京介はそう考えて手を出さなかった。「どうぞ届けて下さい。全財産を金に代えたのです。女だけは先に内地へ帰したのです」そんな意味のことを喘ぎ喘ぎ云った。「駄目だッ死んでは駄目だぞ」京介はどなった。けれど男は「頼む」と一言云ったきり、それを荷物の上に置くと、あっと云う間もなく浮游物の向側へ沈んでしまった。

脅迫者

「私達二人は幸運にも対馬の漁船に助けられまして、ある役場に収容されました。別に怪我はしていなかったので三日余りで元気になり、半月後に博多へ送還されました。そこで男が云い残した住所をその足で尋ねたのです。地名番地は記憶にありませんが、長崎県の、××線の△△駅で下車し、山に向って三里ほど歩いたと記憶しています。小さな村でしたが、おたかという婆さんの独り住居でした。岸本澄子と尋ねますと、直ぐ判りましたが、その女の人は四五日いるにはいたが、どこかへまた出て行ったと云うのです。元々親しい間柄でもなし、それに一文無しの引揚者などやっとこの婆一人が喰うや喰わずだから出て行ってもらったと、さも憎々し気に云いました。行先は次のところと伝えてもらえば判るからと云い置いて出たそうですが、私には判りません。もっとも本人なれば判っていたでしょうが……そんな次第で約束は果せませんでした。包みを調べてみますと二十万円ほどありました。着服する気はなかったのですが、私自身も身寄りといってありませんので洋品店に経験の有るのを幸い、借用の気持でそれを流用しまして今日に至ったのです。しかし約束は忘れていませんでした。手懸りの無いまま五年を経過してしまったのですが先日やっと新聞広告を出したような次第です。

ところが、その広告から思わぬ事が出来上ってしまったのです。相談もうし上げたいのはそのことなんです」

「何でしょうか?」

「これを見て下さい」

京介は上着のポケットから一通の封書を取り出して、江木刑事に渡した。抜き出してみると、便箋に走り書きで、こんな事が書いてあった。

前略御免。突然御手紙を差し上げたんでは何の事かお判りにならんと思うのだが、あんたには一度お目にかかった事がある。あんたもそれを忘れてはいないはずだ。と云うのは、先日あんたが××新聞に出した尋ね人の広告がそれを証明している。こう云えばあんたに了解が出来ると思うのだが、この俺は現在乞食同様の浮浪人なんだ。俺は生きていたんだ。奇蹟的にも朝鮮に引揚る朝鮮人の船に助け上げられ麗水港に到着した。そして三カ月振りで内地へ帰ることが出来たのだ。

その後の事はくどくどしく書く心要もあるまい。尋ねる女はどこへ行ったのか、打合せ先の婆さんは急死していて要領を得なかった。一時はもしや俺の死んだのを幸い二人が手に手をとって逃げたんじゃないかと疑った。いやこの疑はあの新聞広告を見るまで抱いていたのだ。

爾来五年、俺は殆ど日本中を放浪し仕事と別れた女を求めてこの都内へやって来た。その間俺は喰うべからざるものを喰い、なすべからざる仕事をなし、心にもない女の肌に触れて破れかぶれの生活をしてきた。だが俺はとうとう見つけたのだ。最初は目を疑ったがまごうかたなきあの女の写真だ。岸本澄子、俺の寝た間も忘れたことのない女だ。そして俺が全財産を預けた男が千田京介であることも知った。俺は直ぐにでもあの住所に貴様を尋ねて貴様の口からはっきりしたことを聞こうかと考えたが思い止まった。その代り俺は内々貴様の生活状態を調べあげたのだ。

貴様たいした金持だ。一流の店を持った一流の主人だ。しかし貴様のその今日は、俺が辛苦の末作った金を資本にしたことを疑わない。つまり貴様は俺の幸福を蟹の手足でももぎとるように毟り去ったのだ。

衣食足って礼節を知るという諺があるが、岸本澄子を見つけ出してそれを返済しようとの貴様の考えはそれと同じかも知れない。がしかし、今更それを返すことに依って何もかも解決出来ると思ったら大間違いだ。五年の歳月がたった一日の思いつきで埋合せの出来るはずはない。俺はもう貴様がどこへ隠れようとも決して見失うことはない。俺の目が絶えず貴様の背に灼きついている事を忘れるな。

俺は生きている。それを忘れるな。気が向いたらいつどんな形で貴様の持っているものを貰いに行くか判らない。何を撰ぶかは俺の自由であることもついでに覚えておけ。


「うーむ。その男は生きていたんですね」

江木刑事は心持右肩をゆり上げて呟いた。

「そうです。正直に約束を果そうとした結果がこの始末です。あの男が生きていたなど、実に意外でした。その上このようにひどく誤解されて無意味な脅迫状を受け取っては堪りません。事実近頃は神経衰弱気味なんです」

「ごもっともです。手紙に要求がはっきりうたってない……つまりそれが有力な脅し文句なのでしょう。でも心配することはありません。凄文句は手段であって目的ではないからです。ですから、ここ暫くは静観して、相手の第二の出方を待ってみたらと思いますが」

「私もそうするより他はないと思います。それにつきましてお願いがあるのですが、この事は当分あなたの胸に納めておいて頂きたいと思いますが……勿論様子はその都度、妹さんを通じて連絡致したいと思います」

「承知しました。充分考慮しましょう」

尾行者

京介は尾行者のある事に気がついた。舗道は折柄出盛った夜の散歩の人達で雑沓している。だから危険はないと思うのだが、何れにしても油断は出来なかった。肩を並べた早苗は気がついてないようだ。

「お茶でも飲もう」京介はつい目の先の茶房へ誘った。奥まった椅子に座を占めると、京介はコーヒーを注文して出入口を注視した。ここまでは蹤いて来ないらしい。

「どうなさいましたの?」早苗が審って訊ねた。京介の顔色が少し蒼白かったからだ。

「いや、何でもない。暫く音楽でも聞こう」

でも早苗は少し気になって、コーヒー皿を置くと、

「もしもの事がありましたら、直ぐ署の方へ連絡するようにと、兄から云いつかってますの」

「心配しなくとも好いんだ、江木君」

そう長くもいられなかった。二十分もしてそこを出た。尾行者の姿はない。

「駅まで送ってゆこう」京介は先に立って歩いた。駅舎の入口を入ると急に踵を返して後へ五六歩走る。早苗はその動作に驚いて足を停めた。京介が一人の男を前に、

「おい！　君はさっきから僕を蹤けてたんだろう。何の用があるんだ?」

低いが、力を罩《こ》めて云った。四十くらいとも見えるサラリーマン型の男だった。

「え。いや、蹤けたりなんかしてませんよ」

「嘘をつくな。用件を云ったらどうだ」

「いや。それは何かの間違いでしょう」

「とぼけても駄目だ。はっきり云え」

「違いますよ。決して……」

「ふん。それならそれで好い。蹤けるんだったら、もっと上手にすることだ」

「こりゃあどうも……何か勘違いをしておられるようだ」

男は苦笑を残して、そのまま降車口の人波にまぎれてしまった。

×　×　×

第二の脅迫状が京介の手許に配達されたのは、それから間もない朝だった。文面には相変らず京介の不実が詰《なじ》ってあったが、それは前書きであって、終章にこう書いてあった。

そこで俺は俺なりの算定に基いて損害補償を君に要求することとした。一金三百万円也それだけ返済してもらいたい。君にはその能力があるし、それをしたとて困らないだけの余裕を君は持っている。ついては、左の如き方法で俺、もしくは代理の者に現金を以て引渡すこと。

そしてこの取引は一切他人に口外しないこと。殊に警察などというものは厳禁である。

そしてまた、受渡し方法には、十月十日N公園の石段を上り、始めての道を左へ進むこと。左側のベンチを注意するとそこに新聞を拡げて腰を掛けている男がいる。その男は左手に火のついたタバコを持っているから、その傍によって火を借りる。その時男が、まあここで一服してゆきませんかと話しかけたら、君は手に持った紙包の現金をその男の右側に置いてから適当に話すこと。但し三分を越えてはいけない。時間は午前十時から十時三十分の間に取引を完了させること。

京介は約束の日の約束の時間にN公園へ出かけた。しかし、三百万円の額は納得出来ない。百万円だけを新聞包にして持参した。もしも相手がそれで承知しなければ張り込んだ江木刑事が飛び出して抑えることになっていた。それが代理人であっても取抑えれば発路はつけるはずだった。

江木刑事はもうその時間には指定された場所に来ていた。が適当に植込を隔てた道を失業者の風体よろしく徘徊した。京介が約束の場所を通る。だがどのベンチも空席だった。動物園行きの人やお上りさんらしい人、ただの通行人らしき人は続いたがそれらしい者は見当らなかった。

京介が引返す。一旦石段の下に消えてまた現れた。二度目を通過し引返した。けれどもそれらしい者は遂に現れなかった。

江木刑事が時計を見ると、既に四十五分を経過していた。約束の時間を十五分廻っている事にもなる。京介が降りた石段へ江木刑事も続いた。しかし未だ油断は出来ない。都電に乗る京介。江木刑事も同じ電車に乗った。その時四五人の乗りてに交った挙動不審の男を発見した。京介はそれに気がついてないらしい。いやそればかりでなく、江木刑事の変装姿にも気がついてないようだった。

Hの交叉点で乗り換えのため京介が降りた。男に続いて江木刑事も降りた。南行の電車がとぎれたので京介は待ち切れないで歩いた。もっともそこから京介の店までは十五分ほどの行程である。予想した通り男が蹤け始めた。江木刑事はその二人を前方に看視する位置にあった。その間に尾行の男が京介に話しかけるだろうと予想したが、事実は京介が自分の店に入るまで何事も起らなかった。

京介は居間の肱掛椅子に腰を下すと、百万円包を机の上にどさっと抛げ出した。少し緊張の後の疲れが見えたが、そこへ江木刑事が一人の男を連れて入ってきた。京介はその男の顔を見ると腰を浮かせて、

「あ、この間の男だ！」と云った。凡その事情は妹の早苗から聞いて江木刑事も知っていた。

「すると、この間の夜、尾行した人なんですか？」

「そうです。あの時はうまく呆けて逃げたんですが……どうしてあなたはこの男をここへ連れて来られたのですか？」

江木刑事は簡単に説明した、そして、

「あなたは今日、N公園の下から千田さんを尾行しておられた事に間違いありませんね。その理由を聞かせて下さい」

男は硬い表情はをしていたが、

「実は私、こういう者です」と、ポケットから身分証明書を出して見せた。北岡私立探偵社。調査部。園部真吉——とあった。

「この方の、最近の素行調査を会社から命ぜられたものですから……他に目的はないです」

「何だって、素行調査！　依頼者は誰れなんだ？」

「それはお断りします。社の機密ですから」

「そうかも知れません。しかし、こちらには甚だ厄介な問題が起きていましてね……刑事上の問題です。そこへあなたの尾行が重ったのです。強要はしませんが千田さんにその要求があればそれを明にした方が好いですね」

江木刑事が説明を兼ねて助言した。

「そうですか。じゃあ、云いましょう。依頼者は、伊藤祐子という人です」

「祐子?!　伊藤祐子だね、確かに。ははは。何だ、あれがそんなことを依頼したのか」

京介はさもおかしそうに笑った。

「御存知の方ですか？」江木刑事が訊ねた。

「知っています。何だ馬鹿々々しい。多分訊ね人の新聞広告を見てそんな依頼をしたのだろう。私立探偵君、その必要はない。帰ってくれ給え。僕は今、それどころではない」

京介の腹立たしそうな声だった。私立探偵社の男が帰った後、江木刑事はその問題には触れなかったが、こんな事を京介に訊ねた。

「約束をしておきながら相手は来ませんでした。私は

本職ですから相当自信をもって伏警したつもりですが、もしそれを知っていたとしたら約束通り現れないのは当然と同時に、我々の動静をよく知っている者と考えられます。先日お聞きしたところでは、あなたは新聞広告をタネにうるさくせがまれた三人の取引仲間に遭難の話をされたそうですが……それで、これは一つの仮定なんですが、もしその三人の内の一人が偽の脅迫状をあなたに送ろうとすれば、それは可能ですね。どうでしょうか、冗談にしろ本気にしろ、その三人の中に思い当る人はいませんか?」

「なるほど、あなたのおっしゃることはごもっともです。しかし何れも信用のおける仲間ばかりで、金銭的にも精神的にもそんなことをする者達とは考えませんし、冗談にしてもそんな悪どいことはしないはずです」

「では、筆蹟にも心当りはないわけですね。ところで、もう一人私の疑いたい人物が居ます。つまり遭難されたとき、あなたと一緒に漂流し、共に救助された男なんですが、その時その人は岸本澄子の写真を見ましたか?」

「それは見ました。手にとって見たのです」

「じゃ、あなたが新聞広告にそれを掲載されればその人はそれを見て思い出す可能性が充分ありますね。そして、何かを考えたかも知れません。たとえば脅迫状を送って相当の現金を詐取しようとしたかも判りません」

「そうおっしゃれば全くその通りです。私にはあの男が奇蹟の生還を得た……との先入感が働き過ぎたようです。考えてみますと生きたその男を確認したわけじゃあないですからねえ。ふーむ、そいつは気が付かなかった」

「あの脅迫状を見ますと一通は△△で、一通は××で投函された事が判ります。つまり東と南の端でそれをしたのは所在を胡魔化すためでしょう。が、ともかく、相手は都内にいることに間違いありません。案外おかしな犯人が出るかも知れませんが、今日はこれで打切ることにしましょう。何れ第三の連絡は必ずあるはずですから」

他殺体

戦災に遭う前は賑やかな街続きだったが、焼けた後はどういうものかさっぱり復興しなかった。少し山手になっていて、別にこれといった特長のある土地柄でないせいかも知れないが、膨大な一画は今でも秋草の生い繁るままになっていた。ひと頃は素人菜園が流行《はや》って色々なものが蒔き付けられ耕されていたが、現在では一条の道が踏み固められてうねうねと続いている他全くの荒れ放題だった。

だがその草深い中から男の変死体が発見されるに及んで、朝から時ならぬ人の群れが入り乱れていた。大は鑑識車から小は弥次馬に交った小供までたかった現場風景を描き出していたのである。検死メモには次のように記されていた。

推定年齢三十七八才。身長一・六三米《メートル》。体重五八瓩《キログラム》。着衣ねずみ色ソフト帽、紺色ギャバジンの上着及ズボン、白キャラコのワイシャツ（ネクタイなし）、黒革短靴。容貌頭髪薄くやや茶色、面長にして目細く色黒し、眉鼻口普通。その他特長なし。

死因後頭部骨折、致命傷と認む。その他鼻口より少量の出血あり、相当重量のある鈍器を以って撲殺されたものと推定。推定死亡時日発見の日より約一週間前（十月十二、三日頃）所持品上着ポケットにタバコひかり一箱、六本在中。上着内側胸ポケットに小切手一枚（額面七十万円、××銀行△△支店のもの、振出人S区S町十丁目千田京介、振出日附昭和××年十月十三日）身許不祥。

草の根を分けての捜査だった。が事件に関聯のありそうなものは何一つ出なかった。他殺は疑う余地のないところだったので、所轄のA署に捜査本部がおかれた。

唯一の手懸りは額面七十万円の小切手であり、その振出人である千田京介だった。当然京介は召喚され、白布を除けられた死体の顔を見せられた。暫く眺めて、

「あの男だ！」とはっきり云った。

聴取書

十月十日の取引はそんな次第で駄目でした。ところがその日の午後二時半頃、場所は判らないが電話がかかってきて何故警察の者と連絡して警戒などさせたかと文句を云った。弁解をしたが相手は怒って電話口でがんがん喋り、今後の交渉は直接電話をもってする。そして取引は当分日を決めない。但しこちらが要求したら三百万円の現金を、指定通り持って来い、と云う。それでこちら

は、三百万円は甚だ不当だ。もしそれを固持するのだったら取るべき手段をとって対抗すると、きっぱり云ってやった。相手は考えているようだったが、結局百万円で納得すると答えた。しかし、それにはこんな条件を出した。絶対警察と連絡しないこと。また当事者以外にこの話を洩らさぬこと。電話をしたら、いつでも百万円の現金を持参して指定の場所へ直ぐ出られる用意をしておくこと。従って取引の済むまで外出しない。なお取引の時、こちらは代理人を差し向けるかも知れないが、そちらは絶対本人が来ること。また代理人の場合はその者の特長なり目印なりを前以って電話で通報するから間違いのないように。

そこで私は、代理人との取引は固くお断りすると云ってやった。江木刑事のお話にもあった如く、もしそれが偽者であったら詐取される懼れがあったからだ。事実二十万円を預った男だったら私は今でも一見して思い出す自信があったのでそう要求したのである。相手は承知した旨を答え、電話をきった。

それから私は百万円の現金を用意した。といっても格別骨を折ったわけではない。昼間公園へ持って行ったのがあったのだからである。私の考えでは相手は相当金銭に執着を持ってきたようだったから、早く取引を済ませた方が好いと思った。もっともそれが正当な相手であればである。それで江木刑事には、一応相手との約束を守って連絡しないことに決めた。

翌日の十月十一日の午頃、再び電話があった。予め取引の日と時間を知らせてきたのだが、十二日の午前十時に受取りにゆく。但し詳細については十時十分前頃に電話でもって知らすと云うのである。その時何故かその男の声はひどく忙しそうだった。

十月十二日、私は午前十時を心持ちにした。ところがその時間が来ても電話はかかってこない。とうとう昼になったが何の音沙汰もなかった。ところが午後になって取引上のことで都合の悪いことが出来たのである。この事は後で殺された男に小切手を渡さねばならぬことになった原因でもあるから話しておくのだが、午後になって兼ねて購入依頼しておいた商品が予定より早く到着したので、その支払にどうしても八十万円ほどの現金が必要となってきた。信用上現金取引の約束は破りたくないので止むなく手許の百万円の中からそれを支払った。もっともこの品物は私の店で売るべき商品でなく、そのまま桐生《きりゅう》の取引先に卸すものだったので、直ちにその旨を電報で知らせてやった。そうすれば桐生の仲間が直ぐ現金を持参してやって来るか、電報送金をしてくれる手筈になっていたのでそうしたのである。

なお念のため、その現金の埋合せに夕方から友人のところ、と云っても取引仲間のところなんだが、三四軒ほど一時立替えてもらうべく廻った。しかしこれは何れも都合が悪くて駄目だった。

十三日になると午後一時頃に相手から電話があった。昨日約束をしておいたが急に都合の悪いことがあって行けなかったが、今日これから直ぐ取引がしたいから例のものを持って出て来てもらいたい。受渡し場所はS町三丁目の角を右へ曲り、その道を真っ直ぐに東へやってきてもらえば好いと云う。そこで私は店の金を全部かき集め、三十万円の現金を用意し、不足の七十万円を小切手にして店を出た。私の店は十丁目だ。表通りを北へ行き、指定された三丁目を東へ入って、ものの四五丁も行くとそれらしい男がやって来た。近寄るに従ってはっきりした。目の細い男だ。忘れもしない。私に二十万円預けた男に違いなかった。確かめて見るまでは実のところその男の生存を疑っていたが、互に顔を合せてみると、全く奇蹟的にも、よくも助かったものだと、何となく泌々としたものを感じた。

その男もあるいはそう感じたかも知れない。暫くは瞶め合ったきりで口も利けなかったが、相手の引返すままに肩を並べて歩いた。風采は立派とは云えないが、想像していたほど見すぼらしくもない。委しい事はあの屍体が身に着けていた通りで、ただネクタイが違っているくらいのものだ。その時の男は、確かな記憶はないが白っぽい色のネクタイをしていた。

私は路上では落着かないから、どこか喫茶店へでもゆこうと誘ったが、男は少し狼狽して、いや、そうしてはいられない。待っている者もあるから直ぐ取引がしたいと云う。私は手短に理由を話し、七十万円は小切手で受取ってもらいたいと述べた。男は迷惑そうにして何とも云わなかったが、遅くとも明朝には間違いなく現金に替えられること、既に取引先から電報送金の案内が来ているからと、その電報を示した。男はしばらくそれを確かめてから、よろしい。では受取りましょうと、現金と小切手を受取りました。現金の方は千円紙幣ばかりで渡したのですが、ちょっと確かめて上着の内ポケットに納めました。そして、大変迷惑をかけて申訳ない。こんなことはしたくなかったし、このように多く貰う筋もないが、何分九死に一生を得て生き永らえてみるとそれ以上の苦痛を味わねばならなかったし、最愛の女はどこへ行ったのか……それさえも今もって不明である。そこへあの新聞広告が目についたので、ついあんなことを考えてしまったのだが、どうか悪く思わないでほしいと、ちょっと頭を下げて詫びた。そして、この金は決して無駄にしないつもりだ。あなたの好意と共に甦生の資として何とかまともな道が歩みたいと、元気のない早口で云った。私も了解した旨を述べ、自分としても今日約束を果したことは嬉しい、ついては名前なりとも知らせてもらえまいかと云ったが、いや、それだけは勘弁してほしい。この上の恥は云いたくない。何年か後にもし人間らしい生活を続けているようだったらその時改めてあなたの前に名乗ろう。これで失礼したい。では御機嫌よう——と、目礼して足早に人混みの中へ消えて行った。

そうです。人が待たしてあるとはっきり云いました。私と話中も絶えずそわそわと落着かぬ様子が見えた。私は男の後ろ姿を見送ってほっとした。五年間気にかけていたことがやっとそれで果たされたんだから……しかし考えてみれば、お互に話し合ってそうしたのならともかく、脅迫状まで受取って、たった十分か二十分の取引で百万円渡したことは少し呆気なく、また馬鹿らしい気もした。

店へ引き返すと急にがっかりしたみたいで何も手につかず、その晩は、早くやすみました。その後××銀行の当座の事は気にもかけませんでしたが、昨日他の取引のことで残高の問合せをしたら、未だ桐生の取引先から振り込んで来た現金がそのままになっていることを知って、少しおかしいと思った。当然あの男は十四日の朝の間くらいにそれを現金化しているとばかり考えていたからである。

私立探偵

A署は千田京介の提供した情報に基いて、事件の経過を構成してみた。

殺された男は元朝鮮からの引揚者であること。引揚途中対馬沖で遭難し、所持した現金を千田京介氏に托したが助かり、たまたま千田氏の掲載した新聞広告をタネに脅迫状を出した。そして百万円を受取る事に成功したが仲間と思われる男に十、月、十、三、日の夜殺害され、現金の三十万円のみ強奪された。依て本件を強盗殺人と推定する。

古田捜査主任は十月十三日の夜を兇行の時間と判定して、被害者と加害者の足取り調査を実施した。また予想として被害者が二週間以上を都内のどこかで過ごしたはずでもあるので、被害者の写真をばら撒いてその方の調査も進めた。

またその間S署の江木刑事も数度捜査本部に出頭して知っている限りの情報を提供した。が、これは京介の行動を裏付ける以外のものではなかった。ただ捜査主任が耳を傾けたのは、江木刑事の想像する偽の受取人の話だけだった。

五日を経過した。不思議に被害者加害者の足取りが出ない。屍体発見の地域は附近の住人以外は通行しそうなところではない。被害者はあそこで殺されるべく連れ出されたとしか考えられないのだ。結局周到な犯人の注意が図に当ったことになる。腐敗しかかった被害者から指紋もとったが、それも前科者のカードからは適合するものが出なかった。

その日江木刑事が一人の男を伴って捜査主任の前に現れた。説明によると北岡私立探偵社の園部真吉と云う。

「私はこの写真の男を一度見かけたことがあります。伊藤祐子という人の依頼で千田京介氏の素行調査をしていた時のことですが」

「いつ頃のことですか?」

ちょっとお待ち下さい——と私立探偵社の男はポケットから手帳を出し、なめた拇指の腹で頁《ページ》を繰ってから、

「九月二十六日ですな。確かに茅ケ崎の町でした。それが千田氏を尾行した先です」

「九月二十六日!」主任の頭脳は少し困乱した。がそれは一つの結論によって直ぐ整理された。主任はこの事件の出発点にある疑問を持っていたからでもあろう。

園部真吉が帰ってから、古田警部は別な指紋写真を出して、一人の部下にこう命じた。

「これを前科者のカードから捜すこと。それと同時に被害者の指紋写真と一緒に未解決事件の遺留指紋カードとも照合してみること。それから二人ほど茅ケ崎にやって被害者の足どりを調べる。これはみんな証拠固めになるかも知れないから出来るだけ正確にやる」

「主任、この指紋は誰れのですか?」

「千田京介氏のものだよ。少し考えがあって聴取した日に、湯呑に着けてもらったのだよ。当人は知らないが

ね。いやそれより私立探偵がとんだ役割を演じてくれて有難い。はっはっはっ」

推理と証拠

「千田さん、現在の法医学は長足の進歩を遂げている。しかし残念ながら未だ死後の経過時間を正確に推定し得るまでには至ってないのです」

友人にでも語る気易さで、古田警部は京介に話しかけた。ここはA署の応接室。

「今度の事件もそうしたところに大きな欠陥がありました。解剖所見から判断すると、被害者は十月十二日か十三日に殺されたことになるのですが、これが十二日、もしくは十三日といったようにはっきり証明出来たら犯人も二の足を踏んだかも知れません。というものの組織の力もまた馬鹿にはなりません。殺人は例外を除いてその殆どはそれによって自己の不安を取り除けるのが目的であります。つまり死人に口無しということになります。もっとも間接的には沈黙以上に有力な証拠というやつが残されるために、両者がゲームを展開することになるのですがね。

まず第一に私達は被害者の死亡した日を十月十二日と断定しました。最初は状況証拠によって十月十三日の夜と推定したのですが、これは恰度一昼夜間違っていたのです。委しく云えば二十四時間の相違になるのですが、一体この間違いの根本は何でしたろう。

改めてそれを説明しますと、こういう判定資料に依るのです。私達は身許不明の被害者から一枚の小切手を手に入れました。振出し日附が十月十三日とありました。間違いはたったこの四文字から起きたのです。千田さん、あなたの説明に依りますと、あの小切手は十月十三日の午後に、確かに被害者に渡したと云われましたね。しかも店を出る前に書いて持参したと述べられました。だから推定死亡時間と比較してみて、被害者の死亡は十三日の夜と割り出されたのです。

それで、私達は念のために、あなたの取引先である××銀行の当座を調べたのです。結果はおっしゃる通り十月十三日には残金がなく、従ってあなたはそれを承知で七十万円の小切手を切るより他はなかったのです。但しこれには遅くとも十四日の朝までには百万近い現金が振込まれるとの裏付けがあったわけですね。それで、それも調べましたところ全くおっしゃる通りでした。既に十三日には桐生の取引先から送金通知が銀行にきていたのです。がこの案内は暗号電文を銀行相互が使用することになっているので翻訳にかなりな時間が費され、実際に現金があなたの当座に入るのは十四日の朝、早ければ開店後の事務整理の時ということになるわけで、全くあなたのおっしゃることに嘘いつわりはありませんでした。さて、このように何もかもがはっきりしてきますと、私達には疑う余地がありません。殊に、十三日に相手に小切手を渡されてからのあなたの行動は事実聴取書の通りで、当日あなたは帰宅後一歩も外出されませんでした。これは私達も太鼓判を押さねばなりません。

　とすれば絶対あなたを疑う余地はない。つまり外出しなかったから、あの場所で人殺しが出来るはずがないわけで、あなたには完全なアリバイがあったのです。

　ところが、ここに一つの疑問が生じてきました。先小切手の持つ振出し日附の伸縮性なんですが……よく考えてみますと、十月十四日に確実に現金化されることを前提として、十三日にきっても先小切手なれば、十二日、あるいは十一日、十日にきっても先小切手と云えることです。そこで仮に、これを十二日に発行したものと考えましょう。そうすると事情は全く一変してしまいます。まずあなたのアリバイが、シャボン玉のように消滅してしまう。いや、それどころか十二日の夜には、あなたは被害者に渡すべき百万円の現金の内、八十万円ほど商売に流用したから、その穴埋めに、友人のところへ金策に出かけておられる。

　換言すれば、その時間にあの男を殺した事になる。いや、云い方がまずければ、その時間があったとでも云っておきましょう。

　これは決して理由のない邪推ではありません。商品の取引、銀行の当座のことは総てあなたには、はっきりしていることばかりであり、また任意にそうすることも出来たはずです。それと、被害者とあなたの間に進められた秘密取引は、あなた以外に目撃者がいないことです。だから、これはちっとも不合理ではないと、私は思うのです。それにまた、殺害場所を、ああした所に選んだのも意味があるのです。

　つまり直ぐに屍体が発見される場所では、想定した目的が完全に遂行されない……つまりその時間が長ければ長いほど、法医学的には死亡推定時間の立証が、難かしくなるからです。

がまあしかし、今まで述べたことは、あなたがその犯人であっても別に不思議でないことを説明したに過ぎません。この事件がそんな部分的なもので完全に解明出来たなどとは、私は考えていないのです。それほどこの事件は巧妙に、かつ根気よく立案遂行されたものであることを私は知っているからです。発端は、私の想像するより以前と思うのですが、表面に現れたのは、この新聞広告です。岸本澄子の懸賞尋ね人……あなたはこれを二日間に亘って掲載されましたね。いくら捜したって実在しない人物、私はそう判断しますが、どうでしょうか。つまり、これはこの犯行に対する巧妙な伏線であったのです。あなたはこれを印象した人々の中から、女店員の江木早苗さんを選び出したのです。そして、その兄さんの江木刑事を手繰り寄せることに成功しました。偽の脅迫状を小道具として蔭の人物を描き出しました。更に、第二の脅迫状、公園の取引、筋書は何の破綻もなく進められていったのです。勿論引揚船の遭難など出鱈目に過ぎないと、私は信ずる。目的は蔭の脅迫者をでっちあげることにあったからだ。公園へ実在しない相手の来るはずがない……江木刑事は職務の盲点を巧くつかれた形になったわけだ。けれど一つの収穫があった。その帰りに私立探偵社の男が江木刑事の警戒尾行にひっ掛ったのだ。あんたはそれが、後でどんな禍を及ぼしたかについて今でも何も知ってはいまいが、実にお気の毒なことになったのだ。君自身は芝居演出に一生懸命だったからそれを一点景くらいに軽く考えていたかも知れないが……新聞広告以来、君は伊藤祐子のアパートに遠去かったことから疑われ、素行調査をされ始めたんだ。金で自由になる女でも、心からの愛情を与えてないということは、淋しい結果を生むものだ。君の平素はそれでも知れる。

まあ、それはともかく、その私立探偵が我々に先行してこの事件にタッチする結果となった事は、何としても愉快なことだよ。と云うのは、君は被害者と十月十三日に会ったのが遭難以来だと云うが、既に九月二十六日に茅ケ崎において面談している。いや、調べたところによると君はあの男を九月の中旬からうまく騙して、大磯、平塚と宿屋から宿屋へと転々させている。しかもその間、ある目的のために、都内へは絶対足を踏み入れさせなかった。

だから我々は事件発生後において被害者のアシがとれなかったのだ。

さて、十二日の夜のことになるのだが、君はあの男を品川駅まで電報で呼び寄せておいて、そこで落合った。それから要心の好い君は徒歩でKの山手を迂廻して、あの野っ原に誘導し、そこで殺害したものと推定する。

いや、待ってくれ給え。未だ僕の話は終っていない。云うことがあれば後ほど纏めて聞くことにしよう。ついでに調書にした方が手数が省けて好いからね。

では、次に移ろう。何故君はこんな手のこんだ殺人を犯す必要があったか……一口に云えば自己保全のためだ。君はあの男からある要求を受けていた。懼らく金銭を強要されていたと思うのだが……しかし君は考えた。一度味を占めれば相手はそれを繰返す公算が大きかった。よく芝居にありそうな俗に腐れ縁という奴だ。永久にその口を塞ぐより他はないと君は決心した。その構想は説明した通りである。先小切手の日附による偽アリバイ。だがそれには一つの懸念があった。もしその男の消息を君が知ってない時機に前科があれば屍体からの指紋で身許が簡単に知れる。屍体発見までに相当の時日を経過すれば腐敗によってその心配は要らないがともかく万一を考えて、君は要心深く被害者の身許精査までしている。

これなど心理的に見ると君が被害者を悪い人間としか考えてない証拠でもあり、過去において、君にそれだけの印象を与えた何物かがなければならないのだが、幸いと云うか前科はなかった。

ここまで説明すれば被害者の氏名を明にする必要もあろうから云おう。葛原吾郎、これに間違いあるまい。僕の話も終りに近付いたから、要点を話し終って君の供述をきくこととするが、君はどんな理由で葛原からそんな無心を吹っかけられたかを説明する。恰度五年前になるのだが、君は葛原吾郎と共謀して、福岡県のHにおいてブローカーを殺し、数十万円の現金を強奪している。君達はそれをヤマ分けにしただろう。その後葛原がどんな道を辿ったかは知らないが、君は上京して立派な店の主人となった。その間君が真面目な生活を念願して努力したことは認めるが、葛原に脅やかされ、口止料を渡すと見せかけて再び重大な罪を重ねたことは、残念に思う。

昭和二十年九月二十三日、君はその日が、朝鮮引揚途中の対馬沖における遭難日だと述べているが、これは君の嘘の現れた潜在意識が知らず知らすに想定した日附なんだ。君はその日朝鮮海峡などにいはしなかった。はっきり云えば、葛原吾郎と共謀でブローカー殺しを働いた日に他ならないんだよ。これを見給え……この遺留指紋は君のものだ。そして、こちらの指紋写真は最初の聴取のとき君から採取したものだ。それからこの凄惨な現場写真と記録……これ等のものを、君は正視出来るかね？　組織の力によって綜合された力は、到底個人の頭脳によって描き出されたそれとは対等でない。これは冒頭に僕が話した通りなんだよ。まさか君は、このゲームにこの上勝てるとは考えないだろう」

×　×　×

コスモスの花を剪って、白磁の一輪差しに挿した。その机の上には、小さいイエスが十字架にかかって項垂れていた。

その前に、静かに座って、早苗は心の内に祈った。

「主よ、思召しに叛いた、京介さんの上に、何卒深い恵みを垂れ給え。アーメン」

引揚船

満州・朝鮮・台湾と、その頃の日本には広大な植民地があった。私はそこへ渡って、自分の生活を開拓したいと思った。けれどもポケットの中で握りしめたのはたった一枚の五十《ギザ》銭玉に過ぎない。そんな小額で行けるはずはないのだが、何度私はそれを考えたかも知れない。残された最後の資産——使い果したらその後には餓死が待っている。ミイラになって路傍で死ぬ覚悟など到底私には出来ない。乞食も嫌だ。理屈をつけて泥棒する事はこの際最も有効な手段だが、かりそめにも専門学校を出た私の良心が赦してはくれない。

恐らくこれが最後になるであろう旅館の主人に三十銭を前払いして、一夜の睡眠をともかく夜具に横たえた。誰れの脂垢とも知れない男臭さも人なつかしい。

時間一杯の十時まで寝そべって安宿を出た。ポケットの中には二個《リャンコ》の十銭玉《アナアキセン》がある。ゴミゴミした裏町筋だが、道行く人はどれをみても仕事を持っているようで、忙がしそうに歩いている。そうだろう——現在のようにみすぼらしい心を抱いている者は私だけに違いない。

五銭の大盛飯、三銭の味噌汁、五銭の野菜煮付け。〆《しめ》て十三銭の食事は豪華な気がした。満腹して外へ出る。手近なタバコ屋でゴールデンバットを買う。これで五十銭を綺麗さっぱりと使い果したことになる。

いつもの通りM公園へ出る。浮浪人《ルンペン》と公園——因縁着けるものはベンチなのだ。全く公園というものは吾々にとって気兼ねのない大邸園であり、空想の道場でもある。

風に舞ってきた弁当殻の古新聞を拾いあげ、ざっと目を通すと、習慣的に下段の求人広告に眸《め》が移る。求人——求人——いくらもあるが、皆んな約束したように、「身許確実の人」とある。住所の定まらぬ、汗と埃にまみれた私などを受入れてくれる雇主など、一人も無いことは既に経験済みである。

無暗《むやみ》にタバコをふかす。辛い舌ざわりの煙も一箱限りだ――自殺――色々な角度から検討してみたが、好ましからぬことばかりだった。〝お前は未だこの期《ご》になっても生命を惜しむのか?〟誰かがはっきり囁いた。あたりを見廻したが、私などのことをかまってくれる者は一人もいなかった。気違いになるのではないか――そんな気がはっきりした。

残された道――私はそれを求めて公園の正面の、広い石段を降りた。「旅行き人夫募集」電柱のビラがそれである。監獄部屋《タコべや》行きであることは百も承知の上だったが、△△町三丁目二〇番地を訪れて行けば、ともかく生きる保証だけはしてもらえるだろう。

薄あばたのある男がいて、何もかも見抜いたような慰めを云ってくれた。私はそれだけで何を訊ねる必要も感じなかった。そこの主の顔のように薄汚れた八畳。先客が三人いた。無為徒食、四日もそんな生活をしてみると妙に青空が恋しかった。俺は働きたいんだ――腹の中で大声をあげてみた。逃げ出そうかとも考えたが、飢餓の強迫観念に抑えられてしまった。

かっきり一週間目の夕方、半ダースの人数でひそやかにそこを出た。駅で薄あばたの男は私達を見知らぬ男に引渡して帰ってしまった。汽車に乗ってみると同勢は三十人余りもいた。決まった男から三度三度の汽車弁とお茶を渡される数でそう推測出来た。切符はその男達、つまり三人いた引率者が纏めて持っていたし、一銭の現金も渡されてないので逃げることも出来ない。便所へ行ったって看視の目は怠りないのだ。

始めて津軽海峡を渡った。秋風にしてはうそ寒い烈風だった。地図に描かれた北海道の地形を想像して、上陸の第一歩を踏み出す。また汽車の旅。あたりの景色は追々索莫《さくばく》を加えてゆく。

降車した駅の時計が午前十時五分を指していた。新らしい二人の出迎えた男達に前後を衛《まも》られて小さな町へかかった。赤い提灯を出した家の軒下に二三人の女が佇《た》っていて、何か囁いていた。私がその前を通った時、女の一人が私に何か云った。何だかふざけた言葉のようだった。

「静かにしろッ、淫乱め」殿《しんがり》の男がどなった。

「ヘン。ふられた腹癒《はらい》せかい」逃げ隠れた女達の中で一人だけがタバコをふかしながら応酬していた。

その晩、どこかの帳場へ泊められた。そして朝早くそこを出発した。二日目の晩、また帳場らしいところへ泊った。そして行進もそこで終ったことを翌朝知らされた。一人一人小さな事務所らしいところに呼び込まれると、証文に署名を命ぜられた。

借用書。一金五十二円三十銭也。

借りた覚えがない――と、私は弁解せずにはいられなかった。

「てめえ、飲まず喰わずでここまで来たわけではあるめえ」

太い金指輪を嵌めた男が、肩を張りあげて睨んだ。乱暴な説明によれば、薄あばたの家にいた食費、旅費弁当代、世話方手数料がそういう数字になるらしかった。

翌日連れて行かれたのが山峡の工事場だった。山肌の崩れたところに隧道《トンネル》が口を開いていて、渓谷の斜面に夥《おびただ》しいズリが雪崩《なだ》れていた。

夜も昼もない。休日もない苛烈な労働。身体の具合が悪いと云って起き出ない者は引き摺り出されて水をぶっかけられ、そのまま導坑の工事場に追い出された。朝夕出面《でづら》調べがあって泥のように疲れては飯場《はんば》で寝る。脱走を試みた者もあったが巧妙な網にすぐひっかかって連れ戻され叩かれる。そして捜査費用が借金を増すのだ。いくら日当が配分され、どれだけが飯代とタバコ代に充当されるのか判らないが、五十円の借金は、一年半位働かねば返済出来ぬ事を大分経ってから知った。帰るにはまた一年位働かねば旅費が下がらぬことも知った。仕事場で口笛を吹けば撲られる。隧道をアナと呼ぶことを禁じられている。シキと云うのである。汁かけ飯にすれば崩れるといって、世話やき人夫に丼をひったくられる。汁の中へ飯を入れる事は埋め戻すと称して差支えのないことだった。とにかくこの社会を支配するものは腕力と習慣以外にはない。けれども私のような男ばかりではなかった。腕に覚えのあるAという男は、どうして手に入れたのか研ぎすました短刀を取り出して、私達にその使い方、つまり握り方を説明してくれた。刀を握るようにして持ち、刃を上に向ける――それが本式のドスの使い方だと云う。こうして一突きすれば手首を下げる事によって抉《えぐ》れるから完全に相手の死命を制することが出来るのだそうだ。しかしそれから五日目に、Aは行方不明となった。逃げたのではなく、殺されたとの噂だったが、どこへどう葬られたのかは誰も知らなかった。

二カ年半を経て、私はやっと自由の身になった。六十円余りの現金を渡されて、監獄部屋《タコべや》を出る日、親分がほめてくれた。人にほめられたのは小学校以来の事だった。

「町へ降りたら、三年分の垢を落して帰るんだナ」と笑って握り飯の包を呉れた。

　貰った手形で途中の飯場へ一泊して、二日目の夜見覚えのある町へ出た。赤い提灯に灯が入っている。一ぜん飯屋を探しているうちに、三人のおしろい臭い女にとり巻かれ、両手を握られた。振りきろうとしてもしつこくねばりついて離れない。女らしい女の顔さえ見なかった三年間――異性の血がとられた手からそくそくと胸に泌みこんで足がすくんだ。

「お待ちよ。あんた達あくどいよ」一人の女が割って入ると、三人の女は手を離して軒下へ散った。

「おいでなさいよ」ぼんやり佇む私を、女が促した。蹤《つ》いて上ったのは、板壁にハトロン紙を貼った小さな部屋だった。考える余裕もないまま長火鉢の前に坐ると、

「ふふふ。あいつ等を追っ払っといて、わたしが誘惑してはいけないのね」

　私と同年配位に見えた。

「でも、御免なさいね。わたしあなたがここへ降りて来るのを三年も待ったのだから」

「え、何ですか?」

「わたし、知ってる?」

「いや、始めてのような気がするのですが」

「ほほほ、固苦しいのね。三年前……本当は二年半位前ね。あんたは大勢一緒にこの町を通った覚えがあるでしょ?」

「あります。一本道だからここを通らなくてはならないですね」

「ふふふ。あんたよく勤めたのね。無事なことは信じていたけれども」

　女は急に淋し気な顔をして俯向いた。

「淋しかったでしょ。酒も女の気もなしで……わたしに思いきって可愛がらせてね」

　女は大胆なしぐさで、脛《はぎ》もあらわに私の膝の上に馬乗りになって、頬を吸ってくれた。

　三日間、じりじりと肉体の灼《や》けるような日が続いた。寝そべっている枕許へ、青楼《せいろう》の主《あるじ》がやってきて勘定書きを置いて行った。何気なく拡げてみると、百三十円の〆《し》めになっていた。女は当惑する私の顔をチラと見ただけで何とも云わなかった。再び上って来た時には、主の態度はまるで違っていた。有り金を全部受取ってから、七十円の不足はどうするかとたたみかけた。

「おい、兄さん。今更ごたくを云ったっていけないよ。

どうしても払えなきゃあ監獄部屋《タコべや》で前借《まえがり》しなよ。男だって身体を張りゃあそれ位の金は貸してくれるぜ。それに経験があるんだから一年もすりゃあ稼げるよ。及ばずながら好い条件になるように話してやろうじゃないか」

結局主の云うようにするより他はなかった。私は承諾の返事をした。

「そう話が決まりゃあ今夜にでも好い親方に来てもらって話してあげよう。それじゃあ前祝いに二本儂《わし》がおごりましょう。女もそれまで無料提供しますぜ」

女は相変らず淡々たる表情で火鉢の向い側に坐っていた。が、跫音《あしおと》が遠去くと、

「判ったでしょ、からくりが。あの男は手数料と暴利でしこたま儲けるのよ。監獄部屋《タコべや》へ来たら最後五年は出られない。あんたの持っている金高は、皆んな筒抜けになっているのよ」

私は話されるまでもなく、そうしたトリックに引っかかった自分の愚かさを哀れんでいた。

「あんた、わたしを恨むでしょうね。でも、誰れかがあんたをこんな目に逢わせずにはおかない。わたしの手でそれがしたかったの。判ってくれる?」

「判らない。けれど恨んだりしない。夢にしても悪くなかった。また働けば好いんだよ」

「じゃあ、戻る覚悟なのね?」

女は沈黙して、火鉢の上に顔を伏せたままだった。

灯ともし頃になると、女は商売のための身仕度をした。私はそう思っていたのだ。階下で二三人の男の、野太い高笑いがした。

「親方が来てるよ。あんたを連れに」

耳に口を寄せて囁いた。私はうなずいた。

「黙ってわたしに蹤いていらっしゃい」

女の眉が、緊張で鋭く見えた。私の躊躇は手を握られ、引き上げられたことで消滅した。窃《ひそ》かに裏階段を降りる。外はひどい暗《やみ》だ。握りしめた女の手が心持顫えていた。

「裏をかくの」

二人はひたひたと道と急いだ。町の灯かげが沈んでゆく。高いところへ登って行くらしかった。

四五時間も歩いたろうか。緊張で咽喉《のど》が渇いた。立止ってひと息入れた。

「今頃、探しているでしょう。駅を張っているに違いないわ。皆んなそうするんだから。どうしてここへ来たか判る?」

「判らない」私は思ったままを答えた。

「そう」女は暗《やみ》の中で顔をそむけて、泣いているらしかった。

「あんたも、わたしも、自由にならなくちゃあいけない。青森へ着くまで一緒に行ってね」女は哀願した。

「その先は？」

「別れるのよ。あんたにはあんたの自由があるんだものねえ」

「一緒ではいけないのですか？」

「あんた、本当の気持でそんなことを云って下さるの？」

「嘘にも本当にも、生れて始めて勇気というものを感じているよ」

「わたしもよ。わたしだってそうだわ」

女はひときわだって啜泣《すすりな》いた。私は何故か、武者顫いしながらそれを聞いた。

「夜明けまでには行く処があるのよ。おいでなさい」

再び女は私の手をとって急いだ。

「誰れか追って来る。跫音がする‼」

ふと私は立止って、聞耳をたてた。

「ほら……聞える‼」


しんしんとした山気《さんき》の中に追手の跫音が迫ってくる。女は私に寄りそって、心耳《しんじ》をすませていた。

「大丈夫よ。来やしない。誰れも来やしないわ。あれは峯を渡る風の音よ」

女は三度私の手を暗の中に引き出した。間もなく私達は浪音のする峠を登りつめた。遥かな水平線の仄かな白さを望んで——

× × ×

高い山の翳《かげ》に白いものが残っていた。漁船で津軽を越えた日のような浪が、深い藍色の土に漂っていた。

「あれが舞鶴《まいづる》だ‼」

「ほう」

舷窓《げんそう》に寄りかかって、二人の男が眸を輝かせて話し合っていた。私はそれをよそに、せっせとこの思い出をノートに書き付けるのが忙がしくて、来て見ろ——と誘われたが立ってゆかなかった。あの女と落着くところへ落着いて同棲生活を始めた日のことは忘れられない。直ぐ二人共働き口を見つけて生活を護《まも》った。もっともどこも戦争中で手不足でもあったからだ。しかし一カ月もした頃私は召集された。

数えるまでもなく十年の外地生活。今日抑留から解放され上陸地を目前にしているのだが、私は少しも嬉しくはなかった。あの女に逢えるかも知れないとの期待は愉《たの》しい。けれどもきっとその後にまた嫌な事が待ちうけているからに違いないからだ。そんな経験を私は度々《たびたび》持っている。女のことにかかわらず総てがそうだったからだ。だから私はじっと女の面《おも》かげを抱いて坦々たる気持で運命に向き合っていれば好いのだ。

桟橋に近付いたらしい。拡声器が何か私達に話しかけているようだが、耳鳴りがひどくて何も聞こえない。ものを書く根気も急に抜けてゆくようだ。鉛筆の先が何をノートに書き流しているか、それさえも判らない……。

私なる男のノートに書き付けられた記事はそこで終っていた。診察着の医師は読み終って頁《ページ》を閉じた。付添って上陸した戦友が問われるままこんなことを話した。

「そうです。ひどく疲れた後には、変な様子が度々ありました。一度など真夜中に営舎を飛び出して、突撃だ突撃だと叫びながら営庭を駈け抜け、水のあるクリークに落ちた事がありました。もう少しで溺死しようとしたところを助け上げましたが、支那軍がチャルメラを吹いて突撃して来たのだと云ってました。そんなことはないと云い聞かせても信用しなかったのです」

「判りました」

医師はそれから男に向って、

「何か聞えてきますか?」と、訊ねた。

「聞こえます。女の声がします」

「何と云っているのですか?」

「判りませんが、何か話しかけています」

「その声は、あなたの奥さんのですか?」

「そうらしいです。どうもこの近くにいるように思います」

「判りました。あちらで休んでいて下さい」

医師はそれから引揚船の若い専任医師に、

「精神分裂症ですね。かなりひどい幻聴があるのです。けれどもこの病気は古いもので、十四五年以上も経過しているでしょう。このノートに疑わしい点が二三見えます」

「けれど、気持は確からしいですがね。何もかも間違っているとは思われませんが……」

「そうですとも。あなたのおっしゃる通りです。女の幻聴に関する以外はですね。それがあの人の病気なんです。早速専門病院へ入院させましょう。それで、あの人を出迎えている人はないのですか?」

「ありません。何度もスピーカーで呼んでみましたが、申出人はないのです」

「ほう。すると、あのノートに書かれた女の人はどうなったでしょうか?」

「どうなったのですか……僕も何だか気にかかってならないのです」

二人の医師は、ふと眸を見合せて、そのまま沈黙してしまった。窓外には空っぽの輸送船が赤い吃水《きっすい》を見せて浮んでいた。

緑のペンキ缶

一

そろそろ花見季節も近いある日、林署長は、同郷の中学の先輩、高田彦之進を訪れた。

高田彦之進は、今ではその古風な名前がおかしくない年齢で、六十の坂を越したばかりの、A銀行の重役である。兼て家庭の事で、個人的に折り入って相談したい事があるので、是非一度来宅願いたいとの電話を受けて、かれこれ小半月ほどになる。そこで日曜日のその日訪問したのである。Kの郊外に、戦災にも遭わず、小ぢんまりとしたその建物は、久々で訪れてみると、大分古めいてはいたが、彦之進の人柄を見るように、ゆかしくさびたものが感じられる。

しかし、あの頃と違って、近頃はこの郊外にも御多分にもれず、戦災の住人がつくだ煮のように集って、町並も薄よごれ、そのかみの清境のおもかげはない。

背広姿の平服で、玄関に立ち、案内を乞うと、役者のように色白でものやさしい彦之進が、自ら出た。ちょっと誰れだかまよったらしいが、林署長と判ると、心から歓んで、早速応接室へ招じた。

四角張った型通りの挨拶を終り、近頃の金融界の話に移り話の花が咲いた頃、若い夫人が紅茶とケーキを持って来た。

夫人には以前、ちょっと逢ったきりで、もう四、五年にもなるが、その時の夫人の面影と、今見るそれには、昨日の今日のように変りなく若々しい。目立つ美しさではないが、一口に云えば男好きのする魅力の持ち主である。口葉も動作もはきはきして、人をそらさぬ愛嬌はあるが、また玄人《くろうと》上りである事も隠せない。夫人は機《しお》を見て、彦之進の耳許に口を寄せると、

「あなた……私ちょっと失礼して、お風呂へ入らせて頂きます。いいでしょう」と小声に囁く。

「ああ。だが林さんも久しぶりの事だから早くね」

「では林さん。ちょっと失礼させて頂きますが、今日

はどうぞごゆっくりと……」と会釈して出て行った。

思えば、ドアーの彼方へ、名古屋帯の派手な色調のおたいこ結びを翻して出て行った夫人は、それきり過去帳に載る身となったのだから、人の運命《さだめ》ほどあてにならないものはないと、林署長はその後の幾日かを、あの印象的だった帯の色調と共に思い泛べたものである。

「ところで林さん。態々《わざわざ》来て頂いて申訳のない事ですが、実は、どこかしかるべきところで一席もうけた上でお願いしようと思っていましたが、あなたの職掌柄却って御迷惑と思いまして、自宅へ御足労願った訳で大変失礼ですが……あれの居ない間に用件を先へ申しましょう。あの家内の事ですが……御承知のように私も先妻に死なれて、年甲斐もなくあれを×町の水商売からひかせて家内にしたんですがね……今日になってみますととんだ恥かき話ですが、別れたいと思っているんですよ。何しろ私も当今は女といえば、お茶飲み友達で結構な身でしてね」

「はあ」

「ところが、家内の方では私のお茶相手になれる年齢《とし》ではありません。するど、出来る事なれば早い内に去らした方があれのためにも将来を無駄にしなくていい……と、思うんです。無論喰うだけの保証は最大限でしてやりたいと思っているのです。ところが、あれの兄というのは御存知のTマーケットで飲食店をしている男で、ちょっともの判りが悪く、私の手に合わんのです。今までに二度話してみましたが、結局悪たれ口を叩かれるだけで……私もこの年齢になって、べら棒扱いにされる始末です」

「なるほど」

「それに伜の彦次郎は、あれとそりが合わず、それでも出征前まではどうにか家にいまして、留守中嫁は家に置きましたが随分可哀そうだと思うしうちを家内はしましてね。私も幾度注意しようかとも思いましたが、それをすれば余計火の手が大きくなるので、それもなり兼ねていました。幸い伜も復員しまして、私も大いに安心はしましたが、どちらかと云えば伜は私と違って、直情径行と云いますか……無口ではありますが日常の動作があれに対して反抗的なんです。そんな訳で間もなく嫁を連れて別居してしまいました」

「なるほど」

「ところが、この度嫁に子供が出来ましてね……私もそろそろ隠居して孫の相手でもしてと世間並に慾も出ますんで、尚更この問題を早く片付けたいと考えるんです」

「ごもっともですね」

「それで、まことにあんたには迷惑な事かも知れませんが、一つ嫌な役目を承知でひと骨折って頂けないかと思いましてね……」

「ふーむ。なるほど」

林署長は彦之進の話を無理からぬと頷き、

「で、その兄というのは結局どうしろと云うんですかね」

「それなんですが、充分納得の出来る色気をつけろと云うんです」

「色気も色々ですが……どんな色気を付けろと云うんです」

「年増盛りをおもちゃにして、この年齢《とし》で妹を放り出すなれば、五十万円出せと云うのです」

「ははあ……それはまたとんでもない色気ですね、はっはっはっ」

「全く……家事調停とかいう手もありますが、そんなごてごてした事は、私も未だ銀行に関係している立場上とりたくはありませんしね」

「で、あなたの意向は」

「私は現金として十万円やればと思っています。勿論あれの身に着けるものは一切渡す予定です。それだけでも時価にすれば相当なものです」

「なるほど……全く無理のないお考えですね。奥さんにはその話をされましたか」

「はあ……話してあります」

「で、奥さんの気持は」

「どうせ年齢《とし》の順でゆけば、この家に居着きは出来ないからそれでも好いと云っていました」

「なるほど。すると問題は兄そのものに大変な慾がある訳ですね」

「そうとしか思えません」

「ふーむ。では、この話はまず兄を納得させる事ですね……Tマーケットの何という店ですか、兄というのは」

「沖為造といって、俗に成駒屋と云っています」

「はあ……あれか。あれは色んな闇屋の足溜りになっている飲食店ですね。なるほどなるほど。あの男なればその方で締める手もありますが……しかし警察の手を介入して話すのは考えもんですが……とにかくその方はひとつ任せて下さい。何とかお力になれると思います。何と云ってもそれじゃ少し、成駒屋がとぼけ過ぎている。あなたの話は誰れが聞いても通る筋です」

「何分のお力添えをお願い致したいと思います」

「いや、よく判りました」

林署長は、こくこくと頷き、この気の弱い先輩の憂を払い除けて、老後の安息を得さしてやるのも、やはり自分の職務の延長だと考えた。

「どうも家内の風呂が長いようだな……色々仕度もさせねばならんのに……」

「いや。私の事でしたらお構いなく……」

「せっかく久々のお出でだからと思っているのに……何分あれは人間に深みというものがなくて、女中さえも居着かんので閉口します。この節人手は余っていますが、昔の女中を扱うような心構えでは長く勤めてくれませんからね」

「全く」

「時代というものを少しも考えんので困りますよ……やはり男はなんですね……若い時から連れ添った家内に別れるという事は全く最大な不幸ですね……倅に嫁取りをさせてみると尚更それを痛感します」

彦之進は死に別れた先妻の事を、言外に含めて歎息をもらす。

「そうですね……僕は、前の奥さんの事はもう御顔さえ思い出せぬほどですが、私が郷里から出て来た頃は、大変御世話になって……好い方だった記憶があります」

林署長も慰め顔に合い槌をうつ。

「ちょっと失礼」

彦之進は妻の永い風呂にしびれをきらして席をたった。

林署長は、ポケットから燐寸《マッチ》を出すと、成駒屋をどんな方法で説きつけてやろうかと、策をめぐらせながら、軸の一本を抜き出し、耳垢の掃除をはじめた。細めた瞳を窓外にやると、窓越しの空は花曇りして、植込みのつつじの花が、一つ蕊から抜けて風に散った。そして竹垣の外の道を、カーキ色のジャンパーに、赤い長靴を穿いた男が、この邸に用あり気にうろうろと通り過ぎた。

ものの三分もすると、彦之進が戻って来て、

「林さん‼　どうもおかしい」

と、息をのんで、立ったまま云う。

「え‼　何です？」

「確かに、家内は風呂の内にいるのに、いくら呼んでも返事がないのです。もの音一つしないし……」

「風呂場でしょ……お宅の」

「そうです」

「扉を開けてみられましたか」

「私のとこの扉は、中からかけられるようになっています」

林署長も変に思って、一緒に風呂場へ行ってみた。廊下伝いに玄関を通り抜け、小部屋の前を越すと左へ曲る。そこが炊事場で、その廊下の突き当りに湯殿がある。硝子《ガラス》の引き戸は開けられている。入った直ぐの板の間に、籐製の籠があって、なるほど、夫人の着物がなまめかしく、仄かに体臭さえも発散して入れられている。見覚えの帯の色も、籠目からこぼれている。その先は右側に一尺ほどの目隠があり、洗面所になっていて、二人が入ると、壁面に同じように人影が動き、そこに鏡がある事が判る。

「おい……たか子」

と、彦之進が呼ぶ。耳を澄ましたが音一つしない。ちゃぽ——と点滴の音がした。

「おかしいですね」

林署長も審り、

「もう一度戸を引っ張ってみては……」

署長は自分で開けてみようとは思ったが、万一開いて、夫人の入浴姿を見ては悪いと思って遠慮する。彦之進が手をかけて、力任せに引き戸を開けようとしたが、結晶硝子の篏った腰高のその戸はびくともしない。瞳をすり着けるようにして中を見ようとしたが、無論それは無駄だった。署長が替ってみたが同じである。

「外《ほか》に窓かなんかありませんか」

「外に面して、窓が一カ所あります」

「そちらへ廻ってみましょう」

二人は炊事場へ出て、勝手口から有り合せた下駄を突っかけ、窓下へ出て、摺硝子の篏った三尺の引き違い戸を引っ張ってみたが開かない。彦之進はそこでも夫人を呼び、割れるように硝子戸を叩いてみたが依然として答えはない。

「止むを得ません。この硝子を一枚割りましょう」

と、林署長は拳骨にハンカチを巻いて一枚割った。覗くと、浴槽の中に夫人が倒れている。

「高田さん‼　あんたここから入って出入口の戸を開けて下さい。一切指紋のつかぬようにこのハンカチを使って下さい」

彦之進は事態をのみ込んで、そこの捻子込錠《ねじこみじょう》を開け、林署長の助けをかりて中へ入る。署長は直ぐ廊下へ廻り、風呂場へ入った。がまず注意深く、浴槽内に俯向きに倒れている夫人の左手首へ手を延べて、脈搏を調べたが全然感じない。

「駄目です……絶命です」

「えっ」

たださえ色の白い彦之進は、たちまち蒼白くなる。貧血でも起すのではないかと、署長は心配した。が、それほどでもないようだった。

「僕がいてよかった」署長は呟いて、まず浴場全体の状況を目で追う。

広さは一坪くらいであろう、床は色とりどりな張り交ぜの細いタイル張りで、浴槽の位置は、向って右奥隅の壁に二方を着けて、同じタイル張りである。周囲は板張りで、淡緑色のペンキが塗られ、色も艶も新らしく、腰張りは三寸角の白タイルである。見上げた天井には、櫓型の一尺角ほどの換気窓があり、位置は浴槽のほぼ中央真上にあたる。さっきの窓は浴槽の前方にあり、風呂場へ入った正面に、奥行の浅い棚があり、その上に、クリーム、ポマード、石鹼箱、安全かみそり等が置かれている。その下にカランが取付けられ、アルマイトの洗面器が浴室用の腰掛の上に乗せられてあった。そして洗面器にはられた水面へカランから雫が落ちて時々音を刻む。浴槽の正面にも、やや径の大きいカランが取付けてある。林署長はもう一度夫人に瞳を移す。白タイルに見まがう背中が大きく曲線を描いて、湯のない浴槽一杯に倒れ、蛇口へ向けた足も、肉着き豊にくの字型に曲っている。底に落ち込んだ頭部は、さっき見た、毛筋一本乱れてなかったセットした髪が、川藻を岡へ引き上げたように濡れていた。そしてその左脇に浴槽の栓があり、右脇に、短剣《クリス》があった。

その両刃の短剣から想像出来る浅い切り疵が、夫人の背面の、右肩骨の下部にあり、その周囲に、湯に散ったのか淡く赤い血痕が認められた。署長は夫人の脇の下にちょっと手を入れてみる。肌に温みが残り、絶命して間のない事を知る。

そこで、硝子の割れた窓を閉め、湯殿から出ようと、も一度戸口で立ち止って見る。右隅に小さい棚があり、そこに赤いものが置いてある。近寄ってみるまでもなくそれは夫人の湯巻である。そして、戸につけられた錠を点検した。真鍮製の落し錠で、ただ簡単に戸枠の曲り金具に落せば引っかかるようになっているものである。

（自宅用の風呂に、内から錠をかけたり、湯巻を湯殿の中で外したり、何か肉体的にこの人は秘密を持っているのではないだろうか？）と署長は考えた。

二

彦之進とそこを出ると、署長はもう一度炊事場から外へ出た。そして今度は湯殿を、外部から仔細に点検する。しかし注意を引くほどの異常は認められない。そこで署長は、建物とコンクリート塀とに挟まれた三尺ほどの通路を、溝にそって歩き廻り、主として地上の異状発見に努力する。だがそこにも得るところはない。

次は塀一杯に退《さが》って、湯殿の屋根を見渡す。左に抜き出た煙突は炊事場のもので、少し離れて風呂場の煙突がある。最も署長の目をひいたものは、湯殿の息抜きの櫓窓である。

一尺角ほどに、約一尺余りの高さに出て、トタン張りの屋根があり、庇がやや長く葺き卸してある。両面はやはりトタン張りで、左右の両面はきりかけに隙間を持った板が鎧戸のように嵌っている。しかしその隙間は手も入らないほどの狭い間隔で屋根勾配と同じような角度を持っているので、恐らくあそこからは、浴場の内部は見えないだろうと考える。署長は、屋根に登って確かめようとも考えたが、肥満した巨軀では、それを諦め、何れ係官が来てから調べさせる事にした。

その櫓からずっと右に離れて、便所のペンチレーターがあり、換気筒がくるくると旋回している。署長の位置から見える屋根の状態はそれだけで、やはりそこにも期待出来る事実はありそうもない。

林署長は勝手口へ入り、炊事場の廊下に、棒立ちにたちつくす彦之進へ、

「とんだ事になりましたね……僕は他殺と断定します。あなたを疑うようでまことに悪いですが……まさかあなたに間違いはないでしょうね？」

「と……とんでもない。折も折、あなたにあんなお話をしたので……疑われても止むを得ませんが……」

「無論、僕も信じています。それから、あなたのお人柄を考えますと、大変お気毒ですが、こればかりは僕の一存でこの場限りに済ます訳にはゆきません。それであなたにも甚だ迷惑をおかけする事になりますが、職務柄直ちに手配します」

林署長はこの先輩が、この事件の渦中に巻き込まれる事は、まことに忍び難い気がする。といって、どうにもならない仕儀である。

「それは、もう……異存のあるはずもありませんし、林さんのお気持も私はよく判ります」

「では御手数ですが、この地区のB署へ電話して、僕からと云って、直ぐに殺人現場に臨む準備をして来るように云って下さい。それと、僕の署に電話して、古田三吉という男にここへ来るように連絡を頼むと依頼して下さい。僕は念のため、ここで頑張って現場保存の任に当りますから」

「承知しました。私にしてみれば、あなたにいて頂いてよかった……」

彦之進は多少元気になって、電話室へ去った。林署長は勝手口に立ち、外部と内部を等分に見て、忠実な見張りをする。そしてふと、さっき窓越しに見たジャンパー姿の男の、用あり気な様子を頭に泛かべた。

「連絡しました。直ぐ来られるそうです」

「あなたを使って、済まん事です。まあこの際に免じて勘弁して下さい。ところで……係官の来るまでに、参考にお訊ねしたいと思いますが……応接室を出られてからの、あなたの行動を話してみて下さい」

彦之進は頷いて、真直ぐ湯殿へ行き、夫人を呼んだり、戸を開けようとした事など話し、不審に思って応接室へ戻ったものだと答えた。

「では……これは不躾《ぶしつけ》なお訊ねで恐縮ですが、普通どこの家庭でも、まず風呂場の戸に内から施錠をしないものですがお宅はどういう訳ですか?」

「別に訳はありませんが……今の家内が来てから、家内が附けさせたものです」

「奥さんが附けられた理由《わけ》は?」

「私には判りませんが」

「失礼ですが……あなたは奥さんと風呂へ一緒に入られた経験はありませんか」

「一度もありません」

「僕はね……これはかんなんですが、あなたの奥さんには、軀にどこか、人に見られたくないものがあるような気がします。それも下半身ですがね……それについて何かお心当りはありませんか?」

「なるほど……林さんにそう云われてみると、今まで私が迂闊でしたが、思い当る事があります。あれは洋服を嫌っていまして、身軽にならねばならぬ時は、モンペで間に合せていました。それから私と寝間へ入っても決して電灯をつけさせませんでした。私は未だ家内と明りの許で夫婦の交りをした事もありません。私自身が変に思った事に……あれをここへ連れてきた当時、温泉へ行こうと随分奨めた事もありましたが、どういうものか拒み続けた事もあります」

「なるほど……で、あなた自身奥さんが常人と変っていると、思われた事はありませんか?」

「そんな事は少しもありません」

「そうですか……いや、これはとんだ失礼な事を訊ねまして……」

林署長は、ふーん——と唸って考えた。それは、もっと調べが進んでみなければ判らないが、もしあの風呂場が「密室」というような結果になるとその素因として、夫人が内から施錠した事に関心がもたれるからである。浴槽に俯伏さっていた夫人には、外観上何の変ったところのない事は自分も認めるが——と署長の思索はその辺のところで、行きつ戻りつする。

「それから、浴槽の中に短剣がありましたが、あなたは御存じですか?」

「いいえ」

「南方の住民が持っている、両刃で、柄に彫刻のあるものですがね」

「え……もしや」

「心当りがありますか?」

「伜が復員した時、持って来たのが確かあったはずです」

「どこに蔵《しま》っていられました」

「書斎の机の抽出《ひきだ》しです」

「見て下さい」

彦之進は、あたふたと駈けていったが、間もなく戻ると、

「ありません」と声をのむ。

「すると……未だ判然《はっきり》とはしないが、兇器がお宅のものという事になりますね……最近あなたが見られたのは……」

「十日ほどにもなりますか……何かの用事で抽出しを開けた時、確かにそこに在った記憶があります」

「そうですか……勿論それじゃ、誰れかが持ち出したというような事は判りませんね」

彦之進は力無く、頷いて、益々困憊その極に達するという有様だった。署長は気毒に思って、

「余り心配される事はありません。事実は、何れ究明されます。無用な迷惑はおかけしませんから……まあ気を楽に持って成り行きに任せて下さい」

と励ます。間もなく玄関先が騒がしくなって、B署の係官が到着した。

林署長は早速出迎えて、

「やあ、御苦労さんです」

「こりゃ……林さん。今日は大変でしたね」

B署の田中署長が、瘦軀に満々と元気を漲らせ、当るべからざる闘志さえも感じられる。

それからの風呂場は、写真撮影やら記録取りでごった返した。ひと通りそれが済むと夫人の死体は浴槽から取り出されまず疵口の鑑定が行われた。深さ約二糎《センチ》、長さ三糎であるが二糎余りは刃物が辷って出来たほど浅いものである。兇器と思われる短剣《クリス》の刃と、疵口のそれは一致する。しかし検死医の鑑定は、短剣を犯人が握って切り付けたものでなく、投げつけたものだと断定し、かつ疵の程度からして、致命傷ではないと断言した。

死体の背部はそれで終り、仰向けにされて、点検が進められていた。それが脚部に移ると、妙なところに刺青《いれずみ》が発見された。左内股の上部だから、足を揃えていると判らないが、(勇三いのち)とほってある。

「ほう」

医師と立会係官が、歎声をもらす。

「余り、類の無い刺青ですね……場所柄が」

医師が呟くのを、係員が検案書に記入する。

職業柄とは云え、神聖視する屍裸形に、その事実は一種の軽蔑感を起させる。それは、刺青の位置から受けるものかも知れない。そこで死体は協議の結果、解剖に附して死因探求がなされる事になった。

それと併行して、別室では、B署の司法主任により、高田彦之進の聴取が進められていた。林署長も、一個の参考人として、出来るだけそれが完全に遂行されるようにと、彦之進の答弁を強化する。

彦之進の聴取が済んだ。司法主任は田中署長に、直ちに彦之進の長男、彦次郎と成駒屋を参考人に呼びたいと云う。

「好いでしょう。誰れかを迎えにやって下さい」

それから田中署長は、林署長に夫人の刺青の事や、今までの鑑定の結果を話した。

「ははあ……なるほど」と、林署長はそれで、気にかかっていた夫人の持つ秘密を了解する事が出来た。

そこへ古田三吉が訪れてきた。林署長は早速迎え入れて田中署長に紹介する。

「はじめまして。私古田です」

「あんたが古田さんですか。僕田中です。御名前のほどは兼ね兼ねきいています。御苦労です」

簡単に挨拶が済むと、林署長は出来るだけ委しく説明する。

「すると、天井に櫓窓はあるが、密室の殺人かも知れない訳ですね」

「そうだよ。それで君にも所轄違いだが来てもらった訳さ。それに高田氏は僕の先輩でもあるからね。何しろあの人にあのような犯行の出来るはずはないと確信するので、その方の応援の意味も兼ねて君を呼んだのだよ」

「そうですか。こりゃ面白そうな事件ですね」

「面白そうはよかったね……もっとも君の期待しそうな事件ではあるが……しかし悪くすると難解事件だね。とにかく一応現場を見てくれ給え」

それから二人は、ひとわたり浴室の現場を見てから、そこを出た。

「あの浴室は、流し水の落ちる個所と、浴槽の水を落す個所とが違いますね」

「そうだよ。高田さんの話によると、流し水は炊事場の下水へ、浴槽の水は直接外部の溝へ排水するようになっているそうだ」

「では、それを見ましょう」

二人は玄関から迂廻して、勝手口へ廻った。塀際の木戸を開けて、建物との露路を通り、風呂場の窓下へ立つ。

なるほど浴槽のまん中どころから、一本のパイプが壁を貫通して出ている。その先端は曲って、一尺くらい下のコンクリート溝へ水が落ちるようになっていた。

溝は、深さも幅も五寸ほどもあろうか、そこから塀際の溝へ繋っている。ところが、その放水口にあたる下に、ペンキの空缶が置いてあった。バケツのように、下げるようになった針金のてがついている。そして乳白色の水が一杯に溢れている。

「これは、林さんが見られた時からあったものですね」

「そう……そのままだよ」

「白い水が溜っているが、これは湯の花を溶かした風呂水ですね」

「そうだね」

「水をあけても好いですかね」

「かまわんだろう……そんなものに何か意味があるか

ね」

「さあ……いや、ちょっと目についたから……」

三吉はその水を、全部溝にあけて、それをコンクリート畳の上に置く。覗き込むと、中にS字状に曲げた針金が入っていた。三吉はそれに目をとめて凝《じ》っと考えこむ。

暫くして、今度は、その缶の中や縁にこび付いた淡緑色のペンキを指先で突いてみる。表面は固い膜を張っているが中は柔い。

「古田君。風呂の板張りは未だペンキを塗って日がいくらも経ってないようだが、色も一緒だしその時使った空缶だね」

「そうでしょう。僕もそう思って見ているのです」

三吉はそれを元通りに置いて、立ち上ると塀際によって、屋根をもう一度見上げる。

コンクリート塀の向う側は隣りの邸内になって、塀の上に木立の枝がはり出ている。それだけの状態を見て、三吉は木戸を出た。

すると前庭に出た塀際に、盆栽を置く台があって、まばらに鉢植が並んでいて、手前の一番上の段の隅に、淡緑色のペンキがこぼれていた。三吉はそこでも足をとめて、それを眺めた。こぼれたペンキは乾いて、空缶が置いてあったのだろう、そこに円い細い溝が出来ている。

三吉はもう一度ひき返し、ペンキの空缶を持って来て、その溝に空缶の底縁を合せて置いてみる。ぴったり合うし、缶の外側をつたって流れたペンキの流動の跡も、台上にこぼれたそれと合致する。

「林さん、ペンキの空缶は使ってからここに置いてあったものですね。それを、極く最近誰れかがあそこへ持って行った事になる」

「そうらしいね。何のために、持って行ったんかな。ペンキを洗いとるためかな……」

三吉はちょっと考えて、それをまた元の場所へ置いてきた。

三

二人が部屋へ戻ると間もなく、成駒屋事、沖為造が出頭した。ずんぐりとした背恰好の、どんぐり眼《まなこ》の男で、殺された夫人とは似てない。それが臨時の聴取室になっている応接室へ入ると、いきなり大きな声で喚きたてた。

「妹が、殺されたんですってね。誰れが殺したんだ、誰れが殺しやがったんだ‼　どうせ、旦那か、息子かに殺されたに違いない。二人で邪魔扱いにしやがって、捨猫のようにいびり殺されたに違いない‼　それに違いないんだ‼」

その人もなげな言動に、司法主任は肚にすえかねて、

「成駒屋ッ。恥さらしはよせッ」

と大喝する。司法主任は、そうした扱いには馴れたものでまず一本きめつける。

「へえ」とその一喝で、案の定毒気を抜かれておとなしくなる。

「ねえ、成駒屋。お前の気持はよく判るが、話し合うところは話合おう」

「へ」

「まあそこへかけ給え。訊きたい事もある」

為造は云われるままに腰をかけた。

「ところで早速だが、今までに高田さんと、君の妹の別れ話の事について話した事があるね」

「しました。でも、今まで八年余りも添って、何のおちども無いのに出ろの去れのじゃ、わっちは腑に落ちねえんで……」

まき舌で、またそろそろ昂奮にかかる。

「まあまあ話だ。静かに話そうよ。それを君は不承知だそうだね」

「そうなんですよ。いくらなんでも……」

「いや判る、判ってる。どうして不承知なんだね」

「そりゃ旦那、考えてみなせえな、何のおちども……」

「そりゃ判ってるよ。せんじつめれば、君は五十万円貰わなきゃ否《いや》だと云ったんだろ」

「へえ」

「それじゃ君のは、妹のためを考えるのじゃなくて、金をひきとろうという、芝居にでもありそうな野暮だね」

「そういう事になりますかね」

「ものには基準というものがあるよ。一体、五十万円という金額はどこから割り出したんだね」

「別に割り出した訳じゃねえんで……」

「でも、まん更あてずっぽうな金額じゃないだろうね。それが訊きたいんだ」

「……」

「これは事件に大切なところなんだから、正直に話して欲しいんだがね。何も君に迷惑のかかる話じゃないんだよ」

「そりゃ……妹をひきとるとすりゃ、それくらいは貰っても好いだろうと教えてくれたんで……」

「誰れが」

「そのう……ある男なんですがね」

そこで司法主任は、刺青の名をふと念頭に泛かべて、やまをかける気になった。勇三という男については、彦之進も全然知らぬと云っていたが、あの刺青には相当重要視出来る根拠がある。

「勇三……だろ。その男は?」

「そ、そうなんですよ。旦那は御存知なんで……」

「知っている。しかしなぜ勇三の云う事なんぞきいたんだね。少し筋が良くないね」

「でも勇三がきかねえんで、仕方がありませんや」

「どうしてきかないんだ」

「わっちはね、妹もそれで好いと云うから十万円で承知するつもりだったんだが、勇三が云うのには、お前の妹のたか子と俺はどんな仲だったか知っているだろう。本来なら俺の女である事を承知の上で兄のお前が高田の旦那に片付かせたんだから俺には文句を言う筋がある。だからこの別れ話は俺が直接高田へかけ合っても間違った道じゃねえ。それに俺にはたか子と契った証拠もあると云うんです」

「なるほど。それで」

「だが、お前の顔をたててそんな事はしない。その代り五十万円が一銭欠けても嫌だとかけ合え。話が難かしけれゃ三十万円に負けても好いが、その時はまた俺が相談に乗ってやる。そうなりゃ、悪く行っても妹に十万円やって、残りは二人で分けても十万円ずつあると云うんですよ」

「それで君が承知したと云うんだね」

「そうなんですよ。だがわっちも初めは好い返事をしなかったんですが、二三回酒を飲んで来て、お前がどうしても嫌だと云やあ俺も何とかの勇三と異名をとった男だ、やると云ったらきっとやる。その代り後で文句を云わせねえぞと脅かすもんですから、女房子供が怖がるんでついその気になったんですよ」

「じゃ、脅かされてその気になったと云うんだね」

司法主任はそこで、なお勇三と殺された夫人の関係について色々な事を知った。即ち、勇三と夫人は×町時代に関係があったが、勇三は戦争の初期、応召を受けていなくなった。その直後くらいに高田彦之進のところへ夫人が来ている。だからその間は勇三との関聯はないのだが、終戦で復員した勇三は、どうして知ったのか、近頃妹と無関係ではないようだった。その事につき、妹に注意はしたが、別に判然した事は聞かなかったと供述した。司法主任は、どうしても勇三という男から、直接訊ねる必要があると思った。

「ところで、勇三は今どこに住んでいるかね……僕が知っていた時代は×町にいたが」

「今はN町にいますよ。花戸組を訊ねりゃすぐ判る」

「苗字は何とか云うんだったね……ええと」

「前田勇三ってんで」

「そうそう前田勇三だった」

それと入れ代って、高田彦次郎が若い夫人と同伴でやって来た。若い義母の変死に驚いたのか、顔色が蒼い。きりっと引き締った顔だちは、多少神経質のところがあり、理智的な瞳の色には、気の勝った閃きもある。

訊ねられた事は判然と答え、特に義母に対する感想は、

「私は義母が大嫌いでした。口論など今日までにただの一度もした事はありませんが、心の内では、事々に義母のすることに反対していました。復員してからは、その感情が前にも増して増大し、同居に堪えかねて、一カ月ほどで別居しました。しかし、父も近頃になって別れる意志でいたので大変好い事だと歓んでいましたが、家内の話では兄というのが没義漢《わからずや》で、話が不調に終っていると聞きました。その事に関して、直接父と話した事はありません。父は全くあの女のために数年間を無駄にしました。恐らく家庭的な温かさなど、あの女から得られなかったでしょうし、近頃の父は、全くそれを期待もしていなかったと思います。その点、大変不倖な父であったと思います。万一、別れ話が不調に終れば、父にとって、この上の不幸だと、内々心配していました。それが、こんな事になって、父は身も心も転倒しているようです」

「この短剣《クリス》に覚えがあるでしょうね」

司法主任は紙にのせた短剣を見せた。

「あります。それは僕が南方にいた頃、部隊本部にいましたが、そこで使っていた住民から貰って、記念に持って帰ったもので、書斎の机の抽出しに確か入れてあったと思います」

ひと通り聴取が終ると、古田三吉が、田中署長の許可を得て質問した。

「お父さんの話によりますと、あなたは一週間くらい前ですか……風呂場のペンキ塗りを手伝われたそうです

ね」

「そうです。この前の日曜日です」

「昨日夕方来られたようですね」

「来ました。会社の戻り道に寄りました」

「どれくらいの時間居られましたか」

「三十分ほど居り、父に、ワイシャツを貰って帰りました」

「義母《おかあ》さんは……」

「買物に出ていたようです」

「ところで、あの短剣にペンキが附いているんですがね……その時使ったペンキの空缶はありませんかね……ちょっと参考にしたいんですが」

「あると思います」

「ちょっと見せて頂けませんかね。場所さえ判れば、誰れかに取りにやってもいいですが」

「僕が持って来ましょう」

彦次郎が席を立ってゆくと、三吉も廊下へ出た。司法主任は、短剣を手にとって、古田が云ったペンキの痕跡を調べたが、勿論その事実は鑑識が作った書類にも載ってないし、短剣に附着もしていない。

司法主任は田中署長と目で見合せて、不審な面持をする。

間もなく、彦次郎がペンキの空缶を持ってきた。三吉は受け取って、

「や、有難とう御座いました」

と軽く頭を下げて、ついでに缶の中を覗いたが、S字状に曲げた針金は入ってない。それを仔細らしく眺め廻して、

「御面倒かけました。別にこれで、お訊ねする事はありません」

死体は解剖の結果、毒死である事が判った。短剣に猛毒××を塗って切り付けたものであるが、故意か偶然か、その兇器を浴槽内に投げ込んだと思われるので、塗布した毒物は風呂水で洗いとられたものと鑑定されていた。ただその先端に、動物性の脂肪が微量検出されはしたが、指紋などは全然出なかった。その外新事実は何も発見出来なかった。

間もなく、前田勇三が引致せられた。聴取《ききとり》を進めてみると成駒屋の証言した通り、手切金の事で脅迫がましい事を云っていると認めた。そしてまた、復員後偶然O町でたか子に逢いそれから時々外で逢曳をしている事も自

供したが、それは自分から求めたものでなく、女から水を向けられたと云った。女は、旦那が年齢の割合にその方が駄目だから、淋しいのだと告白していたと云う。しかし、逢った事もその関係も、総て女の方からと、偶然の機会からとで、決して自分が女を追い廻したものでなく、むしろ自分は応召以来女の事等は忘れていたと述べた。しかしそれ以来、女から時々小使銭は貰っていたのだそうだ。それが、たまたま女が旦那と別れるとの話に急に慾を出して成駒屋にけしかけたものであるが、女と自分の仲は、昔相当なところまで行った事に嘘はない。証拠はこれですと云って、右内股の（たか子いのち）という刺青を見せた。

それで被害者の刺青の問題は解決した事になるが、未だ重要な事が残っている。

「君はここへ来るまで、N町の麻雀屋にいたそうだが、麻雀屋へは行ってから未だ三十分くらいしか経ってないようだが、それまでどこにいたかね」

「Gの方にいました」

「用件は」

「用件はありません。友達のところを、ぶらぶらしていました」

「間違いないかね。この附近へ立ち廻ってはいないかね」

「いません」

「正直に云ってくれんと、君の云う事が全部嘘になるよ」

「決して……」

林署長が、その時古田三吉と二人で、外部の再調査から部屋へ戻って来て、その答弁をききとがめると、にやにや笑って、

「君は来なかったと云うが、九時半頃かな……いや十時少し前だろう。君がこの家の前を通ったのは何かね……そのカーキ色のジャンパーに、赤の長靴を穿いて……」

「どうだ。嘘を云ってるじゃないか」

司法主任がすかさず決めつける。

「済みません……女が殺されたと聞いたもんで、つい嘘を云いました」

居合せた係官は、俄然色めく。前田勇三が兇行時間頃、兇行現場附近にいた事は有力な状況証拠である。

「何しに来たんかね」

司法主任の音声は昂奮を隠してすこぶる静かだ。

「実は、金の無心に来たのです」

「度々来るんだね。それで」

「いいえ。はじめてです。こんな事は……少し勝負に負けて借りが出来たものですから、思い切って出掛けて来たのですが、家の前まで来ると、お客さんがあったようだし、それに気が付いてみると、今日は日曜日だから旦那が家に居るに違いないと思って、直ぐ帰りました」

「それに間違いないか……本当だね?」

「嘘は申しません。ここへ来る道々、成駒屋の妹が殺された事を聞きまして、何だか変な気がしました。因縁と云いますか、身内が寒くなる思いがしまして、すこし考えさせられました」

その声は、頑丈づくりの軀に似合ずしんみりとして、まん更嘘のようにも思えない。こんなのを小悪党と云うのかも知れない。係官はその様子を見てとると、意気込んだ腰を折られて、少しがっかりした。林署長の証言も、ただこの男が前の道路を通り過ぎたのを見たのに過ぎんし、それ以上、この事件に引き寄せる事は出来ない。出来るとすれば、後は現場に残された事実から綜合立証するより方法はない。

四

それで表面の捜査線に交叉する参考人の調べは全部済んだ事になる。

そこで捜査会議が開かれた。まず、被害者が絶命するまでの状況が、こう、判断された。

応接室を出た夫人は風呂へ入った。そして風呂水を落して入浴を終ろうとして、浴槽の栓を抜いた。そこを短剣によって切り付けられた。疵口から判断して、夫人が栓を抜こうと蹲んだ時であろうと推定される。夫人は未だ湯のある水槽中に倒れ、もがき苦しんだ。頭髪が濡れているし、解剖の結果は、胃中と肺臓に風呂水を飲んでいる。そして絶命した。短剣は、浴槽中に落ち、風呂水に洗われている。それから、十分——二十分位の間に死体発見となったものである。

以上については誰れも異議を称える者はいなかった。

次は、内部から施錠のあった浴室で、いかに犯行が行われたかの推定である。

第一の説は、

夫人が倒れ、兇器が落ちていた位置から判断して、短剣を櫓窓から落下せしめた説である。

そうとすれば、かなり持ち重みのする短剣は、その下に位置した被害者に、鑑定通りな疵を残すもので、二糎余りの刃物が辷って出来た痕跡の説明は適中する。

しかしその方法は、調査の結果櫓窓はきりかけを通して外部からは絶対に浴場内の何一つ見る事が出来ぬし、息抜きの桟板は間隙が狭く、手はおろかあの短剣さえもやっと押し込める程度であるから外部からではない。だから、予め兇器を、内部から櫓窓に細紐で吊っておいて、屋根の上から夫人が浴槽の栓を抜いた時、切って落すのである。それなれば、内部は見えなく共、外の溝に排水がなされた水音で同時にその時機を摑む事が出来るものである。

その方法による犯人は誰か？　動機は何か？

前田勇三と、高田彦之進である。

ところが、前田勇三はなるほど夫人と特種関係はあったが、殺す理由はない。むしろ勇三にとっては夫人が生きていてくれた方が物質的にも精神的にも望ましいと推定される。しかし、その反面痴情の結果、譬えば別れ話等から衝動的に兇行を敢行する事も考えられる。

だが、仮にそうとしても、あの特定な兇器の入手はどうなるか。予め、窃かに盗み取らねばならぬし、櫓窓に吊っておかねばならぬ。そんな細工が出来たとは思えない。しかし夫人を尋ねて度々来宅しているかも知れないという事実も考えられるのであるいはその機会が無かったとは云われない。だが、夫人の入浴の時間を予知して、態々省線でやって来るのはおかしい。

高田彦之進はどうか。

まず動機は充分で、勇三に不可能と思われる事実も、彦之進にとっては何一つ「否《ノウ》」と云えるものは無い。

他の説は

櫓窓の利用は全然不可能に近い。即ち風呂場の内部からの施錠は、犯行方法を欺瞞するために、密室を構成したもので実際は犯人が夫人の入浴中闖入《ちんにゅう》し、短剣で切り付けるか投げつけるかして（投げつけた方が適当）目的を達し、出入口から遁走する説である。

風呂場の内錠は簡単なもので、平たい真鍮製の掛け金は、どちらへでもぐるぐる廻るものである。だからこれを出る時立てておいて、戸を静かに閉め、最後の一二寸のところでぴしゃりと閉めれば、その反動で戸枠の受け金に落ちて施錠出来る。もっとも、掛け金が緩いから不成功に終る率も多い。だからその金具と戸の隙間に、予め紙玉のようなものを挟み、右の方法でやれば失敗は尠い。現に、田中署長の発案で五回その試験が行われたが、四回は成功してこれを立証している。

その方法による犯人は誰か？　動機は何か？

前田勇三と高田彦之進である。しかし勇三には前説の如き動機も、機会も余り決定的ではないし、また、風呂場の錠の構造に精通していたとは考えられない。しかるに、高田彦之進には、これまた「否《ノウ》」とする説明材料が甚だ薄弱である。

こうして二つの方法を基礎として推定犯人を篩《ふるい》にかけると、どうしても高田彦之進だけがその目から置き去られる。

それから念のため、今日召喚した人達について検討してみると、成駒屋の、沖為造は妹を殺す動機は無い。強いて物慾の面からありとするも、アリバイが有る。

高田彦次郎。

これは自ら云うが如く、憎悪していたから、怨恨という立派な動機が有る。しかしこれもアリバイは完全である。

彦次郎の若夫人。

これも、夫同様である。

更に、その他に犯人無きやが一応再検討されたが、意外な事実が無い限り、兇器の特殊性、並に犯行方法の特異性から綜合して、まず無いものと断定された。

こうした過程を経て、高田彦之進こそ真犯人に非ずやとの疑が濃厚になってきた。

林署長はあの先輩に、そんな犯行はおろか、犯意すら持てるはずはないと思った。しかし事態は彦之進引致にまで進みそうである。その時田中署長が、

「林さん。大体お聴きの通りですが……何か御意見はありませんか」

林署長は機を得て、すかさず、

「僕には少し不可解なところがあります。それは犯人……つまり、高田氏が風呂場に闖入して兇行云々とありましたが、あんたにも話した通り、被害者の夫人は肉体的に秘密があった。判ってみれば僅かな刺青に過ぎませんが、しかし夫人はその秘密の暴露を非常に怖れていた。それは約八年に亘る夫婦生活に色々な事実となって表れています。風呂場に内から施錠をする事などもその一つです。その夫人が易々と錠を開けて人を入れる事はちょっと考えられません。そこに矛盾を僕は認めます。それ

から錠を外部から閉める方法ですが、紙玉のようなものを使用したとすれば、それが内部に落ちていたはずです。僕は直後に入ったが、充分職務柄注意はしたがそのようなものを発見しませんでしたね」

「なるほど。林さんの仰有《おっしゃ》る事も一理ありますね。ですが、高田氏は仮にも夫でありますね。その時あるいは内から錠がしてあったとも考えられますし、また、偶然施錠がなかった事も有り得ます。たとえば錠がしてあったにしろ、そこは夫である高田氏が、外部から何とか口実を構えて開けさせる方法もあるし、あれだけの犯行を決行しようとすれば、それくらいの事は出来たと推定します。紙玉の事ですが、これも実際は紙玉であったかどうだかは言明の限りではありませんが、まず兇行現場である浴室には高田氏が窓から入っている。あなたは廊下から廻っておられる。だから、その間に高田氏はそれを拾っておく事が出来ますね」

田中署長は、相当自説に執着してそれを反駁する。

「しかし、夫である高田氏にさえ我儘を云って秘密を通して来た夫人が、そう簡単に入室を許すはずがないと思うがね……ましして戸締りを忘れるなどは想像出来ませんがね。それに、夫人との別れ話の相談に来ている僕の眼前で、あの兇行を敢行するほど高田氏は大胆な人じゃないと、僕は一応信ずるが……」

「高田氏を、最有力な容疑者とする事は、林さんに悪いですが、色々な状況事実が高田氏のために揃い過ぎます。応接室を出てから、あの兇行を行う時間はまず充分でしょうし、悪くとれば林さんの居られる事を幸いの計画的犯行かも知れませんしね」

田中署長の自説固持は、益々強硬になる。そうなると、管轄が違うだけに、それ以上林署長が我意を張る根拠も無いし、反証もないが、田中署長の言葉を皮肉と考えれば、それは自分までがこの事件の犯人に密接な関係者の如く考えられぬ事もない。

林署長はたまらない気持になって、古田三吉の無言にまで腹がたって、そっとその方を見る。三吉は、林署長の視線を瞳で受けて、にやりと笑った。そして始めて口を開いた。

「大分林さんの異論も出たようですが、僕はやはり櫓窓から兇器を落した方法に賛成しますね」

それは、田中署長にとって異説である。

「だがそれは先刻説明した通り、外部からは不可能だよ」

「内側から糸で吊っておけば出来ます」

「なるほど。桟板に結んでおいて、外部から切り落す説だね」

「そうです」

「しかし、それにしても、それが出来るのは高田彦之進が有望容疑者だね。また、その方法は見えぬ場所から行うので失敗の率も大きい。だからあの犯行には不似合な方法と思うね」

田中署長はすこぶる挑戦的な口吻である。

「何も高田彦之進に限った事はありませんよ」

「では、他に有力な被疑者があるとでも云うのかね」

「そうです。では一つ、そのものずばりといきますかね」

三吉は、二十の扉でもあてるような口調で、

「それは、高田彦次郎です」

「彦次郎君、あの男にはアリバイがあるよ」

「有ります。しかし、始めから一種の密室の殺人を予定して行ったこの犯行には、有って無きが如しです」

「しかし君は、糸を切って落すと云ったね……現場に居ないでどうしてそれを切るかね?」

「代ってやってくれるものがあったからです」

「それは何だね?」

「錘《おもり》です。適当な時機に、糸を切ってくれる錘が代役を勤めています」

「錘り!? 君そりゃものだろ……ものは死物だね。それがどうして利用者の意志を反映して思い通りに行くかね。そのものとは何だね」

「ペンキの空缶です」

「ペンキの空缶?!」

「そうです」

「それが目的通りに作用する時機は?」

「夫人が浴槽の栓を抜いた時」

「なるほど‼ 少し判りかけてきた」

そう答えたのは林署長である。三吉は卓の下から、彦次郎が持って来た空缶を卓上に出して、

「この缶の容積は一リットルくらいのものです。だからあの排水口から出る水の量を考えると、この空缶に満水するのは三秒とはかかりません。実際には満水しなく共作用するはずですから二秒か、あるいはそれ以下かも知れません。それほどの短い時間で足りますから、夫人が浴槽の栓を抜けば、殆ど同時に短剣の鍔元《つばもと》を抱いて、桟板に止めていた糸が切れて落下します。それは錘が引

く力により、刃に強く糸が接触するから実に鮮に、垂直に落ちるはずです。だから、あの栓を抜くのに可能な、どの方向の位置からそれをしても、どうしても短剣の落下圏内に軀の一部をさらす事になります。それを予知していれば別ですが、さもない限りは、よくて頭部、普通で背中にこれを受ける事になるでしょう」

さすがの田中署長も、三吉の推理の妙味には声もない。居並ぶ係官も神妙に傾聴する。

「その方法は?」

「クリスの鍔元を糸で抱き、その先は凧糸のような丈夫なものを繫ぎます。それを櫓窓から、真下にあたる排水口へ向けて張ります。軒先から垂らした糸は丁度パイプの中心線と合致しますから、そこで、S字状に曲げた針金でペンキ缶の手にひっかけ、糸に吊します。ペンキ缶が排水口の水を受けるようにして、その糸の先はまた元の軒先に持って行き、そこの樋受の金具にすらせて角度を替え、その先端を右方のペンチレーターの換気筒に結び付けます。もっと、この説明は糸の張り方を判り易くするためのものですが、実際にこれを仕掛けた時はその手順ではないはずです。それで短剣は空缶の重量に止められ、櫓窓の内側に張り付けたように安定します。後は先刻の説明通りで、これで完全に密室の殺人は遂行されます」

「しかし、それだったら糸が残りますね。林さんはその直後に風呂場の外部を点検されているはずですね。林さん、それを見ませんでしたか?」

「そんなものは、見当りませんでしたね」

「すると、それはどうなんですか……お聞きの通りですが?」

「勿論有りません。そんなものを残しておけば、発見した人がそれを手懸りにその方法を推定する事は容易です」

「すると、それは誰れかによって取り除かれた事になりますか……譬えば共犯といった者を使って……」

「否《いや》、それも完全に始末してくれるものがあったのです」

「それは何です?」

「いいですか、短剣が落ちると同時に、錘の空缶、いや、水の入ったペンキ缶も溝の中に落ちます。すると糸はどうなりますかね。それはどこからも何の力の加わらない一本の糸に過ぎません。さっきその端がペンチレーターに結んであると云いましたね。実にその端はそのペンチレーターの旋回筒に結んであったのです。だから、クリスや空缶が吊ってあった時はその力の制約を受けて、ペンチレーターは旋回作用を止めていますが、それがなくなれば、今日くらいの風ですとたちまち勢いよく回転します」

「あ……なるほど」

「ペンチレーターの回転は微風でもよく廻ります。だから帯でも巻くように糸はくるくるとその胴に巻き取られます」

「なるほど……実に巧妙だ」

田中署長も一同も、歎声をもらす。

「では、彦次郎が準備をした……という推定は?」

「高田氏に訊ねてみると、風呂は二日入って一日休むとの事です。即ち、その日の晩に入るが、二人だけしか入らないので、それを翌朝もう一度たてる。いつも終りは夫人が入って流す。夫人の好みで、湯の花を入れるから一々流すは不経済という考えからと、燃料節約の意味からその習慣は昨年の初冬から続けているとの事です。すると、犯人はそれを知った者と考えられ、結局家族以外の者でない事になります。これが第一の理由です。それから僕はペンキの空缶をあの位置に発見しましたが、それは二三日の間に盆栽棚からあそこに移した事が考えられるのですが、何のためだか、その当座は判りませんでしたが、排水口の下で、風呂水に溢れて置かれてある事は、必ず何かあると考えました。その後、再度あの附近を調査すると、回転するペンチレーターに、何かひらひらするものを認め、竹竿で下からそれを停止すると、服紐が巻き附き、そのひらひらする先端に、二叉《ふたまた》になって糸が附いている事を発見し、それで万事了解出来たのであります。そこで彦次郎に、ペンキの空缶を取りにやると、真直ぐあの位置から持って来ました。しかし、あの缶の中からS字状に曲げた針金を取り出して、自分の上着のポケットに入れるところまで見るに及んで、彼こそ真犯人と確信しました。これは申すまでもなく、犯行が犯人に残した心理的痕跡の露呈であります。これが第二の理由です」

「なるほど。完全な推理ですね……ところで、短剣を吊った時機は?」

「その時機は、風呂場のペンキ塗りをした時でしょう。ついでにあの準備をした方法を推定するならば、まず短剣を内部から紐で、桟板に縛り付けて、今度は屋根に登り、櫓窓を外部から塗る時に、別な糸で更にそれを抱き止め、その先に凧紐を結び、それを計画通りに張って予定の寸法を決め、その端はペンチレーターの旋回筒に結びます。そこでペンキ缶を吊る代りに、余った紐は風呂場の軒先に判らぬように結んでおいたと考えられます。だからペンチレーターはその時から回転を阻止されていた訳ですが、まさかそれが恐ろしい殺人への無気味な休息とは、たとえ人が見ても考えますまい。そして昨夜立寄った時、軒先の紐を解き、ペンキ缶を吊って、櫓窓の仮止めの紐を切り、いつでも活動出来る用意がなされたと推定出来ます。ペンチレーターの紐は証拠としてそのままにしてありますから、後で検証して下さい。そこで、万一それが失敗した時の事を考えてみても、これだったら、誰れがその恐ろしい陰謀を企図したか、否その方法さえ常人では推定出来るはずもなかったでしょう」

「全くですね……毒を塗り着けた短剣が、容易に目的の人物を傷付けるため、裸体でいなければならない風呂場を選んだ事等、実に非凡な企劃ですね。……それとももう一つ……あの櫓窓に一週間も短剣を吊っておけは、その間に二回位風呂をたてている事になります。するとその湯気で、短剣の毒が流れ落ちる懸念がありますが……」

「それは当然考えられます。しかし犯人はそれも予定に入れていたと思われます。兇器の鑑定書に、刃先に微量ではあるが油脂のようなものが検出されたとありますね。それは毒物の流動を防ぐために、譬えば、バターだとか、ラードのようなものでそれを止めてあったと考えられます。また、鑑定書にあったように、発錆《はっしょう》現象がその部分だけを残して、湿気に因り点々と見られた事はそれを物語ると思います」

実に古田三吉の、優れた推理の行きわたるところ、一つの疑問も存在しない。

「ところで、我儘なお願いですが、林さんのために、特に折り入って田中署長にお願いがあります。犯人は未だこの事実の前に検挙されていません。僕が、これから高田彦次郎君をここへ連れて来ます。どうか、それを自首として認めて頂きたいのです」

三吉の取計らいで、彦次郎は真犯人たる事を自認し、所轄署へ連行された。高田彦之進はあまりの事に貧血卒倒し、若い夫人は身も世もなく泣き崩れた。その痛ましい結末の一こまは、林署長にとって満足なものではなかったが、それもやむを得ない。三吉は慰めるように、

「父の暗い家庭生活に同情の極、遂に恐ろしい兇行を敢てした彦次郎君の心境には充分同情されます。歪んだものであるにしろ、父を想う至情は判ります。惜しむらくは、犯行に計画性が余りにも歴然であるため、相当厳しい批判を受ける事でしょう」

田中署長はそれをひきとって、

「そうだね……我々がこんな事を云うのは逆説だが、むしろ衝動的な犯行であった方が……との、同情を惜しみません」

「いや……そう云われると、僕こそ愧《は》ずべきだ。あの私事の相談があると電話を受けた時、直ちに来ていれば、あの、もの優しい先輩に憂きめを見せずに済んでいる。僕は、彼の足下に身を投げ出して、足蹴にされても許されぬ過失を犯したような気がする……それくらいの努力を欠いた自分を情けなく思い苟《いやしく》もその職にありながら、罪の発生に一素因を与えた事は拭いきれぬ汚点と思う」

林署長は、帰りの自動車《くるま》の中で深く慚愧した。

宝石の中の殺人

（A）

私は酒好きではない。私自身あの液体を体に流し込んで、骨の髄までとろけるような酔に身も心も任せて伸びてしまうほど、屈託がないせいでもあったし、私の体質そのものが合わなかったせいもある。しかし、それでいて時には、ほろっと酔ってみたい誘惑を感ずる事はある。

恰度その夜も、急にその誘惑を感じた。長い雨が続いた秋の夜の事である。時間は既に十一時を少し廻っていたが、私はあのほろ酔い気分で、雨にぬれ沈んだ町の深夜を、あてどもなく足に任せて歩き廻ったら、どんなに愉快だろうと考えたのである。

深夜の町――そこには私の夢の世界があったのである。たとえば、昼間のいかめしい大通りも、ひと度夜に暗転するとまた趣の変った情景を醸し出す。豪華な夢はなくとも、私は私なりの冒険があろうというものである。

馬鹿気た事と云えばそれまでだが、久々で訳の判らぬ好奇心の炎を自分自身で掻き立てるように家を出たのである。行きつけの飲屋があるわけではないが、二、三度友達と行った事のある、気の利いた屋台店を目当てに足を向けたのである。

目的の場所に軒を並べている屋台も、続いた雨で歯の抜けたように淋しかった。しかし目指す店はいつもの処に構えていて、私はまず呑助のような歓びを覚えたのである。

暖簾《のれん》を分けると、長い床几《しょうぎ》に客は一人もいなかった。向う鉢巻の親爺が「いらっしゃい」と、歯ぎれの好い関東弁で迎えてくれた。私は、「おさけ」と注文した。

コップの縁に盛り上って満された酒は、下戸《げこ》の私でも判るほど甘口で口あたりの好いやつではあったが、難を云えば少し薄い。酒の薄口というのは、有るのか無いのか、私には判らなかったが、早く酔の廻る私には、むしろこの方が時間的に長く愉《たの》しめて好いくらいのものである。黙って飲むのは酒呑らしくないと思って、

「淋しい夜だね」

「全く。この霖雨じゃ、お客さんの足も鈍りますよ」

親爺は器用に包丁を使って、通しものの魚をつくりながら答えた。

やがて、私の身内にほのぼのとした酔が湧き上ってきた。その時ジープが、きゅーん——と水しぶきを撥ね、明るいライトで私の足許を洗い出すように走り去った。私はその時、自分の足許の、舗道の木煉瓦を見た。市松模様に畳まれたそれは、直ぐ暗くなったが、ふと、その上の床几に腰を卸している自分の姿を考えたのである。それは、周囲にこの屋台があるから別に不思議ではないが、昼間、何千人と通るこの舗道で、こうして床几を置いて、それに腰を卸して酒を飲んでいたとしたら、人は、私を何と見るだろう？　すると、僅かなこのテント張りの屋台がそれをおかしくないものにしている……すると、たったそれだけの天地にさえ昼と夜との不思議な差がある訳だ。しかしこの屋台も、夜の明け切らぬ前には、もうここから忽然と姿を消して、何千人の人の往来になってしまう。考えてみるとそれは昔噺に聞いた狸御殿のようでもある。（これは面白い現象だ）私はさほど酔ってもいないのに、早くもそんなとりとめのない空想を逞しくしたのだった。

我に返ると、目の前のコップには、二杯目のお代りしたのが未だ半分も残っていた。

そろそろこの元気で暗夜の町へ放浪に出ようと考えている時、一人の男がものも云わずに暖簾を押し分けて入って来ると、よろよろと床几に腰を卸し
「酒」と云った。まるで、先客の私など眼中にないもののようだった。男はひと息にコップをあけ、かたんと台の上に置くと、

「おかわり」と呟いた。そして、大きく深く肩に溜息の波をうたせた。小兵でがっちりした体である。垢染みた、濃い緑色の背広を着、膝の伸びた縞のズボンをはいていた。ネクタイの無いワイシャツは糊気がなく襟に貝殻の前ボタンが下っていた。目鼻だちは整っているが、色が赤銅色で、どうしたのか、髪が水を潜って来たように濡れて、櫛目もなく、少しずつ撚《よ》れ合って針金の感じがする。

きゅっと結んだ口許に二杯目のコップを持ってゆき始めてその男は私の方を見た。私はそうした場合、よく人がするように、この飲仲間に挨拶のつもりで、にっと笑って見せた。果して、男もそれにつられて目許が笑いか

けたが、警戒するようにそれを途中で引っ込め、ぐっとコップを傾けた。

「おかわり」と、三杯目を要求した。私は自分の前に置いた「ひかり」の箱をとって、「いかがです……」と、その男にすすめた。男は、私の顔を暫くみつめてから「ありが……とう」と、澱んだ返事をして、それを一本抜き出した。私は、ライターを摺ってやった。男は、うまそうに一息深く吸い込むと、大きな肺活量で永く永く煙を吹いた。私はこれで、もうこの男と自由に話し合える垣根がとれたと思った。

案の定私のきっかけで、その男は矢鱈にとり止めのない事を喋りだした。勿論酔っているのではないし、格別愉快気に話すのでもない。何だか、そうしなければ落着かないように、機械的に喋っているかのようだった。そんな事で、私は御輿《おみこし》を上げる時機を失い、必要以上の、三杯目のコップに酒を満たしたまま、自分の前に飾っていたのである。

「お客さん。通しものはありませんか……勝手ですが火を落そうと思うんで……」

「おや。もうそんな時間ですかね」

私は腕時計を見た。なるほど、針は午前一時近くを指していた。

二人は間もなくそこを出た。私は、この男をどうしたものか――と考えながら、結果自分だけの、予定した行動をとろうと思った。しかしその男は、急に口数尠く私と肩を並べてきた。私は別にそれを迷惑とは思わなかったが、念のために訊ねてみた。

「お帰りですか?」

「そうですね……別に帰る処もありません」

「と、おっしゃると?」

「いや。これからどこへ行こうかと考えているのです」

「……」

「変な事を云うと、思われるでしょうね」

「……」

私は判断に迷って返事をしなかった。

「私の行くところは、一ケ所しかないようです……否、二ケ所……ですかな」

「どこですか?」

「牢獄か……でなければ、自殺です」

「ええ?」

私は思わず立止った。靴が、舗道の水溜りを跨ぎそこねたほど驚いて……そして、何とはなしに来た道を振り返ってみた。屋台の灯は一つも見えなかったし、遠い闇でただ一つのネオンが泛き上って見え、今しがた潜ってきた鈴蘭灯のトンネルもかなり後ろだった。そして、それを遮切る人影一つ無い事が、一瞬私に云いようのない淋しさを感じさせた。

私は、ふと、今夜の目的を思い泛かべ、もしかするとこの男は私の心の内を読心術で読みとって、怪し気な雰囲気の中に私を引き摺り込もうとするのではないか知ら……と考えた。それなれば、たとえこの男が狐狸妖怪の類いであっても好い、ひとつそのあやかしに引っ込まれてみよう——との好奇心が擡頭した。

「私の云う事が、突拍子もなくて、驚いていますね」

男は、瞳に幾つも映る灯影をまたたきもせず私をみつめ、ちょっと笑ったようだった。

「いや、冗談でも云っておられると思いましてね。ははは」

私は作り笑いで胡麻化して、また歩き出した。そして、「さっきの話……どういう意味ですかね？」

「実は、人を殺してきたのです。しかも、私の最愛の女房を……」

「えッ」

またしても私の足はそこへ釘付けになった。

「ほんとう……ですか？」

「全くです……真実です」

とすれば、それは容易ならん事である。その男も、私の二、三歩前で立ち止って星空を見上げると、

「久し振りで、好い天気になりましたね……私は幾日ぶりでこのうまい空気を吸った事でしょう……清々《すがすが》しいものが、私の体の末端まで行き亘るように心持が好いです。この話を、あなたに是非聞いてもらう……その決心が、こんなに私の気分を軽々としたものにしたのかも知れません」

と、本当に愉しそうだった。事実男には屋台店を出てからの暗さというものは、微塵も見られなかったのである。

「あなたは、聞いてくれますか？」

「ええ。聞かせて下さい。是非聞きます」

私はその返事と一諸に歩き出した。男もまた私と肩を並べて歩き出した。

「私には一定の住所というものがありません。職業は小さな鞄を前に、革バンドから下げ、鈴を……教会の鐘に、柄を付けたようなやつですね。あれを打ち振り打ち

振り、妻のために客を呼び込むことなんです。そして、その鞄に溜ったお金が、妻と私の生活を支えるのです。ははは……あなたは不思議そうな顔をしていますね、まあ、その後を聞いて下さい」

（B）

その時、直ぐ頭上のガードの上を、夜行列車の長い列が、窓明りを連ねて走り去った。その轟音に、暫く話は途絶えた。そして、道をいつしか柳並木のある堀割の水添いの道にとっていたのである。

「あなたは、二間《けん》四方もある緑石を見た事がありますか？」

「……」

「二間四方もある水晶は？」

「……」

「二間四方もある、紅玉は？」

「……」

「無論、見られた事はないでしょうね……こんなふうに話を切り出すと、あなたは私を気狂いと疑われるかも知れません。だが、私は正真、狂った男ではありません。こう、話をきり出さないと、私の宝石の中における殺人が判ってもらえないかも知れないからです。いやこんな前置きはあなたに対して失礼かも知れません」

こうして、私は世にも不思議な、その男が語るところの「宝石の中の殺人」を聞いたのである。

「私と妻はとても愛し合って、五年前に結婚しました。妻が十九で、私が二十五でした。どちらも俗に云う厄年だった訳ですね……。それが、どうした事か、妻は私の熱烈な愛情に飽いたとでも云うのですか、近頃自分勝手な事ばかり考えていたようです。勿論、他に愛人が出来たという事は絶対ありません。それは、私の強調したいところです。ただ、何となく自分独りの沈黙の世界に逃げたがるだけなのです……妻は、私にそれを、つまり、心境の変化と云いますか……動物的な得体の知れない悩みとでも云いますか、それを一言も洩らしてはくれません。私にとってそれは残念な事です。それでも私は別に腹だたしく思った事もなければ、妻に辛くあたった事もありません。むしろより深い愛情こそ妻をその悩みから救うものだと私は信じました。そして愛撫を日夜惜しみなく与えましたが、妻はそれさえきらう様子が見えました。今から考えますと、その動物的な愛情の表現は却って妻の気持をこじらせたのかも知れません。

しかし、私の妻を愛する表現は、そのような努力以外は通じないのです。どんなに美しい、かつ甘い囁きを私が用意しても、それも妻には通じないのです。結果から見て悲しむべき事ですが、私としては他の方法が考えられませんでした。そりゃ何といっても、妻以外の女を知らぬ五年間の愛情生活の経験しかもたぬ私に急に他の技巧など考えられなかったのです。妻はその五年の間に、ただの一度も私に不足らしい顔を見せた事はなかったのですからねえ……」

男は、次第々々に熱を帯びて、私の存在さえ意識しないかのような話し振りだった。

「その内に、御承知のように雨が十日以上も続きました。秋の雨というものは嫌なものです。びしょびしょと陰鬱なあの音は、我々夫婦の魂をたたき濡らすほどいやなものでした。それに、私達の住んでいた周囲の建物が原色に近いあくどい色彩を帯びていた事もその一つでした。それが濡れて一層毒々しい艶を洗い出し、丸、三角、四角、円錐と、妙な取り合せで、灰色の厚い雲の下に建ち並んでいる有様は、昔、文化の一時代を風靡した、表現派というものに通じていました。全くその重苦しさと云ったら、胸が押し潰されるほどのものでした。ただ、私達の楼家で元気に、生々としたものは、青や丹の綿かびだけで、それが至るところの闇で花をつけていました。

それればかりではありません、そのかびは、私達を窒息させるような臭気まで発散させていました。そんな雰囲気の中でどうして心を愉しく持つ事が出来ましょう。まして妻の憂鬱は益々深まる一方でした。彫の深い妻の顔は、唇はおろか、眉一つ動きません。その瞳さえも魚のようにまばたきをしなかったのです。……そうです、全く妻は魚の精になっていたかも知れません。

そう云えば、むき出した肌は、ひらめの白い腹のようなぬめりをたたえていたからです。その妻をみつめて、どうしていいのか、ただうろうろとその傍で空虚な時間の推移を待つ私のみじめさを思ってもみて下さい。

恰度今日、陽が暮れてからの事でした。私達の居る高い座敷から見卸す、長い椅子の下で、ちちろ虫がひとしきり鳴き出しました。そして、私達の居間から洩れる灯火の縞の中に、飴を流し込んだように、どろっと沈滞した水をたたえた、ガラス張りの水槽が見えていました。私は淋しさに（ああ虫でさえもあんなに夫婦が仲良く唄い交しているのに）と、思わず感傷にひたったのです。せめてその時妻が流行歌でもいい……いや、鳩ぽっぽだってよい、唄ってくれたら私はきっとそれに和して、その淋しさをまぎらす事が出来たと思うのです。しかしそれは、妻に絶対望む事の出来ない私の儚《はかな》い空頼みに過ぎなかったのです。

するとその時、私の傍に居る事がやり切れなかったのか、すっと立ち上りました。私の口から云うのは変ですが、妻は素適に伸び伸びした四肢を持っているのです。その時も私は、絵にした人魚のように見たのです。そして妻は、そこにもプランクトンが踊り狂っているかと思われる水槽の中へ音もなく身を沈めたのです。ただその辺りの水面で小さな縞がくるくるっと二、三回巻いて消えたほどの、それは鮮かな動作でした。

私はいつもの妻のこうした動作に（またか）と思って、暫くはそのままでいました。が、ふとその動作に心ひかれるものを感じて、蝶番《ちょうつがい》の結んだ腰骨を鳴らして立ち上ったのです。そして階段を降り、水槽のガラス張りの外に立ったのです。ほの明りの水の中で、妻の白い裸体が、首から下だけ無惨絵のように宙ぶらりになっているのが幽かに見えました。私は、いつもにない感興が湧き上るのを覚えたのです。見ていると、妻の軀がすいーと底深く沈んで、くるっと一回転しました。そしてそのままふわふわと水面へ浮き上ったのです。私はそれに引き寄せられて、一歩水槽へ近付きました。しかし水槽は昏くて、私の期待した凝視に妻の影像ははっきりしませんでした。

私はそこで思い付いて、水槽の照明灯のスイッチを入れました。ああ、その水槽の素晴らしい色……私はそこにお伽噺にだけありそうな、緑石の巨大な結晶を見たのです。それにもまして、私の心を歓喜させたものは、その中に閉じ込められて動かない妻の全裸の姿でした。肉体の曲線が、細く、発光魚のように青白く輝いていました。よく見ると、それは微妙な曲線から軽く浮き上ったうぶ毛の瞬く燐光だったのです。

あなたは、小供の時誰れもが経験する、ラムネ玉の不思議を知っていますか？　緑《あお》く固い中心に、竜巻のように捲き昇った微明な粒の美しさを……あれをみつめていると、ラムネ玉の宇宙の中に隠された伝説を想いその中に知らず知らずの間に自分がひき込まれてゆくあの愉しさを……恰度、その時の私がそれでした。

私は疼くような歓びにふるえました。その時妻は、それを反応したかのように、低い、長い口笛を残して水中に身を沈めました。そして、激しく動き始めたのです。ある時は頭と足が一つになって毬のように、そうかと思えば一直線に伸びて横に流れ、水面で反転し、上へ下へ……またある時は尾鰭のように割れ、ある時は胸鰭のように両手を開き、それは一種の空中遊行のような軽い動作でもありました。しかしそのように激しい身ごなしにもかかわらず水は、凝固したように静かなものでした。

　暫くして、妻は二回目の呼吸を調えるために水面へ浮び上りました。私はそこでほっと溜息をついたのです。息詰るような緊張から我に帰って、張り上げた両肩ががっくり落ちました。今までうつろだった私のこころの空間に、何か充ち足りた温さを覚えたのです。その時まで、人に見せるものとばかり思っていたそれを、独占して眺める愉しさを私は始めて知ったのです。

　やはり妻は、私との同棲生活の中に、私に新らしい刺戟を与えるために努力していたのかも知れません。そうすれば私の今までの考えは杞憂であり、私のひがみであったのかも知れません。私にこの新たな歓びを感じさせるために、妻は今まで沈黙の工夫をこらしていたのかも知れません。それを私が傍で悪く推量して独りやきもきしていたのかも知れません……そう考えると、私は身も心も急に軽くなりました。そして、なおも水の中のひと時を続けそうな妻の様子に、私はいそいそとして給水弁を開いたのです。こぼこぼと音がして、大きな水泡が注水口から湧き上っては水線で消えました。あとからあとから、おしひらかれた水泡が右に左に身悶えしながら浮き上って、妻の足を上り、脇腹を抜け背中を這って、まるで緑石の中を美しく潜り抜ける真珠玉のようでした。そして、水藻のように拡がった妻の髪のひと筋ひと筋にも、無彩の細かな真珠の微塵玉が、花かんざしのように飾られていました。それが、一つ二つと抱き合って、やがて大きくなると、蓮の葉にこぼれる水玉のようにこぼれてゆくのでした。

　私は、もうすっかり妖しい魅力に引き付けられてしまいました。妻は、私の見ている事も知らぬ気に、すっかり疲れが休まると、またぐるぐると水の中を潜りました。その内に段々水が替るのでしょう、十日以上の雨で水替えしなかった緑い水が次第々々に水晶のように変化して、たとえば、強い陽差しを受けた街路のマロニエの樹蔭の金魚売りが並べたガラス鉢のように清新なものを覚えました。妻もその中で一匹の高価な銀色の金魚のように悠々と遊泳していたのです。その動きを目で追っていますと、ある角度ではレンズを透したように大きく見えたり、伸びたり、縮んだりして見え、私の胸を高鳴らせました。全くその美しさ妖しさは私を惑乱させるに充分でした。私はもう夢中でガラスに張り付いたのです。張り付いた手。額。鼻っぱしら。それがさっとガラスの一部に溶け込んだかのように妻からは見えた事でしょうし、みつめる目はカメレオンの奇怪な目のようだったと思います。もっとも、妻くらい水中の生活になれていれば、水の中でも瞳を開く事は容易な事です。

私はふと、その内に、妻は永久に水の中の世界へ生活を求めて去ってしまうのではないかとの、危険の念にかられました。今まで、妻を信頼しただの一度もそんな事を考えてもみなかったのに、毎日のようにこうして水の中のひと時を愉しむのは、きっとそうに違いない……私を歓ばせるなど、それは私の勝手な解釈である……そのように、私は何の拠りどころもない事を考えてみたのです。すると、水面に落ちた一滴の油のように、私の猜疑心はぱっと一時に全身へ拡がりました。

（C）

私は夢中になってガラスの縁に手をかけ、いもりのように這い上り、水しぶきをあげてその中に飛び込んだのです。妻はそれを知ったようでした。急に、緩慢だった動作が敏捷になり、私が捕えた妻の太股は、私に仄かな温さとぬめりを残してすり抜けました。腕を握れば、亀のように引っ込め、私はいたずらに掌へ冷たい水の感触を覚えるだけでした。果して妻は、私の昂奮した官能の戯れを受け入れようとはしません。私は、ただもう夢中になって追いました。ある時は頸すじをかき抱き、ある時はむっちりとした乳房を摑んだような気がしましたが、私の感じたものはその度にはぐらかされて、段々とつのるいらだたしさだけでした。

それが度重なると、私はある感情の境界線を越えて急に怒りを覚えました。いやその時の私は、それを怒りとは感じていませんでした。ただたかぶった感情の果てぐらいにしか思っていなかったのです。しかし、身心の激しい変化は私の呼吸を一層苦しくし、心臓まで吐き出したくなるほどの自覚に私は一旦水面へ浮かび上り水槽の向う隅に、これも一息つく妻をみつめて暫く軀を休めたのですが、またしても私は猛然と妻を追ったのです。しかし、それは無駄な努力でした」

男は、始めてそこでつきつめた、熱しきった今までの語勢を落して、その後を続けた。

「妻は、もう絶対に私の手には戻らなかったのです。長い……いや、長いと思ったのは私だけの事だったかも知れませんが、私は時々水面に浮かんで、水しぶきを上げまた水に潜る内に、その飛沫が照明灯に紅く飛び散るのを見て、心の隅で、不思議に思ったのです。その内に妻も疲れ、私も疲れたのでしょう、二人の格闘は大分緩慢になっていました。私は、すっかり疲れて水槽の横の板敷に這い上りました。そこで始めて気が付いたのですが、水槽の中が鮮な紅をたたえていたのです。どうしてそんな色になったか？ ……私はただその色を瞳に感じはしましたが、それを判断する気力はありませんでした。ただ、時々その赤さの中で、妻の白い軀が深く浅く、のた打つのを見ただけです。私は、未だその妻をしつこく捕えようとでも思ったのでしょう。無意識に立ち上ったのです。ところが、激しい水の中の運動で、私の膝骨は筋肉が抜けてでもいたかのように意志に反して私の軀はあべこべに水槽の前に転げ落ちてしまったのです。その時、かたり――と音がして、私の手から板敷へ投げ出されたものがありました。それが何と、いつ何処から、否、それは私達の部屋の夫婦膳に乗っていたはずの鋭い果物剝きのナイフだったのですが……

私は愕然としました。全く、大きな驚きでした。はっ――と気が付いて、水槽を見ると、そこに私は紅玉の宝石の中に鋳込まれたように、頭を下にして斜めに静止している妻を見たのです。

私はそこで事態をはっきりと知りました。

『妻を殺した！』何という事をしでかしたのでしょう。妻恋し……の私の感情は、いつの間にかどこかで、憎悪……と代っていたのです。愛憎とは、本当に紙一重の隔たりだったのです。しかし今更どうしようもありません。炎のような私の心が、段々に冷えて行きました。すると誰れかに見られてはいなかったか？ との恐怖が急に大きく拡がってきました。私は堪らなくなって、煌々と輝いていた照明灯のスイッチをいきなりひねりました。一瞬、私の目には何も見えませんでしたが、目が馴れると、仄暗い光の縞が元の静けさで戻ってきたのです。幸い、霖雨続きの後では見廻りも来なかったようですし、それに私達の棲家は別に無人であった訳ではないのでその心配はありませんでした。しかし警戒のつもりでそっと振り返ってみると、暗《やみ》の中に二つの光るものを発見して、私の背骨が硬直しました。鈍い蛍光灯のような光り……それでいてそのものは鋭い輝きをもっていたのです。ぶるっと私は顫えました。するとその顫えはそのまま続き、カチカチと数回私の歯を鳴らしました。その正体は猫でしたが、毛色は暗くて判りませんが妻の可愛がっていたやつに違いありません。私は憶病になりながらも、数メートル離れて油断している猫に嫌悪を感じ、果物ナイフを拾って思いきり投げ付けました。ナイフは暗に吸い込まれたように音もしませんでしたが、『ぎあおッ』と実にいやな叫びを私に返しました。逃げたのか斃れたのか猫の足音はしませんので判りませんが、私はもう堪らなく怖ろしくなり、立ち上りざま水槽の排水弁を開き有り合せた服に着換えて夢中でそこを飛び出したのです。暫くは、排水溝へ落ちる水の音と、あの鮮な紅い色が私を追っかけましたが……」

男はそこで言葉をきると、暫く無言だったが、今度は呟くように、

「今頃妻は、水を離れた金魚のように、水槽の底に横たわっているでしょう……これが私の妻殺しの真相です」

私はどこをどう歩き、どこへ来ていたのか覚えなかったが、男の話はそれで終った。聞き終った後も、私は口が利けなかった。確に私の神経は麻痺を起していたに違いない。それが証拠に、私はその男の話し中、外界の物音はおろか、自分の足音さえも耳にしなかったのだから。

しかしその男と肩を並べてなおも沈黙の歩行を続けている内に、私は少しずつ現実をとり戻してきた。そういえば、男の頭髪が濡れていた理由も符合する。だが、私には未だ不可解なものがもやもやと胸の中で渦を巻いていた。第一その男の話は余りにも夢幻的である。あるいはその男自身の幻想の果ての架空話かも知れない。いや、よく考えてみると私自身がその夜の怪し気な期待で家をとび出した事に起因しての成れの果ての幻だったかも知れない。そのように私は自分の整理に迷っていたのである。それを、その男は見咎めたのだろう。

「あなたは、私の話を嘘とお考えのようです。そりゃ無理もありません。当の私でさえ今夜の始末はどう判断したらいいのか惑っているのですから……謂わば、ラム

ネ玉の宇宙の神秘に魅せられて、私はその果てにそれを叩き割った……そしてそこに、ただのガラスの欠けを発見した時のようにもの淋しいものを感じているのですから……」

「……」

「あなたは、未だ疑っていますか……あなたは、今開かれている××博覧会を御存知でしょう。霖雨で、もう十日以上も休場していますが……実を云えば、私の妻はあそこで、ガラス張りの水槽の中で海女の実演を見せている唖の女なんです。私はその妻のために人寄せの鈴を振って入場券を売っている夫なのです。夜が明ければ、きっと大騒ぎになるでしょう。血の無い斬殺死体の発見で……これで何もかもお判りになった事と思います」

「あッ……」

「では、さようなら」

男は突然身をひるがして、私が立ち止って見すかす闇の中へ何処ともなく姿を消した。私はそこに立ちつくして、も一度その男の最後の言葉を繰り返してみた。

遠くに、どこかの駅であろう、黒漆の盆に宝石をちりばめたように、赤、橙、緑の信号灯が鮮かだった。

解題

横井司

1

地方に在住し、生涯にわずかな作品を発表しただけであったため、その早世が惜しまれた坪田宏は、本名を米倉一夫といい、一九〇八（明治四一）年四月三日、愛知県名古屋市に生まれた。坪田の未亡人である米倉よね子が作成した「坪田宏年譜・作品表・他」（『密室』一九五五・二）によれば、名古屋商業学校を卒業した頃から文学を志し、名古屋で「同人誌等に関係」したというが、当時の作品については残されていない。鮎川哲也は、令嬢へのインタビューをまとめた「新・幻の探偵作家を求めて 第一回／『勲章』を遺して逝った・坪田宏」（『EQ』九二・三）において「書いたといってもミステリーではなく、他のジャンルの小説だった」そうだと書いており、また、鬼怒川浩はその追悼文「ほんの横顔（坪田宏氏について）」（『密室』五五・二）において「若いころは、純文学、俳句などに凝られ、のちチャンバラものに熱を入れられ、探偵小説を読み始められたのは、終戦後のこと」だと書いていることなどから、探偵小説でなかったことだけは確かなようだ。その後、朝鮮半島に渡り鉄工所を経営。同地において、後に探偵小説雑誌『宝石』を発行する岩谷《いわや》書店社長・岩谷満の父親であり、旧日本精工株式会社（当地での社名は朝鮮火薬株式会社）社長・岩谷二郎と交流を持った。終戦と同時に引き揚げ、一九四七（昭和二二）年から広島県呉市に在住。結局、終生この地で過ごすこととなった。

朝鮮半島にいた頃や、引き揚げ後の時代に文学への想いを持ち続けていたのかどうかは不明だが、四八年五月三〇日に『宝石』選書の一冊として刊行された高木彬光の『刺青殺人事件』を読み、「探偵小説に対する考え方が多少判ったような気がした」こと、「謎の構成に中心が置かれるとすれば、何だか自分でも書ける気がした事」から、「茶色の上着」百六十二枚を、四八年一〇月一日に脱稿したという（前掲「『勲章』を遺して逝った・坪田宏」）。これを朝鮮半島で交流のあった岩谷二郎に送ったことがデビューのきっかけとなる。

しばらくして、坪田の許へ編集部から届いた葉書の文面に、「沢山の応募原稿」の中から「第一回の予選を美事にパスして、水谷準先生の手許に廻りました」と書かれた通知が届く（前掲「『勲章』を遺して逝った・坪田宏」）。当時、岩谷書店には「社長の岩谷満氏と編集長の城昌幸先生のほかに、顧問として水谷準先生」がいたそうだから（山村正夫『推理文壇戦後史』双葉社、七三）、持ち込み原稿がそのまま水谷の手にゆだねられたものだろう。続いて、水谷準の手になる改稿のための注意書きを添付した第二信が届き、そのアドバイスに従って改稿したものが、四九年七月五日発行の『宝石』臨時増刊号に「百枚長篇読切六篇」の一編として掲載される運びとなった。その際、先にも述べた通り、水谷準による推薦文が同時に掲載された。参考までに以下に全文を引いておく。

「茶色の上着」を推す

水谷　準

「茶色の上着」は岩谷社長に一読を乞はれて大分以前に読み、感想を添へて書直しを希望したものである。発表されたものが書直されたものかどうか知らないが、所謂本格探偵の謎解きの機械的構成はなか〳〵よく考へられてあつたと記憶する。たゞそれが文学にまで晶化されてゐない点で発表にはまだ大分間のある人ではないかと思つたが、舞台度胸をつけさせるといふのも一つの方法であらう。複雑な構成を完成し得るといふことが探偵作家の重大なタレントなのだから、その才能をこの作者に十分に活かして作家的にも飛躍できることをお祈りする。

「発表にはまだ大分間のある人」と手厳しいが、これに発奮して書かれたと思われるのが、『宝石』が創刊三周年事業として行なった「『百万円懸賞』探偵小説募集」通称「百万円コンクール」のB級（中編部門）に投じた「非情線の女」ではなかったかと思われる。この告知は『宝石』本誌四九年七月号誌上で行なわれており、臨時増刊号の「茶色の上着」が載った最終ページにも簡単な囲み記事で告知されていたことから、そのように想像されるのである。

ただし、「茶色の上着」が掲載される前に十編近い作品が書かれ、投稿されていた。それは鮎川哲也の前掲「『勲章』を遺して逝った・坪田宏」に写真版で掲げられている自筆の「作品一覧表」によって知ることができる。「茶色の上着」を四八年一〇月一日に書き上げてから間もない、同年一一月六日には「偽三ランプ」五十五枚を書き上げ、そちらは『サンデー毎日』の懸賞に応募したようだ。続いて同年一一月三〇日には「街灯」七十八枚を書き上げ、岩谷書店に送付するといった具合で、「茶色の上着」を岩谷二郎に託して、そのまま掲載の通知を漫然と待っていたわけではないことがうかがえる。それから、発表された作品のリストでは二作目にあたる「歯」（五〇）までに、「つばめ」百二十七枚、「緑のペンキ鑵《ママ》」六十二枚、「猟銃」六十六枚、「七墓参り」四十枚、「宝石の中の殺人」二十九枚が書かれ、岩谷書店に送られている。このうち「保留」となったのは「緑のペンキ鑵」と「猟銃」のみで、他は全て不採用という結果だった。このうち、「猟銃」はついに掲載に至らなかったが、「緑のペンキ鑵」は坪田の死後、遺稿として掲載された。また「宝石の中の殺人」は、やはり遺稿として探偵小説同人雑誌『密室』に掲載されている。

脱稿年月日からすると「宝石の中の殺人」に次いで書かれた「歯」は採用となり、続く「二つの遺書」も採用。それぞれ『宝石』の五〇年一月号と二月号に掲載された。続いて書かれた「三つの惨劇」百二十枚は保留で、書き直した上で掲載される予定だったのかもしれないことをうかがわせる書き込みが残されている。次に書かれたのが「非情線の女」であり、先にも述べた通り、「『百万円懸賞』探偵小説募集」のB級に投じ、最終候補作として残り、他の候補作と共に五〇年二月二〇日発行の『別冊宝石』「読切十六人選」に掲載された。

このB級の結果が発表されたのは同年の本誌九月号だが、その間にも「義手の指紋」百三十一枚、「緑水荘事件」八十四枚、「脱走患者」九十七枚が書かれ、このうち「義手の指紋」と「脱走患者」が採用されて、それぞれ四月号と一一月号に掲載されている。

『宝石』五〇年九月号に掲載された「百万円懸賞探偵小説　B級作品入選誌上発表」には「B級作品が入選する迄」と題した選考会の模様が抄録されている。選考委員の中では江戸川乱歩が「『非情線の女』はい丶と思つた。追われるものの寂しさがよく出ている」と評し、最終投票では乱歩と、元警視総監で私立探偵社を開業していた長岡隆一郎が、おのおの一票を投じている。結果、三等入選となった。鮎川哲也の前掲「『勲章』を遺して逝った・坪田宏」には、「母の話では江戸川乱歩さんにも何回かお会いしたことがあって、可愛がって頂いたようです。同郷でしたから」という令嬢の言葉が紹介されているが、「非情線の女」投稿の前後、いずれのことかは不詳である。ただ、同作品が乱歩に評価されたことは記憶されてよいだろう。

　五〇年には『宝石』一月号の「歯」に始まって、一二月号の「下り終電車」まで、七編もの中短編を立て続けに発表した坪田だが、翌五一年には一編も発表していない。『探偵作家クラブ会報』五一年一月号に寄せた「五一年度の計画と希望」というアンケートにおける「一、今年の仕事のプランの輪廓」という質問に対しては、次のように答えていた。

一、リクツ抜きで面白い長篇を書くこと。絶対面白く愉しいヤツをです。このことについては、いざとなれば非常手段に訴えてでも実行する事にしております。内容は「幻の女」の如きです。併しこれは、ラシキものに終るかも知れませんが、リンカクです。

　これに拠ってみるに、おそらく長編執筆にかかり切りで思うに任せなかったものと想像される。実際、『探偵作家クラブ会報』五一年一二月号の「一九五一年度自薦代表作を訊く」というアンケートでは、「二、歳末寸感」の回答で次のように答えている。

二、本年頭会報の広告を裏切って無発表。恥ずかしき次第ですが怠者の灼《ママ》印をおされるのも恐ろしく、且つ私を世に出して下すった関係者の方々に申訳ありませんので一言。

　延、千枚ほど書きましたが気に入らず発表するに至りませんでした。日を経るにしたがってその難かしさに位負けした態です。汗顔を拭い一筆。以上。

一千枚の小説と並行して、五二年に発表された「勲章」以下の中短編を執筆していたことは、四八年に「茶色の上着」を脱稿して以来の執筆ペースを考えると、容易に想像がつく。そしてこの頃から、坪田の作風に変化が見られるようになってくる。いわゆる名探偵ものは影をひそめ、本格ものの枠にとらわれない方向へと軸足を移していくのである。五三年に発表した「たき壺の人生」や「引揚船」などは、そうした傾向をよく示している。

同人誌『密室』に寄せた掌編「引揚船」は、後に四十枚の作品として改稿され「仮面の幸福」と題して『探偵実話』編集部に送られたが、同誌が五三年八月号でいったん休刊したゴタゴタの中で、原稿は失われてしまうというトラブルに見舞われる（竹下敏幸「因縁ばなし」『密室』五五・一）。同じ五四年の七月には長男を失っており、その心労もあってか胃潰瘍にかかり、それから癌を発症。本人には癌であることが告知されたかどうか分からないが、『探偵作家クラブ会報』五四年一月号の通信欄には次のような文章が寄せられている。

絶対面白いものが書きたいという欲望から離れて先頃から絶対良いものが書きたいと思うようになった。もう四ケ月もそれを考え続けてきたが、その頃から病気にとりつかれ小筆をとる気力も出ぬ内にギリ〳〵のところまできた。手術を済ませたら生命に磨きのかかったものを書かねばならんと思っています。

だが、すでに命数は尽きていた。癌が肝臓に転移して、「生命に磨きのかかったもの」を書き上げる機会もなく、一九五四（昭和二九）年二月二一日に永眠した。享年四十六歳。

2

本章以降、本書収録作品のトリックや内容に踏み込む場合があるので、未読の方は注意されたい。

坪田宏は同じ広島に住む作家・鬼怒川浩と探偵小説について語り合っていたようだが、坪田自身がエッセイなどで探偵小説観を披瀝するということはなかった。中島河太郎の個人誌である『黄色の部屋』に寄稿したこともあったようだが（五一年一二月号）、残念ながら本書刊行までに確認することがかなわなかった。

わずかに、『探偵作家クラブ会報』五二年二月号に載った以下の文章が、その文学観を伝えるのみである（ちなみに、坪田の探偵作家クラブ入会の告知が載ったのは四九年一〇月号であった）。

私には文学をこなす力はない。だが夢は持っている。小説の面白さにひかれて読み終ったら、トリックまで隠されてあったといった如き――近頃しきりに考えている。安っぽい脳味噌でもコネ廻していれば少しはチミツになるだろう。その日の来るのを楽しみに。

五二年の段階でこうした考えを持ち、第一章で引いた五〇年のアンケートでは「リクツ抜きで面白い長篇」の例としてウィリアム・アイリッシュ William Irish（一九〇三～六八、米）の『幻の女』*The Phantom Lady*（四二）をあげていることから、高木彬光の『刺青殺人事件』に影響を受けて以降の、その作風の変遷の根拠がうかがえよう。五二年発表の中編「俺は生きている」は、まさに「小説の面白さにひかれて読み終ったら、トリックまで隠されてあったといった如き」作品に仕上がっている。

もっとも、早い内から「夢の中の殺人」のような幻想味あふれる、いわゆる変格探偵小説を書いていることから分かる通り、坪田宏自身はデビュー当時から必ずしも本格探偵小説にのみ精進していこうと考えていたわけではなかったように思われる。先にも引いた鬼怒川浩の追悼文にも「若いころは、純文学、俳句などに凝られ、のちチャンバラものに熱を入れられ、探偵小説を読み始められたのは、終戦後のことでした」（「ほんの横顔（坪田宏氏について）」）とあるので、それも自然なことなのかもしれない。

これまでアンソロジーに採られてきた坪田作品は、いわゆる本格ものばかりであり、そこでは密室トリックやアリバイ・トリックが駆使されていた。だが、それらがガチガチのロジック小説に堕していないことは、早くから鮎川哲也によって指摘されてきた。鮎川哲也がアンソロジストとして名をなすよりもかなり以前に、中川透名義で発表した「坪田宏論」（『密室』五五・一）で、鮎川は次のように述べている。

坪田氏の本格物の手法は、前以つて解明のデーター《ママ》を読者に示しておく所謂超人派ではなく、主人公である探偵が適宜にデータを拾つて推理を体系づけてゆく、呼ぶ所の現実派に属する。

　しかし現実派の作品の多くに見られるような、凡人探偵を登場させて試みるあの退屈な努力型の捜査過程が、や丶もすると読者から冗漫のそしりをうけることを避けるためか、職業探偵である警察官に替えて、古田三吉なる素人探偵を登場させた。（略）一見何の特長も持たない古田三吉が、却つて読者に親近感を抱かせたのは、いわば無手勝流にも似て大きな成功であつた。

　古田三吉が解決した事件の中で「二つの遺書」と「歯」とは、当時の新人たちが競つて取上げた密室物だつた。その機械的操作の弱点をカヴアーするために、前者では引揚者の悲哀を、後者では戦後の一タイプである自己中心主義の大学生の心理を描いて、単なる謎解き小説に終ることなく、異色ある作品とならしめた。坪田氏の特色はむしろそこにあり、トリツク《ママ》小説として読むことは読者の誤りと言わねばならぬ。

あえて決まり文句的な評言を使うなら、いわゆる人間的興味が坪田作品に通底する特徴となっていたわけである。

　密室トリックにしても、すでにデビュー作である「茶色の上着」からして、トリックを仕掛けた犯人の意図が別の人間によってズラされてしまうというプロットが採用されているように、トリックそのものよりもトリックを考案した人間の意図が狂ったり、そのトリックを仕掛けられる側の意図が絡んでくることで、トリックを仕掛けた側の人間の意図とは違う結果を招いたりといった事態が描かれることが多い。したがってトリック自体は機械的であっても構わないし、機械的だからといって批判するのは、書き手の意図を読みとり損ねることになってしまうだろう。

　そうした、個人の思惑が個人の意図を越えたものに左右されていくという、都筑道夫のいわゆるモダーン・デテクティブ・ストーリー的なプロットの到達点をよく示しているが、五二年に発表された「勲章」である。

　巧妙なアリバイ・トリックを扱った作品として知られる「勲章」は、むしろアリバイ・トリックの助けを借りている側面が強く、トリックが巧妙であるからこそ、その不自然さが際立つような作品である。坪田自身もそれを意識していたらしく、探偵役を勤める黒内刑事に報告書の中で「余りにもこの犯行が巧妙であり、且つ人間業では予測出来ない事柄まで利用し過ぎていると思うからでありまして、むしろ巧妙と云うより無謀にも等しいものだと考えるからであります」といわせている。ただこの作品が興味深いのは、条件が整ったことでその条件を「急に利用すべく思いたち、ここに大胆にも一か八かの勝負を挑んだものと考えるのが至当と確信するのであります」と黒内に述べさせることで、真犯人のキャラクターを際立たせている点にある。足を悪くして兵隊にも行けなかった男として被害者に軽蔑されている男が、一か八かの大胆な勝負に挑むことは、被害者に対する無意識の挑戦だと考えられないこともない。それが戦争に行けなかったありようを批判的に捉える軍国主義的な精神の持ち主に対するプロテストにもなっているようにも思われるのだが、それを抜きにしても、黒内の報告書には、本格探偵小説の存在を危うくするような批評性が内包されている。

そうした批評性は「俺は生きている」にも見られるのだが、また同作品には、探偵役の古田警部が真犯人に対して「組織の力によつて綜合された力は、到底個人の頭脳によつて描き出されたそれとは対等でない。これは冒頭に僕が話した通りなんだよ。まさか君は、このゲームにこの上勝てるとは考えないだろう」と決めつける場面がある点にも注目される。これなど、超人的な犯罪者による巧妙な犯罪計画を描くといった本格探偵小説の持つヒロイズムを、真っ向から否定している台詞のように思われてならない。もちろんこれは、作中人物の言葉に過ぎず、作者である坪田宏はまた別の考えも持っていたかもしれないのだが、先にも述べた通り「個人の頭脳によって描き出された」ものが当の個人が思いもよらない形で否定されるというプロットが早い内から採用されていたことを思えば、古田警部のような認識を坪田がまったく持っていなかったとも考えにくい。

こうした「個人の頭脳によって描き出された」プロットの限界に興味が向かうと、いわゆる本格探偵小説を書くことよりも、「小説の面白さにひかれて読み終ったら、トリックまで隠されてあったといった如き」（前掲）面白さに向かうことは、むしろ自然であったといえる。坪田の本格離れはそうした経緯をたどった結果でもあったように思われてならない。

3

本書『坪田宏探偵小説選』は、生前歿後を通じて初めて公刊される坪田の創作集である。デビュー作「茶色の上着」から遺作として発表された「宝石の中の殺人」まで、確認されている作品数は二十編に満たないが、中編と呼ぶべきボリュームの作品が多いため、そのすべてを収録することは叶わなかった。そこで、代表的なシリーズ・キャラクターである私立探偵・古田三吉ものはすべて優先的に収めることにした。

以下、本書に収録した各作品について解題を記しておく。

「茶色の上着」は、『宝石』一九四九年七月五日発行臨時増刊号（巻号数表示なし）に掲載された。単行本に収録されるのは今回が初めてである。

本作品について芦辺拓は次のように評している。

凶器トリックや密室構成自体は機械的なものであり、結末で明かされる人間関係はいささかメロドラマ的ながら、本来の殺害プランに他人の意思（それもきわめて冷徹かつ悪意に満ちた）が加わることで、全く別の結果へと歪んでゆくあたりは、非常に新鮮な印象を与えます。（「解説●絢爛たる殺人のあとに」『文庫の雑誌特集・知られざる探偵たち／絢爛たる殺人　本格推理マガジン』光文社文庫、二〇〇〇・一〇）

「歯」は、『宝石』一九五〇年一月号（五巻一号）に掲載された。後に、鮎川哲也編『幻の名探偵小説集／紅鱒館の惨劇』（双葉社、八一）に採録されている。

アンソロジーに収録された際、本文の扉に掲載された作者紹介において「どういうわけか、この一作は坪田廣名義になっている」と書かれているのは、初出時の本文タイトルでは作者名が「坪田廣」となっているためである。本文タイトルは挿絵画家・永田力による手書きのものなので、永田による単なる誤記であろう。目次ではちゃんと「坪田宏」と表記されている。

本作品をアンソロジーに採録した鮎川哲也は解説において「機械的トリックによる密室物は《本陣殺人事件》の影響かも知れないけれど、入り組んだメカニズムも丹念に読めば理解することは必ずしも困難ではない」と述べている。付け加えるなら、本作品のポイントは、機械的な密室トリックよりも、犯人を指摘する手掛りが犯人のトリックによって誘引されたものだという皮肉や、写真のトリックが犯人の性格では思いもよらない被害者の心情によって突き崩される点にあると見るべきだろう。
芦辺拓は、古田三吉シリーズは「いわばF・W・クロフツ氏の流儀で、どちらかというと天才探偵向きの事件に立ち向かうわけで」あると述べたあと、その好例として本作品をあげ、次のように評している。

機械の冷たさを感じさせるトリックに、ちょっとした小道具が心理的錯覚を生む面白さ。密室内で見つかった二つの死体の見方をほんのわずか変えただけで事件の構図がガラリと変わってしまうあたり、まさに本格の醍醐味といえましょう。一見、名探偵らしからぬ古田三吉が一種独特な味をかもし出し、それはまた現実派ミステリとパズル派を融合した新たな可能性を示唆しているようです。（前掲「解説●絢爛たる殺人のあとに」）

「二つの遺書」は、『宝石』一九五〇年二月号（五巻二号）に掲載された。後に、鮎川哲也監修・芦辺拓編『文庫の雑誌　特集・知られざる探偵たち／絢爛たる殺人本格推理マガジン』（光文社文庫、二〇〇〇）に採録されている。
本作品をアンソロジーに採録した芦辺拓は、その解説「絢爛たる殺人のあとで」において次のように述べている。

枚数の関係か、探偵役の古田三吉が手紙の中でしか登場しないのは残念ですが、提示されるシチュエーションの異様さは、いま見ても斬新です。地下の、いわば二重密室の手前側にあるはずのない死体があり、奥の方にあるはずの死体がない。
施錠のトリックは早い段階で明らかにされ、誰が犯人かも見当はつく――つまり who と how については答えは出るのですが、what すなわちいったい何が起こったのかがわからないというのは、ある種現代ミステリに通じる点があります。早すぎる死によって、その作家生活が五年ほどで終わったことが惜しまれるゆえんです。

古田三吉が手紙の中でしか登場しないのは、冒頭にある登場人物の手記を配して、全体として書簡体形式に類する構成を狙ったからだと思われる。また、サブ・トリックとして暗号趣味が盛り込まれているのも、読みどころのひとつといえよう。

「非情線の女」は、『別冊宝石』一九五〇年二月号（三巻一号）に掲載された。単行本に収録されるのは今回が初めてである。

鮎川哲也は、中川透名義で書いた「坪田宏論」で、本作品について次のように述べている。

他に密室トリックを扱つたものとしては「非情線の女」があるけれど、これはどちらかというと動きの少ない静的な描写に長じていた氏がスリラーに興味を示し且つ成功した作品として逸するわけにはゆかないと同時に、女を描くことが不得意であるとみなされていた氏が、はじめて生きた女を取上げた作品として読者の目をひいたものであつた。

また芦辺拓は前掲「絢爛たる殺人のあとに」において「リアルなギャング物と奇術趣味を組み合わせるという趣向がブラックな滑稽味を漂わせる」と評している。

「義手の指紋」は、『宝石』一九五〇年四月号（五巻四号）に掲載された。単行本に収録されるのは今回が初めてである。

「宝くじ殺人事件」は、『探偵実話』一九五〇年一二月号（一巻六号）に掲載された。同号は『実話講談の泉 別冊』第六集にあたる。単行本に収録されるのは今回が初めてである。

「下り終電車」は、『宝石』一九五〇年一二月号（五巻一二号）に掲載された。後に、鮎川哲也編『鉄道ミステリー傑作選／下り〝はつかり〟』（光文社カッパ・ノベルス、七五）に採録されている。

鮎川哲也は中川透名義で発表した「坪田宏論」において本作品にふれて次のように述べている。

これは、密室トリックに飽いた氏が、方向を転じてアリバイトリツクに食指を動した最初の作品であり、また現実に起つた三鷹、下山事件に刺戟されてものにした作品として、読者の興味をそゝつた。と同時に、もともとリアリズムの作風を持つた氏は、本篇に於てはじめて鉄道利用の犯罪を用い、それがクロフツの影響を受けたものであると速断することはできぬまでも、クロフツ色の濃厚な作品として、我々を喜ばせてくれた［◦］本篇は下り終電車による犯行とみせかけて、深夜に別の車輛で被害者を轢殺するというトリックであり、それを点綴するに妖艶な妾と清純な乙女をもつてし、いまゝでになく二色の女性を描きわけた点からも、一歩前進した作品として、氏の精進ぶりをうかゞわせるものだつた。

　ここではクロフツF. W. Crofts（一八七九〜一九五七、英）に言及しているが、後年になってアンソロジーに採録した際の解説では、コナン・ドイル Arthur Conan Doyle（一八五九〜一九三〇、英）の「急行列車の消失」The Lost Special が「作者の脳裡に」「あったものと想像される」と指摘した上で、「だが、単なる換骨奪胎ではなくて、独創的な力作となっている点に注目していただきたい」と述べている。また「修理工場の存在を前もって提示しておかないのはアンフェアだ、という読後感を抱かれるのではないかと思うが、もともと本編は読者と推理を競い合うことを目的として書かれたものではない。したがってそうした批判は当たらないのである」と書いているが、これは本解題の第二章で引いた「坪田氏の本格物の手法は、前以つて解明のデーター《ママ》を読者に示しておく所謂超人派ではなく、主人公である探偵が適宜にデータを拾つて推理を体系づけてゆく、呼ぶ所の現実派に属する」という論を踏襲したものである。

　ひとつ付け加えるなら、本作品は「二色の女性を描きわけた点」よりも、犯人の自己中心的な性格が印象に残る仕上がりを示しているように思われる。また、松本清張以降の、いわゆる社会派推理小説の先駆的な作風であることも押さえておきたい。

「勲章」は、『宝石』一九五二年四月号（七巻四号）に掲載された。後に、『宝石推理小説傑作選1』（いんなあとりっぷ社、七四）、鮎川哲也・島田荘司編『ミステリーの愉しみ 第3巻／パズルの王国』（立風書房、九二）に採録されている。

　本作品について鮎川哲也は、中川透名義の前掲「坪田宏論」において、最大級の賛辞を寄せている。以下にその箇所を引いておく。

　最後の本格作品となった「勲章」をみるとあらゆる点で完成された第一級品であり、戦後の本格短篇ベストテンの中で上位を占めるものであることが判る。「二つの遺書」の場合と同じく、犯人は善意の人間として設定されており、むしろ被害者のほうに殺されて然るべき事情がある。台風がくるというので早目に雨戸をしめたほの暗い町の大通りで、ひそかにアリバイ工作をする犯人。勲章を胸一面に並べてポッカリ浮び上つた掘割の屍体、《ママ》足のわるい、今どき珍しいつゝましやかなヒロイン。そこには、戦後のどぎつい犯罪者には到底みられない情感にみちあふれた殺人が行われている。そしてこの犯罪をとくのは、いまゝでの古田三吉に代つて、黒牛とあだ名される鈍重で粘りづよい警察官である。投身自殺と思われていた元軍人の死も、胸に並列した勲章の順列の誤りから殺人とわかり、完璧と考えられていた計画犯罪がズルズルと崩れてゆく過程は美事に組立てられている。

しかしこの作品を読んで誰しもが感じるのは、作者がアリバイトリックを大きく前面にうち出した点及びいまゝでの素人探偵に代つて地味な職業探偵を登場させた点で、坪田氏が新たな意慾に燃えていたことがよく判るのである。更に、作の中にとけ込んでいるペーソスと、二人の男女によせられたほのぼのと暖い作者の愛情は、読者の心に共感を呼び起さずにはいない。作品に作者の個性が反映するのは当然であることを思えば、それは坪田氏の性格がにじみ出たものであろう［。］氏の全作品からうけとれる角のとれたまろやかさ、こせこせしない大らかさ、どつしりとした重量感などはすべて坪田氏の人となりをうかゞわせるに足り、私はこの作者に好意をよせぬわけにはいかなかつた。

「**俺は生きている**」は、『別冊宝石』一九五二年六月号（五巻六号）に掲載された。単行本に収録されるのは今回が初めてである。

作中で探偵役を務める古田警部が、それまでのシリーズ・キャラクターだった私立探偵・古田三吉と同じ苗字である点が気になる一編である。

本作品が掲載された『別冊宝石』は、「新鋭二十二人集」と題して、それまでの懸賞探偵小説募集の投稿者をずらりと揃え、六人の選者によって順位を決める「入賞者大コンクール」が催された号だが、残念ながら本作品は第三位内に選ばれなかった。

「**引揚船**」は、『密室』一九五三年六月号（二巻三号）に掲載された。単行本に収録されるのは今回が初めてである。

後に『探偵実話』五四年六月号に再録された際、巻末に次のような注記が付せられていた。

今回探偵実話誌の同人誌作品コンクールに「密室」編集陣で協議の上、第一回として坪田宏氏〝引揚船〟を推すことに決め、早速掲載号を送つた時、偶々坪田氏死去の悲報が届いた。何かそこに因縁めいたものを感じ乍ら、慎んで〝引揚船〟を推選すると共に坪田氏の冥福を祈る。（『密室』主幹　竹下敏幸）

「緑のペンキ缶」は、『宝石』一九五四年八月号（九巻九号）に遺稿として掲載された。後に、ミステリー文学資料館編『甦る推理雑誌10／「宝石」傑作選』（光文社文庫、二〇〇四）に採録されている。

掲載誌には編集部名義で以下のようなルーブリックが付せられていた。

坪田宏氏は今春、若くして逝つた。本篇は最近匣底から発見されたものなので、遺稿としたが、未発表作品とでもすべきかもしれない。昭和二十四年二月の作で、正面から密室に取組んでいた時代の、ひたむきな熱情がよくわかる。追悼の意味で掲載しました。

タイトル表記に関して一言。目次及び本文は「緑のペンキ鑵」だが、本文中では「ペンキ鑵」となっている。そこで本書では代字として通用している「缶」を採用した。諒とされたい。

「宝石の中の殺人」は、『密室』一九五五年一月号（四巻一号）に遺稿として掲載された。単行本に収録されるのは今回が初めてである。

［解題］**横井 司**（よこい つかさ）
1962年、石川県金沢市に生まれる。大東文化大学文学部日本文学科卒業。専修大学大学院文学研究科博士後期課程修了。95年、戦前の探偵小説に関する論考で、博士（文学）学位取得。共著に『本格ミステリ・ベスト100』（東京創元社、1997）、『日本ミステリー事典』（新潮社、2000）、『本格ミステリ・フラッシュバック』（東京創元社、2008）、『本格ミステリ・ディケイド300』（原書房、2012）など。現在、専修大学人文科学研究所特別研究員。日本推理作家協会・本格ミステリ作家クラブ会員。

坪《つぼ》田《た》 宏《ひろし》 探偵小説選《たんていしょうせつせん》　〔論創ミステリ叢書68〕

2013年10月15日　初版第1刷印刷
2013年10月20日　初版第1刷発行

著 者　坪田 宏
監 修　横井 司
装 訂　栗原裕孝
発行人　森下紀夫
発行所　論 創 社
〒101-0051 東京都千代田区神田神保町2-23 北井ビル
電話 03-3264-5254　振替口座 00160-1-155266
http://www.ronso.co.jp/

印刷・製本　中央精版印刷

Printed in Japan　ISBN978-4-8460-1276-2

論創ミステリ叢書

①平林初之輔Ⅰ
②平林初之輔Ⅱ
③甲賀三郎
④松本泰Ⅰ
⑤松本泰Ⅱ
⑥浜尾四郎
⑦松本恵子
⑧小酒井不木
⑨久山秀子Ⅰ
⑩久山秀子Ⅱ
⑪橋本五郎Ⅰ
⑫橋本五郎Ⅱ
⑬徳冨蘆花
⑭山本禾太郎Ⅰ
⑮山本禾太郎Ⅱ
⑯久山秀子Ⅲ
⑰久山秀子Ⅳ
⑱黒岩涙香Ⅰ
⑲黒岩涙香Ⅱ
⑳中村美与子
㉑大庭武年Ⅰ
㉒大庭武年Ⅱ
㉓西尾正Ⅰ
㉔西尾正Ⅱ
㉕戸田巽Ⅰ
㉖戸田巽Ⅱ
㉗山下利三郎Ⅰ
㉘山下利三郎Ⅱ
㉙林不忘
㉚牧逸馬
㉛風間光枝探偵日記
㉜延原謙
㉝森下雨村
㉞酒井嘉七
㉟横溝正史Ⅰ
㊱横溝正史Ⅱ
㊲横溝正史Ⅲ
㊳宮野村子Ⅰ
㊴宮野村子Ⅱ
㊵三遊亭円朝
㊶角田喜久雄
㊷瀬下耽
㊸高木彬光
㊹狩久
㊺大阪圭吉
㊻木々高太郎
㊼水谷準
㊽宮原龍雄
㊾大倉燁子
㊿戦前探偵小説四人集
(別)怪盗対名探偵初期翻案集
(51)守友恒
(52)大下宇陀児Ⅰ
(53)大下宇陀児Ⅱ
(54)蒼井雄
(55)妹尾アキ夫
(56)正木不如丘Ⅰ
(57)正木不如丘Ⅱ
(58)葛山二郎
(59)蘭郁二郎Ⅰ
(60)蘭郁二郎Ⅱ
(61)岡村雄輔Ⅰ
(62)岡村雄輔Ⅱ
(63)菊池幽芳
(64)水上幻一郎
(65)吉野賛十
(66)北洋
(67)光石介太郎
(68)坪田宏

論創社